KNAUR✱

THOMAS BAGGER

FEUER
Mord auf den Färöern

Thriller

Aus dem Dänischen
von Maike Dörries

Die dänische Originalausgabe erschien 2022 unter dem Titel
»Den nittende ø« bei Politikens Forlag, Kopenhagen.

Besuchen Sie uns im Internet:
www.knaur.de

Aus Verantwortung für die Umwelt hat sich die Verlagsgruppe
Droemer Knaur zu einer nachhaltigen Buchproduktion verpflichtet.
Der bewusste Umgang mit unseren Ressourcen, der Schutz unseres
Klimas und der Natur gehören zu unseren obersten Unternehmenszielen.
Gemeinsam mit unseren Partnern und Lieferanten setzen wir uns
für eine klimaneutrale Buchproduktion ein, die den Erwerb von
Klimazertifikaten zur Kompensation des CO_2-Ausstoßes einschließt.
Weitere Informationen finden Sie unter: www.klimaneutralerverlag.de

Deutsche Erstausgabe Dezember 2023
© Thomas Bagger and JP/Politikens Hus A/S 2022
in agreement with Politiken Literary Agency
© 2023 der deutschsprachigen Ausgabe Knaur Verlag
Ein Imprint der Verlagsgruppe
Droemer Knaur GmbH & Co. KG, München
Redaktion: Hanne Hammer
Covergestaltung: Kristin Pang
Coverabbildung: Azer Mess / shutterstock.com
und domagoj8888 / Adobe Stock
Fingerabdruck im Innenteil von artemiya / shutterstock.com
Satz: Adobe InDesign im Verlag
Druck und Bindung: CPI books GmbH, Leck
ISBN 978-3-426-52967-6

2 4 5 3 1

1

Die sich dunkel und schützend um den kleinen Ort schließenden Hänge öffneten sich nach vorne zum Fjord, der spiegelblank im Mondschein lag. Die ersten Siedler auf den Färöern hatten sich die Entstehung der gigantischen, ausgehöhlten Klüfte so vorgestellt, dass Gott mit seinem Zeigefinger über die Felsenlandschaft gefahren war, unbeschwert, wie durch perlenden Bierschaum. Und der Fjord vor dem kleinen Ort war eine Träne der Bewunderung aus seinem Auge für die schroffe Schönheit der Landschaft, in der nichts dafür sprach, dass dort jemals Leben entstehen oder gar bestehen könnte.

Aber die Menschen hatten Gott mit ihrem Überlebenswillen überrascht. Über Jahrhunderte hinweg hatten sie die Inselgruppe gezähmt und gelernt, sich von den kargen Bergen und den wilden Wassermassen des Meeres zu ernähren. Mit der Zeit hatten sie neue Fähigkeiten entwickelt, die ihnen den Raum für mehr als das pure Überleben gaben. Sie bauten Kirchen, züchteten Schafe und bewirtschafteten die Erde, sie sammelten sich im Windschatten der Schluchten in kleinen Gemeinschaften und gewöhnten sich daran, dass der Himmel ohne Vorwarnung von pechschwarzen Stürmen oder Nebeln so dicht wie Feuerrauch verschlungen werden konnte.

Und unausweichlich bohrte sich die Schroffheit der Natur unter die Haut der Menschen wie mikroskopische Pilzsporen und sonderte eine widerstandsfähige Substanz in ihre Blutbahnen und das Gehirngewebe ab, die die Menschen mit Leib und Seele mit den Klippen und dem Meer und nicht zuletzt mit ihrem Glauben an Gott verband.

Niemand konnte genau sagen, wann der Ort in dem Talkessel gegründet worden war, sicher war nur, dass in der bunten Ansammlung von Häusern der Wikingerhäuptling Tróndur beheimatet war, der sich gegen die Christianisierung der Färöer durch Sigmundur Brestisson aufgelehnt hatte und im Jahr 1000 von ebendem enthauptet wurde. So weit die lückenhaften Bruchstücke, die Hjalti Kjølbro sich tausend Jahre später aus seiner Schulzeit ins Gedächtnis rief.

Das Christentum war mit Blut auf die Färöer gekommen.

Der Gedanke ließ Hjalti unter seinem Flanellhemd frösteln. Vom Küchenfenster konnte er auf die Hauptstraße sehen. Und zu dem neuen Mast mit der Überwachungskamera, von dem ein grelles Licht schien. Das sollte die Tieraktivisten abschrecken und die jungen Leute auf dem Weg in den Ort daran erinnern, vom Gas zu gehen. Hjalti seufzte. Das Problem war nur, dass die jungen Leute gar nicht schnell genug von hier wegkommen konnten.

Sein Blick verlor sich in der Dunkelheit hinter dem Mast. Er hoffte, dass bald ein Paar Scheinwerfer auf der steilen Landstraße zu sehen war. Am letzten Tag war ihm nie ganz wohl. Es war nicht gut, in einem Ort ohne Frauen zu wohnen. Zu wissen, dass hinter den erleuchteten Fenstern auf der anderen Straßenseite nur Männer hockten. Männer mit kräftigen Händen und finsterem Gemüt.

Hjaltis Vater hatte immer gepredigt, dass die drei wichtigsten Dinge, die ein Färöer mit sich aufs Meer nahm, das Kreuz, seine Rettungsweste und die Gewissheit waren, dass an Land seine Frau auf ihn wartete. Und das Meer hatte immer das letzte Wort. Im Jahr 1913 waren alle Männer aus Skarð in einem Sturm ertrunken und hatten die Frauen, einen frisch geborenen Jungen und einen alten Mann allein zurückgelassen. Wenige Jahre später war Skarð ein Geisterort, in dem die verfallenen Ruinen wie eine Mahnung standen, dass die Gnade des Meeres nur geliehen war.

Die Häuser in Hjaltis Ort waren im traditionell färöischen Stil gebaut, mit Satteldächern und bunt gebeizten Außenwänden auf einem Natursteinfundament. Nicht wie in Tórshavn und den anderen, modernisierten Orten, wo die wiederkehrenden Orkane neue Baustile in Beton und Stahl erfordert hatten. Die traditionelle

Bauweise war zu aufwendig und kostenträchtig geworden. Darüber lernte man nichts an den dänischen Universitäten. Das zumindest behaupteten die, die nach Hause zurückkehrten, weil sie keine Arbeit außerhalb der Färöer fanden, den Mund voll mit Fortschritt, dieser Seuche, die sie über ihrem Heimatboden auskotzten.

Hjalti hielt die Luft an. Auf dem Flur knarrten die Räder des Rollstuhls in einem langsamen, metallischen Walzer. Das Geräusch verursachte ihm eine Gänsehaut. Er spürte die Erleichterung, als die Räder über die Türschwelle ins Wohnzimmer holperten und es wieder still wurde im Haus.

»Au, verdammt …« Hjalti ließ den Kreuzanhänger seiner Halskette los, den er sich tief in den Handballen gedrückt hatte.

Das Wochenende war ihm länger vorgekommen als sonst. Am Freitag waren alle Frauen und Kinder der Tradition treu nach Tórshavn gefahren, um dort Neujahr zu feiern. Jetzt war Sonntagabend. Und die Stimmung der Männer war nach dem gestrigen Trinkgelage von Freiheit in Verlassenheit umgeschlagen. Das ungewohnte Gefühl des Katers erfüllte ihn mit einer bedrückenden Melancholie. Dies war der einzige Tag im Jahr, an dem er Sara anlog.

Nein, Schatz, wir haben nur ein paar Bier getrunken und sind früh schlafen gegangen.

Hjalti Kjølbro holte tief Luft.

Von nun an würde er seine Frau bis zu seinem Tod jeden Tag anlügen.

»Scha-atz? Wo steckst du?«

»Küche«, antwortete er, sorgsam darauf bedacht, dass seine Stimme nicht kippte.

»Hier bist du?«, sagte Sara mit einem Restlachen nach den Abschiedsumarmungen von den Freundinnen. »Warum sind alle Lichter im Haus an?«

»Es war plötzlich so dunkel.«

»Okay? Wo ist dein Vater?«

»Wohnzimmer. Fernsehen.«

Er hörte ihren zögernden Atem hinter sich.

»Habt ihr schon gegessen?«

»Ich hab keinen Hunger.«

»War es so wild gestern?«

»Nein, Schatz, wir haben nur ein paar Bier getrunken und sind früh schlafen gegangen.«

Sara seufzte. »Wo ist Ísakur?«

»Übernachtet im Fjell.«

»Schon wieder? Der Bursche ist zu viel mit sich allein. Der wird noch komisch im Kopf.« Sie stellte die Tragetaschen auf dem Küchentisch ab. »Gibt es nichts, worüber du mit mir reden willst?«

Hjalti betrachtete die Silhouette seiner Frau aus dem Augenwinkel.

»Was meinst du?«

Sie lachte. »Wie viel Geld ich ausgegeben habe?«

»Ich … ich muss dir was erzählen …«

»Hallo, Papa!« Ihre Tochter stürmte in die Küche. »Wie findest du das?«

Hjalti lächelte verkrampft, als Røskva sich in einem weißen Kleid vor ihm im Kreis drehte. »Sehr schick, Schatz.« Er spürte Saras skeptischen Blick auf sich. »Vielleicht ein bisschen kurz.«

»Entspann dich, Papa! Milja hat Hotpants gekauft, die wie angegossen an ihrem Kardashian-Arsch sitzen.«

»Na, na!« Hjalti lachte trocken, sein Blick flackerte und fand das schief hängende Kruzifix an der Wand.

Die Tochter musterte ihn mit ihren blaugrünen Augen, die sie von ihrer Mutter geerbt hatte.

»Was ist los mit dir, Papa?«

»Was meinst du?«

»Du bist irgendwie seltsam. Und so blass. Hast du einen Kater?«

Das Unwohlsein äußerte sich als Glühen in Hjaltis Wangen.

»Vielleicht hatten wir gestern doch ein bisschen mehr als nur ein paar Bier.«

»Wenigstens einer, der es ein bisschen krachen lässt in diesem Kaff hier.« Seine Tochter blinzelte ihm zu und spazierte vor sich hin summend aus der Küche.

»Du wolltest mir was erzählen?«, fragte Sara.

»Wir, ähm …«

»Ja?«

Hjalti schüttelte den Kopf.

»Ich hab Vater gestern was trinken lassen.«

»Wie bitte?«

»Nicht viel. Wir …«

»Hjalti, du redest wirr. Erst sagst du ›ich‹, dann plötzlich ›wir‹? Entscheide dich.«

»Wir. Ich meinte wir.«

»Lass mich raten. Du und Shurdur?«

Hjalti nickte.

»Ihr hattet einen im Kahn, als dein Vater zu euch kam und ein Bier wollte, und da hat Shurdur gesagt, dass ein Bier ja wohl kaum schaden würde. Dein Vater nimmt ja auch nur dreimal am Tag Morphin.«

»Ja.«

»Ist noch Alkohol im Haus?«

Er nickte.

»Kipp ihn ins Klo. Alkohol setzt Männern Flausen in den Kopf, für die sie sich am nächsten Tag in Grund und Boden schämen.«

Der Schweiß juckte unter Hjaltis Flanellhemd.

Sara ging zu ihm und legte ihre warmen Handflächen an seine Wangen.

»Die Frauen und ich werden darüber beratschlagen, was wir im nächsten Jahr mit euch anfangen. Man kann euch einfach nicht alleine lassen.«

Hjalti seufzte. Saras Hände fühlten sich so weich, so vertraut an. Unverdient.

Hjalti und sein Vater saßen schweigend vor dem Fernseher. Die Stimme des Nachrichtensprechers lief wie eine gedämpfte Tonspur im Hintergrund. Der würzige Duft aus der Küche ließ Hjaltis Magen knurren. Er hatte den ganzen Tag noch nichts gegessen, aber jetzt, da Sara und Røskva zurück waren und das Haus mit Licht und Lachen füllten, fühlte sich alles schon fast wieder normal an.

Hjalti schielte zu seinem Vater, der mit rot geränderten Augen grimmig auf den Bildschirm starrte. Der Rollstuhl wirkte zu klein für den langen Körper, auch wenn von der einstmals stattlichen Erscheinung seines Vaters nur noch eine zerbrechliche Hülle übrig war, als hätte er sich in Wasser aufgelöst. Der Brustkorb war eingefallen und sein Sweater grau verwaschen. Zwischendurch bewegten sich die Lippen in seinem struppigen Bart, aber die Worte verhakten sich im Mund, weil ein Blutpropf im Gehirn die Bereiche gelöscht hatte, die für die Sprache zuständig waren. Es passierte immer seltener, dass in seinem Kopf ein Licht anging und er Worte zu Sätzen zusammenbauen konnte.

Hjalti schloss die Tür zum Wohnzimmer und ging neben dem Rollstuhl in die Hocke. »Vater?«, flüsterte er.

Sein Vater starrte vor sich hin, stumm, in sich versunken. Hjalti wedelte mit einer Hand vor seinem Gesicht herum. Die Pupillen des Alten bewegten sich im Takt der Hand hin und her. Gut. Da war noch Leben.

»Vater, wir müssen über gestern reden.«

Der Vater atmete tief ein. Er konnte es nicht leiden, wenn er angesprochen wurde. Das hieß, dass man ihn ansah.

»Kannst du dich an das Bier erinnern, das du gestern bekommen hast? Shurdur war auch hier.«

Die Pupillen schwammen unter seinen schweren Lidern.

»Du hast uns etwas erzählt. Erinnerst du dich?«

Schweigen.

»Etwas über …« Hjalti senkte seine Stimme zu einem trockenen Flüstern. »Eivør.«

Der Vater stieß sauer auf. »Ei…vør. Männer … in der Nacht.«

»Was?«

Ein Funke blitzte in den Augen des Alten auf. Er griff mit seinen fahrigen, knochigen Fingern nach Hjaltis Arm.

»Sie huren … sie ficken …«

»Was? Wer?«

»Die schwarzen Vögel, tanzen auf dem Kreuz, tragen es nicht auf ihren Schultern.«

»Von wem redest du?«

»Zwei Männer in der Nacht.«

»Vater, ich …«

»Alles soll in Blut baden. Die schwarzen Vögel sollen in Blut baden.« Sein Vater war außer sich, Speicheltropfen spritzten von seinen Lippen.

»Ganz ruhig. Da sind keine Männer in der Nacht«, sagte Hjalti mit unruhigen Händen.

»Zwei Männer … alles soll …«

»Was ist hier los?«

Hjalti sah erschrocken zu Sara, die im Türrahmen stand.

»Wie lange stehst du schon da, Schatz?«

»Spielt das eine Rolle?«

Der Vater hustete, als hätte er Salzwasser geschluckt.

»Vater ist plötzlich wach geworden. Er, ähm …« Hjalti schaute zu dem Rollstuhl. Der Alte war wieder abwesend. Hjalti atmete beschämt auf. Sara hatte ja recht. Alkohol brachte Männer auf dumme Gedanken. Und jetzt ängstigten sie ihn zu Tode.

Im Haus kehrte Ruhe ein. Hjalti war gerade unter die Bettdecke gekrochen, als er Saras Stimme hörte.

»Licht.«

Seine Augenlider glitten wieder auf. Sie stand in ihrem Nachthemd am Fenster.

»Was meinst du, Schatz?«, fragte er seufzend. »Komm ins Bett.«

»In der Kirche ist Licht. In der Sakristei.«

Hjalti versteifte, als würde ein eisiger Wind durchs Schlafzimmer ziehen.

»Schatz, es ist spät.«

»Du hast recht. Es ist spät. Zu spät. Da sollte kein Licht sein.« Hjalti ließ sich stöhnend zurück aufs Kissen fallen, ehe er die Decke aufschlug.

Im Flur stieg er in seine Stiefel und griff nach dem Schlüsselbund für die Kirche, aber seine Hand bekam einen leeren Haken zu fassen. Im nächsten Augenblick war hinter ihm ein Schlüsselklirren zu hören.

»Du hast sie auf den Küchentisch gelegt«, sagte Sara.

»Niemals«, murmelte er und verschwand durch die Tür.

Eine leichte Brise zog vom Fjord herüber und sättigte die Luft mit einem Duft nach Tang und Muscheln. Im Ort gab es keine Straßenlaternen, aber der bleich wie ein abgenagter Walknochen leuchtende Mond gab ein bisschen Sicht. Der Asphalt knirschte unter Hjaltis Stiefelsohlen, und in seiner Jackentasche klirrten die Schlüssel, die ihm und noch ein paar anderen Laien anvertraut worden waren, um Gottesdienste abzuhalten, wenn die wenigen Geistlichen des Landes in anderen Gemeinden Dienst taten.

Die Angeln des Eisentores ächzten, als er den Friedhof betrat. Er blieb kurz stehen und kniff die Augen zusammen. Die schwarz geteerten Holzwände der Kirche saugten das Mondlicht auf wie ein schwarzes Loch. Aber er wusste auch so, dass sie da waren, um ihn herum. Die Grabsteine. Die Toten.

Hjalti stieg die Stufen hoch zu der weiß gestrichenen, niedrigen Eingangstür, die kaum mehr als eine Luke war. Die Härchen auf seinem Unterarm stellten sich auf, als sich die offene Tür im Wind bewegte. Er war sich ganz sicher, sie abgeschlossen zu haben.

Er trat in die Waffenkammer, in der in vergangenen Zeiten die männlichen Bewohner des Ortes vor dem Gottesdienst ihre Waffen abgelegt hatten. Heute gab es hier nur noch Haken für Mäntel und Jacken. Er schaute in den dunklen Schlund des Kirchenraums, in dem die Stille schwer wie ein Briefbeschwerer lag.

»Hallo! Ist da jemand?«

Die einzige Antwort war das Echo seiner ängstlichen Stimme.

Er schaltete die mitgenommene Taschenlampe ein und leuchtete durch den Raum, in die dunklen Schneisen zwischen den Kirchenbänken, die alles Mögliche verbergen konnten. Der Duft von trockenem Holz und verlöschten Wachskerzen strömte ihm aus der verdichteten Mitternachtsversion der Kirche entgegen.

Die Angst legte sich wie eine Schlinge um seinen Hals. Er zwang seine Füße, zum Altar zu gehen. Die Bodenbretter knackten unter seinem Gewicht. Das Knacken setzte sich bis in die dunklen Winkel fort, und er schwenkte den Lichtkegel über Dinge, die nicht da waren. Vor dem Altar blieb er stehen und strahlte den gekreuzigten Jesus an. »Frau, warum weinst du?« war in den Holzfuß unter der Holzfigur geschnitzt. Für einen flüchtigen Augenblick übermannten ihn Erinnerungen aus seiner Kindheit, verborgen hinter dünnen Gardinen des Schreckens.

Er machte das Kreuzzeichen vor der Brust und flüsterte leise: »Im Namen des Vaters, des Sohnes und ...«

Hjalti fuhr zusammen. Da war ein lautes Geräusch. Als würde jemand seine Faust auf einen Tisch hämmern.

Er starrte angststumm zu dem Gekreuzigten hoch. In einem ersten Impuls glaubte er, sich verhört zu haben. Aber dann hörte er das Echo durch den Kirchraum rollen. Eine akustische Täuschung hatte kein Echo. Das Herz im Hals, griff er nach dem Kerzenleuchter auf dem Altar und schwang ihn in den Händen. Die Leuchterarme durchschnitten leere Luft. Panisch suchte er mit dem Blick die Bänke ab.

Leer. Hier war niemand. Nur er.

Da krachte es wieder. Er sah sich verwirrt im Raum um. Das musste das alte Holz sein, das in dem kalten Windzug von der Tür arbeitete. Er versuchte, seine hektischen Atemzüge wieder zu beruhigen, und schielte zur Seite. Durch den unteren Spalt der Tür zur Sakristei schob sich ein undeutlicher Lichtstreifen. Er umfasste den Kerzenhalter fester, ging zu der Tür und spürte den Widerstand in der Klinke, der von seiner eigenen zitternden Hand kam, ehe er die Tür öffnete.

Hjalti Kjølbro konnte im Nachhinein nicht mehr sagen, ob er Sekunden oder Minuten in die Sakristei gestarrt hatte, aber das war auch völlig bedeutungslos bei dem Anblick, der sich ihm dort bot, so durch und durch grauenvoll, dass sich eine Leere in ihm entfaltete, die alles verdrängte, was er jemals über Hoffnung verstanden oder zu verstehen geglaubt hatte.

2

Guten Morgen, Schatz, stehst du schon lange da?«
Simon strahlte, als er Sidsel in der Türöffnung erblickte. Sie
hatte ihm zugesehen, wie er eine schiefe Melodie pfeifend sich erst
den Finger an der Pfanne verbrannt, ihn dann in den Mund ge-
schoben und danach mit einem gezielten Schlag die Melone gespalten hatte.

»Guten Morgen, Simon.«

Sie schaute zu dem hübsch gedeckten Tisch – kleine Teller mit
Würstchen, Bacon, Granola, einem Schälchen Rührei. Ihr Magen
zog sich zusammen. Er hatte sogar ein Tischtuch aufgelegt. Das
rot-weiß karierte. Von ihrem Picknick im Sommer.

»Du bist ja schon angezogen«, sagte er und schnitt Melonen-
schiffchen ab. »Ich hab dir ein T-Shirt aufs Bett gelegt. Hast du das
nicht gesehen?«

»Doch, hab ich.«

»Und Schuhe hast du auch schon an?« Er musste ein bisschen
herumfingern, bis er die Kaffeekapsel im vorgesehenen Fach hatte.
Die Nespressomaschine saugte zischend Luft ein, und der Duft
von Kaffee mischte sich unter die schräg durchs Fenster fallenden
Sonnenstrahlen.

»Simon?«

»Ich hoffe, du hast Hunger. Ich hab Frühstück für eine ganze
Armee gemacht.« Er schnitt die Schale von den Melonenschiff-
chen. Das Fruchtfleisch erinnerte an blasse, schleimige Schne-
cken.

»Simon, sei so gut und sieh mich an.«

»Ich hab gedacht, dass wir nach dem Frühstück ...«

»Simon!«

Er legte das Messer auf das Schneidebrett. Die Flügel in seinen Augen waren bereits gebrochen, als er ihrem Blick begegnete. Er sah so gut aus mit seinem blonden Bart, den zerwuschelten Haaren, dem breiten Brustkorb aus seiner Zeit als Wettkampfschwimmer und seinen weißen Zähnen, die beim Lachen strahlten, dass es sie ganz schwindelig machte.

»Das war's dann also?«, fragte er mit spröder Stimme. »Ich werde dich nicht wiedersehen?«

»Das muss nicht so sein.«

»Aber genauso ist es nun mal.«

»Simon …«

»Ich habe immer an uns geglaubt, Sidsel. Egal, wie oft ich deine Angst davor gesehen habe, mich einzusperren.«

Sie senkte den Blick.

Er schüttelte den Kopf. »Was war ich doch für ein Idiot. Ich hätte Angst haben sollen, dass ich dich einsperre.«

»Es tut mir so leid …«

»Das muss dir nicht leidtun. Verdammt, du warst gestern so kurz davor, es mir zu sagen.« Er hielt einen schmalen Streifen Luft zwischen Daumen und Zeigefinger. »Ich hab es in deinem Blick gesehen. Und ich bin als der glücklichste Mann auf der Welt eingeschlafen.«

Sidsel schüttelte sich. Der Duft der Würstchen und der Eier legte sich als dicker, zäher Film auf ihre Nasenschleimhäute.

»War das mit uns jemals echt?«, fragte er nach einer kurzen Pause. »Zu irgendeinem Zeitpunkt?«

Sie starrte auf die Bodenbretter. Simons gedämpfte, verletzliche Stimme klingelte in ihren Ohren. Er sollte sie schütteln, Teller zerschlagen, auf ihrem verrotteten Innern herumtrampeln. Aber da Simon einer der wenigen Männer war, dem eine Frau in ihrem Leben vielleicht ein- oder zweimal das Glück hatte zu begegnen, würde er sein Ego zurückstellen, um ihr das Gehen zu erleichtern.

Sie wusste das alles. Aus der Folge der vielen anderen Simons, die es in ihrem Leben gegeben hatte.

Und weil er der Stärkere von ihnen beiden war, auch wenn es auf den ersten Blick nicht so wirkte.

Sidsel lief zu ihrem Auto. Ein tropfender Wolkenteppich hatte die Sonne verschluckt. Der Gehweg war noch immer von dem Feuerwerk verdreckt, mehrmals rutschte sie fast auf den Knallerhülsen aus, die wie aufgelöste Klopapierrollen überall herumlagen.

Sie stieg kurzatmig ins Auto, in dem es eiskalt war. Ihre Hände zitterten. Die Schlüsselspitze klackerte gegen das Zündschloss, ohne den Schlitz zu treffen. Sie gab es auf und ließ ihren Gefühlen freien Lauf: den Tränen, der Trauer. Der Wut. Sie schlug mit den Händen auf das Lenkrad und schrie so laut, dass es das Wageninnere erfüllte:»Ich liebe dich, Simon! Ich liebe dich, liebe dich, liebe dich!«

Sie begegnete ihrem rot umrandeten Blick im Rückspiegel und schlug zu. Der Faustschlag riss den Rückspiegel aus der Halterung unter der Decke. Sie starrte auf das zersplitterte Spiegelglas, das noch an einem Kabel hing. Von ihrem Knöchel lief ein dünner Streifen Blut über den Handrücken. Ihre Hand zitterte nicht mehr. Sie bekam den Schlüssel ins Zündschloss und scherte auf den Blegdamsvej aus.

Es war Samstag, der 1. Januar. Sie hatte zwei Tage zum Weinen, bevor sie wieder zur Arbeit musste.

3

Lucas Stage rieb seine Hände unter dem lauwarmen Wasserstrahl. Die Seife schäumte auf, eine naturweiße Masse, die die Haut von Bakterien, Viren und DNA reinigte, während der aufgerissene Abflussschlund die infizierte Brühe schluckte. Ihn schluckte.

So trat er ihnen am liebsten gegenüber: sauber, im Reset-Modus.

Er begegnete seinem chlorblauen Blick im Spiegel. Das Haar platinblond und zum Anlass des Tages zurückgekämmt, was seine markante Kinnpartie und seinen breiten Mund nur noch stärker hervorhob. Seine Haut war das ganze Jahr über kreideweiß, da er sich meist in geschlossenen Räumen aufhielt und sich nur aus triftigem Grund der Sonne aussetzte. Die Frauen beklagten sich nicht über seinen weißen Körper, der mager, aber muskulös und von kleinen und mittelgroßen Tattoos übersät war. Eine seiner erinnerungswürdigeren Sexpartnerinnen hatte einmal gesagt, Sex mit ihm sei wie das Lutschen eines glatten Minzdrops.

Er sah im Spiegel, wie sich seine Mundwinkel bei dem Gedanken zu einem breiten Grinsen verzogen, der unbekümmert flapsigen Variante. Lucas zog die Augenbrauen einen Hauch nach oben, entspannte die Mundwinkel, und schon war da sein verständnisvolles Lächeln. Das Lächeln, das gleich Anwendung finden würde.

Wie ein Musiker ein feinfühliges Instrument, stimmte er die Saiten seiner Mimik so lange, bis er den passenden Ausdruck gefunden hatte, die emotionale Tangente, bei der die Leute sich seiner Agenda unterordneten.

Und Lucas Stage war ein Mann mit vielen Agenden.

Aber ihm fehlte die Fähigkeit, die Gefühle, die er aussandte, selbst zu empfinden. Der Arzt, bei dem er während seiner Kindheit in Behandlung gewesen war, hatte ihm die äußerst bildhafte Diagnose gestellt, dass er mehr Reptil als Säugetier war. Weil das limbische System seines Gehirns stark geschädigt und auf ein prozentual niedriges Niveau seiner Funktionsfähigkeit heruntergesetzt war. Unglücklicherweise war das limbische System sozusagen der Kontrollraum des Gehirns für Gefühle und instinktives Handeln. Wenn man das normale Gefühlsleben als welligen Bleistiftstrich darstellte, war Lucas' mit dem Lineal gezogen.

Er wusste nicht, wie er die Diagnose werten sollte.

Aber zumindest kannte er die Ursache dafür: In einer Haschpsychose hatte seine Junkiemutter LSD in seine Milchflasche gegeben und ihren zwei Monate alten Sohn zwischen den Müllsäcken in einer Seitengasse der Skodsborggade abgelegt, in der Hoffnung, dass die Ratten oder die Drogen die verpasste Abtreibung nachholten, die sie dank ihres Mutterinstinkts oder was auch immer nicht durchgezogen hatte. Lucas hatte den Mann, der ihn zwischen dem Abfall gefunden hatte, nie kennengelernt, weil er damals seinen Namen in der Notaufnahme nicht angegeben hatte. Verständlich. Wer wollte schon ein Baby, das aus der stinkenden Fotze eines Müllschachts gezogen worden war.

Aber ansonsten war sein Leben, so empfand Lucas es selbst, absolut befriedigend. Im Laufe seiner Polizeikarriere hatte er gelernt, dass die meisten Verbrechen in emotional aufgeladenen Momenten begangen wurden. In der blutroten Sekunde, wenn die verzweifelten Kreaturen dem diabolischen Flüstern in ihren Köpfen nachgaben und ihre untreuen Partner töteten, vor einen Zug sprangen oder sich eine fatale Dosis Dreck in den Kreislauf schossen.

Und auf der Schattenseite, in seinem kriminellen Dasein, war sein kühler Kopf wie ein Leuchtturm, der ihn sicher durch eine Welt gewalttätiger, unberechenbarer Individuen navigierte, die längst ihre Seele an den Teufel verschachert hatten.

Aus diesem Grund spekulierte Lucas nie über seinen brutalen Start ins Leben. Er hatte ihn akzeptiert und sich in sein Dasein als evolutionshistorischer Geisterfahrer gefügt. Außerdem war das Reptil für seine extrem hohe Schmerzschwelle bekannt, und war das letzten Endes nicht die ultimative Voraussetzung fürs Überleben? Die Fähigkeit, der Wille, Schmerz auszuhalten. Der Gedanke weitete seinen Brustkorb. Einer der emotionalen Kicks, die sein Gehirn ihm hin und wieder gönnte.

Lucas zog sein Seidenhemd zurecht, das strahlte wie das Feuerwerk am Neujahrshimmel, und verließ die Herrentoilette.

»Ich versteh das nicht. Ich habe das einzig Richtige getan! Der verfluchte Satan hat sich an meinen Kindern vergriffen.«

»Ihre Ex-Frau kann nicht bestätigen, dass es …« Lucas nahm ein Blatt mit einem Zeitplan über die Verfügbarkeit des Verhörraums vom Tisch, »… Fummeleien und autoerotischen Kontakt mit ihren Kindern gegeben hat.«

»Ich weiß ja nicht mal, was das heißt.« Der Mann vergrub das Gesicht in seinen Händen. Schwarze Narben zogen sich über seine Knöchel, die Nägel waren gelb und rissig. Der Preis seiner jahrelangen Schnorcheltour durch Kopenhagens Drogenmilieu. »Meine Ex-Frau fixt nonstop, Mann. Die rafft nichts. Das Sofa, auf dem sie nach einem Schuss liegt, könnte genauso gut auf dem Mond stehen.«

Lucas legte drei Fotos auf den Tisch.

»Sie haben den neuen Lover Ihrer Frau mit einem Spalthammer erschlagen.«

Der Mann glotzte die Fotos an. »Das war Notwehr.«

»Dreißig Schläge? Der Rechtsmediziner hat irgendwann aufgegeben, die Schädelstruktur des Typen zu rekonstruieren.«

»Ich bin der Vater der Kinder. Das Schwein hat sie missbraucht!«

»Sie können Ihren Kindern kein Vater sein, wenn Sie lebenslänglich im Gefängnis sitzen.« Lucas setzte sein verständnisvolles

Lächeln auf. »Aber ich verstehe Sie. Wenn sie Sie verlässt, ist sie für Sie ... präsenter denn je. Ist es nicht so?«

Der Mann schluckte.

»Die einsamen Nächte, die Zimmerdecke über dem leeren Bett, die plötzlich zu einer Kinoleinwand wird. Die Bilder bohren sich in Ihren Kopf. Ihre Ex, ihr neuer Lover, nackt, eng umschlungen. Rammeln wie die Tiere. Das vertraute Gespräch hinterher, vielleicht reden sie über Sie. Sie lachen über Sie, der Neue macht sich über Ihre Fehler lustig, während Ihre Ex sich an ihn schmiegt wie eine läufige Hündin.«

Der Mann kniff die Augenlider zusammen.

»Ich kenne das«, sagte Lucas. »Frauen können einen Mann um den Verstand bringen, ihn für eine blutrote Sekunde Vergangenheit und Zukunft vergessen lassen.«

»Ich ... ich ...«

»Und für diese eine Sekunde sollen Sie nun für den Rest Ihres Lebens büßen. Das ist nicht gerecht, stimmt's? Das waren schließlich Ihre Kinder, die von ihrem Neuen terrorisiert worden sind.«

»Sie ... Sie glauben mir? Dass er meinen Kindern was angetan hat?«

»Ich glaube, dass wir manchmal edle Motive erfinden, um unsere grausamen Taten zu rechtfertigen.« Lucas drehte einen seiner Siegelringe an der Fingerwurzel. »Aber an diesem Tisch bin ich Polizist. Es geht mir nicht um das ›Warum‹. Es geht mir um die Tat.«

Der Mann schluchzte, biss sich auf die Lippe, Speichelfäden liefen über sein Kinn.

Lucas zog die Augenbrauen hoch, senkte die Stirn: sein Ich-sehe-dich-Ausdruck.

»Wenn Sie eine fahrlässige Tötung gestehen, bleibt Ihnen eine lebenslange Haftstrafe erspart, und Ihre Ex-Frau trägt nicht den Sieg davon. Und Ihre Kinder bekommen Zeit mit ihrem Vater.«

»Ich weiß nicht ...«

»Gestehen Sie. Erleichtern Sie Ihr Gewissen.«

Lucas schob eine Hand über den Tisch und umfasste sein Handgelenk. Der Mann zuckte bei der Berührung zusammen, aber Lucas nahm die Hand nicht weg. Er stellte sich vor, wie die Reinheit seiner Haut in ihn strömte, ihn von seinen Sünden reinwusch.

»Der Schmerz ist ausdauernd«, sagte Lucas mit leiser Stimme. »Aber das ist Ihr Körper nicht. Lassen Sie ihn los, ehe er Sie bei lebendigem Leib auffrisst.«

Wie von einem Säbelhieb quer über den Bauch brach der Mann zusammen.

»Okay! Ich gestehe! Ich habe das Schwein umgebracht, habe ihm ins Gesicht geschlagen, bis ...«

»Was ist passiert?«, fragte Henrik verdutzt und blieb stehen.

Lucas schloss die Tür zum Vernehmungsraum hinter sich und ging seinem Kollegen entgegen.

»Wir haben ein Geständnis.«

Henrik kniff die Augen zusammen, als ob der Dampf von den zwei Pappbechern in seiner Hand ihm in den Augen brannte.

»Hast du ihn ohne mich verhört?«

»Schreibst du das Protokoll?«

Lucas schnappte sich einen der Becher und gab ihm dafür den USB-Stick mit der Tonaufnahme.

»Was zum Teufel ...«

»Ich habe uns soeben ein Geständnis besorgt, während du dreißig Minuten zum Kaffeeholen gebraucht hast. Hat die süße Kleine aus der Kantine dich aufgehalten?«

»Du kannst einen Verdächtigen nicht einfach allein verhören.«

Lucas seufzte. »Er heißt ab jetzt ›der Angeklagte‹. Er hat gestanden. Komm lieber in die Hufe und tipp das ab. Ich brauche den Bericht vor Feierabend im System.«

»Hallo!«, fuhr Henrik ihn mit feurigem Blick an. »Hat deine fucking Arroganz irgendeine Höchstgrenze?«

»Arroganz? Ich kenne einfach meine Rolle. Was bei dir ja offensichtlich nicht der Fall ist.«

»Ich hab auch was dazu beigetragen. Das Geständnis ist unser beider Verdienst.«

»Quatsch. Ohne mich kein Geständnis.«

Henrik machte einen Schritt nach vorn. »Wie wäre es, wenn du ...«

Lucas schnappte sich einen Kugelschreiber aus der Brusttasche des Kollegen und schrieb ein paar Zahlen auf den Pappbecher.

»Was zum Teufel machst du da?«

»Wenn du so verzweifelt an ihre Nummer kommen willst, frag doch einfach mich.«

4

Die tief stehende Wintersonne glühte in den Fenstern des kreisrunden, von achtundachtzig französischen Kalksteinsäulen umrahmten Innenhofes von der Größe eines halben Fußballfelds. Nach außen hin präsentierte sich das massive, bunkerhafte Gebäude, das Kopenhagens Polizeipräsidium beherbergte, mit einer groben Mörtel- und Formsandfassade, während es innen hallende Kammern mit korinthischen Säulen, Bronzeskulpturen und grau gesprenkeltem Savonnière-Stein gab. Diese Pracht hatte im Zweiten Weltkrieg die nationalsozialistische Besatzungsmacht dazu verführt, ihr Hauptquartier im Polizeipräsidium einzurichten und dafür zweitausend dänische Polizisten in Konzentrationslager zu deportieren.

Lucas verschwendete weder einen Gedanken an die Nazis noch an die Architektur, als er den runden Innenhof durchquerte. Das Echo seiner Absätze klackerte zwischen den Säulen wie der klagende Geist der Klapperschlange, die ihr Leben für seine sauteuren Schuhe hatte lassen müssen. Er suchte Schutz im Ehrenhof, zündete sich eine Zigarette an und blies den Rauch in Richtung der Bronzestatue von dem Schlangentöter. Gerüchten zufolge hatten sie dem nackten Jungen ein Hakenkreuz in den Sack geritzt.

»Was geht dir durch den Kopf?«, fragte Jonas Riel.

Lucas blies den Rauch seinem Chef ins Gesicht, der aus einem toten Winkel gekommen war.

»Ob ich mir ein neues Tattoo stechen lasse.«

Riel verzog das Gesicht.

»Hast du noch Platz für mehr Frauennamen?«

»Ich nehme ja nur ihre Initialen.« Lucas hielt Jonas das Päckchen hin.

24

Riel fischte sich eine Zigarette heraus und legte die Hände schützend um die Flamme des Feuerzeugs in Lucas' freier Hand.

»Henrik war heute bei mir«, sagte Riel. »Er meinte, du hättest den Verdächtigen alleine verhört.«

»Henrik sollte jetzt eigentlich gerade das Geständnis abtippen.«

»Das grenzt an Ungehorsam.«

»Dann schlage ich doch mal vor, dass du mit ihm redest.«

Riel musterte Lucas mit dem stumpfen, unbewegten Blick des ehemaligen Elitesoldaten, der in seinem Leben schon häufig Entscheidungen mit harten Konsequenzen für sich selbst und andere hatte fällen müssen. Und er hatte seinen tatkräftigen Militärinstinkt nicht mit dem Barett an den Nagel gehängt. Als im letzten Jahr ein Streifenwagen in Lyngby-Taarbæk ein Reh überfahren hatte, hatte er das Tier in der Herrendusche zerlegt und den Kollegen aus der Abteilung ein paar leckere Stücke mit nach Hause gegeben. Lucas schätzte seinen Chef und seinen Führungsstil durchaus, aber nicht in dem Maße, wie Riel es sich vermutlich einbildete.

»Die Task Force 14 hat eine neue Fallakte geschickt«, sagte Riel.

»Ich habe meine Überstunden von Smøl Vold noch nicht mal abgefeiert.«

»Der Polizeipräsident hat den Fall als rot eingestuft.«

»Ich habe heute Abend meinen Literaturklub.«

»Die Wahl ist auf dich gefallen, Lucas.«

»Warum?«

Riel verschränkte die Arme gegen die Kälte vor der Brust.

»Sieh es dir wenigstens an.«

Aus dem Augenwinkel registrierte Lucas zwei Dinge: Erstens, dass sein Chef in seiner North-Face-Jacke eigentlich nicht frieren dürfte. Zweitens, dass er seinen Chef noch nie hatte rauchen sehen.

»Welcher Polizeibezirk?«

Riel tippte die Asche ab, ehe er antwortete. »13.«

»Ich habe mich hoffentlich verhört.«

»Nein, hast du nicht. Und bevor du was sagst …«

»Nein.«

Riel drehte sich zu Lucas um.

»Es soll sehr schön sein auf den Färöern. Und du findest dort garantiert jede Menge Inspiration für neue Tätowierungen.«

Lucas blies den Rauch zwischen den zusammengepressten Zähnen aus.

»Sorry, Chef. Ich weiß, wie sehr es dir das Herz wärmt, der Tyrann in meinem Leben zu sein. Aber das hier geht zu weit. Ich bin in Süderjütland fast an Langeweile gestorben, und jetzt willst du mich nach Tórshavn schicken, diesem Dreckskaff mit höchstens zehntausend Einwohnern oder weniger?«

»Nein.«

»Nein?«

»Du sollst in einen kleinen Ort namens Gøta. Knapp hundert Einwohner.«

Lucas schnipste die Zigarettenkippe in einer Rauchspirale durch die Luft.

»Hast du schon mal Erfolg damit gehabt, jemanden von einer Mission zu überzeugen, indem du ihm vorher alle Nachteile aufzählst?«

Riel richtete seinen Blick auf die vier Meter hohe Statue.

»Wusstest du, dass der Schlangentöter den Kampf des Guten gegen das Böse symbolisiert?«

Lucas musterte das abgewandte Gesicht seines Chefs im Profil: die dunklen Augen, die faltige Haut mit der ledrigen Mattheit von den schlaflosen Sondereinsätzen. Ein Gesicht, das so ziemlich alles gesehen und ausgetestet hatte. Und das heute eine stumme Trauer verströmte.

»Was genau ist da auf den Färöern passiert?«, fragte Lucas.

Riel rieb seine Handflächen aneinander, die nicht warm werden wollten.

»Das Böse.«

5

Sidsel fuhr mit dem Wagen durch das elektrische Tor des kriminaltechnischen Instituts in Glostrup. Das Polizeiquartier Vestegnen beherbergte eins der zwei kriminaltechnischen Institute des Landes, und obgleich Sidsel seit der Einweihung 2018 als Forensikerin für die Abteilung arbeitete, war sie jedes Mal wieder verblüfft, dass der gelbe Backsteinkasten neben hypermodernsten Laboren, einem Ballistikraum, einer Brandwerkstatt und einem »Blutraum« auch die absolut mieseste Kantine des Landes hatte.

Sie fuhr auf ihren Parkplatz und schaltete den Motor aus. Warf einen Blick in den mit Gaffa-Tape festgeklebten Rückspiegel. Ihre roten Augen würde sie mit einer Januarerkältung entschuldigen können. Es war ihr schleierhaft, wie ein Mensch so viel heulen konnte wie sie an diesem Wochenende. Die vielen havarierten Beziehungen begannen an ihr zu zehren. An Körper und Seele. Sie hätte es sich ausrechnen können, dass das Versprechen, das sie sich als Vierzehnjährige gegeben hatte, einer Vierzigjährigen an die Substanz ging.

Sidsel überquerte den Parkplatz und betrat die Eingangshalle, nickte dem Security-Mann hinter der Panzerglasscheibe zu und nahm die Treppe hoch in den zweiten Stock. Ihre Turnschuhe quietschten auf dem Bodenbelag des fensterlosen Korridors mit den schwarzen Kameraaugen unter der Decke, und wie immer beschlich sie das Gefühl, sich in einem Geheimarchiv tief unter der Erde zu befinden.

Sidsel zog die Tür zu ihrem Büro hinter sich zu. Sie hatte sich vorgenommen, den Tag mit der Lektüre einiger wissenschaftlicher Artikel über Blutspurenmusteranalysen zu verbringen, die sie schon viel zu lange vor sich hergeschoben hatte. Und außerdem konnte sie die Tätigkeit hinter verschlossener Tür erledigen.

Die Blutspurenmusteranalyse war eine kontroversielle kriminaltechnische Disziplin. Da gab es diejenigen, die der Meinung waren, dass Blutpuren an einem Tatort subjektive Interpretationssache waren und in keinem Fall so definitiv wie DNA oder Fingerabdrücke. So weit stimmte Sidsel dem zu. Aber ansonsten war Blut ein faszinierendes Fluidum, das nahezu eine Persönlichkeit hatte, die eine Geschichte erzählte. Blut war dynamisch und hochsensibel, voller lebender Zellen und aktiver Enzyme, die selbst bei mikroskopischen Abweichungen der Rahmenbedingungen ihren Charakter änderten. Temperaturausschläge, Alkoholkonsum, Krankheit oder Drogensucht. Das Blut offenbarte jedes noch so kleine Geheimnis.

Wir waren unser Blut.

Eine Stunde später hatte Sidsel es immer noch nicht bis durch den ersten Abschnitt des Artikels geschafft. Sie war so in ihr eigenes bedrückendes Gedankenchaos vertieft, dass sie einen regelrechten Schock bekam, als ihre Abteilungsleiterin Lærke sich vor ihrem Schreibtisch räusperte.

»Was machst du hier?«, murmelte Sidsel verwirrt.

»Ich habe geklopft.«

»Aha.«

»Dreimal. Warum versteckst du dich in deinem Büro?«

»Ich muss was lesen.«

Lærke streckte den Hals und las die Überschrift.

»Blutspurenmusteranalyse. Na, so ein Zufall!«

Sidsel zog die Augenbrauen hoch. Falls das ironisch gemeint war, verstand sie die Anspielung nicht.

»Alle sind aus den Weihnachtsferien zurück. Du warst nicht beim gemeinsamen Frühstück heute Morgen.«

»Sorry, ich fühl mich nicht ganz frisch.«

»Du siehst tatsächlich ziemlich blass um die Nase aus. Bist du schwanger?«

»Was?« Sidsels plötzlicher Ausbruch erschreckte sie nicht weniger als ihre Chefin.

Lærke spitzte die lippenstiftroten Lippen.

»Wir haben einen Fall reinbekommen. Was Großes.«

»Ah ja?«, sagte Sidsel und versuchte, wenigstens Interesse zu heucheln.

»Auf den Färöern ist ein vierfacher, wenn nicht gar fünffacher Mord passiert. Wir wissen noch nicht, ob … Alles in Ordnung mit dir?«

Die Spucke in Sidsels Mund wurde zu Asche. Sie nahm einen glucksenden Schluck aus ihrer Wasserflasche.

»Auf den Färöern?«

»Ja. Und wie du dir denken kannst, haben die Polizeieinheiten dort nicht die Ressourcen für ein Verbrechen auf diesem Niveau. Die meisten Polizeibeamten arbeiten im Nebenjob als Touristenführer oder Kassiererin.«

Sidsels versteinertes Gesicht ließ Lærke das Lachen im Hals stecken bleiben.

»Du wirst dir ja sicher denken können, wieso ich ausgerechnet zu dir gekommen bin, Sidsel. Oder soll ich lieber Eivør sagen.«

6

Sidsels Herz begann zu hämmern, ihr Zwerchfell verkrampfte. Mit einem Wort hatte ihre Chefin eine Schleuse in den Weltraum geöffnet, dessen pechschwarzes Vakuum alle Luft aus dem Büro saugte.

Eivør.

Sidsel hatte ihren färöischen Namen das letzte Mal vor der Jahrtausendwende gehört. Und jetzt kam Lærke hereingerauscht wie eine mächtige Geisterbeschwörerin und erweckte den Namen zum Leben, den Fluch, und dann noch mit einer irritierend korrekten Aussprache: Ai-vør.

Sidsel holte rasselnd Luft.

»Woher kennst du den Namen?«

»Der färöische Polizist hat ihn benutzt.«

»Was? Welcher Polizist?«

»Jalle, Jari ...«

»Hjalti.«

»Genau, Hjalti.« Lærke schnipste mit den Fingern. »Komischer Name! Er war der erste Anrufer, als ich heute Morgen ins Büro gekommen bin. Warum hast du nie erzählt, dass du einen Zwillingsbruder hast?«

Sidsel schob den Stuhl zurück.

»Ich gehe nicht auf die Färöer.«

»Hör zu, Sidsel, du bist die erste Wahl. Du sprichst die Sprache und kennst die Gepflogenheiten dort. Und die Polizeieinheit hat dezidiert nach dir gefragt. Auf Empfehlung deines Bruders.«

»Die sprechen astreines Dänisch auf den Färöern.«

Lærke überhörte ihren Einwand.

»Die Task Force 14 mischt ebenfalls mit. Sie schicken einen Experten. Das wird bestimmt irre spannend!«

»Es muss doch noch andere geben. Was ist mit Jonas?«

»Seine Frau hat demnächst ihren Termin.«

»Simone?«

»Ausgeschlossen. Ihre Tochter ist erst ein Jahr alt.«

Sidsel spürte eine angespannte Panik in ihrer Stimme.

»Kann sie ihr Kind nicht einfach mitnehmen?«

Lærkes Lächeln erstarrte.

»Ich biete dir da einen riesigen Fall an. Dein Bruder hat übrigens erwähnt, dass dein Vater auf den Färöern lebt. Nutz die Zeit, deine Familie zu treffen.«

»Ich bin hier in Dänemark zu Hause.«

Die beiden Frauen sahen sich stumm an.

»Also …« Lærke dämpfte die Stimme auf ein Niveau überzeugender Vertraulichkeit. »Hjalti hat schon vermutet, dass du ablehnen würdest. Darum hat er mich gebeten, dir zwei Dinge mitzuteilen.«

»Okay?«

»Dein Bruder sagt, dass dein Vater krank ist und nicht mehr viel Zeit hat.«

»Und das Zweite?«

»Das wirst du mir erklären müssen.«

»Was heißt das?«

»Ich soll dir sagen, dass eins der Opfer der Pastor aus dem Ort ist. Er heißt … oh Mann, diese Namen! Er fängt mit …«

»Jákup.«

»Exakt. Kennst du ihn?«

»Ich kenne niemanden auf den Färöern.«

Lærke lächelte mit zusammengekniffenen Augen.

»Deswegen brauchen wir dich aber trotzdem.«

»Ist das ein Befehl?«

»Der Task-Force-14-Agent startet heute Abend von Kastrup aus. Um achtzehn Uhr. Pack eine lange Unterhose ein.«

Sidsels Magen krampfte.

»Was ist mit meiner Ausrüstung?«

»Die Technik ist schon dabei, deine Sachen zu verpacken.«

»Aber ich stemm die ganze Technik nicht allein.«

»Die Obduktionen werden mit unserem Institut abgestimmt. Du kriegst so schnell wie möglich einen Rechtsmediziner an die Seite gestellt. Bis dahin dürftest du dir einen Überblick über die kriminaltechnischen Details am Tatort verschafft haben. Die Polizei vor Ort hat einunddreißig Beamte zusammengetrommelt. Ein Fünftel der färöischen Polizeistärke.«

»Du hast eben gesagt, die Beamten hätten Nebenjobs als Kassiererinnen und Touristenführer. Die will ich nicht in der Nähe meines Tatorts haben.«

»Das klingt schon viel besser, Sidsel!«

»Oh nein, stopp, ich meine …«

»Du wirst da oben die absolute Arbeitsruhe haben. Keine Ablenkung.«

Die Tränen bliesen sich zu einem Ballon hinter Sidsels Augen auf. Sie fühlte sich nicht in der Lage, die praktischen oder persönlichen Aspekte der Situation abzuschätzen.

»Du hast gesagt, die Morde hätten ›stattgefunden‹, nicht, dass sie begangen wurden. Was genau meinst du damit? Was hab ich mir unter einem stattgefundenen Mord vorzustellen?«

Lærke holte tief Luft.

»Das Beste wird sein, wenn ich es dir zeige.«

7

B lut.
Glänzende Blutlachen.

Die Wände der Sakristei waren von roten Lackmustern überzogen, als wäre in der Mitte des Raums ein blutgefüllter Ballon explodiert. Über die Bodenbretter war ein tiefroter zäher Brei verteilt wie nach einer Elefantengeburt, und überall lagen umgekippte Stühle, Glasscherben und verstreute Papierstapel.

Während Lucas' Blick die makabren Details der Fotografien aufnahm, tauchten aus der Masse Silhouetten auf. Vier menschliche Körper. In Talare gekleidet. Sie lagen wie Schlenkerpuppen hineingeworfen in den explosiven Blutrausch, der selbst als unbewegtes Foto eine spürbare Aura von Geschrei und Tumult ausstrahlte. Die weißen Beffchen sahen aus wie Sabberlätzchen nach dem Zahnziehen. Vor Eintreten des Todes waren sie offensichtlich blutspuckend durch den Raum getaumelt, während das Blut aus den Stichwunden in ihren Talaren, Handflächen und Gesichtern geleckt hatte.

Lucas riss den Blick vom Bildschirm los.

Jonas Riel stand mit verschränkten Armen auf der Anschiss-Seite seines eigenen Schreibtisches.

»Die brauchen dich da wirklich.«

Lucas studierte das verkniffene Gesicht seines Vorgesetzten.

»Die Pfarrer haben Waffen in den Händen.«

Riel nickte, unkonzentriert, als schössen ihm tausend Gedanken gleichzeitig durchs Hirn.

»Laut Aussage der färöischen Polizei sind das Waffen für die Grindwaljagd.«

Lucas hatte von der färöischen Tradition des Grindwalfangs gelesen. Er stellte sich die Wale als schwarze Berge an einem blutroten Strand vor, von Fischkuttern zu ihrer Abschlachtung mit Haken, Speeren und Messern ins flache Wasser getrieben. Eine gewisse Ähnlichkeit mit den schwarzen, blutverschmierten Talaren der Pfarrer war nicht zu leugnen.

»Tieraktivisten?«, fragte er.

»Es ist noch zu früh, um Näheres zur Symbolik und zu den Motiven zu sagen.«

»Noch gar keine Theorien?«

»Der färöische Polizeidirektor hat eine vorsichtige Vermutung geäußert.«

»Die da wäre?«

»Dass die Pfarrer sich gegenseitig in einer Art religiösem Blutrausch umgebracht haben.«

Lucas sah, dass der Chef nach einer emotionalen Reaktion in seinem Gesicht suchte, etwas, das seinen eigenen Schockzustand widerspiegelte. Er fand nichts.

»Mord ist eine christliche Sünde«, sagte Lucas belehrend. »Genau wie Selbstmord. Das ergibt keinen Sinn, dass vier Pfarrer sich gegenseitig umbringen oder rituell Selbstmord begehen.«

Riels Augen flackerten. »Fünf.«

»Was?«

»Es waren fünf Pfarrer in der Kirche, als es … passiert ist. Aber der fünfte Pfarrer ist verschwunden.«

»Woher wissen sie dann, dass es fünf waren?«

»Der fünfte ist der Pfarrer der Ortsgemeinde. Er hatte seine vier Kollegen an diesem Wochenende zu einer Art Konzil eingeladen.«

Lucas schüttelte den Kopf.

»Bei einem Konzil werden auf höherer kirchlicher Ebene kirchenrechtliche Beschlüsse getroffen. Das hier war vermutlich eher eine Synode. Ein kleineres Treffen mit lokalen Themen auf der Tagesordnung.«

»Macht das einen Unterschied?«

»Synoden sind in der Regel … kontrollierender. Die Pfarrer erheben sich sozusagen zur Sittenpolizei in Gemeindeangelegenheiten. Ein selbstgerechter Euphemismus, der im Grunde nur die kirchlichen Machtstrukturen festzurrt.«

»Woher weißt du solche Sachen?«

»Ich bin mal Gott begegnet.« Lucas massierte die leichte Spannung in seiner Brust.

Riel kratzte sich im Nacken.

»Kann ich das als Ja deuten?«

»Es kann ja wohl nicht so schwer sein, in einer kleinen Inselgemeinde einen Mörder dingfest zu machen, wo jeder jeden kennt.«

»Das hier ist kein Agatha-Christie-Krimi. Das hier ist … Mir fällt kein passender Ausdruck ein, es zu beschreiben.«

»Was ist mit den Überstunden?«

»Du wirst deine verflixten Überstunden von Smøl Vold schon noch abgefeiert kriegen.«

»Und du schickst nur mich?«

»Und jemanden vom kriminaltechnischen Institut. Und so schnell wie möglich einen Rechtsmediziner.«

»Mager.«

»Wenn ich das große Paket auf die Färöer schicke, wird es keine Minute dauern, bis die Pressegeier in den Ort einfallen. Das würde eure Arbeitsbedingungen durch die ganzen zeitfressenden Rücksichten nur unnötig verkomplizieren. Pressemitteilungen, Absperrungen, Schikane …« Der Chef wedelte mit der Hand. »Wir halten das Ganze besser im überschaubaren Rahmen.«

Lucas nickte. Riels Strategie war riskant, entbehrte aber nicht einer gewissen Logik. Das Massengrab in Smøl Vold war bereits wenige Stunden nach seiner Entdeckung von den Medien überrannt worden. Süderjütlands Stadtgericht hatte noch immer eine Reihe Fälle von Zusammenstößen zwischen aufdringlichen Journalisten und keinen Spaß verstehenden Süderjütländern auf dem Verhandlungstisch.

»Ich weiß nicht recht«, murmelte Lucas.

»Keine weiteren Ausflüchte, jetzt!«, bellte Riel. »Ja oder nein?«

»Kommt drauf an ...«

»Auf was?«

Lucas beugte sich vor. Das Lächeln auf seinen Lippen wirkte fast echt.

Mir ist noch nie ein Mensch mit einer durch und durch guten Seele begegnet. Die Seele wirft immer zwei Schatten. Hinter jeder guten Tat lauern Bedingungen, Gier, Verlangen. In gewisser Weise müsste ich meiner Mutter dankbar sein, dass sie mir meine Seele gestohlen hat. Mein nicht vorhandenes Bedürfnis dazuzugehören oder einem anderen Menschen etwas zu bedeuten, fühlt sich an wie ein lebenslanger Freifahrtschein. Zumindest, wenn ich meine naiven Mitmenschen betrachte, wie sie sich von dem Fließband des Lebens die Klischees zusammensammeln und daraus ihre *ganz und gar einzigartige Identität* konstruieren, ohne auch nur einen Gedanken daran zu verschwenden, dass sie doch auch bloß die Summe der gleichen begrenzten Auswahl sind, über die die anderen in der Schlange sich so idiotischerweise die Hände reiben. Sie sehen es schlicht und ergreifend nicht. Den gravierenden Unterschied zwischen dem, was sie sind, und der Idee von dem, was sie zu sein glauben. Ist das die Essenz der Seele? Verleugnung? Eine scheinheilige Schwerkraft, die all die schönen, verbotenen Impulse mit sich in die Tiefe zieht, weil der Mensch nichts mehr fürchtet als die Verurteilung durch die Gemeinschaft. Abzuweichen.

Darauf kann ich gut verzichten. Und lebe lieber frei.

Darum halte ich ihren Kopf fest, bis die Lunge sich mit Wasser gefüllt hat, bis die Spasmen, die über die Wirbelsäule rollen wie ein panischer Trommelwirbel, verebben, bis die Muskulatur erschlafft und sich am Ende nur noch ihr Haar im seichten Wasser bewegt wie dicke, rote Spinnweben.

†

Immer wieder der gleiche Traum. Seit meiner Geburt.
Ich fliege.
Meine Füße berühren die Erde nicht. Ich fliege. Jede Nacht.

Ich bin verkehrt. Das hat mir niemand erzählt. Ich weiß es einfach.

Nicht äußerlich. Äußerlich sehe ich aus wie ein normaler Junge. Das sehe ich, wenn ich die anderen Kinder ansehe. Wie ich haben sie dünne, knochige Beine, fressen wie die Ferkel und reden laut, egal, ob jemand zuhört oder nicht.

Es ist in mir drin. Das Verkehrte.

Ich habe noch nie geweint. Ich kriege einfach nicht raus, wie die anderen Kinder das machen. Wie man Augenbrauen, Nase und Mund verziehen muss, dass man losheulen kann, bis einem der Speichel wie Geigensaiten zwischen den Lippen zittert. Ich weiß, wie Tränen schmecken, aber nicht, wie sie sich anfühlen.

Lachen habe ich gelernt. Das ist einfacher. Wenn Ali furzt und die anderen Kinder lachen, kneife ich schnell die Augen zusammen und fletsche meine Zähne. Aber das kostet Kraft. Ich fühle mich permanent wie ein aufgescheuchtes Tier, spitze die Ohren und lasse die anderen Kinder nicht aus den Augen. Auf dem Spielplatz. In der Kantine. Die anderen Kinder leben. Ich lerne.

Wie jetzt, als Ali sein Knie auf Jerzys Hals drückt, dessen Lippen schon ganz blau angelaufen sind. Wir sind alleine im Waschraum. Die anderen Kinder schlafen. Ich musste eigentlich nur pinkeln und hab sie hier getroffen. Ich weiß nicht, was ich tun soll. Also glotze ich.

Jerzys Fersen schlagen auf den Boden, sein Mund pfeift wie ein Walkie-Talkie. Hätte er Ali besser nicht »Kanakenschwuchtel« genannt. Alle wissen, dass Ali aus einem dieser bombardierten, von Soldaten besetzten Wüstenländer kommt. Ich hab einen der Pädagogen sagen hören, dass seine ganze Familie von Bomben getötet wurde. Darum ist er nach Polen gekommen. Eine einzige Cousine hat überlebt. Die aber wohl nur noch ein Bein hat. Bestimmt ist das der Grund. Dass Alis Augen pechschwarz werden, wenn er sauer wird. Dann tritt er um sich und beißt und schreit unverständliche Worte, weil er kein Polnisch kann. Einer der Pädagogen hat kleine dunkelrote Punkte auf dem Handrücken von Alis Zähnen.

Jerzys Körper gibt auf. Seine Ferse liegt reglos auf dem Boden, und seine Hände, die sich an Alis Schlafanzughose mit den verwaschenen Delfinen geklammert haben, lassen los. Seine Arme fallen zur Seite, es klatscht, als seine Knöchel auf den Boden schlagen.

Ali ist mit einem Satz auf den Beinen. Jerzy liegt ganz still da. Jetzt pfeift Ali wie ein Walkie-Talkie. Er stürmt aus dem Waschraum und lässt mich alleine zurück. Die Dunkelheit legt sich wie ein nasser Schal um meine Schultern. Das EXIT-Schild über der Tür wirft schwefelgrünes Licht auf den am Boden liegenden Jerzy.

Am nächsten Tag bestellt Józef mich zum Gespräch in sein Büro. Er ist der Heimvorsteher. Als ich den Raum betrete, erhebt sich ein mir unbekannter, solariumgebräunter Mann mit Lederjacke, schwarzem Spitzbart und strengem Blick von seinem Stuhl.

»Hallo, Peter, mein Name ist Andrzej«, sagt er. »Ich bin Ermittler bei der Polizei. Wie geht's dir, Kumpel?«

Ich schüttele seine trockene Hand, ohne zu antworten.

»Du musst keine Angst haben, Peter«, sagt eine Frau, die ich auch noch nie gesehen habe. Sie hat eine kleine Nickelbrille auf der Nase, auf den Knien ihrer braunen Stoffhose liegt ein Notiz-block. »Ich heiße Alina und bin Krisenpsychologin. Magst du ein Glas Wasser?«

»Nein, danke«, stammle ich.

Der Polizist legt ein Aufnahmegerät auf den Tisch.

»Wir wollen uns nur ein Bild machen, was heute Nacht passiert ist. Und wir hoffen, dass du uns weiterhelfen kannst.«

»Ich?«

Der Polizist drückt die Aufnahmetaste.

»Hast du bemerkt, ob der Erwachsene, der im Schlafsaal bei euch gesessen hat, heute Nacht irgendwann eingeschlafen ist?«

Ich sitze steif auf meinem Stuhl. Mein Blick flackert zwischen ihren Gesichtern hin und her. Das Kassettenband dreht sich mit einem Geräusch wie ein Luftballon, aus dem Luft entweicht.

»Peter, es ist wichtig, dass du uns ehrlich antwortest«, sagt Józef.

»Die Erwachsenen schlafen dauernd ein«, sage ich heiser.

»Dann weißt du also, dass das vorkommt«, sagt Andrzej. »Hast du heute Nacht besonders auf den Erwachsenen geachtet?«

Ich starre ihn an.

Die Frau zieht ihren Stuhl so vor mich, dass ihre Knie fast meine berühren. Ihr Atem duftet nach Tee, mit Beerenaroma.

»Wir wissen, dass das nicht einfach ist. So ein Schock fährt einem schon mal bis tief in den Bauch.«

Ich nicke. Mein Magen knurrt, aber eigentlich, weil ich noch nichts gefrühstückt habe.

»Peter?« Jetzt redet der Polizist wieder. »Wir haben gehört, dass du und Jerzy euch gestern geprügelt habt. Worüber habt ihr euch gestritten?«

»Nichts Besonderes. Er hat Ali einen Schimpfnamen hinterhergerufen, und …«

»Ali?«, platzt Józef heraus.

»Lassen Sie Peter ausreden«, sagt der Polizist mit einem strengen Blick zu Józef. »Dann hast du dich mit Jerzy geprügelt, weil dir Ali leidgetan hat?«

Ich nicke. »Die anderen Kinder haben ihn ausgelacht.«

»Okay, gut«, sagt der Polizist. »Und habt ihr euren Kampf dann heute Nacht im Waschraum fortgesetzt?«

»Was?«

»Einige der anderen Kinder sagen, dass du nachts öfter mal rausschleichst.«

»A-aber …«

»Du brauchst keine Angst haben«, sagt Alina. »Warst du nachts draußen, Peter?«

»J-ja … war ich.« Ich schlucke, registriere das unterdrückte Atmen der Erwachsenen. »Ali hat …«

»Schon wieder Ali?«, sagt Józef. »Jetzt musst du aber mal …«

Der Polizist fährt ihm in die Parade. »Es ist wichtig, dass Peter ausreden kann. Was ist mit Ali?«

»Er war im Waschraum. Zusammen mit Jerzy.«

»Was hast du mitten in der Nacht im Waschraum gemacht?«

»Ich musste pinkeln.«

»Im Waschraum?«

»Ich hab Geräusche gehört und hab nachgeschaut.«

»Und was haben die Jungs dort gemacht?«

»Ali hat auf Jerzy gehockt.«

»Was heißt gehockt?«

»Mit dem Knie auf seinem Hals.«

Der Polizist fingert an dem Goldarmband an seinem Handgelenk.

»Du siehst also, dass Jerzy in der Klemme steckt. Was machst du?«

»Nichts.«

»Du hast nicht versucht, sie zu stoppen?«

»Ich hab mich nicht getraut. Die Erwachsenen schaffen es ja noch nicht mal, Ali festzuhalten, wenn er ausrastet.«

»Warum hast du nicht um Hilfe gerufen?«, fragt der Polizist.

Ich zögere. Verstehe nicht, wieso er sich so auf mich eingeschossen hat.

»Du musst keine Angst haben«, sagt die Psychologin zum dritten Mal. »Erzähl einfach in deinen eigenen Worten, wie es gewesen ist.«

»Aber das hab ich doch schon gesagt.«

Der Polizeibeamte wedelt abwehrend mit der Hand.

»Das hier bringt uns nicht weiter.«

Die Psychologin sieht ihn an.

»Muss ich Sie daran erinnern, dass Sie mit einem traumatisierten Kind sprechen?«

»Muss ich Sie daran erinnern, warum wir das machen?«

»Ich bin hier als Peters Fürsprecherin und denke, dass er eine kurze Pause braucht. Die brauchst du doch, Peter?«

Mein Herz pocht. Ich weiß nicht, was ich sagen soll.

Die nächste Zeit verbringe ich in einem Einzelzimmer. Ich esse, lese meine Comics, und nachts wird die Tür abgeschlossen. Ich habe keinen Kontakt zu den anderen Kindern. Eine Stunde am Tag habe ich in Begleitung eines Erwachsenen »Freigang«. Jeden Abend vor dem Einschlafen soll ich ein Glas Wasser trinken. Am Anfang schmeckt es noch irgendwie bitter, aber ich gewöhne mich daran.

Nach einer Woche passiert etwas Merkwürdiges. Ich schlage wie jeden Morgen die Augen auf. Aber ohne verschlafenes Blinzeln oder Reste von teilweise unbewussten Traumfetzen. Es ist ein automatisiertes Wachwerden. Die Augenlider klappen hoch wie auf Knopfdruck.

Und noch etwas ist seltsam.

Ich fliege nicht mehr in meinen Träumen.

8

Lucas Stage zog seinen großen Tumi Alpha 3 aus der Dunkelheit unter dem Bett hervor, wischte den Staub von der Unterseite und schob den Rollkoffer vor den Kleiderschrank. Beim Einpacken der bunt gemusterten Hemden, Skinny Jeans und von ein paar robusten Ledergürteln kreisten seine Gedanken um den Namen, der immer dann aus seinem Hirnnebel auftauchte, wenn er kurz zur Ruhe kam.

David Flugt.

Lucas hatte die Ermittlungen in dem grenzübergreifenden Fall eines Serienmörders geleitet, der über Jahrzehnte hinweg junge Frauen entführt, verstümmelt, ermordet und sie dann in einer alten Wallanlage in Smøl Vold in Süderjütland begraben hatte. Nach Aufklärung des Falls hatte Lucas mit einer Million Fragen dagestanden, ohne jemanden, dem er sie stellen konnte. Er hatte keine Ahnung, in was sich David in jener Nacht zusammen mit Jenny Seland verstrickt hatte, als der Fall um das Massengrab aufgeklärt – oder korrekter ausgedrückt abgeschlossen – wurde, weil er zu dem Zeitpunkt in einem Nachtzug nach Kopenhagen gesessen hatte. Doch eins wusste er mit Sicherheit: Der Fall Smøl Vold war nicht aufgeklärt. Weil sie den falschen Täter hatten.

Lucas ging ins Bad. Bunte Flacons mit Haarpflegemitteln, Parfüms und Feuchtigkeitscremes wanderten in einen Kulturbeutel. Es kostete Zeit und Geld, die Illusion aufrechtzuerhalten, dass er morgens höchstens zehn Minuten im Bad brauchte. Er neigte den Kopf in das Licht der Neonröhre und fuhr sich mit den Fingerspitzen durch das platinblonde Haar. Verdammt! Der dunkle Haaransatz war schon wieder nachgewachsen. Er holte irritiert Luft. Vor dem Abflug auf die Färöer war keine Zeit mehr zum Bleichen.

Lucas beruhigte seinen Ärger mit einer Zigarette in der Küche und bestellte ein Taxi. In der Wartezeit blätterte er die Akte auf dem Küchentisch durch, überflog die markierten Absätze und Kommentare an den Rändern, einiges davon mit hitzigen Strichen wieder durchgestrichen. Es handelte sich um eine Kopie von David Flugts nachträglicher Zusammenfassung der letzten schicksalsschwangeren Stunden im Fall Smøl Vold.

Der Gesang des Lügners.

Lucas sah David vor sich: die tief in die Stirn gezogene Schirmmütze, den seltsamen angeschlagenen Gesichtsausdruck, alt, ohne alt auszusehen, ein Mann, der in einem Gefängnis aus Erinnerungen gefangen war, die sein Inneres schneller altern ließen als sein Äußeres. Man unterschätzte David Flugt verflucht leicht, der Beweis dafür lag Wort für Wort auf seinem Küchentisch.

Lucas hatte Davids Protokoll, wie es zur Festnahme des Täters gekommen war, minutiös studiert. Er war extra noch mal nach Süderjütland gefahren, um Davids Spuren Schritt für Schritt nachzugehen. Überraschenderweise passten alle Puzzleteile zusammen. Entfernungen, Zeitpunkte, Plätze. Keine Unregelmäßigkeiten oder Widersprüche. Davids Zusammenfassung war makellos. Was ihr größter Fehler war. Die Wahrheit war immer flexibel. Erzählt ohne Angst vor kleinen Abweichungen. Die Lüge hingegen war auswendig gelernt, einstudiert, mechanisch. Das war Lucas' Erfahrung. Der ehrliche Mensch erzählte, um gehört zu werden. Der Lügner, um vergessen zu werden.

Der Rauch sammelte sich um die nackte Glühbirne an der Decke. Lucas dachte an die Sprachnachricht, die er in jener Nacht von David bekommen hatte. Die kurze Tonaufnahme war der letzte Kontakt, den sie gehabt hatten. Nachdem die DUP, die Dänische Unabhängige Polizeibeschwerdestelle, David freigesprochen hatte, hatte er direkt Urlaub genommen. Seitdem hatte niemand mehr von ihm gehört. Aber selbst einem mittelbegabten Mann wie David musste doch klar sein, dass sein abruptes Schweigen nach einer derart dramatischen Sprachnachricht signalisierte, dass sich etwas verändert hatte.

Etwas, das Lucas ganz persönlich betraf.

Lucas starrte auf das verwobene Rauchmuster. Die Ungewissheit trieb ihn seit Monaten zu diffusen Kristallkugelorakeln an, ohne eine Antwort zu finden. Die er auch heute Abend nicht bekommen würde. Was ihn nicht wirklich beunruhigte. Sein Unterbewusstsein war ein rund um die Uhr und analytisch weit über dem Durchschnitt schnurrendes Energierad.

Die Antwort würde früher oder später zu ihm kommen.

Lucas löschte die Zigarette unter dem Wasserhahn und ging ins Wohnzimmer, wo er seinen Laptop aufklappte. Um ein Haar hätte er vergessen, seine anderen Kollegen über seine bevorstehende Auslandsreise zu informieren. Eine große rumänische Gangsterorganisation, die gut für Informationen bezahlte, durch die sie der Polizei und der Konkurrenz einen Schritt voraus waren. Über das Suchwerkzeug Quest hatte Lucas Zugang zu Europols EIS-Datenbank. Das EIS war randvoll mit Informationen zu einzelnen Personen, kriminellen Organisationen, Gesetzesverstößen und vielem mehr. Seit der Beendigung der Zusammenarbeit zwischen der dänischen Polizei und Europol liefen Suchen im EIS eigentlich über extra zwischengeschaltete dänische Experten, die bei Europol angestellt waren, doch über einen deutschen Kollegen mit Spielschulden, dem er das Log-in abgekauft hatte, hatte er direkten Zugang zu der Datenbank. Daneben nutzte er Europols Informationsnetzwerk SIENA, in dem die Mitgliedsländer sensible Daten über laufende Ermittlungen kreuz und quer in der EU und den assoziierten Drittstaaten austauschten.

Lucas hatte den Chef der Organisation einmal in einem Nachtklub in Rumänien getroffen. Volos unter Freunden, Stierhai für seine Feinde. Ohne die Hintergründe zu kennen, hatte Lucas eine dänische Frau in die Fabrik gebracht, das Hauptquartier der Verbrecherorganisation in Temeswar. Das Treffen war kurz gewesen.

Volos war zufrieden gewesen mit den Informationen und Lucas mit der Überweisung auf sein Konto bei der HSBC in Genf. Lucas hatte nicht erwähnt, was auf der Fahrt nach Rumänien passiert war. Plötzlich waren aus dem Kofferraum Schreie und kräftiges Hämmern zu hören gewesen, weil die Betäubung nachließ. Lucas war von der Straße in ein abgelegenes Waldgebiet abgebogen. Es war ein heftiger Kampf gewesen, mit der Kanüle eine Ader der strampelnden Frau zu treffen. Erst, als er ihr die Pistole an den Hals gedrückt hatte, war sie ruhig geworden.

»Lassen Sie mich gehen, ich flehe Sie an, ich habe eine kleine Tochter«, hatte sie gewimmert.

Lucas hatte mit den Schultern gezuckt. »Das ist nichts Persönliches.«

»Was passiert mit mir?«

»Keine Ahnung. Und es ist bestimmt besser, dass Sie das auch nicht wissen.«

Die Augen der Frau hatten panisch geflackert.

»Warum tut mein Mann mir das an? Woher kennt er Sie? Er ist bei der Polizei.«

»Ich auch.«

Für den Rest der Fahrt waren ihm die Worte der Frau im Kopf herumgespukt, dass ihr Mann bei der Polizei war. Er hatte nicht lange gebraucht, um William Grandberg als den Ehemann der Frau zu identifizieren. Danach hatte er vereinzelte Observierungen durchgeführt, um zu klären, ob William eine Bedrohung für seine Geschäfte war.

Wie sich zeigte, war William etwas ganz anderes.

Lucas öffnete das Verschlüsselungsstandardprogramm AES auf seinem Laptop und landete mitten in einer »Session«. Auf dem Bildschirm waren lange Kolonnen unleserlich chiffrierter Texte zu sehen, zufällig aneinandergereihte Buchstaben, Symbole und Zahlen. Er dechiffrierte den verschlüsselten Text mit seinem Zugangscode und las die Nachricht:

Need address for officer Radu Cartarescu – Timişoara police district, asap!?

Lucas schüttelte den Kopf. Es war nicht das erste Mal, dass sie auf diesem Weg an die Privatadresse eines Polizisten zu kommen versuchten. Er tippte seine Antwort.

No deal. I will go dark for a while.

Er klappte den Laptop zu. Das Handy in seiner Tasche vibrierte. Das Taxi war da.

»Flughafen«, sagte Lucas zu dem Fahrer und sah aus der klimatisierten Stille des Wageninneren Nørrebro an ihnen vorbeigleiten. Die Stadt machte in der frühen Januardunkelheit einen schmuddeligen und muffigen Eindruck, die Straßen wirkten im trüben Schein der Straßenlaternen wie vergilbte Fotos. Ein dichter Strom rufender und klingelnder Radfahrer auf den Radwegen, vor sich hin starrende Alltagsgesichter auf den Bürgersteigen, und vor den blinkenden Schawarmaläden herumhängende junge Männer in Daunenjacken. Kopenhagen auf Sparflamme. Um Mitternacht würde die Stadt wieder vor Leben erstrahlen wie ein Feuerwerk.

Lucas liebte diese Stadt. Den Lärm, das Licht, die Gefahren, das verlockende Verderben, die Versuchungen rund um die Uhr, die selbst den schlimmsten Selbsthass betäuben konnten.

Und befriedigen.

Aber jetzt hatte er sich erst einmal auf eine Reise auf die kleine Felseninsel mitten im Atlantik eingelassen. Wobei er seinem Chef verschwiegen hatte, dass er nicht aus Pflichtgefühl auf die Färöer reiste, sondern für sich. Mit seiner Bedingung an Riel hatte Lucas seine Position gestärkt. Denn seit David Flugts rätselhaftem Urlaub hatte er das Gefühl, dass der Kerl sich auf einen Krieg vorbereitete. Wobei Lucas keine Ahnung hatte, was für eine Art von

Krieg David im Sinn hatte. Aber kannte man die Offensive nicht, musste man die Defensive ausbauen. Nicht die größte Kanone gewann den Krieg, sondern die am strategisch besten platzierte. Und wenn Lucas die Situation richtig einschätzte, führte der erste Schritt zu David Flugts Auslöschung über einen Umweg auf die Färöer.

9

Lucas rollte seinen Koffer über den glänzenden Boden des Terminals. Mit einem Seitenblick konsultierte er die Anzeigetafeln, checkte ein und ging durch die Sicherheitskontrolle. Er hatte eine SMS von einer Kriminaltechnikern Sidsel Jensen bekommen, dass sie bereits am Gate säße.

In einen Kokon der Stille gehüllt lief er durch den Transitbereich, vorbei an abgesperrten Gates und Läden mit runtergelassenen Metallgittern.

Der Abendflug war halb ausgebucht – müde Familien mit Kindern, Anzugträger mit Laptops auf dem Schoß, ein Liebespaar mit gemusterten Wollpullovern. Sein Blick fiel auf den Rücken einer allein sitzenden Frau in der hinteren Reihe. Rotes, in einem Knoten hochgebundenes Haar, schlank, blasser Nacken, ganz leicht abstehende Ohren. Das hob die Chancen auf eine einigermaßen fuckable Reisebegleitung.

»Hi«, sagte Lucas.

Die Frau starrte auf seine ausgestreckte Hand.

Er seufzte. Wieder jemand, der einen Polizisten nicht mit gebleichtem Haar, weit aufgeknöpftem Hemd und löchrigen Jeans zusammenbrachte.

»Lucas Stage von der Task Force 14.«

»Sidsel Jensen. NKC.«

Lucas' Blick verweilte ein wenig auf ihr. Sein üblicher Frauentyp war jünger, kühle Schönheiten mit hartem Blick, die sich der langen Schlange an Bewunderinnen hinter ihrem aktuellen Pausenclown nur allzu bewusst waren. Seine neue Kollegin war eine reife Frau, älter als er, heller Teint mit blassen Wintersommersprossen auf den schrägen Wangenknochen, die ziemlich scharf hervortraten. Die feinen Falten in ihren Augenwinkeln kleideten sie, und ihre Iris hatte den speziellen goldbraunen Farbton eines Bernsteinklumpens, den man vor die Sonne hält.

»Schon mal auf den Färöern gewesen?«, fragte Lucas und setzte sich.

Sie lächelte verhalten, den Blick auf die Startbahn vor der riesigen Fensterpartie gerichtet.

»Ich bin dort geboren.«

»Aha.« Lucas spitzte die Lippen. Ihre mürrische Art war schwer einzuordnen. »In Tórshavn aufgewachsen?«

»Nein. In einem Dorf in Gøta. Dem Ort, in den wir unterwegs sind. Aber ich war das letzte Mal mit dreizehn dort.«

Und wie alt bist du jetzt?, dachte Lucas. Ihr Alter war schwer einzuschätzen, und Frauen waren immer so angekratzt, wenn man sie direkt danach fragte.

»Hast du noch Familie dort?«

»Ja.«

»Und die haben dich seit wie vielen Jahren nicht mehr gesehen?«

»Siebenundzwanzig.«

Lucas nickte zufrieden. Für eine Vierzigjährige hatte sie sich gut gehalten. Er warf einen diskreten Blick auf ihre Hände. Keine Ringe, nur ein paar frisch aufgeschrammte Fingerknöchel.

»Aber du sprichst die Sprache und kennst Leute.«

»Ich kenne da oben niemanden. Und die meisten Leute dort sprechen Dänisch.«

»Die Menschen in solchen Käffern sind in Beton gegossen. Deine Freunde sind bestimmt noch genauso wie damals, als du gegangen bist. Nur mit weniger Haaren auf dem Kopf und mehr Hüftgold.«

Sie sagte nichts.

Lucas rutschte auf seinem Sitz hin und her. Er war es nicht gewohnt, dass er eine Frau mehr in Augenschein nahm als sie ihn.

»Ich denke, wir werden ordentlich zu tun haben. Und die Rahmenbedingungen sind vermutlich unterirdisch.«

»Vermutlich.«

»Kanntest du die ermordeten Pfarrer?«

»Nur den, der verschwunden ist.«

»Jákup Hoydal. Hatte er Feinde?«

»Auf den Färöern macht sich niemand einen Pfarrer zum Feind. Und ganz sicher nicht in Gøta.«

Lucas verstand, was sie damit sagen wollte. Er hatte sich im Schnelldurchlauf Informationen über ihr Reiseziel reingezogen. Je besser man die Mentalität einer Gemeinschaft verstand, desto einfacher ließ sie sich manipulieren.

»Gøta liegt in einem Landstrich, den die Färinger den Bibelgürtel nennen. Fast die Hälfte der Einwohner glaubt an eine reale Hölle und einen realen Himmel.«

»Die Stammesmentalität dort ist stärker, als du ahnst.«

Lucas bemerkte erst jetzt den heiseren Unterton in ihrer Stimme. Als hätte sie stundenlang eine Wand angeschrien.

»Das hört sich eher nach Koppel als nach Stamm an«, sagte er.

»Was ist der Unterschied?«

»Ein ziemlich großer. Koppel geht auf das lateinische ›copula‹ zurück und bezeichnet einen Strick oder Riemen, mit dem Tiere zusammengebunden werden. Wie ich es sehe, sind religiöse Menschen durch eine Ideologie aneinandergefesselt, die ihre Welt auf ein überschaubares Maß an Regeln zusammenschnürt. Und zieht jemand an der Koppel, folgt die Herde widerspruchslos.«

Endlich sah sie ihn an. Aber nicht so, wie er es erwartet hatte. Normalerweise trieb die Demonstration seiner intellektuellen Überlegenheit seinem jeweiligen Gegenüber die Röte ins Gesicht. Sie reagierten unsicher, zickig. Fasziniert. Sidsel sah ihn an, als hätte er sie gefragt, ob sie lieber am Gang oder am Fenster sitzen wollte.

Der Flieger war voller als gedacht. Lucas und Sidsel kämpften sich durch das Gedränge von sperrigen Rollkoffern und feuchten Hemdrücken zu ihren Plätzen durch. Kurz darauf befanden sie sich schon über einer aschgrauen Wolkendecke.

Direkt nach dem Take-off hatte Sidsel sich ihre iPods in die Ohren gesteckt und die Augen zugemacht. Lucas sah sich im Flugzeug um, trommelte mit den Fingern auf seinen Oberschenkel. Der Flug zum Flughafen Vágar dauerte zweieinviertel Stunden. Wäre er alleine unterwegs, wären die Flugbegleiterinnen jetzt schon hurtig am Springen, um ihn mit klirrenden kleinen Flaschen zu versorgen. Aber die neue Kollegin neben ihm wirkte professionell und knochentrocken. Bis auf Weiteres wollte er wenigstens die Fassade wahren, dass er das auch war.

Er klappte seinen Laptop auf und öffnete die Datei mit den Fotos vom Tatort.

»Was machst du da?«, fragte Sidsel und nahm einen iPod aus dem Ohr.

»Wolltest du nicht schlafen?«

Sie warf einen Blick durch den Spalt zwischen ihren Sitzen.

»Das sind vertrauliche Bilder. Klapp den Laptop zu.«

»Keiner wird glauben, dass das echte Fotos sind.«

»Aber du weißt, dass sie echt sind.«

Lucas zögerte und gab vor, über ihren Einwurf nachzudenken. Dann nickte er mit seinem Du-hast-recht-Lächeln und schloss die Datei.

Sidsel schloss wieder die Augen.

»Entschuldige«, sagte Lucas. Eine Entschuldigung verlieh dem Absender eine Aura von Integrität und Glaubwürdigkeit. Zumindest die ersten paar Male. »Was glaubst du, wo ein Mörder sich auf einer Insel verstecken würde, wo jeder jeden kennt?«

»Kann das warten, bis wir angekommen sind?«

»Es ist schon beachtlich, dass in den vergangenen achtundvierzig Jahren auf den Färöern gerade mal zehn Morde begangen wurden. Und jetzt, völlig aus heiterem Himmel: ein Massenmord. Vier oder fünf Tote.«

»Du vergisst die Schafe.«

»Was?«

»Die laufen überall frei herum. Es kostet saftig Bußgeld, wenn du eins totfährst. Da laufen die Leute Amok.«

»Verbinden die meisten Menschen die Färöer nicht eher mit der Waljagd?«

»Die Meere sind inzwischen so verunreinigt, dass der Speck mit Quecksilber und allem möglichen chemischen Dreck angereichert ist.«

»Dann schlachten sie die Wale nur zum Vergnügen ab?«

»Rituale und Traditionen. Die Färinger tun alles, um sie am Leben zu halten.«

»Ein edles Motiv rechtfertigt selbst die grausamste Tat«, murmelte Lucas. »Steckt vielleicht eine versteckte Botschaft in dem Massaker? Die Pfarrer wurden schließlich mit Grindwalwaffen abgeschlachtet.«

»Vielleicht wird das Pfarrerschlachten ja zur neuen Tradition.«

Lucas registrierte ein unbewusstes Lächeln auf seinen Lippen. Merkwürdig. Besonders, da nichts in Sidsels Stimme andeutete, dass sie versucht hatte, witzig zu sein.

»Wie sind denn sonst so die Modalitäten auf den Färöern?«, fragte er.

»Was genau meinst du?«

»Gibt es irgendwelche lokalen oder politischen Grundsätze, von denen ich besser im Voraus weiß?«

»Es gibt kein freies Recht auf Abtreibung, die Homoehe ist verboten, und du darfst dein Geschlecht nicht wechseln. Ansonsten sind die Leute lieb und nett.«

»Das kann ich mir auch über Wikipedia anlesen. Aber es gibt doch sicher auch ein paar ungeschriebene Regeln?«

»Ungeschriebene Regeln? Warum fragst du danach?«

»Weil die interessanten Dinge immer hinter verschlossenen Türen passieren.«

»Wie gesagt, ich …«

»Du hast dreizehn Jahre dort gelebt. An irgendwas wirst du dich doch erinnern.«

Sie zog die Füße unter ihren Sitz, die hauchdünne Andeutung eines Flackerns im Blick.

»Die Menschen glauben, dass sie dort leben. Aber das ist ein Irrtum. Sie überleben. Das versteht man allerdings erst, wenn man dort wegkommt.«

»Aha.«

»Und stell dich darauf ein, dass den Leuten eine glänzende Fassade das Allerwichtigste ist.«

»Was heißt das?«

Sidsel rieb sich die violetten Augenlider.

»Nach außen demonstrieren die Leute gerne sozial attraktive Tugenden oder moralische Geisteshaltungen, aber sobald die Tugend einen persönlichen Preis hat und sie ihre leeren Versprechungen tatsächlich einlösen sollen, sind die mit einem Mal gar nicht mehr so verpflichtend. Denk nur an Tinder, wo alle Männer Klimaaktivisten und Herzblutfeministen sind und behaupten, ihr Leben im Griff zu haben. In meinen Augen fällt das unter demonstrative Gutheitsbekundung.«

»Demonstrative Gutheitsbekundung.« Lucas ließ sich das Wort auf der Zunge zergehen. »Ordnungshalber muss ich an dieser Stelle betonen, dass ich in meinem Tinderprofil hundertprozentig ehrlich bin.«

Sidsel grinste schief.

Lucas fuhr mit der Fingerspitze über die Ringe seiner einen Hand.

»Du warst noch nicht mündig, als du nach Dänemark gezogen bist. Wer hat dich begleitet?«

»Meine Mutter. Sie hatte einen dänischen Mann kennengelernt. Einen Meeresbiologen.«

»Dann habt ihr deinen Vater und deinen Bruder zurückgelassen?«

»Familie ist kompliziert. Aber das weißt du sicher selbst.«

Eigentlich nicht, dachte Lucas, unterließ es aber, weiter auf die Schablonenantwort einzugehen, mit der sie ihn abserviert hatte.

»Dann muss ich also damit rechnen …«

»Du solltest auf alle Fälle damit rechnen …« Sie nahm ihn in Augenschein. »Dass du auf der Insel sehr schnell die Orientierung verlieren wirst.«

Lucas hielt ihren Blick fest. Die Flugzeugmotoren dröhnten. Dunkle, maschinelle Vibrationen.

Die Taste mit den Sicherheitsgurten über ihnen leuchtete auf.

Es war mit Turbulenzen zu rechnen.

Der Regen trieb seitwärts über die einzige Landebahn von Vágars Flughafen, der am Grund eines Tals zwischen grasbewachsenen Berghängen lag. Wegen der Windstärke und der schlechten Sicht war der Flug RC 459 aus Kopenhagen eine Reihe haarsträubender Schleifen geflogen, bis der Pilot die Maschine endlich auf dem kurzen Asphaltstreifen aufgesetzt hatte und die Passagiere ihre Kotztüten wieder weglegen konnten.

Mit den Jacken und Taschen über dem Kopf liefen die Passagiere über die Landebahn zu dem einladend leuchtenden Terminal. Sidsel rannte mit vorgebeugtem Kopf hinter Lucas her. Sie konnte sich ein Lachen nicht verkneifen, als sie seine albernen Schlangenlederschuhe durch die Pfützen skaten sah.

Die Versammlung, die tropfnass und durchgepustet um das Gepäckband herum wartete, wirkte munter und entspannt. Aber das Lächeln in Sidsels Gesicht versteinerte, als sie ihn sah. Eine Silhouette zwischen anderen Silhouetten hinter der Glasfront zur Ankunftshalle. Hjalti. Ihr Zwillingsbruder. Erwachsen und kaum wiederzuerkennen, bis auf die nervöse Gewichtsverlagerung von einem Fuß auf den anderen. Ein Erkennungsmerkmal seit seiner frühen Kindheit, als suche er noch immer nach seiner inneren Balance.

»Haben die uns vergessen?«, fragte Lucas mit einem ungeduldigen Blick aufs Gepäckband.

Sidsel sah ihn von der Seite an. Sie ahnte einen schwarzen Schatten über der Kopfhaut unter den gebleichten Locken. Seine Haut war weiß und fast faltenlos, die Kiefermuskeln bewegten sich unter verstreuten Bartstoppeln, während seine chlorblauen Augen sachlich ihre Umgebung in Augenschein nahmen. Seine Kleidung lag eng am Körper an, aber unter dem Parfüm und dem funkelnden Schmuck ahnte sie eine morastige Rohheit ihres neuen Kollegen, ohne es genauer benennen zu können.

Plötzlich sah Lucas ihr direkt in die Augen, hart und fragend, als hätte er jetzt genug vom Betrachtetwerden.

Das Gepäckband setzte sich mit einem wackelnden Ruck in Bewegung.

10

E ivør? Ich glaub's ja nicht!«
Genau das dachte Lucas auch, als er versuchte, irgendeine familiäre Ähnlichkeit zwischen Sidsel und dem Mann zu finden, der sie aufgeregt umarmte. Der Bursche war einen Kopf kleiner als seine Zwillingsschwester, mager und hatte eine rostrote Kurzhaarfrisur. Sein Blick war hektisch und überschwänglich, wie es typisch für Menschen war, die kein allzu großes Vertrauen in ihre eigene soziale Kompetenz hatten.

»Willkommen auf den Färöern. Ich heiße Hjalti und bin Eivørs großer Bruder.«

»Und bei der färöischen Polizei, nehme ich an«, sagte Lucas.

Hjalti sah ihn mit einem nicht übermäßig interessierten Lächeln an und richtete seinen Blick dann wieder auf seine Schwester.

»Verflucht, Eivør, du siehst noch genauso aus, wie ich dich in Erinnerung habe, und zugleich ganz anders.«

»Ich heiße Sidsel«, sagte sie tonlos.

Sie standen in einer peinlichen Stille voreinander, während die Leute um sie herum dem Ausgang zustrebten.

»Okay«, sagte Hjalti gedämpft. »Aber die Leute erinnern sich natürlich an dich. Vielleicht wäre es besser, an etwas Bekanntem festzuhalten. Also … für die Zusammenarbeit.«

»Wo steht der Wagen?«

Hjalti verlagerte wieder das Gewicht von einem Fuß auf den anderen. Und da fand Lucas endlich die Gemeinsamkeit der Zwillinge. Die Augen. Goldener, von der Sonne beschienener Bernstein.

»Ja, sehen wir zu, dass wir loskommen. Wir müssen ja noch zwei Inseln überqueren.«

Er griff nach Sidsels Koffer, zog die Hand aber schnell wieder zurück, als hätte er sich verbrannt, weil Sidsel keine Anstalten machte, den Griff loszulassen.

Eine Viertelstunde später waren sie in Hjaltis Toyota Land Cruiser auf einer einspurigen Landstraße unterwegs, die sich durch eine raue, dunkle Berglandschaft schlängelte und in dem dichter werdenden Abendnebel gespenstisch zweidimensional erschien, ohne Abstände oder Tiefe.

Hjalti und Lucas saßen vorne und unterhielten sich mit lauten Stimmen, um den Regen zu übertönen, der gegen die Frontscheibe klatschte. Sidsel hatte Mühe, dem Gespräch zu folgen, weil ihre Sinne abgelenkt waren von den schwarz gekleideten Zinnen der Berge, dem Geschmack von Salz und Gras auf der Zunge. Gleichermaßen vertraut und fremd. Sie krümmte sich innerlich, als die verdrängten Erinnerungen sich als harter und spitzer Druck hinter der Stirn meldeten. Es fühlte sich schlimmer an als befürchtet, wieder zurück auf den Färöern zu sein.

Sie atmete tief ein. Zwang sich, dem Gespräch auf den vorderen Sitzen zu folgen.

»Ich habe umgehend den Polizeidirektor in Tórshavn alarmiert, als ich die Pfarrer gefunden habe. Er hat sofort eine Mannschaft geschickt, um die Kirche abzusperren«, sagte Hjalti. »Niemand außer ihm und uns dreien weiß, was dort drinnen passiert ist. Aber das große Polizeiaufgebot verunsichert die Leute. Wir schließen neuerdings unsere Türen ab, wenn es dunkel wird.«

»Was ist deine Rolle bei den Ermittlungen?«, fragte Lucas.

»Ich bin Reservebeamter in meinem Bezirk. Wegen der langen Anfahrtsstrecke aus Tórshavn.«

»Reservebeamter. Der Rang war mir bisher nicht bekannt.«

»Die Direktion spart damit fest angestellte Polizeibeamte ein. Das ist sozusagen mein Nebenjob in Uniform. Ansonsten arbeite ich auf den Fischkuttern oder bei Bedarf als Touristenführer.«

Lucas schnalzte mit der Zunge.

»Dann bist du kein ausgebildeter Polizist?«

»Die färöische Polizei hat nur knapp über hundert Beamte, um die achtzehn Inseln abzudecken. Da braucht es Leute, die einspringen.«

»Ich kann keinen Zivilisten in meinen Ermittlungen gebrauchen.«

»Ich bin nur dafür zuständig, euch zu fahren und Brücken zu den Einheimischen zu bauen.«

»Aber du bist befangen und nicht für den Job geeignet.«

Hjalti lachte. »Alle Polizisten auf den Färöern sind befangen und schreiben täglich Knöllchen für irgendwelche Verwandten.«

Lucas brummte ungehalten.

»Also gut, als Erstes wird die komplette Fischerei eingestellt. Kein Boot verlässt Gøta und Umgebung.«

Hjalti schüttelte den Kopf.

»Die Fischerei ist das tägliche Brot der Leute hier. Ihr könnt doch nicht …«

»Wir«, schnitt Lucas ihm das Wort ab. »Du arbeitest jetzt für mich. Solange ich hier bin, bist du zum Polizeianwärter befördert. Keine Nebenjobs. Noch hast du die Gelegenheit, abzuspringen, aber dann lass es mich schnell wissen.«

Lucas' Profil zeichnete sich vor der beleuchteten Armatur ab, als er Hjalti von der Seite anstarrte.

Sidsel sah, wie sich die Nackenmuskulatur ihres Bruders anspannte.

»Ich würde gerne an dem Fall dranbleiben.«

Lucas schaute aus der Frontscheibe.

»Was ist mit dem verschwundenen Pfarrer?«

»Jákup? Wird immer noch vermisst.«

»Und er hat zu der Synode eingeladen?«

»Angeblich.«

»Können wir ihn als Verdächtigen ausschließen?«

»Ich hoffe, dass ihr das beantworten könnt. Du hast die Fotos vom Tatort gesehen, aber … also, das in echt zu sehen, ist was ganz anderes. Vier heilige Männer, geschlachtet wie …« Hjalti verstummte.

Die Reifen rauschten über den nassen Asphalt.

»Hast du sie gefunden?«, fragte Sidsel.

Hjalti nickte.

»Und es hat niemand was gehört an dem Abend? Keine Rufe oder Schreie? Das kann doch nicht ohne Lärm vor sich gegangen sein.«

Hjalti seufzte. »Ich habe nichts gehört. Unsere Frauen und Kinder waren allesamt in Tórshavn, um sich das Neujahrsfeuerwerk anzusehen. Die Männer sind wie immer zu Hause geblieben. Und wie es Brauch ist, trinken wir an dem Wochenende das eine oder andere Bier. Da keiner von uns das Trinken gewohnt ist, haben wir alle vor Mitternacht tief geschlafen, als es passiert ist. Du weißt ja selbst, wie die Wochenenden hier sind, Eivør.«

Sie seufzte. »Sidsel. Ja, ich erinnere mich.«

»Was ist mit den Waffen in den Händen der Pfarrer?«, wollte Lucas wissen.

»Die stammen aus einem Waffenraum. Das Vorhängeschloss wurde aufgebrochen.«

»Hatte keiner von ihnen einen Schlüssel?«

»Was? Nein! Du denkst doch nicht etwa, dass sie sich gegenseitig getötet haben?«

»Wer weiß? Aber vielleicht will auch jemand eine Botschaft senden. Hattet ihr in letzter Zeit Probleme mit irgendwelchen Tieraktivisten?«

»Nein, nicht aktuell. Mit den Idioten haben wir schon Probleme, solange ich denken kann. Ab und zu gibt es Sabotageakte an unseren Kuttern.«

»Führt ihr ein Register über die Tieraktivisten? Namen? Fotos?«

»Das kann ich schnell besorgen. Aber du denkst doch nicht wirklich, dass jemand fünf unschuldige Pfarrer ermordet als Strafe für unsere Walfangtradition?«

»Fünf? Ihr habt doch nur vier Leichen gefunden?«

Hjalti nickte. »Bis auf Weiteres.«

»Was heißt das?« Sidsel rückte auf ihrem Sitz vor.

»Es führen Blutspuren aus der Kirche raus. Möglicherweise ist das Jákups Blut.«

»Waren schon Hunde vor Ort?«

»Wir haben hier keine Spürhunde. Aber ihr könntet Alba einsetzen.«

»Alba?«

»Den Labrador vom Touristenzentrum. Sie hat schon viele verirrte Wanderer aufgespürt.«

Lucas rieb sich mit der Hand über das Gesicht.

»Und was ist mit der Presse? Die rennen euch doch die Bude ein, wenn hiervon was durchsickert.«

Hjalti schüttelte den Kopf.

»Die Leute hier können gut Geheimnisse für sich behalten. Das sind anständige Christen.«

Sidsel hustete.

Hjalti fing ihren Blick im Rückspiegel ein und sah dann Lucas an.

»Bist du ein gläubiger Mensch?«

»Wie bitte?«

»Weil du eben von Synode gesprochen hast. Für einen Nichtgläubigen ein ungewöhnlicher Sprachgebrauch.«

»Ich bin Realist.«

»Was heißt das?«

»Dass ich niemals und niemandem etwas verspreche.« Lucas unterdrückte ein Gähnen. »Und außerdem finde ich, dass Religion nur eine von vielen Fiktionen ist, die aus der Hilflosigkeit der Menschheit geboren werden.«

»Fiktionen?«

»Nenn es Evolutionstheorie, wenn dir das besser gefällt. Stell dir ein Kind vor, einen Säugling. Kein wärmender Pelz, keine

Zähne, nur nacktes, hilfloses Potenzial, das scheißt, frisst und heult. Ohne unmittelbare Fürsorge ist der Säugling zum Tode verurteilt. Also haben wir eine faltige Hirnrinde entwickelt, die uns dieses Fürsorgegen beschert hat. Aber die vergrößerte Hirnrinde hatte auch ein erweitertes Bewusstsein zur Folge. Wir wurden analytisch, begannen mit offenen Augen zu träumen. In den folgenden Jahrtausenden vollzog sich eine ziemlich fortschrittliche Bewusstseinserweiterung, und in deren Windschatten entwickelten sich diverse Nebenprodukte: Technologie, Kultur ... und Religion.«

»Ähm, ich kann nicht ganz folgen.«

»Der Punkt ist, dass der Mensch sich selbst von der Natur losgelöst hat. Wir sind das einzige Tier auf Erden, das einen Anspruch auf seine Existenz fühlt. Die Meeresschildkröte beispielsweise legt hundert Eier auf einmal, weil nur eins von tausend Jungen überlebt. Die Natur trifft die nötige Entscheidung, sortiert die Ungeeigneten aus. Der Mensch beansprucht diese Wahl für sich. Wir ficken Mutter Natur mit illusorischen Kausalitäten wie Ethik und Moral ... und Religion.«

»Aber wir können die Kranken oder Schwachen doch nicht einfach sterben lassen.«

»Natürlich nicht. Wir haben uns schließlich selbst so programmiert, alle zu retten. Auch wenn wir uns auf einem bereits sinkenden Schiff befinden.«

»Würdest du lieber wie eine Meeresschildkröte leben? Ein kaltblütiges Reptil?«

Lucas zuckte mit den Schultern.

»Die Meeresschildkröte lebt schon seit hundertfünfzig Millionen Jahren. Wie auch immer, die Pointe ist, dass Mode, Jura, Musik, whatever, das alles ist menschengemacht, Wahn, Humbug. Wenn du vor dem Kreuz kniest, kniest du vor einem fiktiven Nebenprodukt deiner verwachsenen Hirnrinde.«

»Na, na!«

»Lass es mich so sagen: Wenn du das nächste Mal den Takt zu einem Rasmus-Seebach-Lied mitklatschst, klatschst du zum Rhythmus deiner eigenen angeborenen Hilflosigkeit.«

»Du kannst doch nicht …«

Sidsel schloss die Augen und lehnte den Kopf gegen die Nackenstütze. Ihr Puls hatte sich wieder beruhigt, und ihre Hände zitterten nur noch ganz schwach. Die Stimmen der Männer trieben mit dem monotonen Prasseln des Regens davon. Es half immer, sich ein Ziel zu setzen, und Sidsel hatte nun ihres gefunden. Sie war auf die Färöer zurückgekehrt, um sich zu versichern, dass die Pfarrer tot waren.

Allesamt.

11

Der Ort liegt in einem Talkessel«, sagte Hjalti und ging vom Gas.

Lucas sah durch die regennasse Windschutzscheibe eine Handvoll Lichter, wie goldene Staubkörner, die sich mit einem Wedeln der Hand wegwischen ließen.

»Gibt es hier auch so etwas wie ein Nachtleben?«

»Nachtleben?«

»Bars, Kneipen, Restaurants?«

Hjalti lachte herzhaft.

»Wir treffen uns hin und wieder im Gemeindehaus.«

»Gemeindehaus«, murmelte Lucas mit einem Blick über die Schulter und sah in Sidsels blasses Gesicht. »Ist dir schlecht, Sidsel?«

Sie stierte mit starrem Blick aus dem Seitenfenster.

Lucas drehte den Kopf wieder nach vorne und sah einen hohen Mast am Straßenrand.

»Was ist das?«

»Eine Überwachungskamera«, sagte Hjalti. »Zur Abschreckung der Tieraktivisten. Und als Erinnerung an unsere jungen Leute, etwas gemächlicher in den Ort reinzufahren.«

»Habt ihr die Aufnahmen schon angesehen?«, fragte Lucas.

»Mehrfach. Stundenlange Aufnahmen der leeren Straße. In der Nacht hat niemand den Ort verlassen oder ist hineingefahren.«

Lucas sah sich um.

»Es führt nur diese eine Straße in den Ort rein?«

»Ja. Wir sind hier von steilem Terrain umgeben.«

»Verflixt«, fluchte Lucas.

»Was ist?«

»Wenn Jákup, wie angenommen, schwer verletzt war, konnte er unmöglich die steilen Hänge hochklettern. Wie sieht es mit dem Fjord aus? Hat in der Nacht irgendein Boot den Hafen verlassen?«

»Nicht, soweit ich weiß.« Hjalti zögerte. »Glaubst du etwa, dass Jákup noch immer hier ist? Im Ort?«

Lucas klackerte mit seinen Ringen gegen die Seitenscheibe.

»Ich weiß nicht, was ich glaube. Aber wir brauchen eine Tauchmannschaft. Der Fjord war Jákups einzige Rettung.«

»Oder Fluchtweg.«

Beide Männer drehten sich gleichzeitig auf ihren Sitzen nach hinten um.

Sidsel, die wieder etwas mehr Farbe im Gesicht hatte, sah sie an.

»Wer behauptet, dass ein Pfarrer kein Mörder sein kann?«

12

Der Wind auf der offenen Bergspitze klatschte ihm den Regen wie harte Hagelkörner ins Gesicht. Er kniff die Augen zusammen, kaum in der Lage, eine Armlänge vor sich noch etwas zu erkennen. Selbst ein eingeborener Färinger würde jeden für wahnsinnig erklären, der sich nachts an diesen rutschigen Felshängen herumtrieb. Er könnte seine Taschenlampe einschalten. Aber hier draußen war immer etwas unterwegs. Jemand. Die anderen. Das Licht würde ihn zur Zielscheibe machen.

Und er war es leid, Zielscheibe zu sein.

Das Terrain wurde steiler. Das Heidekraut wippte elastisch unter seinen Stiefelsohlen, aber trotz des eiskalten Windes und des prasselnden Regens, der alles übertönte, würde er nicht die Orientierung verlieren. Er ging diese Route schon so viele Jahre. Seine Fußabdrücke in dieser Landschaft wären mit das Einzige, was von ihm übrig blieb, wenn er irgendwann wieder zu Staub wurde.

Er hatte den Punkt erreicht, an dem Berg und Himmel zusammenstießen. Zerfetzte Wolken rauschten über seinen Kopf hinweg wie zerlaufene Tintenkleckse. Er schaute den Hang hinunter. Hinter dem Regenschleier tauchten immer wieder die Umrisse einer Holzhütte auf.

Er blieb stehen. Suchte mit dem Blick das Unterholz und die Felsen um die einsame Hütte ab. Als er sich einigermaßen sicher fühlte, zog er einen Stock aus dem nassen Gras, wo er ihn am Tag zuvor abgelegt hatte. Er nahm die Taschenlampe aus dem Rucksack und ließ den Lichtkegel vor sich das Gefälle hinabtanzen, den Stock wie eine Keule in der Hand.

Er richtete den Lichtkegel durch die von Tropfen überzogene Scheibe. Auf dem Bett an der hinteren Wand lag jemand. Die Stirn fieberfeucht glänzend, die auf der Decke liegenden Hände gerötet von all den Schnittwunden.

Er drückte den Schlüssel ins Vorhängeschloss. Senkte den Blick. Seine Finger zögerten, den Schlüssel zu drehen. Er konnte die Unruhe nicht länger ignorieren, die er schon eine ganze Weile in sich spürte. Er blieb stehen. Betrachtete das feuchte, verfärbte Holz der Tür, unsicher, wonach er eigentlich suchte. Er fluchte leise und drehte entschlossen den Schlüssel herum. Da war nichts. Nichts als einsame Wildnis und seine etwas zu lebhafte Fantasie.

In dem Augenblick hörte er hinter sich ein Stöhnen.

Erschrocken fuhr er herum. Spähte mit zusammengekniffenen Augen durch den Regenschleier.

Sie standen oben am höchsten Punkt des Hangs. Vier dunkle Gestalten. Eine ewig lange Sekunde standen sie dort, stumm, reglos, die Blicke auf ihn gerichtet. Dann plötzlich ging ein Rucken durch sie, und sie stürzten auf ihn zu.

»Was wollt ihr?«, brüllte er durch den dröhnenden Wind.

Wenige Meter vor ihm kamen die Gestalten zum Stehen. Ihre Augen funkelten im Lichtkegel. Hart, goldschimmernd. Er stieß alle Luft auf einmal aus den Lungen, lachte hysterisch, der Regen rann über sein Gesicht. Die Schafe glotzten ihn an und trabten dann auf schmatzenden Hufen davon.

In der Hütte schlug der Sturm gegen die Balken wie ein Hammer. Er warf seine klitschnasse Jacke über den Stuhlrücken und knipste das Feuerzeug über den Kerzen auf dem Tisch an. Die Flammen loderten auf und pellten die Struktur der Wände aus der Dunkelheit. Er schaute zu dem Körper auf dem Bett, dessen Poren etwas Saures, Unverdautes ausdünsteten.

Er trat ans Bett und hielt eine Hand über den Mund des leblos wirkenden Mannes. Ein kaum fühlbarer Lufthauch kam durch den Schlitz zwischen den Lippen. Er nahm die Wasserflasche aus dem Rucksack und hob behutsam den Kopf des Liegenden an. Der Leblose trank, gierig, während das Wasser aus seinen Mundwinkeln rann. Danach murmelte er kaum hörbar etwas von zerbrochenen Säulen, einem blutigen Kreuz und ein paar lateinische Wörter.

»Was sagst du?«, flüsterte er und beugte sich über ihn.

Die intelligenten Augen des Leblosen sahen ihn matt an, die Worte kamen in halb erstickten Seufzern. »Hilf ... mir.«

»Ich tu mein Bestes.«

»So viel ... Schmerz.« Ein klarroter Blutfaden seilte sich von dem Mundwinkel ab.

Er hielt ihm die Wasserflasche hin.

Der Leblose drehte frustriert den Kopf zur Seite, versuchte, sich auf den Ellbogen hochzustemmen, sank aber mit einem Laut in sich zusammen, als würde er in seinen eigenen Organen ertrinken.

»Lass ... lass mich gehen.«

»Du verstehst das falsch.« Er machte den Rucksack auf. »Nicht du bist mein Gefangener. Ich bin deiner.«

Er legte die Instrumente auf dem Boden zurecht. Der Flammenschein der Kerzen rann in einer fließenden, dunkelbraunen Konsistenz über die Balken. Er beugte sich über den Leblosen. Nur die Flammen waren stumme Zeugen, als der erste Schrei aufstieg.

13

Sidsel warf von der Türschwelle einen Blick in die Sakristei, einen Jackenärmel vor die Nase gehalten. Der Raum atmete sie an wie ein Mund mit ungeputzten Zähnen.

Hjalti hatte recht. Es war etwas ganz anderes, die Szenerie mit eigenen Augen zu sehen. Die Pfarrer, in einem biblischen Blutbad niedergemetzelt in Gottes Haus. Die auf dem Boden liegenden Stühle, die zerschlagenen Gläser und umgekippten Kerzenhalter, in einer gewaltsamen Choreografie verteilt, als hätte eine überirdische Kraft die Kirche emporgehoben und wieder auf die Erde geschleudert.

Das zwei Tage alte Blut auf den Talaren war getrocknet. Der schwarze Wollstoff so steif, dass er vermutlich von alleine stand, und die Blutspritzer in den schmerzverzerrten Gesichtern waren von einer graubraunen, keramischen Nuance wie gebrannte Tonfiguren, die die letzten leidvollen Sekunden eines Menschenlebens darstellten.

Sidsel hatte schon viele Tatorte gesehen. Geköpfte Opfer von Verkehrsunfällen, verkohlte Leichen, erstickte Säuglinge. Sie war dickhäutig. Aber die Wahrheit war, dass kein Mensch ganz immun gegen diese Seite der Polizeiarbeit war. Sie hatte es einfach nur ausgehalten. Dem Grauen in die Augen gesehen, bis ihr Gehirn allmählich die Fähigkeit entwickelt hatte, verschiedene widersprüchliche Persönlichkeiten in sich zu vereinen wie Jacken an einer Kleiderstange, die sie wechselte, je nachdem, was ein Tatort von ihr verlangte.

Es war schon lange her, dass sie auf einen Tatort mit einer leeren Kleiderstange gestoßen war.

Einer der Pfarrer lag mit über dem Kopf ausgestreckten Armen über einem Stuhlrücken. Die Spitzen seines schulterlangen, grauen Haars streiften den Boden. Die Zunge, post mortem ohne Muskelkontrolle, hing aus dem Mund und schlummerte wie ein bläuliches Sumpftier unter der Nasenspitze. Eine Hand schwebte wenige Zentimeter über dem Boden und hielt den Schaft eines großen Messers umklammert.

»Schwerkraft«, murmelte Sidsel.

»Meinst du den Pfarrer auf dem Stuhl, der das Messer hält?«

Sie sah ihren neuen Kollegen zum ersten Mal beeindruckt an.

»Das Messer ist ein sogenanntes Monustingari«, sagte sie. »Die Schwerkraft zieht alles nach unten, sein Haar, seine Zunge. Aber wieso ist das Messer nicht aus seiner Hand gefallen?«

»Gut beobachtet. Sieht so aus, als müsste ich diesmal nicht alles alleine machen.«

»Genau das hab ich auch schon gedacht«, sagte Sidsel mit ebenso unbeweglicher Mimik wie er.

Lucas rümpfte die Nase, entweder über sie oder wegen des langsam in Verwesung übergehenden Fleisches.

»Wir müssen rauskriegen, ob das hier die tatsächlichen Todespositionen der Pfarrer sind oder ob das Ganze arrangiert ist. Wenn jemand sie nachträglich bewaffnet hat, wurden möglicherweise auch andere Dinge angefasst.«

Sidsel betrachtete die geschwollenen Finger, die sich um das Monustigari schlossen.

»Könnte das vielleicht ein Leichenspasmus sein?«

»Klar, das wäre auch eine Möglichkeit.«

»Du bist gut, aber so gut bist du nicht.«

Lucas' chlorblaue Augen glitzerten selbstzufrieden im Licht der Scheinwerfer.

»Okay, was ist ein Leichenspasmus?«

»Das kommt selten vor, aber im Todesaugenblick kann es zu einer spontanen Muskelsteifheit kommen. So ein Leichenkrampf ›friert‹ sozusagen die letzte Aktivität ein, die die Person bei Eintritt des Todes ausgeführt hat. Ich habe das schon ein paarmal gesehen. Bei einem ertrunkenen Jungen, dessen Hände sich an

Tangbüschel geklammert hatten. Oder bei einem Vergewaltigungsopfer, bei dem wir Zweige und Grasbüschel in den geballten Fäusten gefunden haben.«

»Also gewaltsame Todesfälle unter extremen physischen Bedingungen.«

Sidsel nickte. »Aber es müssen ein paar Parameter erfüllt sein, ehe man von Leichenspasmen spricht. Die Gliedmaßen müssen ansonsten frei der Schwerkraft ausgesetzt sein.«

»Das trifft in diesem Fall zu«, sagte Lucas mit einem Blick auf die Arme des Pfarrers, die über den Stuhlrücken hingen.

»Ebenso kann bestätigt werden, dass der Todeseintritt mit intensiven Gefühlen einherhing.«

»Bleibt noch die Frage, ob die Waffen in den Händen der Pfarrer Verteidigungsinstrumente oder Angriffswaffen sind? Oder ob wir es mit einer Art rituellem Massenselbstmord zu tun haben.«

»Für solche Hypothesen ist es noch zu früh. Zu der Rollenverteilung zwischen den Pfarrern kann ich erst etwas sagen, wenn ich meine Ausrüstung ausgepackt habe.« Sie gähnte hinter vorgehaltener Hand. »Und das wird nicht mehr heute Nacht passieren.« Sidsel sah sich die anderen Pfarrer an. Der eine lag mit seitlich ausgebreiteten Armen auf dem Boden, der andere zusammengekrümmt mit dem Gesicht zur Wand. »Und zuerst einmal müssen wir herausfinden, ob noch andere Personen als die Pfarrer an dem Schauspiel beteiligt waren.«

»Und wie wollt ihr das rausfinden?«

Lucas und Sidsel drehten sich synchron um. Hjalti war lautlos hinter ihnen aufgetaucht.

»Du solltest doch draußen warten«, zischte Sidsel.

»Ich wollte euch nur sagen, dass ich euch im Gästehaus untergebracht habe.«

»Gästehaus?«, sagte Lucas. »Wohnen wir nicht im Hotel?«

Hjalti warf Sidsel einen fragenden Blick zu, der ihr gegen ihren Willen ein Lächeln entlockte.

»Ich schlage vor, du siehst dir das Dorf bei Tageslicht an«, sagte sie. »Dann wirst du es verstehen.«

Sie verabschiedeten sich von den Wachleuten, die sich um die Kirche positioniert hatten, und wurden von Hjalti ins Gästehaus begleitet.

Als Sidsel ihren Kopf aufs Kissen sinken ließ, war ihr klar, dass sie Albträume haben würde. So unausweichlich wie das Amen in der Kirche. Aber unberechenbar, wie das Unterbewusstsein war, träumte sie nicht von dem Monustingari, als sie endlich in den Schlaf fiel. Sie träumte von einem leichenblassen Menschen mit schwarzen Augenhöhlen und einer großen Hand mit langen Fingern, die ihren Nacken umklammerten.

Ich darf endlich wieder aus dem Einzelzimmer raus und mit den anderen Kindern zusammen sein.

Ali ist weg. Keiner erzählt mir was. Er ist einfach nicht mehr da. Wie seine Familie, die durch Bomben getötet wurde. Die anderen Kinder machen einen großen Bogen um sein Bett wie um einen ekeligen Geruch. Ich mache es ihnen nach.

Román, Jerzys bester Freund, ist froh, dass die blutrünstige Kanakenschwuchtel Ali weg ist. Román war bei der Beerdigung. Er hat erzählt, wie Jerzys Mutter geschrien hat, als der Sarg in die Erde gesenkt wurde. Später hat sie wieder geschrien, aber vor Lachen und mit einem Bier in der Hand. Vielleicht war Jerzy deswegen hier. Weil seine Mutter sehr launisch ist. Das passt zu dem, was Román sagt: dass wir »Fickabfall« sind. Unsere Eltern hatten Lust zu ficken, aber nicht auf die Folgen. Morcins Mutter hat Zigaretten auf seiner Kopfhaut ausgedrückt, Thomasz' Eltern haben sich totgesoffen, und Románs Vater hat ihm so brutal ins Gesicht geschlagen, dass sein einer Augapfel bis zum Gehirn in den Schädel gedrückt wurde.

Ich weiß nichts über meine Eltern. Hab mich unzählige Nächte in den Waschraum geschlichen und meinen Körper in dem schmutzigen Spiegel untersucht. Meine Haut ist blass und unversehrt. Keine Narben, keine Brandmale, keine Geschichten. Wer sind meine Eltern? Wo sind sie? Suchen sie womöglich nach mir? Vielleicht könnten sie mir sagen, wieso ich verkehrt bin. Warum ich nicht weinen kann wie normale Kinder.

Seit dem Vorfall mit Ali überwachen uns die Erwachsenen Tag und Nacht. Alle drei Stunden lösen sie sich ab. Gerade sitzt Witold bei uns. Es raschelt, wenn er eine Seite seines Buchs umschlägt. Sein Gesicht leuchtet dämonisch gelb im Schein seiner Stirnlampe. Wenn er zwischendurch den Blick hebt, durchschneidet sie wie ein Leuchtturmstrahl die Dunkelheit und bleibt an Marcins Bett hängen, seinen blonden Locken, wandert weiter über seine nackten Beine über der Decke. An der Kante seiner Unterhose zittert das goldene Auge der Lampe.

Es ist genau ein Jahr her seit Jerzys Tod, sagen die Erwachsenen, als ich frage, wieso die Flagge auf Halbmast gesetzt ist. Ich versteh das nicht. Wir wissen doch alle, dass er tot ist, und müssen nicht daran erinnert werden.

Glücklicherweise erinnert mich Jerzys Tod auch an alles Neue, was in meinem Leben passiert. Ich bin aus meiner Isolation raus in eine neue Wirklichkeit getreten. Ich kann nicht genau sagen, was anders ist. Ich stecke nach wie vor im selben Körper, aber in mir drin hat sich was verändert. Wie in einem Haus, in dem die alten Möbel umgestellt worden sind.

Und noch etwas ist ungewöhnlich: Ich konnte mir immer schon Sachen schwer merken. Wenn mich jemand gefragt hat, was ich zum Frühstück gegessen habe, ist eine Klappe runtergegangen.

Jetzt kann mein Gehirn sich alle Zeitpunkte und Aktivitäten des ganzen Tages in der richtigen Reihenfolge merken.

Ich höre Stimmen hinter der Tür von Józefs Büro. Da drinnen sitzen meine neuen Eltern. Ich treffe sie heute das erste Mal. Es passiert selten, dass in meinem Alter noch einer adoptiert wird. Die Erwachsenen ziehen normalerweise jüngere Kinder vor. Aber die beiden haben ein Foto von mir gesehen und meine Akte gelesen und beschlossen, dass ein zwölfjähriger Junge genau das Richtige für sie ist.

Ich popele in der Nase, um meine Finger zu beschäftigen, aber meine abgekauten Nägel sind wenig erfolgreich. Mein Haar riecht nach billigem Gel, und meine zu lange Sonntagshose schlägt an den Knöcheln Falten. Die Pädagogen haben mich heute Morgen mit Seife abgeschrubbt. Meine Haut brennt überall.

Józef schiebt seinen kahlen und sonnenschuppigen Kopf aus der Tür. Wenn er noch ein bisschen breiter grinst, fangen seine Mundwinkel an zu bluten. »Kommst du zu uns rein, Peter?«

Ich stehe auf, verwirrt, als hätte jemand gegen meinen Stuhl getreten. Sekunden später stehe ich in dem Büro. Ich spüre die Blicke meiner zukünftigen Adoptiveltern auf mir, während ich Löcher in den Boden starre. Ich bin ein dreckiger Bastard. Fickabfall. Es gibt nicht genug Seife oder saubere Klamotten, um das tiefe Gefühl von Verkehrtheit in mir zu vertreiben.

Die Frau kommt zu mir. Der Parfümduft überwältigt meine Nasenlöcher – Beeren, weiße Blüten, ein trockener, spezieller Unterton. Eine weiche Fingerspitze schiebt sich unter mein Kinn. Ich hebe den Blick.

Vielleicht wird das Leben ja von nun an besser.

»Da wären wir«, sagt Neuer Vater und öffnet die Tür zu einem luxuriösen Hotelzimmer mit Aussicht auf Elblągs ungepflegte Stadtmitte, wo die Mauern mehr Einschusslöcher als Hausnummern haben. Ich starre mit offenem Mund auf die gediegene Einrichtung. Das Zimmer sieht aus wie in einem Musikvideo. Riesige weiße Sofas, ein großer Fernseher, Vasen mit frischen Schnittblumen und eine Wendeltreppe hoch in die obere Etage.

»Na, lässt es sich hier aushalten?« Neuer Vater lacht, aber bei meinem Gesichtsausdruck verzieht er den Mund. »Gefällt es dir nicht?« Ich umklammere den Henkel meiner Sporttasche, aus der der Duft von verschwitztem Sportzeug steigt, fühle mich komplett von der Situation abgekoppelt. Das geht alles zu schnell. Ich hatte eine Stunde Zeit, meine Sachen zu packen und mich von den anderen Kindern zu verabschieden, bevor ich mit Neuer Mutter und Neuem Vater im Taxi weggefahren bin. Marcin hat es gerade noch geschafft, mir einen abgerissenen Papierschnipsel mit der Telefonnummer des Jungsheims in die Tasche zu stecken. »Sicherheitshalber«, hat er unheilschwanger gemurmelt. Ich verlasse mich da mehr auf mein Klappmesser, das ich in der Jackentasche mitgeschmuggelt habe.

Jetzt jedenfalls befinde ich mich im Viersternehotel des Ortes, dessen eigentliche Existenzgrundlage das kleine Casino ist, in dem den Gerüchten nach ukrainisches Verbrechergeld gewaschen wird.

Neuer Vater wiederholt seine Frage. Ich sehe zu ihm hoch. Die Kleider sitzen wie angegossen an seinem Körper, der schlank und sonnengebräunt ist. Nicht wie die Körper der blassen aufgedunsenen Erwachsenen aus dem Jungenheim mit ihren kaffeebraunen Zungenspitzen und dem Mundgeruch. Neuer Vater scheint einer komplett anderen Menschenrasse anzugehören.

»Das Hotelzimmer ist super«, sage ich mit amerikanischem Akzent, den ich mir in Tausenden von Stunden in der Gesellschaft von Schwarzenegger und Van Damme auf abgenudelten VHS-Bändern angeeignet habe.

»Aha«, antwortet er und kratzt sich an der Augenbraue. Die Muskeln seiner behaarten Unterarme bewegen sich. »Hast du irgendwelche Hobbys?«

»Mmh?«

»Tennis, Fußball? Machst du Sport?«

»Ähm, nein.«

74

»Du musst dich doch für irgendetwas interessieren?« Neuer Vater lächelt auf eine Weise, die seine Augen hart macht.

Ich schlucke. Weiß, dass ich jetzt etwas sagen sollte.

»Und du hast keine Fragen?«

Ich schüttele eilig den Kopf.

»So, ihr zwei«, zwitschert Neue Mutter. »Jetzt machen wir es uns schön, bis wir wieder nach Hause nach Dänemark fahren. Und keine Sorge«, fügt sie hinzu. »Wir haben für alles gesorgt.«

Sie lächelt mich an. Roter Lippenstift, weiße Zähne, feine Falten in den Augenwinkeln. Die Punkte auf ihrem Kleid vibrieren, als würde sie unter dem Stoff zittern.

Sie sagen, dass ich mir beim Roomservice bestellen darf, worauf ich Lust habe, aber ich kapiere erst, dass das kein Witz ist, als der Kellner mit einem köstlich duftenden Rolltisch ins Zimmer kommt. Peperonipizza, Pommes frites, Nuggets. Mir läuft das Wasser im Mund zusammen. Ich hab den ganzen Tag noch nichts gegessen.

Als ich nach einem Stück Pizza greifen will, schießt der Arm des Neuen Vaters vor und packt mich am Handgelenk.

»Vorher wollen wir noch Dank sagen«, sagt er bestimmt.

Ich sehe den Kellner verwirrt an. Neue Mutter kichert, während der Blick des Neuen Vaters angekratzt wirkt, als er die Stimme senkt und ein Tischgebet spricht. Mir fällt die Kinnlade runter. Meine Neuen Eltern sind gläubig.

Das kann nicht gut gehen.

Die Erwachsenen essen ihre Pizza mit Messer und Gabel, während ich mit den Händen esse und mir schmatzend das Frittensalz von den Fingern schlecke.

»Schmeckt es dir?«, fragt Neue Mutter.

Ich nicke mit vollem Mund.

»Welches Dessert magst du am liebsten?«

Ich denke nach. »Bananasplit.«

»Magst du später noch so etwas?«

Ich stelle das Kauen ein. Später. Die beiden Erwachsenen haben ihr Besteck weggelegt und sehen mich durchdringend an. Als würden sie mich zum ersten Mal richtig sehen. Ihr Lächeln ist wie aus dem Gesicht gewischt.

»Du wirst mit uns nach Dänemark kommen«, sagt Neue Mutter. Ihr Kinn ist leicht vorgeschoben wie eine nicht ganz herausgezogene Schublade. »Du kannst dir sicher denken, dass das Leben von jetzt an ganz anders für dich wird.«

»Ein Neustart«, fügt Neuer Vater hinzu.

Ich schlucke mit einem lauten Geräusch.

»Darum«, sagt Neue Mutter, »haben wir uns überlegt, ob du diesen Tag nicht gemeinsam mit uns ganz besonders begehen willst.«

»Besonders begehen?«

»Ja. Als Zeichen für dein neues Leben mit uns.« Neue Mutter nippt an ihrem Mineralwasser.

»Wir möchten dich um etwas bitten. Ob du es machen willst, ist zu hundert Prozent deine Entscheidung.«

»Hundert Prozent«, wiederholt Neuer Vater.

Ich bin mir nicht ganz sicher, was sie meinen.

»Ist es gefährlich?«

Sie lachen beide. »Ganz und gar nicht.«

»Was soll ich machen?«

Neue Mutter legt ihre cremezarten Finger auf meinen Handrücken.

»Du hattest einen harten Start ins Leben, mein Freund, deine Eltern haben dich im Stich gelassen. Dieser Gedanke ist mir unerträglich. Wie fändest du es, wenn du die Vergangenheit löschen könntest? Für immer. Klingt das nach etwas, das dir gefallen könnte?«

Ich nicke.

»Kluger Junge«, sagt Neuer Vater.

»Und weißt du, was der beste Start in ein neues Leben sein könnte?« Die Fingerspitzen der Neuen Mutter zittern auf meinem

Handrücken. »Dass du deinen neuen Eltern erlaubst, dich zu taufen.«

Das ist wie ein Schlag in die Magengrube. Mein Name ist das Einzige, was ich habe. Die einzige brüchige Verbindung zu meinen leiblichen Eltern. Meinem Ursprung. Zu dem, der ich bin.

»Wir wollen, dass du Lucas heißt«, sagt Neuer Vater, nachdem ich lange genug vor mich hin gestarrt habe.

Neue Mutter drückt meine Hand.

»Lucas. Der Name bedeutet ›leuchtend‹. Ein schöner christlicher Name. Es würde uns sehr viel bedeuten, wenn du zustimmst.«

»Na, was sagst du dazu, Buddy?« Neuer Vater ist wie ausgewechselt, fast aufgedreht. »Hast du Lust auf einen Neustart zusammen mit uns?«

Ich senke den Blick. Hebe ihn wieder.

»Kann ich darüber nachdenken?«

Die Erwachsenen tauschen Blicke. Es gibt kein Bananasplit mehr.

Am nächsten Morgen nimmt Neue Mutter mich mit in die Stadt. Sie hat eine Überraschung für mich, sagt sie. Die Windstöße vom Hafenkanal schleudern Schneeregen gegen die Ruinen der ausgebombten Wohnkomplexe, die die Nazibelagerung im Zweiten Weltkrieg nicht überlebt haben. Überalterte Straßenbahnen rattern vorbei wie verirrte Metallaale im Schatten klobiger Wohnblöcke, die in ihrem eigenen angefressenen Beton dahinsiechen. Neue Mutter stößt einen Schrei aus, als ein Hund mit einer lebenden Ratte im Maul an uns vorbeistreicht, und ich spüre ihren panischen Griff nach meinem Arm, als wir unter einer läutenden Türglocke in den Friseursalon treten.

Die Friseurin fordert mich auf, auf dem Stuhl Platz zu nehmen. Dann fährt sie mit ihren langen, weiß lackierten Fingernägeln durch mein pechschwarzes Haar.

»So schöne Haare«, sagt sie in munterem Englisch und sieht mich über den Spiegel an. Dann schaut sie zur Neuen Mutter auf dem Sofa rüber. »Sind Sie sicher?«, fragt sie.

»*Yes, honey!* Das wird seine hübschen blauen Augen noch extra betonen. Er wird aussehen wie ein Engel.«

Ich starre benommen in den Spiegel, als die Friseurin sich eine Plastikschürze umbindet und Gummihandschuhe überzieht. Danach rührt sie etwas in einer Schale zusammen und kommt wieder zu mir.

»Das wird jetzt vermutlich ein wenig auf der Kopfhaut brennen«, sagt sie und beginnt, mein Haar mit einer kalten Schmiere einzupinseln, die nach Tankstelle riecht. Kurz darauf klatscht mein schwarzes Haar wie ein Helm aus zermatschter Aubergine auf meinem Kopf. Ich kriege eine Cola und einen Stapel zerlesene Comics. Meine Kopfhaut brennt und kribbelt wie ein angestochener Ameisenhaufen in Alarmbereitschaft.

Wir werden nach Dänemark fahren. Das ist noch nicht ganz bei mir angekommen. Bis jetzt hat mein gesamtes Leben sich in dem engen, tristen Radius des Jungenheims abgespielt. Jetzt rollen wir mit einem nach Zwiebeln stinkenden Fahrer am Steuer durch eine flache und trockene Landschaft. Meine Eltern haben mir erlaubt, mich auf den Beifahrersitz vorne zu setzen. Im Rückspiegel sehe ich ihre Gesichter, dicht beieinander. Ihre Stimmen sind leise und ernst. Ich weiß, dass sie über mich reden, und die Unterhaltung scheint sie nicht allzu fröhlich zu stimmen.

Nach vielleicht einer Stunde erreichen wir Gdansk. Meine Neuen Eltern sind mit dem Flugzeug gekommen, daher wundert es mich, als das Taxi durch den dichten Mittagsverkehr zum Bahnhof abbiegt.

Im Bahnhof erwartet uns ein hektischer Tanz von Rucksäcken, Koffern und Schulterstößen von vorbeihastenden Körpern, während eine klirrend hohe Lautsprecherstimme in den Gehörgängen kratzt wie ein Klettverschluss.

Ich habe noch nie so viele Menschen auf einem Haufen gesehen und starre verkrampft auf die Schuhe des Neuen Vaters, um den Anschluss nicht zu verlieren. Als ich einmal hochschaue, sehe ich einen dunkelhaarigen Jungen, den Arm tief in einen Abfalleimer gesteckt. Die zerschlissenen Kleider hängen an seinem mageren Körper. Ein Auge ist blau und geschwollen, über die Stirn zieht sich eine blutige Schramme. Ich bleibe stehen. Das ist Jacek. Er ist im letzten Jahr achtzehn geworden und musste das Jungenheim verlassen. Als er mich bemerkt, glotzt er mit leerem Blick auf mein chlorgebleichtes Haar und die neuen Klamotten. In seinem Gesicht breitet sich ein braunzahniges Lächeln aus, und er zeigt mir den Mittelfinger.

Neuer Vater greift nach meinem Arm.

»Der Zug kommt gleich, wir müssen weiter.« Er bemerkt meinen verkrampften Körper. »Kennst du den Jungen da drüben?«

Ich schüttele den Kopf. »Ich hab ihn noch nie gesehen.«

Wir haben ein Abteil für uns allein. Der Zug hat Gdansk kaum verlassen, als ich schon einen Burger mit Fritten im Speisewagen kriege. Das Fleisch zergeht mir auf der Zunge, ganz anders als das pappige Fleisch im Heim. Am liebsten würde ich den Burger in einem Bissen runterschlingen, aber der Anblick von Jacek hat sich mir eingeätzt. Ich esse wie eine aufgezogene Puppe, kaue mit geschlossenem Mund, geradem Rücken und benutze mein Besteck mit mechanischen Gesten. Neue Mutter und Neuer Vater dürfen nicht merken, dass sie mit Fickabfall in der ersten Klasse sitzen. Ich will nicht aus dem Zug geworfen werden.

Am Abend bereitet der Schaffner unser Abteil für die Nacht vor. Ich werde mit einem Comic in die obere Koje geschickt. Von dort kann ich runter in das Bett meiner Neuen Mutter sehen. Als ich meine Lampe lösche, liest sie noch immer in einem schwachen

Lichtkegel. Ich betrachte sie, während vor dem Fenster die unbekannte Dunkelheit vorbeirauscht. Ihr langes, braunrotes Haar ist im Nacken hochgesteckt, und sie verströmt einen federleichten, puderzuckrigen Charme, der es schwer macht, die Augen von ihr zu nehmen. Solange ich sie beobachte, und bis ich schließlich einschlafe, blättert sie kein einziges Mal in ihrem Buch um.

Es ist noch dunkel draußen, als ich von lauten Stimmen geweckt werde. Der Zug steht, und das Licht ist an. Schlaftrunken hebe ich den Kopf vom Kissen und betrachte verwirrt das Spiegelbild des flachsblonden Jungen, der mich ansieht. Das gebleichte Haar löscht den Kontrast zwischen meinem vorher schwarzen Haar und meiner weißen Haut. Meine Augen sind strahlend blaue Löcher in einer kalkweißen Leinwand und funkeln mit einem chemischen Glanz, der meinem Gesicht in Kombination mit meinen Wangenknochen und meinem breiten Mund eine künstliche Glattheit verleiht, wie bei diesem Roboter in Terminator 2, der sich verflüssigen kann. Mein Äußeres spiegelt mehr denn je das Vakuum in meinem Innern wider.

Ich schaue zu Neuem Vater runter. Er kniet in Unterhose und auf links gedrehtem T-Shirt auf seinem Bett und wühlt hektisch in seinem Koffer. Ich schaue zu Neuer Mutter rüber. Sie starrt mit aufgerissenen Augen durch das Abteil. Zu mir.

Es klopft an der Tür. Neuer Vater öffnet sie einem Mann mittleren Alters mit Dienstmütze und Uniform.

»German border, passport control«, sagt er eilig.

»Just a moment«, quetscht Neuer Vater heraus, seine Finger pflügen sich durch Jeans und Hemden und Strümpfe und fischen zwei rotebetefarbene Pässe aus dem Koffer, die er dem deutschen Zollbeamten reicht.

Neue Mutter hat gesagt, dass sie sich um alles gekümmert haben. Lassen sie mich jetzt an der Grenze zurück, in der Obhut der deutschen Polizei, die mit mir machen kann, was sie will? Ich ziehe die Decke hoch bis ans Kinn. Überlege, ob ich die Scheibe einschlagen und abhauen soll.

Der Beamte gibt den einen Pass zurück und klappt den nächsten auf. Er senkt konzentriert das Kinn, als wäre dieser Pass schwieriger zu lesen.

»The light, please«, sagt er mit einem autoritären Nicken.

Ich verstehe nicht, was vor sich geht, ehe Neue Mutter den Arm ausstreckt und die Leselampe über meinem Kopf angeht.

Der bohrende Blick des Beamten streicht kalt über meine Wangen. Ich sehe ihn Hunderte Male die Decke wegreißen und mich in die dunkle Nacht rauszerren, bis er endlich den Pass zuklappt und uns eine gute Weiterreise wünscht.

Beim Frühstück im Speisewagen sind meine Neuen Eltern wie ausgewechselt. Sie machen Witze. Lachen. Ich würde gerne glauben, dass ich der Grund für ihre Freude bin, aber ich fühle mich ungefähr so unfrei wie das in Plastikfolie verpackte Brötchen auf meinem Teller.

»Ich habe darüber nachgedacht«, sage ich, muss den Satz aber noch einmal lauter wiederholen, ehe ich ihre Aufmerksamkeit habe. »Ich würde gerne Lucas heißen. Wenn ihr das besser findet.«

In die folgende erstaunte Stille knallt irgendwo im Abteil ein Sektkorken.

Neue Mutter erhebt sich mit einem überraschten Lächeln von ihrem Platz und legt ihre Arme um meinen Hals.

»Jetzt wird alles gut«, haucht sie in mein Ohr.

14

Lucas rieb sich den Schlaf aus den Augen und kniff sie gleich wieder vor dem Licht zusammen, das ihn durch die dünne Gardine mit den aufgestickten Schmetterlingen blendete. Er stemmte sich auf die Ellbogen hoch und sah sich verwirrt in dem Zimmer um, in dem er aufgewacht war. Die Einrichtung verströmte eine heimelig altmodische Atmosphäre: goldgerahmte Bilder, dunkle Mahagonimöbel, eine träge tickende Standuhr und Blumentapete. Er rieb sich erneut die Augen. Hatte er sich auf einen One-Night-Stand mit einer Rentnerin eingelassen?

Dann erinnerte er sich wieder.

Färöer, tote Pfarrer, Gästehaus.

Er warf die Bettdecke zur Seite, schwang die Füße auf den Teppich, der weich wie nasser Sand war. Er riss die Gardinen mit einem Ruck zur Seite und schaute auf eine Gruppe kleiner Holzhäuser in bunten Pastellfarben. Die Landschaft hinter den Häusern war die reinste Fototapete mit Bergen, Felshängen und dem silbermatten Wasserspiegel des Fjords.

Lucas kratzte sich im Nacken. Er war in einer Puppenstadt aufgewacht.

Er lief ins Badezimmer und hielt den Kopf unter das Wasser. Das tropfnasse Gesicht im Spiegel war das eines Fremden. Keine verquollenen, dunklen Ringe, die ihn morgens normalerweise begrüßten. Seine Augen waren wach und klar, mit einem ausgeschlafenen, verjüngten Glanz. Er zog sich mit zügigen, energiegeladenen Handgriffen an. Pure Willenskraft hielt ihn davon ab zu pfeifen, als er durch den Flur dem Kaffeeduft entgegenging.

»Guten Morgen«, begrüßte ihn Sidsel über einen dampfenden Becher in der Küche.

»Ich hab Kaffee gekocht und ein paar nicht mehr ganz taufrische Haferflocken gefunden. Wenn man lange genug kaut, kriegt man sie runter.«

Lucas sah sie fasziniert an. Die Atlantikluft hatte seine Kollegin magnetisiert. Die Sommersprossen strahlten ungestüm auf ihrer Nase und den Wangenknochen, und die bernsteinfarbenen Augen versprühten eine Kraft, mit der sie eine Münze an die Wand tackern konnte. Ihr Haar war nicht mehr in einem strengen Knoten hochgebunden, sondern fiel ihr tiefrot glänzend auf die Schultern.

»Was ist?« Ihr milchtropfender Löffel verharrte in der Luft vor ihrem Mund. »Magst du keine Haferflocken?«

Lucas riss den Blick von ihr los. »Ich frühstücke nie.«

Er schlurfte zur Kaffeemaschine und schenkte sich einen Becher ein.

»Sieht so aus, als hätten die Färöer dich heute Nacht aus den Latschen gehauen«, sagte sie.

»Wie meinst du das?«

»Die Natur, die Stille, die frische Meerluft.«

Lucas trank einen Schluck Kaffee. Perfekt.

»Bist du den ganzen Tag am Tatort?«

»Jepp. Und du wirst deine neue Einheit kennenlernen. Ich bin sicher, dass Hjalti dir mit Rat und Tat zur Seite steht.«

»Wo du deinen Bruder erwähnst …«

»Du kannst nicht glauben, dass wir Zwillinge sind?«

»Zum einen bist du mindestens einen Kopf größer als er.«

»Nicht allen Männern bereitet es Schwierigkeiten, zu einer Frau aufzusehen.«

»In körperlicher Hinsicht, doch, alle.«

Sidsel lächelte. Es faszinierte Lucas, ihre blasse, steife Kopenhagener Mimik in einen lebendigen Sarkasmus verwandelt zu sehen.

»Hjalti wurde mit einer Autoimmunerkrankung geboren. Er war schon immer etwas schwächlich und unterentwickelt.

Aber sprich das lieber nicht an. Er reagiert nicht sehr positiv darauf.«

»Was heißt das genau?«

Sie wedelte mit der Hand. »Egal.«

»Das scheint die gängige Einstellung hier zu sein.«

»Soll heißen?«

»Schweigen.« Lucas imitierte Hjalti. »*Die Leute hier können Geheimnisse bewahren.*«

Sidsel schob sich einen Löffel Haferflocken in den Mund und lächelte neutral.

»Und wie sieht es bei dir aus? Verheiratet? Kinder?«, fragte Lucas.

»Nein und nein.«

Lucas nickte und knipste sein Verstehe-Lächeln an. Die wenigsten kinderlosen Singlefrauen in den Vierzigern fassten das in so knappen Worten und ohne lange Erklärungen zusammen.

»Du hast erzählt, dass du als Teenager mit deiner Mutter nach Dänemark gezogen bist. Ist sie seitdem auch nicht mehr auf den Färöern gewesen?«

»Meine Mutter hatte eine Affäre mit einem Dänen. Die Affäre hat sich entwickelt, sie haben sich verliebt, und meine Mutter hat meinen Vater verlassen. Wir befinden uns im Zentrum des Bibelgürtels, die Menschen hier sind extrem religiös. Sie war untreu und wollte die Scheidung. Du wirst sicher verstehen, dass sie es nicht gewagt hat, jemals zurückzukommen.«

Wagen. Interessante Wortwahl, dachte Lucas.

»Und nun kehrt die verlorene Tochter zurück.«

»Mit einem bewaffneten Kollegen.« Sidsel sah ihn an. »Wo ist eigentlich deine Waffe?«

»Mein Gehirn ist meine Waffe.«

»Was?«

»Schwamm drüber. Ich besorg mir bei nächster Gelegenheit aus der Polizeiwache Tórshavn eine Knarre.« Lucas trank einen

Schluck Kaffee. »Das muss hart für Hjalti gewesen sein, von seiner Mutter verlassen zu werden.«

»Meine Mutter hat meinen Vater verlassen. Nicht Hjalti. Er war … das war was anderes.«

Es klopfte an der Tür.

Sidsel sprang mit einer Hektik auf, die vorher nicht da gewesen war, und knallte die Schale ins Spülbecken.

»Das ist Hjalti. Er kommt, um dich abzuholen.«

Sie lief über den Flur und zog die Tür zu ihrem Zimmer hinter sich zu.

»Na, dann bis heute Abend«, murmelte Lucas.

»Guten Morgen«, sang Hjalti fast, als Lucas die Tür öffnete.

»Guten Morgen.«

Der untersetzte Färinger sah Lucas mit einem devoten Labradorblick an.

»Schläft meine Schwester noch?«

»Sie kackt.«

»Ah ja.« Hjalti streckte den Hals, um einen Blick über Lucas' Schulter zu werfen. »Gibst du eine Tasse Kaffee aus?«

»Der ist kalt. Ich hol meine Jacke. Warte hier.«

Das Gästehaus lag an einem grasgrünen, von Pfaden durchzogenen Hang, die sich wie Oktopustentakel unter einem Berggipfel aus warzigen Felsknubbeln auffächerten.

Lucas beobachtete Hjalti im Gespräch mit einem Mann draußen auf der Straße. Der andere beugte sich über Hjalti, ein stiernackiges Muskelpaket mit Vollbart und einer tief in die Stirn gezogenen Wollmütze. Er hörte mit den Händen in den Hosentaschen zu, während Hjaltis erklärende Arme in alle Himmelsrichtungen flatterten.

»Hallo!«, sagte Hjalti hektisch, als er Lucas' Schritte auf den Bodenplatten hörte.

Der andere musterte Lucas mit einem Schlangenblick vom Kopf bis zu den Zehen. Es gab sicher nicht viele Männer im Ort, die in weißen, hautengen Jeans und einer pelzgefütterten Lederjacke herumliefen und sich die Haare bleichten.

»Lucas.«

»Shurdur«, brummte das Muskelpaket und streckte Lucas seine raue Hand entgegen.

»Sind das da Fußpfade?«, fragte Lucas und zeigte zum Hang. »Du hast doch gesagt, man käme nur über die Zufahrtsstraße oder den Fjord in den Ort hinein oder heraus.«

»Das sind die Hinterlassenschaften eines Erdrutsches«, sagte Hjalti.

»Ihr errichtet ein Gästehaus unterhalb eines Bergrutsches?«

Shurdur schnaubte.

»Die Felsen da oben sind der härteste Teil vom Berg. Die kriegt niemand da los. Die sind noch in tausend Jahren dort. So ist das hier. Nur der Stärkste überlebt.«

Lucas zündete sich eine Zigarette an.

»Worüber habt ihr gesprochen?«

»Das Ausfahrverbot«, blaffte Shurdur. »Wir müssen zum Fischen raus. Ihr könnt uns nicht verbieten, rauszufahren.«

»Das können wir, und das tun wir.«

Hjalti lachte nervös. »Das, was Shurdur meint, ist …«

»Ich weiß genau, was dein Freund meint.« Lucas hielt Shurdurs stechenden Blick fest. »Aber dein Freund sollte auch wissen, dass wir es ernst meinen. Und mit ›wir‹ meine ich die Polizei. Nicht wahr, Hjalti?«

»Ja.«

»Und das bedeutet, dass alle, die rausfahren, angezeigt und festgenommen werden. Auf der Stelle.«

Shurdur starrte Hjalti in Grund und Boden. Er war die lebendig gewordene Karikatur des Superschurken: große behaarte Pranken, dunkler Vollbart, knollige Boxernase.

»Vergiss nicht, zu welcher Seite du gehörst, Hjalti«, sagte er und stampfte in seinen knarrenden Gummistiefeln davon.

»Das gibt Probleme«, seufzte Hjalti.

»Wer ist das?«

»Einer, der uns das Leben richtig sauer machen kann.«

»Wie ich gestern bereits sagte, entscheidest du allein, wem gegenüber du loyal sein willst. Der Polizei oder der Fischereimafia.«

»Ich habe mich entschieden.«

Die Zigarette zwischen Lucas' Lippen knisterte.

»Gut. Das war die letzte Gelegenheit, dich zu entscheiden.«

»Das habe ich verstanden. Aber es ist kompliziert. Shurdur hat mir mal das Leben gerettet. Ein Unwetter hatte sich über den Inseln festgesetzt, die Kutter hingen mehrere Tage im Hafen fest. Die Alten haben uns gewarnt, rauszufahren, aber irgendwann hatten Shurdur und ich die Nase voll. Was zum Teufel wussten die Alten schon? Zehn Seemeilen weit haben wir es geschafft, als der Kutter kenterte und wir über Bord gingen. Zwanzig Meter hohe Wellen brachen über uns zusammen. Immer wieder. Mit ohrenbetäubendem Krach. Trotz der Rettungswesten wurden wir herumgeschleudert wie die Nussschalen und in das eiskalte Wasser runtergezogen. Irgendwann haben mich meine Kräfte verlassen. Ich hab aufgegeben. Ich fand diese Art von Tod annehmbar, zu den vielen Färingern auf dem Grund des Meeres zu sinken.« Hjalti kratzte sich an dem geröteten Hals. »Als ich die Augen aufschlug, lag ich in einem Krankenhausbett. Shurdur war auch im Krankenhaus, sie hatten ihn in ein künstliches Koma versetzt. Er hatte mich bis zum Morgengrauen über Wasser gehalten, bis die Rettungsmannschaft ausrücken konnte. Das muss die Hölle für ihn gewesen sein, mit einer Totlast im Arm um sein eigenes Leben zu kämpfen. Aber er hat nicht losgelassen.«

»Das stellt die Dinge natürlich in eine ganz neue Perspektive.«

»Super!« Hjalti lachte erleichtert. »Shurdur mag nach außen hart wirken. Aber er ist ein guter Mann.«

»Ich spreche von dir, Hjalti.« Lucas streifte die Asche seiner Zigarette ab. »Kann ich mich darauf verlassen, dass du nicht das Gefühl hast, Shurdur etwas schuldig zu sein?«

»Nein, so hab ich das nicht gemeint.«

Lucas schaute hoch zu den Felszinnen.

»Nur die Stärksten überleben auf den Färöern. War es nicht so? Kann man den Felsbrocken trauen, dass sie dem Sturm standhalten?«

Die Tür zum Gästehaus ging auf. Sidsel sah die beiden Männer erstaunt an.

Sie ging auf sie zu. Das rote Haar leuchtete wie eine Fackel, und als sie vor ihnen stand, hatte die Kälte ein feines Netzwerk von rosa Adern auf ihre Wangen gezaubert.

Lucas' Mund wurde trocken.

Sie sah erst den einen, dann den anderen an.

»Habt ihr nichts zu tun?«

15

Die Kirche lag wenige Minuten Fußweg vom Gästehaus entfernt. Die Balken waren frisch gebeizt, und das Grasdach leuchtete saftig grün unter dem weiß gestrichenen Dachreiter. Der grau verhangene Himmel spiegelte sich im Fjord, dessen Wasser in dumpfem Takt gegen die Steinmauer am Ende des Friedhofs schlug. Die Kirche kam Sidsel kleiner vor, als sie sie in Erinnerung hatte. Wobei sie alles dafür getan hatte, sich nicht an sie zu erinnern.

Sie grüßte die Polizeibeamten, die die Nachtwache abgelöst hatten, und glaubte sogar, das eine oder andere bekannte Gesicht unter den Mützenschirmen zu erkennen, wenn auch faltiger und noch verschlossener als früher. Den gebrummten Antworten der Beamten nach zu urteilen, hatten sie sie ebenfalls wiedererkannt. Eivør Kjølbro, Tochter von Ásla Kjølbro, der Frau, die Ehebruch begangen und mit ihrem Liebhaber nach Dänemark gegangen war und ihren Ehemann und Sohn zurückgelassen hatte.

»Deine Ausrüstung steht in der Vorhalle«, brummte ein stiernackiger Beamter mit Bürstenhaarschnitt, breitem Gesicht und grauen Schneidezähnen. Sein Atem ging schwer, als ob er sich nur schwer beherrschen konnte.

»Danke«, sagte Sidsel knapp.

Sie öffnete das Friedhofstor. Die moosbedeckten Grabsteine ragten windschief aus der Erde wie faulige Zahnstumpen. In der Nähe der Kirche setzte unmittelbar der verräterische Versuch ihres Gehirns ein, alte, finstere Schleusen zu öffnen, und es kostete sie körperliche Kraft, die inneren Bilder abzuschütteln.

Sie trat in die Vorhalle. Durch die Tür war die Kanzel zu sehen, die Deckenbalken und die Bänke. Das Interieur aus unbehandeltem Holz wirkte ein wenig primitiv, wie ein Baumodell aus Eisstäben. Die Christusfigur hing mit angenagelten Gliedmaßen über dem Altar. Als Kind hatte sie sich vorgestellt, dass das heruntertropfende Blut der angenagelten Füße das Altartuch dunkelrot gefärbt hatte.

Sidsel ging zu einer der vier Flugkisten, die das NKC für sie zusammengepackt hatte. Sie gab den Code ein, und der Schlossmechanismus surrte. Aus dem oberen Fach nahm sie einen DNA-Schutzanzug und ihr Lieblingsinstrument: ein sterilisiertes Essstäbchen aus einem Kopenhagener Sushi-Restaurant. Sie zog Stiefel und Strümpfe aus und stieg in den Overall. Danach zog sie ein paar Schuhüberzieher über die nackten Füße. Sie arbeitete am liebsten barfuß an einem Tatort. Um Haut und Nervenenden Temperaturunterschiede, Unebenheiten und kleine, unsichtbare Gegenstände wahrnehmen zu lassen.

Beim Blick auf die Bodenbretter in der Vorhalle schweiften ihre Gedanken kurz ab. Ob sie aus dem Holz noch immer ihr eigenes Blut extrahieren könnte?

Sie ging über den im Mittelgang zwischen den Bankreihen ausgerollten Stickläufer. Als Kind war sie in ihren Tagträumen im weißen Kleid auf den Altar zugeschritten, umgeben von Familie und Freunden. Es war schon bitter und traurig, was davon übrig geblieben war. Um sie herum nur leere Bänke, das weiße Kleid ein steriler Schutzanzug.

»Reiß dich zusammen«, murmelte sie und konzentrierte sich, nicht auf die Blutflecken auf dem Läufer zu treten.

Vor der Tür zur Sakristei blieb sie stehen. Das Tageslicht fiel mit einem apricotfarbenen Schimmer durch die Mosaikscheiben. Die toten Pfarrer verströmten inzwischen einen Geruch, der Blumen zum Verwelken bringen konnte. Ihr Gehirn aktivierte umgehend eine professionelle Stumpfheit, ihre persönliche Filteranlage, die makabre Details auf reine Datenströme reduzierte. Simon hatte sie einmal gefragt, wie sie es schaffte, sich in einem Raum mit toten

Menschen aufzuhalten, ohne emotional berührt zu werden. Sie hatte ihm geantwortet, dass das Unangenehmste an einem Tatort die eigene Menschlichkeit war. Zu viel Empathie war der direkte Weg in die Hölle. Kompetente Kriminaltechniker setzten ihr Gehirn so maschinell ein wie die Werkzeuge in ihren Händen.

Sidsel strich über den Schorf auf ihrem Knöchel.

Vielleicht hatte sie das zu sehr verinnerlicht?

Sie sah sich die Waffen in den Händen der Pfarrer an, den Ausgangspunkt der ersten Untersuchungsphase. Sie war gespannt, ob die Waffen in den Händen der Toten von einem Leichenkrampf herrührten oder ob die Untersuchung der Spuren ergab, dass der Täter das Ganze inszeniert hatte.

Sie ging zu dem über dem Stuhlrücken hängenden Pfarrer. Der Gestank des toten Körpers trieb ihr Tränen in die Augen. Sie hob das Stäbchen hoch. Kein Wunder, dass sie kein Sushi mehr aß.

16

Lucas und Hjalti liefen an den dümpelnden Fischkuttern in dem kleinen Binnenhafen mit einer Öffnung zum Fjord hin vorbei. Lucas klappte den Jackenkragen hoch gegen den kräftigen Wind, der nach Fisch und Diesel schmeckte. Die Kutter waren vor einer Reihe von Bootsschuppen mit Rolltoren vertäut. Einige standen offen. In dem Halbdämmer waren ins Gespräch vertiefte, wie feindlich von ihnen abgewandte Schattengestalten zu sehen.

»Na ja, die Jungs sind etwas ungehalten«, sagte Hjalti beschwichtigend. »Sie hoffen, dass das Ausfahrverbot bald wieder aufgehoben wird.«

»Mit welcher Art von Köder fangt ihr so was?«, fragte Lucas mit einem Kopfnicken zu dem Kadaver eines tropfenden Schafs hin, der an einer Krankette hing.

»Den habe ich noch gar nicht gesehen«, sagte Hjalti. »Da scheint ein Tier den Anschluss an seine Herde verloren zu haben.«

»Oder der große Hirte hat sein Schaf fehlgeleitet.«

Hjalti sah ihn an. »Zitierst du gerade aus dem Hebräerbrief?«

»Tu ich das?«

Sie erreichten das kleine Schulgebäude, in dem sie, wie Hjalti erklärte, die provisorische Zentrale eingerichtet hatten.

Die ersten Türen in dem langen Flur waren mit Aufklebern übersät – *Supreme, Skateboarding is not a crime* – und mit zerknitterten, ausgeschnittenen Bildern von Popstars und Fußballspielern. Dann folgte ein jäher Themenwechsel mit Bildern von Prinzessinnen im Herzenregen, bluttriefenden Vampirzähnen und Familien mit missgestalteten Köpfen vor Häusern, die ihnen bis zu den Knien reichten.

»Wo sind die Schüler?«, fragte Lucas.

»Homeschooling. Die Schule ist das einzige Gebäude, das groß genug ist, weil das Gemeindehaus gerade renoviert wird.«

»Wie viele Beamte stehen mir zur Verfügung?«

»Einunddreißig.«

»Wissen sie, um was es bei den Ermittlungen geht?«

»Sie haben alle die Anweisung, deine Ankunft abzuwarten und bis dahin die Kirche abzusperren. Keiner von ihnen hat bisher den Tatort gesehen.«

»Hast du einen Schlüssel für die Kirche?«

»Ja. In allen Orten gibt es ein paar Personen, die Laiengottesdienste abhalten, wenn die Pfarrer in anderen Gemeinden unterwegs sind.«

»Ich brauche eine Liste über alle, die einen Kirchenschlüssel haben.«

»Verstanden.«

Lucas sah sich das gemalte Bild eines lächelnden, blutverschmierten Mannes unter einem Herz mit krakeligen Buchstaben: P-A-P-A an, der einen Wal abstach.

»Gibt es irgendwelche geheimen Räume in der Kirche?«

»Wozu sollten die gut sein?«

»Beispielsweise, um eine Leiche darin zu verstecken.«

»Um Himmels willen, nein! So was hat die Kirche nicht.«

Lucas hielt den Blick des Färingers eine Sekunde fest. Er konnte es immer noch nicht fassen, dass dieser magere und ungesund aussehende Bursche demselben Genpool entstammte wie Sidsel.

Sie gingen schweigend weiter.

»Hier drinnen wartet das Team.« Hjalti öffnete eine mit lächelnden Sonnen dekorierte Tür. »Willkommen in der 2 A.«

Lucas betrat den Klassenraum. Die uniformierten Männer und Frauen glotzten ihn an, als wäre den Fluten des Fjords gerade ein Seeungeheuer entstiegen.

»Sprecht ihr Dänisch?«, fragte er. Die Beamten nickten. »Mein Name ist Lucas Stage, und ich bin von der Task Force 14.« Er ließ den Blick über die Versammlung schweifen. Die Polizisten hatten etwas Tolpatschiges und Verrenktes auf den viel zu kleinen Kinderstühlen. »Ich komme direkt auf den Punkt: Wer von euch hat Polizeierfahrung außerhalb der Färöer?« Lucas zählte sieben hochgestreckte Hände. »Gut. Ihr gehört ab jetzt zu meiner inneren Ermittlungsgruppe. Die übrigen Anwesenden, die sich nicht gemeldet haben, werden nicht weiter als bis an die Absperrung um die Kirche kommen. Ihr könnt jetzt gerne gehen.«

Eine neue Hand streckte sich nach oben, ein tätowierter Bodybuildertyp mit Bürstenschnitt.

»Wann erfahren wir, was in der Kirche passiert ist?«

»Da du dich eben nicht gemeldet hast, gehörst du zum *outer circle* und damit zum Wachdienst. Ich hätte gerne sieben, acht Mann rund um die Uhr um die Kirche herum. Den Wachplan stellt ihr eigenverantwortlich auf.«

»Wir sollen nur Wache stehen?« Der Bodybuilder verschränkte seine aufgepumpten Oberarme vor der Brust, der kleine Stuhl ächzte unter seinem Gewicht. »Wir sind Polizeibeamte.«

Lucas musterte seinen Herausforderer mit wohlwollendem Interesse. Ohne den Finger genau darauf legen zu können, erkannte er sich ansatzweise in ihm wieder.

»Du willst gerne mehr Verantwortung?«

Kurzes Kopfnicken.

»Gut, damit bist du der Verantwortliche für den Wachplan.« Lucas klatschte in die Hände. »Und jetzt bitte ich meine Wachmannschaft, den Raum zu verlassen.«

Die angesprochenen Beamten erhoben sich von ihren Plätzen und verließen vorwurfsvoll flüsternd und mit feindlichen Blicken den Raum. Zwei Frauen und fünf Männer blieben zurück. Lucas schüttelte einem nach dem anderen die Hand.

»Ihr werdet in Kürze über den Vorfall in der Kirche gebrieft werden«, sagte er und verkniff es sich, den Zeigestock in die Hand zu nehmen, der wie ein verlockendes Angebot auf dem Pult lag.

»Ihr seid die Einzigen, die diese Informationen bekommen, und sollte ich feststellen, dass irgendwelche Falldetails an die Öffentlichkeit durchsickern, werde ich persönlich dafür sorgen, dass die Tratschtante oder der Tratschonkel nicht einmal mehr zum Fasching eine Polizeiuniform ausleihen darf.«

Eine sportlich aussehende Frau mittleren Alters mit kurzen Haaren brachte es kurz auf den Punkt: »Wir sind bereit uns anzusehen, was passiert ist.«

Lucas fischte einen USB-Stick aus der Jackentasche.

»Das wage ich zu bezweifeln.«

17

H allo! Bist du hier irgendwo?«

Sidsel zuckte zusammen. Das Echo der Stimme, die nach ihr gerufen hatte, rollte durch den Kirchenraum.

Sie sah Hjalti in der Tür zur Vorhalle.

»Hast du mir einen Schrecken eingejagt«, zischte sie auf dem Weg zu ihm.

»Sorry, aber ich darf den Tatort ja nicht betreten.«

»Was machst du hier?«

»Die Kinder liegen mir in den Ohren, dass sie ihre geheimnisvolle Tante kennenlernen wollen.«

»Das halte ich für eine schlechte Idee.«

»Komm zum Essen vorbei. Wenigstens einmal, bevor du wieder nach Hause fährst.«

»Ich will ihn nicht sehen.«

»Er ist dein Vater.«

»Ich hab keine Zeit für so was, Hjalti.«

»Hast du überhaupt kein Interesse an deiner Familie?« Hjalti hob entschuldigend die Hände. »Das kam anders raus, als es gemeint war. Aber es sind so viele Jahre vergangen, Eivør. Wäre es nicht an der Zeit?«

»Ich heiße Sidsel. Und ja, es sind viele Jahre vergangen. In denen du reichlich Zeit gehabt hättest, mich mal in Dänemark zu besuchen.«

»Geboren in Gøta, gestorben in Gøta. Die Welt da draußen ist nichts für mich.«

Sidsel schüttelte den Kopf.

»Warum klammerst du dich so an dieses Stück Fels? Da draußen gibt es so viel mehr.«

»Mutter hat nicht nur unseren Vater verlassen, sondern auch mich. Warum sollte ich nach Dänemark kommen? Es sollte umgekehrt sein.«

Sidsel biss sich auf die Zunge. Die verletzte Stimme ihres Bruders, das Scharren seiner unermüdlich das Gewicht verlagernden Füße, das war, wie eine Spieldose aufzuklappen und von Kindheitserinnerungen in musikalischer Form eingelullt zu werden.

»Du hast ja noch nicht einmal auf ihre Mails und Briefe geantwortet.«

Die Farbe wich aus Hjaltis Gesicht.

»Du hast die Briefe doch bekommen, oder?«

»Ja, doch, klar«, antwortete er.

Sidsel zog ihre Gummihandschuhe aus, blies die Feuchtigkeit zwischen den Fingern weg.

»Warum hast du der Leitung in Tórshavn empfohlen, mich auf die Färöer zu holen?«

»Das ist ein Riesenfall. Und du kennst die Menschen hier.«

»Ich kenne niemanden.«

Hjalti überhörte sie und schaute durch den Kirchenraum.

»Erinnerst du dich, wie wir uns als Kinder nach dem Gottesdienst zwischen den Bänken versteckt und hier drinnen gespielt haben, nachdem alle gegangen waren.«

Sidsel nickte.

»Eines Tages hat der Küster uns auf frischer Tat ertappt. Wir sind abgehauen, aber wie immer war ich einen Schritt hinter dir. Er hat mich erwischt und am Kragen durchgeschüttelt. Ich hatte solche Angst.« Hjalti lachte kurz. »Da ist plötzlich mit lautem Krachen einer der Messingkerzenhalter auf dem Altar umgekippt. Der Küster ist zusammengezuckt wie ein gestrandeter Fisch, und ich bin weggerannt. Als ich rauskam, hast du mit den anderen Kindern dort gewartet, weißt du noch?«

»Ja.«

Hjalti grinste. »Ausnahmsweise fanden sie mich mal mutig. Du hast nichts gesagt, nur gegrinst und mich den Augenblick genießen lassen. Aber wir wussten es beide. Der Kerzenständer war nicht von alleine umgekippt.«

»Hjalti …«

»Du hast immer versucht, mich in den Augen der anderen Kinder aufzuwerten. Als ihr plötzlich weg wart, war nicht unsere Mutter diejenige, die ich am meisten vermisst habe. Das warst du, Eivør.«

»Ich muss wieder an die Arbeit.«

»Verstehe«, sagte er mit einem Lächeln, das nicht bis zu den Augen reichte. Er verlagerte noch einmal das Gewicht auf den anderen Fuß. »Was zum Teufel ist da drinnen passiert?«

»Das, was die Beweise und Spuren mir erzählen.«

»Und was erzählen sie dir?«

»Dass das Spiel vorbei ist.«

18

Lucas schaute sich nach einem passenden Platz für die Beweistafel um. Die Fenster waren milchig trüb von kleinen fettigen Handabdrücken. Ein zerkratztes Schweberegal ging unter Arbeitsheften, Krimskrams und Seidenpapier unter. Auf dem Boden standen Kisten mit Erstlesebüchern, und unter der Decke rotierten Pappbuchstaben an farbigen Schnüren. Er fasste den Entschluss, den gesamten Kinderplunder aus dem Raum zu räumen.

Die sieben Polizeibeamten starrten jetzt seit einer Minute auf das wackelnde Lichtquadrat, das der Projektor an die Wand warf. Er hatte keine Ahnung, was für Emotionen der Anblick des Blutbades in einem Gehirn mit funktionierendem limbischem System weckte, aber die gequälten Gesichter waren eigentlich Antwort genug. Er schaltete den Projektor aus und das Licht an. Die Beamten tauschten ungläubige Blicke.

»Ich weiß, dass das brutal aussieht, aber ...«

»Einer von denen ist mein Onkel!«, presste ein jüngerer Kollege heraus, der wie versteinert mit der Hand vor dem Mund dagesessen hatte, seit das erste Bild erschienen war. »Ich versteh das nicht. Ist er tot? Auf so eine Weise?«

Lucas rieb über seinen angespannten Brustkorb und hoffte auf ein Wunder, um auf dieser inzestuösen Felseninsel endlich mit den Ermittlungen in Gang zu kommen.

»Wie heißt du?«, fragte Lucas.

Der Färinger hob seinen tränenfeuchten Blick, nicht ahnend, dass er vor sich die stumpfe und kalte Version eines Menschen hatte, den nichts anderes berührte oder interessierte als die Antwort auf die von ihm gestellte Frage.

»Ich heiße Andreas.«

Lucas aktivierte sein verständnisvolles Lächeln.

»Unser wichtigstes Anliegen im Moment ist es, die Person zu finden, die deinem Onkel das angetan hat, nicht wahr? Kann ich also mit dir rechnen, Andreas? Kann dein Onkel mit dir rechnen?«

Aus den Augen des Färingers strahlte trotziger Stolz.

»Ja, das kannst du. Zum Teufel, ich bin bereit.«

Lucas ging zurück an das Pult.

»Dann können wir ja endlich anfangen.«

Zwanzig Minuten später war das Klassenzimmer ausgeräumt. Lucas markierte mit Filzstiften, wo an den Wänden was hängen sollte: technische Spuren, Fotos von Verdächtigen, eine Karte über den Bereich, in dem der vermisste Pfarrer sich aufhalten könnte, dazu Soziogramme der toten Pfarrer über private und berufliche Beziehungen. An der letzten Wand befestigte er mit Heftzwecken ein Blatt Papier, auf das ein leeres Quadrat gezeichnet war.

Die Beamten stellten sich hinter ihn.

Lucas drückte fünf Finger ins Zentrum des Quadrats.

»Im Hinduismus steht das Quadrat als Symbol für die Ordnung des Universums. Solange unser Täter frei da draußen herumläuft, herrscht Chaos und Unordnung. Wenn der Fall aufgeklärt ist, können wir das Konterfei unseres Täters hier einsetzen und die Ordnung wiederherstellen. Wenn es euch zwischendurch überkommt und ihr am liebsten aufgeben wollt, stellt euch vor dieses Blatt und schaut das leere Quadrat an. Spürt, wie es euren Blick erwidert. Jede Pause, die ihr einlegt, beschert dem Täter ebenfalls eine Pause.«

»Wir sind Christen, keine Hinduisten«, sagte einer der Polizisten.

Lucas drehte sich zu ihm um.

»Wenn euch die Vorstellung näher ist, den Täter ans Kreuz zu nageln, dann haltet gerne daran fest.«

Die Anwesenden setzten sich wieder.

»Beginnen wir mit deinem Onkel, Andreas«, sagte Lucas. »Weißt du, ob er mit irgendwem im Clinch lag?«

Andreas schüttelte den Kopf. Seine dicht zusammenstehenden Augen waren noch immer vom Schock gerötet.

»Er und die anderen toten Pfarrer gehörten zu den respektiertesten Personen in ihren Gemeinden.«

»Interessant. Könnte man sagen, dass die Pfarrer so etwas wie ein Zentrum der Macht hier in der Gegend waren?«

»Überhaupt nicht. Sie haben das Wort des Herrn verkündet ...«

»Was stand auf der Tagesordnung der Synode?«

Die Polizisten wechselten Blicke. Lucas seufzte.

»Bei einer Synode tauschen sich Kirchenmänner über lokale Angelegenheiten aus. In diesem Fall scheint niemand zu wissen, worum es bei dem Treffen der Pfarrer eigentlich ging.«

»Das macht sie noch lange nicht zu einem Zentrum der Macht.«

»Eine verschlossene Tür ist Macht. Besonders für die Menschen, die brav vor dieser verschlossenen Tür warten.«

Ich drücke die Nase an die Autoscheibe. Die Häuser hinter den hohen Hecken werden immer größer – der Himmel wölbt sich über glasierten Dachziegeln, abenteuerlichen Turmzinnen und sich an Größe überbietenden Garagenanlagen mit Platz für mehrere Fahrzeuge.

Die gekieste Einfahrt ist geharkt und führt zu einem großen beigen Haus mit dunkelgrünen Fensterläden. Rankpflanzen klettern die Fassade empor, und das Dach hat einen gezackten Giebel wie eine Festung. Wir steigen aus dem Auto und gehen durch das Schattenspiel der Blätter eines Tulpenbaums.

In der hohen Eingangshalle, die mindestens so groß wie der Schlafsaal in dem Jungenheim ist, führt eine Marmortreppe nach oben. Durch die offenen Türen in allen Himmelsrichtungen erhasche ich Blicke in Räume voller exotischer Pflanzen, farbenprächtiger Teppiche und Chrommöbel.

»Willst du dir oben dein Zimmer anschauen?«, fragt Neuer Vater.

Mein Zimmer ist riesig und riecht frisch gestrichen. Das Fenster geht auf einen parkähnlichen Garten raus, und über dem Kopfende des Bettes hängt ein Kreuz an der Wand.

»Wir haben es für deine Ankunft neu streichen und einrichten lassen.« Neuer Vater sieht mich zufrieden an, signalisiert mir, dass ich jetzt etwas sagen soll.

Ich nicke mit zusammengekniffenem Mund. Neuer Vater kommt näher, einen Augenblick befürchte ich, dass er mich umarmen will. Stattdessen sagt er mit fast geschlossenem Mund:

»Ich schlage vor, dass du dir erst einmal die Hände wäschst.«

»So, ihr zwei«, zwitschert Neue Mutter plötzlich von der Tür her. »Hier wartet jemand, der schon ganz gespannt ist, dich kennenzulernen, Lucas.«

Neuer Vater zieht sich zurück, und ein Mädchen, ein paar Jahre älter als ich, tritt in den Raum. Sie mustert mich, die Lippen zu einem Lächeln verzogen, als hätte gerade jemand einen Witz erzählt. Sie hat feuerrotes Haar und ein blasses, scharf geschnittenes Gesicht. Auf den ersten Blick wirkt sie dürr und linkisch wie ein Teenager, aber irgendetwas an ihr veranlasst mich, genauer hinzuschauen. Vielleicht sind es die goldbraunen Augen. Wie lackiertes Holz oder Bernstein, den man gegen die Sonne hält.

»Eleonora«, sagt sie und drückt meine Hand mit einer flüchtigen, einstudierten Bewegung.

»Wir teilen aber nicht das Zimmer, oder?«, rutscht es mir heraus. Das Gesicht des Neuen Vaters verfinstert sich. Neue Mutter lacht nervös und zieht das Mädchen an sich.

Völlig unabsichtlich gerät mein erster Satz an meine Neue Schwester zur Kriegserklärung.

Ich kann das Gefühl nicht abschütteln, im verkehrten Haus gelandet zu sein. Die sauberen Toiletten können abgeschlossen werden, es stehen immer frische Schnittblumen in den Vasen, die Böden riechen nach Bohnerwachs, und ich muss mir nicht mehr über die Schulter schauen, wenn ich die Treppe runtergehe. Neuer Vater arbeitet für irgendein wichtiges amerikanisches Unternehmen. Er ist häufig in Utah, wo die Familie, wenn ich es richtig mitbekommen habe, viele Jahre gewohnt hat, ehe sie nach Dänemark gezogen sind. Wenn er zu Hause ist, verschwindet er stundenlang in seinem Büro. Neue Mutter hat eine kleine Modeboutique in Kopenhagen. Sie bestimmt spontan, an welchen Tagen sie aufmacht. Sie trifft sich zu wichtigen Frühstücken mit ihren Freundinnen, bei denen sie Sammlungen für alle möglichen wohltätigen Zwecke planen. Manchmal riecht sie sauer aus dem Mund, wenn sie nachmittags nach Hause kommt, und lacht über alles, bis sie auf dem Sofa einschläft und nicht mehr wach zu kriegen ist.

Eleonora bewegt sich durch das Haus wie ein flüchtiger Schatten. Sie würdigt mich keines Blickes, wenn wir uns begegnen, und wenn ich ins Wohnzimmer komme, um fernzusehen, verlässt sie stapfend den Raum. Neue Mutter meint, ich solle mir das nicht zu Herzen nehmen. Eleonora hat es nicht ganz leicht. Sie vermisst ihre Freundinnen aus den USA und hat Probleme an ihrer neuen Schule. Ich stelle mir Utah ungefähr so wie Elbląg vor. Sonst wäre die Familie ja wohl nicht nach Dänemark zurückgezogen, obwohl Neuer Vater ständig dort drüben ist.

Es sind nie Gäste im Haus, und ich darf nicht alleine rausgehen. Der einzige Mensch, den ich außer meinen neuen Familienmitgliedern sehe, ist Olav. Ein steinalter, pensionierter Lehrer, blind wie ein Maulwurf, der mir Dänisch beibringen soll. Wir arbeiten intensiv, damit ich die Sprache so schnell wie möglich lerne, sagt Neuer Vater. Sobald ich die Sprache beherrsche, kann ich an der Schule anfangen und das Haus verlassen.

Olav lobt meinen Lerneifer über den grünen Klee. Er muss sich ständig neue Aufgaben ausdenken, wenn ich ruck, zuck den Lehrplan des Tages durchhabe. Dann legt er seine trockene Hand auf meine Schulter und sagt: »Unser kleines Genie! Bravo, Lucas!«

Olav irrt sich. Ich bin nicht klüger als andere Kinder. Es liegt an etwas anderem. An meiner Verkehrtheit. Ich vergeude keine Zeit mit der Jagd nach Anerkennung, die brauche ich nicht. Ich versteinere auf meinem Stuhl, gleite in eine tiefe und intensive Trance, in der mein Schädel das Zentrum meines Universums wird und aus der ich erst wieder heraustrete, wenn alle Aufgaben gelöst sind oder mein schwachsinniger Privatlehrer sich erkundigt, ob ich Hilfe brauche.

Neuer Vater ist auch stolz. Er sieht mir über den Esstisch in die Augen, und durch den aufsteigenden Dampf aus den Schüsseln treffen seine lobenden Worte auf Eleonoras tränenglänzende Blicke, weil ihr klar geworden ist, dass das Kuckucksjunge nicht in ein neues Nest weiterfliegt.

Ich stapfe durch den Flur zu der Toilette im ersten Stock. Zwischen meinen Pobacken wächst eine feste Kackwurst wie ein Schwanz. Ich überhöre das plätschernde Wasser, als ich die unabgeschlossene Klotür aufreiße.

Hinter dem mit Tropfen benetzten, durchsichtigen Duschvorhang steht Eleonora. Splitternackt. Der Schock schiebt die Wurst direkt zurück in den Darm. Das Licht der Badezimmerlampe reflektiert in dem über ihre Haut fließenden Wasser. Sie hat den Kopf in den Nacken gelegt und hält das Gesicht mit geschlossenen Augen in den Duschstrahl. Der Dampf wirbelt um sie herum, und ich glotze sie an wie ein hirnloser Köter. Ich habe noch nie ein nacktes Mädchen gesehen. Eine rote Locke löst sich von ihrer Schulter. Der Anblick haut mich um. Ich weiß nicht, warum. So ein Gefühl hab ich noch nie gehabt.

Und dann passiert das Unvorstellbare. Sie öffnet die Augen und lächelt mich durch den Badevorhang an, verschmitzt, als würden wir uns schon unser ganzes Leben lang kennen.

Eleonora. Acht lumpige Buchstaben, die in meinem Magen aufquellen wie ein Big-Mac-Menü. Ich habe keinen Appetit und rühre den hübsch angerichteten Teller kaum an. Neuer Vater fordert mich auf, was zu essen. Aber jeder Bissen brennt im Hals wie ein viel zu dickes Eukalyptusbonbon.

Ich gehe mit Bauchschmerzen ins Bett, mir ist schwindelig vor Hunger und Übelkeit. Meine Augen gewöhnen sich langsam an die Dunkelheit. Mein Zimmer fühlt sich mit den halb leeren Schränken und Kommoden kahl an.

Durch die Wand zu Eleonoras Zimmer höre ich einen eigenartigen, verzweifelten Laut. Als ich die Augen schließe, kitzeln die Spitzen ihrer Locken mich im Gesicht. Sie sitzt rittlings auf mir. Ihre kleinen festen Brüste hüpfen mit jedem Stoß ihrer Hüften. Ich lecke an den Brustwarzen, die fest sind wie pralle Larven, und ich widerstehe dem kannibalischen Drang, zuzubeißen. Und plötzlich ist da dieser Druck im Schritt, als wäre mein Pimmel eine geschüttelte Dose Cola. Ich lege meine Hände an ihre Pobacken und erstarre. Als ich die Augen wieder aufschlage, bin ich zurück in meinem Zimmer. Ihre Nähe löst sich in der Dunkelheit auf. Der Bettbezug klebt an meinem Bauch. Ich hebe die Decke an und untersuche die schleimig weiße Pfütze in meinem Nabel.

19

Lucas trommelte mit dem Filzstift auf seine Handfläche. Er hatte fleißig Gebrauch von seinem Lob-Lächeln gemacht, sich die unangebrachten Einwürfe der färingischen Kollegen angehört, ohne sie zu unterbrechen, und obendrein noch Geduld für die immer wieder zum Ausdruck gebrachte Anteilnahme an Andreas' Verlust aufgebracht.

Lucas war fertig mit seinem Test.

An ihnen lag es nicht.

Es lag an ihm. An seiner defensiven Einstellung. In seinen Augen waren diese färingischen Polizisten eine unfassbar untaugliche Horde, von der jeder Einzelne mehr im Weg rumstand, als dass er nützlich war. Der Sprung von angefahrenen Schafen zu einem Massenmord an lokalen Pfarrern hatte sie völlig außer Gefecht gesetzt. Als würde man eine Gruppe Kleinkinder direkt aus dem Planschbecken in den Atlantik werfen. Der Sprung war zu groß. Sie waren zu unerfahren. Zu reinen Geistes.

Er versuchte erfolglos, ihre Blicke einzufangen. Und das war seine nächste Sorge. Sahen sie in ihm nur einen unwillkommenen Propheten der Wahrheit? Für diese christlichen Färinger war das nicht einfach nur ein Mordfall. Das war auch ein Perspektivwechsel. Ein moralischer Wandel. Würden sie die Hypothese akzeptieren können, dass sich fünf Pfarrer möglicherweise gegenseitig im Blutrausch umgebracht hatten? War ihnen klar, dass die dauerhafte Veränderung längst im Gange war? Dass es Zeit war, Türen einzutreten und unangenehme Fragen zu stellen und womöglich am Ende Antworten zu finden, die ihr Weltbild zum Einsturz brachten? Lucas bezweifelte es.

Er sah sich die hastig hingekritzelten Notizen an, die mit Strichen verbundenen Namen und Orte auf dem Whiteboard. Die vier Opfer und der vermisste Pfarrer schienen in ihren jeweiligen Gemeinden beliebt gewesen zu sein, wie Lucas' neue Kollegen berichteten. Die Aufnahmen der Überwachungskamera von der Mordnacht zeigten eine leere Straße, und der Touristensuchhund Alba hatte erfolglos das Gelände um den Ort abgesucht. Als Nächstes stand der Hafen auf der Liste. Da Lucas Anweisungen hatte, die Ermittlung schmalspurig und so schnell wie möglich durchzuziehen, hatte er kein Taucherteam aus Dänemark angefordert, sondern einen der Beamten nach Hause geschickt, um seine Taucherausrüstung zu holen. Einen der anderen hatte er drangesetzt, die Videoaufnahmen gegenzuchecken, in der Hoffnung, vielleicht doch irgendetwas übersehen zu haben.

Lucas drückte den Verschluss auf den Filzstift.

»Hjalti sagt, dass jeder Ort Stellvertreter hat, die Gottesdienste abhalten können, wenn die Pfarrer in anderen Gemeinden unterwegs sind. Ich brauche eine Liste aller Personen, die einen Schlüssel für die Kirche haben.«

»Darum kümmere ich mich«, meldete sich ein Kollege.

Lucas nickte. »Dann brauche ich zwei Mann für die Überprüfung der Ein- und Ausfahrten im Hafen in der Mordnacht und am Sonntag.«

»Soviel ich weiß, haben alle Männer ihren Kater ausgeschlafen, bis die Frauen am Sonntagabend wieder nach Hause gekommen sind«, sagte Andreas.

»Auf ›soviel ich weiß‹ verlass ich mich ungern. Haben Fischkutter eigentlich auch so eine schwarze Box wie Flugzeuge?«

»Ja. Laut Anweisung der Nordostatlantischen Fischereikommission sind alle Kutter über vierzig Fuß mit einem Fahrzeugüberwachungssystem ausgerüstet, das über Satellit die Koordinaten übermittelt.«

»Und was ist mit den kleineren Kuttern?«

»Die haben in der Regel einen Seekartenplotter, eine Art GPS-System, das ihre Fahrtrouten aufzeichnet. Damit sie in Notsituationen geortet werden können oder sie einen Beweis haben, wenn jemand sie der illegalen Fischerei bezichtigt.«

»Schalten die Seekartenplotter in den Schlafmodus, wenn die Kutter im Hafen liegen, oder muss man sie aktiv ausschalten?«

Andreas zuckte mit den Schultern.

»Spielt das eine Rolle?«

Lucas rieb sich mit den Händen durchs Gesicht, spürte das kalte Metall seiner Ringe an der Stirn.

»Wenn einer der Fischer in der Mordnacht oder im Lauf des Sonntags aktiv seinen Seekartenplotter ausgeschaltet hat, könnte das bedeuten, dass er mit Jákup rausgefahren ist.«

»Verstanden!« Andreas schnipste begeistert mit den Fingern.

»Super. Ich bin dann mal ein paar Stunden weg.«

»Wohin?«

»Neue Blickwinkel suchen.«

Hjalti sprang aus seinem überdimensionierten SUV, als Lucas aus dem Gebäude kam.

»Geht es da drinnen voran?«, fragte der Färinger.

»Ich überlege gerade, es mit Gebeten zu probieren.«

»Für die Pfarrer?«

»Die neuen Kollegen.« Lucas steckte sich eine Zigarette an und sah, wie sich ein Gardinenspalt im Fenster eines der Häuser gegenüber der Schule schloss. »Wie kann man so dicht aufeinander wohnen und nichts mitbekommen?«, sagte er. »Irgendjemand muss in der Mordnacht doch irgendetwas gesehen oder gehört haben.«

Hjalti wedelte den Rauch weg.

»Wir hatten unser jährliches Männerwochenende.«

»Männer haben auch Augen im Kopf.«

»Schon, aber im Gegensatz zu uns Männern sehen die Frauen nicht nur mit den Augen.«

»Was heißt das?«

»Sie beobachten. Wir Männer haben die Tendenz, nur das zu sehen, was direkt vor unserer Nase passiert.«

Lucas sprach mit halb geschlossenen Lippen, im Mundwinkel die dampfende Zigarette. »Genau die Denke fehlt mir in meinem Team.«

»Ich unterstütz euch gerne.«

»Das war ein Scherz. Kriegt man hier irgendwo Drogen?«

»Wie bitte?«

»Ich frage für einen Freund.«

»Tja, in Tórshavn kriegst du ein Gramm Hasch für achthundert, neunhundert Kronen.«

»Willst du mich verarschen! Das ist ja zwanzigmal so teuer wie in Kopenhagen.«

»In einer kleinen Gemeinde ist der Verkauf riskant. Vielleicht bringt das deinen Bekannten ja auf andere Gedanken.«

»Ich würde mich einfach gerne im Junkiemilieu umhören. Die Leute auf der Straße sehen immer was.«

Hjalti musterte Lucas skeptisch.

»Wir haben hier weder Junkies noch Drogen.«

»Wen bitte schön muss ich ficken, um einen Verdächtigen zu finden, den ich in diesem Kaff verhören kann?«

»Habt ihr niemanden auf dem Kieker?«

»Laut deinen Freunden da drinnen war der einzige Feind der Pfarrer auf dieser Insel der Teufel höchstpersönlich. Und ich kann nicht allein die volle Verhörrunde des unmittelbaren Umgangskreises der Pfarrer durchziehen. Ich würde sagen, mein Chef muss die Kavallerie schicken.«

Hjalti runzelte die Stirn.

»Haben die nichts von Heralv gesagt?«

»Wer zum Teufel ist Heralv?«

»Nicht wer. Was.«

20

Sidsel schob das Essstäbchen zwischen die dunkelblauen Lippen der Leiche. Der Kiefer war durch die Leichenstarre blockiert. Sie bewegte das Stäbchen hin und her, bis Sehnen und Gewebe mit einem spröden Knacken nachgaben und aus dem Mund Kloakenodem strömte. Als die Lippen weit genug geöffnet waren, drückte sie behutsam von der Innenseite der Wange gegen die Stichwunde, bis sie aufklaffte. Mit der freien Hand hielt sie ein Lineal außen an die Wange.

»Das gibt's doch nicht«, murmelte sie.

Sie ging zum Altar, von dem sie die Kerzenständer und die Bibel geräumt hatte, um Platz für ihren Laptop, einen Notizblock und diverse Werkzeuge zu schaffen. Sie nahm den Mundschutz ab und sog den typischen Kirchengeruch nach Staub und verloschenen Wachskerzen ein, der ihr, verglichen mit dem Blutbad in der Sakristei, wie die reinste Alpenluft vorkam.

Sie notierte die Breite des Stichs – 43 Millimeter – und verglich sie mit der Zahlenreihe darüber: 42, 44, 41, 44, 43 … Das waren die Maße der sichtbaren Stichwunden an den Körpern der Pfarrer, die mehr oder weniger alle gleich breit waren.

Die am Tatort vorgefundenen Waffen hatte sie auf einer großen dunkelgrünen Plane aufgereiht. Als Kind hatte sie die Handhabung jeder einzelnen davon gelernt. Da war das traditionelle Grindwalmesser, mit dem der Halsschnitt beim Wal vorgenommen wurde. Daneben lag der Blasturongul, auch Blaslochhaken genannt: eine in einem stumpfen Haken endende Metallstange mit einem quer verlaufenden Handgriff, die man in das Blasloch des Wals steckte, um ihn zum Schlachten an Land zu ziehen. Der Blaslochhaken war laut seinem Erfinder, einem färingischen Tierarzt, schmerzfrei für das Tier. Dann lag dort noch das Monustingari, das Rückenmarksmesser. Das wurde etwa eine Handbreit über dem Blasloch in den Nacken des Wals gerammt, um Rückenmark und Halsschlagader zu durchtrennen, was einen sekundenschnellen Tod zur Folge hatte.

Sidsel starrte auf die Waffen. Es war über dreißig Jahre her, aber sie spürte immer noch den Schaft des Monustingari in der Hand. Und die Angst, zu ersticken.

†

Es war Sommer, die Bewohner der umliegenden Orte hatten sich zum jährlichen Grindwalfang am Fjord versammelt. Die graugrünen Klippen mit Ausblick auf das traditionsreiche Blutbad waren schwarz von Menschen. Auf dem Wasser, unter dem weißen Geschwirr der Möwenschwärme brüllten die Männer zwischen den Booten hin und her. Trotz der Windstille war der Fjord ein brodelnder Hexenkessel himbeerroter Wassermassen. Rückenfinnen durchbrachen die Oberfläche. Die Fischer stießen ihre Speere in die Wale. Eivør krümmte sich innerlich bei dem gummiartigen Geräusch.

Sie entdeckte ihren Vater auf einem der Boote, eine signalrote Silhouette mit Blutblasen im Bart. Er war ein Meister der Körperbalance. Wo die anderen Männer schwankten wie Stehaufmännchen, stand er aufrecht da wie ein in den Boden gerammter Pfahl.

»Papa winkt uns zu«, sagte Eivør zu Hjalti.

Der große Bruder winkte mit zugekniffenen Augen auf gut Glück in irgendeine Richtung, in der er das Boot vermutete.

»Memme! Papa kann sehen, dass du nicht guckst.«

Hjalti schlug die Augen auf und schüttelte sich, als er die blutrote Bucht sah.

»Lügnerin!«

111

»Du bist ein Färinger. Wenn du nicht guckst, holt dich die See-hundfrau.«

Hjalti streckte die Zunge raus und kniff die Augen wieder zu.

Eivør schaute raus zu ihrem Vater. Sein Arm rotierte wie ein schwingender Mühlenflügel, als er immer und immer wieder seinen Speer in die Wale stieß. Wie ein hängen gebliebenes Fernseh-bild.

Ihr Vater überragte die anderen Männer, die in ihren Wathosen durch die Brandung wateten. Die Wale schnaubten in einer blutigen Brühe aus Fleischresten und Tang und klatschten verloren aneinander, während sie von Messern und Grindwalhaken aufgeschlitzt wurden.

»Hjalti!«, rollte die Stimme ihres Vaters durch die Bucht. »Komm her zu mir!«

Eivør schielte zu ihrem Bruder, der sich mit kalkweißem Gesicht an den Rock seiner Mutter klammerte. Plötzlich spürte sie einen Stups im Rücken.

»Geh du raus zu deinem Vater«, sagte ihre Mutter.

»Aber …«

»Jetzt, Eivør.«

Die Leichtigkeit in der Stimme ihrer Mutter brachte Eivørs Wangen zum Glühen. Das Wasser schlug sämig wie Tomatensuppe gegen ihre Knie, als sie sich zu ihrem Vater durchkämpfte. Sein Gesicht war ölig verschmiert von dem dunklen Blut. Die weißen Augäpfel glänzten irre. Sie wimmerte, als er sie viel zu fest am Arm packte und bis ins hüfthohe Wasser zog. Zwei Männer hielten einen kleinen, sich verzweifelt und aggressiv zur Wehr setzenden Wal zwischen sich fest. Das Meerestier blies pfeifend einen zerstäubenden Strahl Salzwasser und Schleim durch das Blasloch in die Luft. Am liebsten hätte Eivør sich die Ohren zugehalten, so herzzerreißend war der Klagelaut aus der Nähe.

Ihr Vater reichte ihr ein Messer.

»Stoß das Monustingari dort hinein, Eivør«, sagte er und drückte einen Finger auf einen Punkt unmittelbar hinter dem Blasloch.

Eivør starrte auf die Haut des Wals. Sie konnte sich nicht überwinden, den prachtvollen Glasurglanz mit einem Messerstich zu zerstören.

»Komm, nicht zögern«, sagte ihr Vater konzentriert.

Sie hob das Messer über den Kopf, sah über eine Welle in das hasserfüllte Auge des Wals und schnappte erschrocken nach Luft, als das Tier den Rücken bog und mit der Schwanzflosse schlug. Die Männer wurden weggeschleudert und Eivørs Beine von einer schockierenden Kraft in die Höhe gerissen. Sie hörte noch das Brüllen ihres Vaters, ehe das brodelnde Wasser sie verschlang. Mit weit aufgerissenen Augen schaute sie in eine rote Blasenmauer. Im nächsten Augenblick wälzte sich der Wal auf sie. Eivør hörte ihre eigenen, panischen Unterwasserschreie. Steine und Muscheln schrammten ihren Rücken auf, als das Tier sich hin und her drehte und sie immer tiefer in den sandigen Untergrund drückte. Sie zappelte und kämpfte in dem schäumenden Chaos, kurz davor, eine Lunge voll Wasser zu schlucken.

Plötzlich war sie wieder über Wasser, prustend und atemlos, auf den Armen ihres Vaters unter lautem Möwengekreisch. Sie erbrach etwas Bitteres auf seinen Brustkorb. Sein höhnischer Blick jagte ihre Scham bis hoch zu den Bergspitzen. Sie wand sich aus seinen Armen. Und stieß das Messer, das sie aus unerklärlichen Gründen nicht losgelassen hatte, mit solcher Kraft in das Fleisch des Wals, dass ihre Füße kurz vom Sandgrund abhoben. Das Blasloch trompetete ihr eine Wolke dunklen Schlamm ins Gesicht. Mit dem Geschmack der sauren Flüssigkeit auf der Zunge stach sie auf das Tier ein. Wieder, immer wieder, bis das Messer ihr hundert Kilo schwer vorkam und sie heulend über dem Wal zusammenbrach. Die Männer jubelten und klatschten mit den Händen aufs Wasser.

Mit der Wange auf dem dümpelnden Körper des Wals starrte sie an Land. Zu der mickrigen Gestalt ihres Bruders. Zu der Mutter, die ihre Tochter ins Schlachthaus geschickt hatte.

†

Sidsel schüttelte sich und konzentrierte sich wieder auf das Messer vor sich. Alle Stichwunden an den Körpern der Pfarrer waren zwischen 42 und 44 Millimeter breit und passten damit zu dem Monustingari. Das Grindwalmesser war nur 35 Millimeter breit, und der Blaslochhaken hatte eine komplett andere Form.

Mit einer Metallschere ausgerüstet, begab sie sich zurück in die Sakristei. Vor der Türschwelle blieb sie abrupt stehen, überrumpelt von der Kindheitserinnerung. Körper und Kopf hatten sich noch nicht wieder umgestellt, und die Bilder ließen sich nicht einfach wegwischen. Die schwarzen Talare, das viele Blut. Die Stichwunden. Plötzlich sah sie an dem Tatort Grindwale, einen tiefroten Fjord und den blinkenden Stahl des Monustingari.

Sie kniff die Augen zu. Stopp, dachte sie. Reiß dich zusammen. Das Einzige, wovor du dich hier fürchten musst, ist dein eigener dummer Verstand. Sie war einfach überfordert, wieder hier zu sein. Die Färöer hatten an verstaubte Hirnarchive angeklopft, deaktivierte Satellitensignale aus der Vergangenheit wachgerufen. Das würde sich auch wieder legen.

Sie ging zu dem ersten Pfarrer und setzte die Schere am Talar an. Der Stoff teilte sich in einer zitternden Linie. Sie schaltete alle Emotionen aus. Schnitt weiter.

Das würde sich bald legen.

An einem Sonntagmorgen werde ich früh geweckt. Neue Mutter setzt sich auf die Bettkante. Sie will mich mit in den Gottesdienst nehmen. Da sie mich normalerweise nicht mitnehmen, frage ich, ob wer gestorben ist. Sie streicht mir lächelnd übers Haar.

»Wir danken unserm Herrn jeden Sonntag. Und du musst lernen, dass Geben genauso wichtig ist wie Nehmen.«

Ich nicke.

»Wie deine Schwester wollen wir dich zu einem guten, seine Nächsten liebenden Christen erziehen. Deinem Vater liegt sehr viel daran, dass seine Kinder auf dieselbe Art erzogen werden wie er selbst.«

Ich denke, dass er dann vielleicht mehr Zeit zu Hause verbringen sollte.

»Was geht dir durch den Kopf, Lucas?«

»Weißt du etwas über meine richtigen Eltern?«

Die Augen von Neuer Mutter verfinstern sich, aber sie streicht mir weiter übers Haar.

»An die musst du keine Gedanken verschwenden.«

»Ich wüsste nur gern, wie sie heißen.«

»Warum? Bist du mit irgendwas unzufrieden?« Sie zieht ihre Hand weg.

»Nein, ich dachte nur ...«

»Möchtest du gerne zurück zu deinen alten Freunden im Kinderheim? Ist es das?«

Die Stimme der Neuen Mutter bohrt sich wie eine kalte Messerklinge in meine Brust.

Sie steht auf.

»Ich habe dir Sachen rausgelegt. In zehn Minuten frühstücken wir.«

Wir fahren nach Kopenhagen und parken vor einer riesigen Backsteinkirche. Der Turm sieht aus wie drei Raumraketen auf der Abschussrampe, und die Glocken läuten ununterbrochen. Neue

Mutter sagt, dass das die Grundtvigskirche ist. Meine Nackenhaare stellen sich auf, als der Schatten des Gebäudes über uns fällt.

In der Kirche herrscht großes Gedränge. Ich stelle mich mit dem Rücken an die Mauer und beobachte die Besucher, die sich mit Wangenküssen und Händeschütteln begrüßen. Die älteren Leute tragen Sonnenbrillen, die jüngeren haben ungefähr den gleichen eng sitzenden Kleiderstil wie meine Neuen Eltern. Die Stimmen hallen fröhlich durch den Kirchenraum. So eine lebhafte Zusammenkunft von Menschen in einer Kirche habe ich noch nie erlebt.

Der Altar ist so weit weg, dass ich es nicht schaffen würde, einen Fußball bis dorthin zu schießen. Ich bestaune drei schmale Fenster, die so hoch wie ein Fahnenmast sind. Das Glas filtert das Sonnenlicht in viele Zitrusnuancen auf. Sie sehen aus wie Portale in eine andere Welt.

Neue Mutter zieht mich von einem Erwachsenen zum nächsten, sie bombardieren mich mit Fragen auf Dänisch, die ich nur mit einem stummen Nicken beantworte, und sie schweben schnell weiter zum nächsten Gespräch. Neue Mutter lässt meine Hand erst los, als wir in einer Stuhlreihe mit harten geflochtenen Sitzen Platz nehmen. Eleonora sitzt auf der anderen Seite von der Neuen Mutter. Sie trägt einen gestreiften Seidenrock, die roten Locken sind mit einer funkelnden Haarspange im Nacken zusammengebunden. Ich verschlinge den Anblick ihrer vanilleblütenweißen Schulter und das freche Funkeln in ihren Augen, die auf einen Punkt irgendwo vorne in der Kirche gerichtet sind. Als ich ihrem Blick folge, setzt mein Herz einen Schlag aus. Ein Junge erwidert ihr Lächeln. Er trägt genauso einen nachtblauen Blazer wie ich. Als ich wieder zur Seite schaue, starrt Eleonora mich an. Zufällig, denke ich zuerst. Aber sie guckt weiter, beobachtet mich. Mein Pimmel schiebt sich vor wie ein Rüssel. Erschrocken lege ich das Gesangbuch über die Beule in der Hose.

Hinter mir explodiert die Kirchenorgel.

Neuer Vater ist aus den USA zurück. Seine und die Stimme der Neuen Mutter dringen durch die Wohnzimmertür. Sie reden schnell und laut, und inzwischen ist mein Dänisch so gut, dass ich das meiste verstehe.

»Was hast du dir dabei gedacht, ihn mit in die Kirche zu nehmen?«, schimpft Neuer Vater. »Bist du völlig von Sinnen?«

»Er muss ein bisschen raus. Damit die Leute nicht anfangen zu reden.«

»Der Junge ist keine Schaufensterpuppe! Wir müssen uns an den Plan halten. Erst einmal …«

»Wir können ihn nicht ewig im Haus einsperren.«

»Für solche Bedenken ist es jetzt zu spät.«

»Aber es kann doch sein, dass alles wieder wie früher wird.«

»Das wird es niemals werden! Und bilde dir bitte nicht ein, dass ich es nicht rieche.«

»Was?«

»Warst du heute bei Janne? Habt ihr euch zusammen in ihrem kleinen verlausten Salon einen hinter die Binde gegossen?«

»Du scheinst das ja richtig zu genießen.«

»Werd nicht vulgär. Nicht du bist hier die Verunglimpfte.«

»O ja, mein wunderbar prinzipienfester Ehemann.«

»Sag mal, bist du immer noch betrunken?«

»Kannst du immer noch nicht lieben?«

»Mein armer Schatz. Du bekommst alles von mir auf dem Silbertablett serviert.«

»Nicht alles … mein Schatz.«

Ein Geräusch wie von einem Händeklatschen lässt die beiden Stimmen verstummen.

Neue Mutter stürmt aus der Tür, ohne mich anzusehen.

Neuer Vater folgt ihr. Ich sage nichts. Einen ewig langen Augenblick stehen wir voreinander. Er sieht mich an, als wollte er herausfinden, was hier eigentlich los ist.

»Lucas, das ist … Mutter und ich sind nicht ganz einer Meinung.« Er hat sich wieder vollkommen unter Kontrolle. »Das kommt in allen Ehen vor.«

Ich nicke.

Er kratzt sich im Nacken, weicht meinem Blick aus.

»Warum hast du es nicht abgelehnt, mit in die Kirche zu gehen? Du weißt doch, was sie damit bezwecken wollte.«

»Nein, weiß ich nicht.«

»Was ist das für eine Antwort?«

Die Stimme des Neuen Vaters hackt wie ein Ei im kochenden Wasser. Meine Antworten stellen ihn nicht zufrieden.

»Ich glaube, dass es ihr leidtut«, sage ich. »Ich finde, du solltest mit ihr reden.«

Diese Einsicht schießt aus meinem Mund wie eine verirrte Patrone.

Neuer Vater sieht mich forschend an.

»Geht nicht wütend aufeinander ins Bett. Lasst die Sonne nicht über eurem Streit untergehen und räumt dem Teufel keinen Platz ein.« Ich zitiere frei aus der Bibel, die ich seit Monaten studiere. Hoffe, damit die Stimmung zu heben.

Seine Gesichtszüge verhärten sich. Ich senke den Blick. Warte ab.

Das Fischgrätparkett knarrt unter seinen Füßen, als er sich hastig entfernt.

21

Hjalti schob das Gartentor zu dem kleinen Blockhaus mit dem grünen Grasdach auf. Die Lärche im Vorgarten streckte ihre steifen Nadeläste den Wolken entgegen, die vom Fjord herangerauscht kamen. Die Fenster, in denen sich der graue Himmel und die Berge im Hintergrund spiegelten, verrieten nicht, ob jemand zu Hause war.

Lucas klopfte an und musterte Hjalti von der Seite. Der Blick des Färingers zuckte nervös. Es schien ihm unangenehm zu sein, an dieser Adresse gesehen zu werden.

Die Tür ging auf. Lucas schaute überrascht auf die große und unerwartete Erscheinung mit dem breiten Gesicht und dem um den Kopf gewickelten Handtuchturban. Die tief liegenden Augen waren durch Eyeliner hervorgehoben, und durch die Nasenscheidewand war ein dicker Septumring gestochen. Die breiten Schultern steckten in einem hellroten Frotteebademantel, der über den Knien endete. Darunter betonten hochhackige Hausschuhe zwei behaarte Waden.

Lucas kam völlig aus dem Konzept. Sein Gegenüber zwinkerte nachsichtig wie jemand, der sich so an dieses verdutzte Zögern gewöhnt hatte, dass er oder sie gar nicht mehr darauf reagierte.

Lucas räusperte sich.

»Ich heiße Lucas Stage und bin von der Task Force 14, Polizei Kopenhagen. Sind Sie Heralv Svabo?«

»The one and only.« Heralv streckte mit einem schelmischen Zwinkern in Hjaltis Richtung die Hand aus. »Und was führt Sie in diese Vorhölle?«

Hjalti lächelte. Nicht sein entgegenkommendes Lächeln, sondern das strenge, geschäftsmäßige.

»Wir sind im Zusammenhang mit einer Ermittlung hier, und nur deswegen.«

»Da haben wir ja Glück, dass ein richtiger Polizist anwesend ist.«

»Darf ich reinkommen?«, fragte Lucas.

Heralv sah Lucas einen Augenblick verdutzt an, dann schob er die Tür auf.

»Willst du auch reinkommen, Hjalti? Oder erlaubt dir das der große, gefährliche Shurdur nicht?«

»Hjalti wartet im Auto«, sagte Lucas.

Heralv führte Lucas in ein verstaubtes, schummriges Wohnzimmer. Im Fernseher, der ohne Ton lief, standen sich zwei breitarschige Kardashian-Schwestern streitend gegenüber. Das silbrig blaue Licht des Bildschirms ergoss sich über Schalen mit geschmolzenen Kerzen, überquellenden Aschenbechern und leeren Weinflaschen. Ein Goldfisch drehte in einem verschmierten Kugelglas dumpf seine Runden, und vor der Wand stapelten sich Kunstkataloge in hohen Türmen, einige mit abgerissenen Umschlägen, darauf lagen Skizzenblöcke und Schachteln mit Kohlestiften. Lucas sah sich die abstrakten, geschlechtslosen Körpermotive an den Wänden an, gezeichnet mit luftigen Strichen.

»Setzen Sie sich.« Heralv zeigte auf einen Futon, der aussah wie vom Sperrmüll mitgenommen, und nahm selber auf einem knackenden Sessel Platz.

»Darf ich rauchen?«

»Das wollte ich auch gerade fragen«, sagte Lucas und hielt Heralv seine Schachtel hin.

Sie zündeten sich wortlos eine Zigarette an. Der Rauch dämpfte ein wenig den Geruch nach alten Laken und Fischfutter.

»Sie sehen gar nicht aus wie ein Bulle«, sagte Heralv.

»Und Sie nicht wie ein Färinger.«

»Furchtbar, wenn die Leute einen immer nach dem Äußeren beurteilen.«

»Apropos. Wollen Sie als Er oder Sie bezeichnet werden?«

»Wow, Sie reden nicht lange um den heißen Brei herum.« Heralv grinste. »Auf den Färöern bekommt man nur die rechtliche Anerkennung für eine Geschlechtsumwandlung. Aber ich fange demnächst mit meiner Hormonbehandlung in Kopenhagen an.«

»Und Sie haben keine Zweifel?«

»Konstant. Aber lieber leide ich wahrhaftig, als mit einer Lüge zu leben.«

»Wohnen Sie schon lange hier?«

»Mein ganzes Leben. Ich habe das Haus von meinen Eltern geerbt.«

»Wann sind sie gestorben?«

»Sie leben noch.« Der Bademantel rutschte über den Unterarm hoch, als Heralv eine Weinflasche nach einem Rest untersuchte. »Nur nicht mehr hier. Sie hatten zu große Angst vor den Vorwürfen der guten Ortsbewohner, dass sie mich falsch erzogen hätten.«

Lucas nickte. »Da sind sie lieber umgezogen, weil ihr Sohn ein Mädchen sein wollte.«

»Weil ihr Sohn ein Monster ist.« Heralv lachte. Ein filmreifes, perlendes Lachen, einstudiert feminin. »Sich ein anderes Geschlecht zu wünschen, ist im Christentum eine Sünde.«

»Ich kann mir nicht vorstellen, dass es schon Transpersonen gab, als die Bibel geschrieben wurde.«

»Die Bibel ist ein Gesetzbuch mit einem furchtbar schlampigen Redakteur. Viele Passagen können genauso gelesen werden, wie es einem am besten in den Kram passt.«

Lucas betrachtete die verwelkten Pflanzen auf der Fensterbank.

»Wie alt waren Sie, als Sie beschlossen haben, als Mädchen weiterzuleben?«

»Beschlossen? Mit acht Jahren habe ich einfach festgestellt, dass ich ein Mädchen bin. Den Unterschied haben meine Eltern leider nie verstanden.«

»Aber warum bleiben Sie hier im Dorf? Es gibt doch viele andere Orte auf der Welt, an denen Sie nicht ausgeschlossen würden.«

Heralvs Blick wanderte über Lucas. »Ich gehöre genauso auf die Färöer wie die Fischer, Pfarrer und all die züchtigen Hausfrauen.«

»Dann brauchen Sie das Drama? Die Provokation?« Lucas nickte zu dem verschmierten Goldfischglas hin. »Sie halten Fische in einem Fischerort. Vielleicht würden Sie woanders gar nicht sonderlich herausstechen.«

»Meine persönlichen Gründe, hierzubleiben, reichen ein wenig tiefer.«

»Was heißt das?«

»Ist das ein Verhör, Inspektor Stage?«

»Das ist eine Unterhaltung.«

»Was ist der Unterschied?«

Lucas sah die glühende Spitze seiner Zigarette an.

»Nichts, nehme ich an.«

Zwischen Heralvs leicht geöffneten Lippen strömte langsam der Rauch hinaus.

»Ich bin sauer auf die Kirche. Nicht auf den christlichen Glauben an sich. Und auch wenn es wehtut, weigere ich mich, vor der Spaltungsrhetorik im Bibelgürtel zu buckeln.«

»Mit welchem Ziel?«

»Ich will die färingische Mentalität verändern. Beweisen, dass wir alle Gottes Kinder sind.«

»Ist das nicht die Aufgabe der Pfarrer?«

»Gott spricht nicht mehr durch die machtgeilen Talarträger, als mein Goldfisch das tut.«

»Aber immerhin haben sie eine Ausbildung als Seelsorger. Das verleiht ihnen Autorität in den Augen der Leute.«

»Selbst, wenn ich so ein hohles Pfarrergelübde ablegen würde, würden die Leute nicht auf mich hören.«

Lucas lehnte sich auf dem Futon zurück.

»Aber warum bleiben Sie dann? Wenn Sie von vornherein wissen, dass Ihre Botschaft auf unfruchtbaren Boden fällt.«

»Für alle Übel gibt es zwei Mittel: Zeit und Stille.«

»*Der Graf von Monte Christo.*«

»Eins meiner Lieblingsbücher.«

Lucas aschte in einen Aschenbecher.

»Aber ist das nicht eine Rachegeschichte?«

»Der Punkt ist, dass es nicht darum geht, was ich sage. Es geht um das, was ich tue. Mit jedem Tag, den ich hierbleibe, fordere ich das Verständnis der Dorfbewohner von Nächstenliebe heraus, die hier so großgeschrieben wird. Ich lasse die guten Christen, die sich partout nicht bremsen können, mich zu verurteilen und zu verachten, ihre eigenen Begrenzungen spüren.«

»Sie wollen mit den Gutheitsbekundungen des Bibelgürtels aufräumen«, sagte Lucas.

»Genau. Es ist höchste Zeit, mit dem Irrglauben aufzuräumen, dass der Bibelgürtel von stolzen Traditionen und einem starken färingischen Selbstbewusstsein getragen wird.« Heralv schnaubte.

»Das hört sich fast nach Spaltungsrhetorik von Ihrer Seite an.«

»Im Gegenteil. Ich will die Menschen vereinen. Damit du, egal ob Hetero, Transperson oder whatever, dein Leben so leben kannst, wie du es willst. Dafür bin ich bereit, für die kommenden Generationen Leid zu ertragen.«

Lucas nickte. Heralv sprach mit einer mitreißenden Intensität, die, zusammen mit seinem schüchternen und seltsam ansprechenden Gesicht, eine naive Durchschlagskraft hatte. Aber wie so viele andere Idealisten vor ihm, hing er in alten Programmen fest. Tunnelblick. Sah ausschließlich den negativen Einfluss, den andere auf ihn hatten, und war zugleich blind für die Wirkung, die er selber auf andere hatte. Lucas beschloss, das Gespräch fortzuführen. Idealisten amüsierten ihn. Ihre Überzeugung, die Wahrheit zu kennen, und die Bereitschaft, dafür zu sterben.

»Ich habe gehört, dass Sie mehrfach mit Jákup Hoydal und einigen der anderen Pfarrer aus der Gegend aneinandergeraten sind«, sagte Lucas.

»Das wird doch nicht etwa Hjalti gewesen sein, der Ihnen das gesteckt hat?« Heralv schüttelte den Kopf. »Wohl wahr. Ich habe hitzige Diskussionen mit einigen der Pfarrer geführt. Es fällt mir schwer, die Klappe zu halten, wenn die schwarzen Vögel sich über uns übrige Sterbliche erheben.«

»Hjalti hat auch von den Einträgen bei Facebook erzählt.«

Heralv lächelte den Boden an.

»Eine in der Wut gehaltene Rede ist die beste Rede, die du jemals bereut hast.«

»Haben Sie geschrieben, dass man eine Handgranate in die Kirche schmeißen sollte, wenn die Pfarrer sich das nächste Mal dort versammeln?«

»Ja. Nachdem Jákup öffentlich herumposaunt hatte, dass ich gekreuzigt gehöre.« Heralv wedelte mit seiner Zigarette in der Luft herum. »Aber ich hab den Beitrag wieder gelöscht. Weil ich es hasse, dass sie mir so unter die Haut gehen.«

»Reagieren Sie häufiger so emotional, ohne vorher darüber nachzudenken?«

»Das Gefühl kennt doch wohl jeder, wenn alles in einem in Aufruhr gerät.«

Nein, ich nicht, dachte Lucas.

»Wie haben Sie Ihr Wochenende verbracht?«, fragte er.

»Ich habe gewartet, bis die Männer sturzbetrunken hier aufgekreuzt sind und Steine auf mein Dach geworfen, in den Vorgarten gepisst und Schmählieder gesungen haben. Danach habe ich gewartet, bis sie irgendwann das Interesse verloren haben und wieder gegangen sind. Dann bin ich schlafen gegangen.«

»Hätten Sie nicht mit den Frauen nach Tórshavn fahren können?«

»Mit dem Frauenverein? Dann schon lieber das Affengebaren der Männer als die falsche Fürsorge ihrer Frauen.«

»Ist Ihnen aufgefallen, ob in der Nacht auf Sonntag ein Boot rausgefahren ist?«

»Meine Vorhänge sind Tag und Nacht zugezogen.«

Lucas nickte zu der offenen Gardine.

»Ist heute ein besonderer Tag?«

»Als ich eure Stimmen gehört habe, wollte ich nachschauen, wer das ist.«

»Und ob wir in Ihren Vorgarten pissen?«

»Was?«

»Sie haben doch grad gesagt, die Männer hätten in Ihren Garten gepisst.«

Heralv schnipste Asche in die Weinflasche.

»War sonst noch was?«

»Ich würde Sie bitten, in der nächsten Zeit den Ort nicht zu verlassen.« Lucas hob beschwichtigend die Hand, als er die Unruhe hinter Heralvs kohlschwarzem Eyeliner sah. »Keine Sorge, Sie stehen nicht unter Verdacht.«

»Haben Sie sich auch schon mit anderen Bewohnern außer mir unterhalten?«

Es klopfte am Fenster. Drei kichernde Teenagermädchen winkten ins Wohnzimmer. Das Kichern wurde lauter, als sie Lucas sahen.

»Hi, Mädels!« Heralv schickte den Mädchen einen Luftkuss.

»Wären wir dann fertig, Inspektor Stage?«

»Scheint so.«

Im Flur ging es hoch her, als Lucas seine Jacke anzog und die Mädchen sich an ihm vorbeischoben und Heralv mit flüsternden Wangenküssen begrüßten.

»Fuck, sieht der nice aus!« – »Hattet ihr ein Date?« – »I wish!«

Das lebhafte Gegackere der Mädchen verzog sich ins Wohnzimmer.

Lucas richtete sich auf.

»Na, ganz allein sind Sie ja offensichtlich nicht«, sagte er zu Heralv, der mit der Schulter an der Wand lehnte.

»Nein, die süßen Mädels halten mich bei Laune.« Der Färinger dämpfte seine Stimme. »Da ist nur eine Sache, die ich nicht verstehe.«

»Schießen Sie los.«

»Was veranlasst einen Spezialagenten, auf diese Felseninsel im Nichts zu kommen?«

»Ich kann nichts dazu sagen, was in der Kirche passiert ist.«

»Verständlich. Vielleicht ist das auch gar nicht das Wichtigste.«

»Wie meinen Sie das?«

»Manchmal ist es nicht der Reisende, der auf die Färöer kommt, sondern die Färöer, die zum Reisenden kommen.«

Lucas ging durch den Vorgarten. Der Himmel war noch dunkler als vorher, und das Knacken der Lärchenzweige kündigte den zunehmenden Wind an. Hjalti lehnte mit dem Rücken an der Autotür, die Arme vor der Brust verschränkt.

»Ich gehe rüber zur Kirche«, sagte Lucas, blieb aber stehen, als Hjalti nicht reagierte. »Was ist passiert?«

»Was würdest du tun, wenn deine Tochter Zeit mit einer Person verbringt, die sich gegen all die Werte auflehnt, mit denen du sie erzogen hast?«

Lucas schaute zurück zum Haus.

»Ist eins der Mädchen deine Tochter?«

Hjalti nickte verbissen. »Røskva.«

Lucas zögerte. Normalerweise hasste er diese Welche-Farbe-haben-deine-Gefühle-in-diesem-Augenblick-Gespräche wie die Pest, aber nach dem fantastischen Nachtschlaf wollte er mal großzügig sein.

»Und hast du Røskva gut erzogen?«

»Ja, das glaube ich.«

»Dann gebe ich dir den Rat, keine zu große Sache aus ihrer kleinen Rebellion zu machen. Sieh sie als möglicherweise notwendigen Schritt, um ihre eigene Verbindung zu Gott zu finden.«

»Und was, wenn ich die Art Verbindung, die sie findet, nicht akzeptieren kann?«

»Dann kannst du dich immer noch damit trösten, dass sie zumindest authentisch ist.«

Der Spaziergang zur Kirche dauerte vier Minuten. Der stiernackige Bodybuilder stand wie ein großer Troll vor dem Friedhofstor.

»Hast du einen Wachplan erstellt?«, fragte Lucas und signalisierte ihm mit seinen energischen Schritten, dass der Kollege ihn durchlassen sollte.

»Wir müssen reden.«

Lucas blieb vor ihm stehen. In den Bulldoggenaugen des Muskelpakets war keine Aggression zu sehen, nur Nervosität.

»Worum geht es?«

»Die Fischer aus dem Ort waren hier. Um es mal gelinde auszudrücken: Sie sind nicht einverstanden mit dem Ausfahrverbot.«

»Was hast du ihnen gesagt?«

»Ich? Ich ... ähm, habe sie an dich weiterverwiesen. War das nicht richtig?«

»Das nächste Mal kümmerst du dich selbst darum. Ich verlasse mich auf dich.«

Die Bulldoggenaugen sahen ihn unsicher an.

Lucas machte einen Schritt auf ihn zu.

»Darf ich vorbei?«

Der Kollege trat zur Seite und öffnete das Tor für Lucas.

Nichts war so loyalitätsbildend, wie nach einer Hand zu greifen, die man gerade losgelassen hatte.

22

Sidsel fuhr zusammen. Es klang, als hätte im Kirchenraum jemand ein Tischfeuerwerk gezündet. Sie ging an die Tür zur Sakristei. Lucas kam lässig auf den Altar zugeschlendert, als balanciere er barfuß auf einer Poolkante und nicht mit lärmenden Schuhen über einen Holzboden. Vor den vier aufgeschnittenen, vor dem Altar aufgestellten Talaren blieb er stehen. Die durch das getrocknete Blut zu Skulpturen versteiften Stoffbahnen konnten von alleine stehen.

»Erinner mich dran, dass ich dir niemals meine Wäsche anvertraue«, sagte er.

Sidsel musterte ihn. Eigentlich fühlte sie sich eher abgestoßen von dem selbstsicheren Blick und dem kantigen Gesicht mit den breiten, roten Lippen, die aussahen, als hätte er rohes Fleisch zum Frühstück verspeist. Auch die vielen kleinen Tattoos und Fingerringe waren so gar nicht ihr Ding. Aber da war etwas. Etwas Lauerndes, diffus Zwielichtiges, das nicht auf den ersten Blick zu erkennen war, sich aber ganz sicher bei näherer Bekanntschaft entfaltete.

»Was geht dir durch den Kopf?«, fragte Lucas.

»Dass ich dicht dran bin.«

»Dann gibt es neue Erkenntnisse?«

»Neue Erkenntnisse, ja.«

»Aber?«

»Es ist wie ein Puzzlespiel.«

»Aber wenn du alle Teile hast, gibt es auch eine Lösung.«

»Lass es mich anders formulieren: ein Puzzle in einem stockfinsteren, rotierenden Raum.« Sidsel ging zu den Waffen. »Der Breite der Stichwunden nach zu urteilen, tippe ich auf das Monustingari als primäre Mordwaffe. Das Messer wird zum finalen

Todesstoß von Walen eingesetzt, die wehrlos im flachen Wasser dümpeln.«

»Glaubst du, dass das ein Zufall ist?«

Sidsel kratzte sich an der Wange. »Es wäre verfrüht, das zu sagen.«

»Was ist mit den Leichenkrämpfen? Haben die Pfarrer die Waffen beim Eintreten des Todes in der Hand gehalten, oder wurden sie ihnen später in die Hand gedrückt?«

»Auch um das zu beurteilen, ist es noch zu früh. Der Rigor mortis ist leicht mit Leichenkrämpfen zu verwechseln.« Sie seufzte. »Es ist noch ein weiter Weg. Und dabei hab ich mir noch nicht mal die Blutspritzer angesehen«, sagte sie mit Blick auf die Blutspur, die aus der Kirche hinausführte. »Hat dein Team was Interessantes gefunden?«

»Sie sind etwas überwältigt.«

»Für überwältigt haben wir keine Zeit. Dieser Tatort wirft tausend Fragen auf. Selbst mit der Unterstützung der Rechtsmedizin stehen immer noch die Untersuchung der Fingerabdrücke und der DNA, die Blutspurenmusteranalyse und so weiter aus.«

»Dass es stressig wird, hast du von Anfang an gewusst, Sidsel.«

»Die Angehörigen der Pfarrer werden sich langsam wundern.«

»Ich schicke Leute mit Maulkörben raus.«

»Das Gerede wird sich nicht aufhalten lassen. Wenn die Gerüchte Tórshavn erreichen, haben wir die Medien am Hals.«

»Noch sind sie nicht hier.«

»Aber wenn sie kommen, stehen wir mit einem Haufen unerfahrener Polizisten da, statt mit einem ernst zu nehmenden Ermittlerteam.«

Lucas zog die Augenbrauen hoch.

»Warum diese Eile?«

»Hast du es etwa nicht eilig?«

Für einen kurzen Lidschlag sahen sie sich in die Augen.

Lucas zog unzufrieden die Schultern hoch.

»Was ganz anderes: Hjalti hat uns zum Abendessen eingeladen.«

»Ich hab schon abgesagt.«

»Ich hab zugesagt. Hjalti hat die Leichen gefunden. Und laut ihm ist er der Einzige, der vor unserer Ankunft in der Kirche war.«

»Du willst nicht ernsthaft sagen, dass du ihn verdächtigst?« Sidsel lachte fassungslos.

»Ich verdächtige alle. Um sieben sollen wir da sein.«

»Nope.«

»Warum willst du nicht mitkommen? Du hast deinen Vater als Teenager das letzte Mal gesehen.«

Sidsels Blick fiel auf das blutverschmierte Monustingari.

»Grüß ihn von mir.«

Als Sidsel wieder alleine war, spürte sie, wie Lucas die Atmosphäre mit seinen bohrenden Fragen infiziert hatte. Sie hatte nicht gewusst, was sie antworten sollte, und sich für den einfachen Weg entschieden: Themenwechsel. Lucas durfte auf keinen Fall misstrauisch werden. Doch statt erleichtert zu sein, war sie jetzt traurig. Sie kniff sich fest in die Haut am Unterarm, fühlte den ablenkenden Schmerz und starrte auf das Sitzpolster der vorderen Kirchenbank.

»Niemand zwingt dich, das zu tun«, murmelte sie, ging zu der Bank und hob das Sitzpolster hoch. In die Holzfläche war ein kleines Herz geritzt. In dem Herz stand »J + E«. Sie atmete schneller und beeilte sich, das Polster wieder an seinen Platz zu legen.

Eleonora sucht mich jede Nacht heim, aber ich passe auf, dass ich meinen Schwanz nicht zu fest wichse, um das Gefühl ihrer Nähe zu verlängern, bis die Lust den letzten Faden meines Seils an Willenskraft durchnagt und ich ihr nachgebe.

Montags schleiche ich durchs Haus, ausgehungert, auf der Jagd nach meinem nächsten Kick. Normalerweise hat sie früh frei, aber das Schneckentempo der Uhrzeiger arbeitet gegen meine Ungeduld. Die kontaktlosen Stunden rauben mir die letzte Energie, ich verknote mich immer mehr in mein Gedankenknäuel.

Der klirrend gelbe Strahl verbindet mich mit der Kloschüssel, als ich die Haustür schlagen höre. Ich kneife den Strahl ab und laufe raus auf den Treppenabsatz, schaue runter zum Eingang.

»Hallo?«, rufe ich, und die Antwort kommt als Echo meiner eigenen Stimme zurück wie ein leerer Angelhaken.

Ich lasse mich durch das Haus treiben. An den Wänden hängen verschwommene Ölbilder, und der üppig vorhandene Raum wird von ernsten Statuen, Skulpturen und meterhohen tropischen Pflanzen eingenommen, die ihre langen grünen Zungen herausstrecken. Ich folge dem Muster eines antiken Läufers in einen dunklen Korridor und lande in einem runden Kuppelsaal, in dem ich noch nie war. Durch eine Glaskuppel in der Decke sickern Lichtstrahlen in das schummrige Dunkel. Ein verworrenes Tunnelnetz zieht sich zwischen Regalformationen hindurch. Ich schiebe mich durch die nach Staub riechenden Passagen, lasse meine Finger über die buckligen Alleen der Buchrücken gleiten.

Kleine Rauchwolken vor mir veranlassen mich, stehen zu bleiben.

»Buh!«, sagt eine amüsierte Stimme auf der anderen Seite des Regals.

Ich schaue durch die Buchreihen hindurch in ein goldbraun strahlendes Augenpaar hinter den Rauchspiralen.

»Du verpetzt mich nicht, oder?«

Ich schüttele den Kopf.

Sie reicht mir eine Zigarette und ein Feuerzeug.

»Wenn du die rauchst, glaub ich dir.«

Ich imitiere meine Filmhelden und zünde mir eine Fluppe an wie ein Profi, aber die Illusion ist nur von kurzer Dauer, da meine jungfräuliche Lunge den Rauch mit einer Hustenattacke abwehrt.

Eleonora lacht. »Man muss sich erst daran gewöhnen, stimmt's?«

Ich nicke mit Tränen in den Augen und nehme trotzig noch einen Zug.

»Die Mädchen in der Schule reden über dich«, sagt sie. »Über dich und deine blauen Augen.«

»Tun sie das?«

»Sie haben dich in der Kirche gesehen. Wie alt bist du überhaupt?«

»Bald dreizehn.«

Der Rauch schnörkelt sich gemächlich zwischen ihren leicht geöffneten Lippen heraus.

»Hast du schon mal eine Freundin gehabt?«

»Nicht richtig.«

»Nicht richtig? Was ist denn eine richtige Freundin?«

Mein Hosenstoff bildet ein Zelt über meinem Schritt. Aber ich kriege meine Gedanken nicht über meine Lippen.

Eleonora scheint das Interesse zu verlieren.

»Pass auf, dass du nicht die Bude ansteckst«, sagt sie und schlendert davon.

Ich drücke sofort die Zigarette aus und weiß, dass ich eine Chance verspielt habe. Nur nicht, welche.

Später am Abend erwartet mich ein unerwarteter Gast in meinem Zimmer. Neuer Vater. Er sitzt auf meinem Bett. Braun gebrannt. Wie ein Tennislehrer in seinem engen, hellroten Poloshirt. Die Haare hat er sich hinter die Ohren gesteckt, sein glatt rasiertes Gesicht wirkt steif.

»Setz dich.« Er klopft mit der Handfläche neben sich auf die Bettdecke.

Ich setze mich zögernd auf den Abdruck seiner Hand.

»Möchtest du mir erzählen, was während der Schlafenszeit hier vor sich geht?«, sagt er.

»Was?«

Er zieht die Brauen hoch, seine misstrauischen Augäpfel funkeln auffordernd.

Ich schüttele den Kopf. »Nichts geht hier vor.«

»Es kommt dir nicht in den Sinn, mich anzulügen, oder?«

»Nein.«

Beim tiefen Einatmen des Neuen Vaters ächzen die Matratzenfedern unter uns.

»Deine Bettwäsche.«

Ich bemerke erst jetzt, dass mein Bett abgezogen ist.

»Ich dulde das nicht, Lucas. Nicht unter meinem Dach.«

Die Situation, das ihr innewohnende Tempo, führt dazu, dass ich zu spät raffe, was er meint, und keine Zeit habe, mir eine Lüge einfallen zu lassen.

»Entschuldigung.«

Neuer Vater beugt sich zu mir. Sein Aftershave duftet grenzwertig scharf. »Ich sehe ja ein, dass Jungen in deinem Alter zwischendurch ... vor Energie überschäumen. Gesteuert von einem großen Kraftfeld, das schwer zu lenken ist, wenn du dir selber keine Grenzen setzt. Frühzeitig. Widerstehe der Kraft, schüttel sie ab.«

»Ja.«

Meine hündische Unterwürfigkeit scheint ihn zu besänftigen.

»Gut, Lucas. Denk dran, dass keine Handlung einfach passiert. Wenn du so etwas tust, ist das immer mit vergifteten, sündigen Fantasien und Vorstellungen verbunden.«

Ich nicke.

Von seinem eigenen Redestrom überwältigt, wird die Stimme des Neuen Vaters versöhnlicher.

»Das wirkliche Leben verlangt Opferbereitschaft und Verzicht. Unsere Familie wird bereichert durch ihre nahe Beziehung zu Gott, der unseren Alltag mit Freude füllt. Das ist alles, was wir brauchen.«

»Und ein schönes großes Haus.«

Neuer Vater hält die Luft an. Ich sehe seinem Gesicht an, dass ich etwas Falsches gesagt habe.

»Ich meine …«

»Ich denke, ich weiß sehr genau, was du meinst.« Er steht auf. »Komm.«

»Wohin?«

»Komm einfach mit.«

Ich folge dem Neuen Vater ins Badezimmer.

»Wasch deine Hände, Lucas.«

»Was?«

Er starrt mich an, bis ich zum Waschbecken gehe und den Wasserhahn aufdrehe.

»Ordentlich, mit Seife, Lucas. So haben mein Vater und ich uns wieder vertragen, als ich ein Junge war. Er hat immer gepredigt, den Weg bis zum Ende zu gehen oder den ersten Schritt gar nicht erst zu machen. Das hat mich die Notwendigkeit gelehrt, Dinge bis zum Ende durchzuführen, Lucas. Der Umwelt ein Zeichen zu setzen.«

Die nach Lilien duftende Seife schäumt in meinen Händen, und ich bin gründlich, reibe mit den Nägeln über die Handflächen, ehe ich die Seife abspüle, das Wasser ausschalte und nach dem Handtuch greife.

»Habe ich gesagt, dass du fertig bist?«

Ich sehe Neuen Vater verwirrt an. Er lehnt mit der Schulter am Türrahmen, mit vor dem Brustkorb verschränkten Armen wie ein großer roter Sperrballon.

»Ich sollte die Hände waschen«, sage ich, außerstande, die Situation zu erfassen.

»Sie sind erst sauber, wenn ich es sage.«

Ich zögere, was den Neuen Vater veranlasst, zu mir zu kommen. Er drückt einen Klecks Seife aus dem Seifenspender auf meine Handfläche. »Und in diesem Fall sollten wir vielleicht extra gründlich sein.«

Er dreht den Hahn bis zum Anschlag ins rote Feld. Der Wasserstrahl dampft, während ich meine Hände schrubbe, hart, gründlich.

»Noch einmal.«

Ich glotze dem Seifenstrang hinterher, der sich in meine Hand abseilt. Meine aufgesprungene Haut brennt unter dem brühheißen Wasser, meine Handflächen reiben aneinander wie Reibeisen.

»Eins musst du über mich wissen, Lucas. Ich strafe dich nicht um der Strafe willen. Ich will nur sicherstellen, dass du deine Fehler nicht wiederholst. Man muss den Weg zu Ende gehen. Oder den ersten Schritt gar nicht erst machen.«

Weiße Seifenschaumströme verschwinden im Abfluss des schmucken Marmorbeckens. Ich weiß, dass die Strafe ungerecht ist, dass Neuer Vater weit übers Ziel hinausschießt, und spüre einen automatischen, gallesauren Widerwillen.

»Noch einmal.«

»Nein, ich will nicht mehr!«

Neuer Vater packt meine Unterarme und zwingt meine Hände unter den heißen Wasserstrahl. Ich wimmere, wehre mich, aber er ist zu stark.

»Noch einmal!«, blafft er mich an.

Ich verliere jedes Zeitgefühl. Wir hören erst auf, als meine Knöchel feuerrot glühen und meine Hände sich anfühlen, als würden sie über offenem Feuer gegrillt.

Von da an ist meine Tür zur Schlafenszeit immer angelehnt, und jeden Morgen kontrolliert Neuer Vater mein Bettzeug. Er hat mir die Comics weggenommen und eine Bibel auf meinen Nachttisch gelegt. An manchen Abenden lese ich Neuer Mutter daraus vor.

Sie legt sich neben mich ins Bett und spielt mit ihren Fingern in meinem Haar, während sie Minzdrops lutscht, die den sauren Mundgeruch nicht ganz verbergen. Aber ich lasse mich nicht ablenken. Mache es wie immer. Was ich nicht fühle, muss ich lernen. Ich werde es Neuem Vater mit der Bibel heimzahlen!

Jeden Tag folge ich dem gemusterten Läufer in die Bibliothek. Ich habe keine Ahnung, ob ich sie irgendwo zwischen den verstaubten Büchern treffe. Wir haben seit unserer ersten Begegnung hier kaum ein Wort gewechselt. Das grelle Ratschen eines Feuerzeugs lässt mich verharren. Dann ein Seufzer. Ich folge den wabernden Rauchspiralen, die sich unter dem matten Licht der Deckenkuppel ringeln.

»Du hast es ja ganz schön eilig«, zieht sie mich auf.

Ich schaue durch die Lücke im Regal. Ihre hübschen Augen in einem kantigen Ausschnitt zwischen zwei Büchern.

Sie sieht mich sanft lächelnd an.

»Mit dem Reden hast du's wohl nicht so.«

Mein Gehirn kann sich auf nichts anderes konzentrieren, als dass es genau diese Art von Pause war, bei der sie das letzte Mal das Interesse verloren hat.

»Wir werden uns was anderes ausdenken müssen.« Die Zigarettenspitze glüht zwischen ihren dunkelroten Lippen. »Wenn du mich fangen kannst, zeige ich dir etwas, was du noch nie gesehen hast.«

Ich renne los, durch die grauen Regaltunnel, bremse vor einer Zigarettenkippe auf dem Boden. Eleonora ist nirgends zu sehen. Als hätte die Zigarette sie aufgesaugt.

Ein »Psssst« lässt mich herumschnellen.

Sie schiebt ihren Kopf aus einer kleinen Geheimtür in der hübsch verzierten Holzverkleidung.

Ich folge ihr eine dunkle Treppe hinunter. Aus der bodenlosen Dunkelheit steigt feuchte Luft auf, die Temperatur fällt mit jeder Stufe.

Von dem Kellergang gehen eine Reihe Abstellräume ab, es riecht sauer und muffig. Die Wandlampen leuchten matt durch verlassene Spinnweben. Sie führt mich in einen der Räume. Aus der Wand laufen rostige Rohre zu einer schimmelfleckigen Badewanne.

»Przytulny«, murmele ich.

Wir stehen dicht nebeneinander. Sie überragt mich um einen halben Kopf und duftet nach Rauch und Parfüm. Ihre funkelnden Augen sind verlockend und abweisend zugleich. Ich suche nach irgendwelchen Fehlern in ihrem Gesicht, aber ebenso gut könnte ich in einer Sandkiste nach Gold graben.

»Worauf hast du genau in diesem Augenblick Lust?«, fragt sie emotionslos.

Ich glotze sie dumm an.

»Wir könnten tanzen.« Sie lacht und schlingt ihre Arme um meinen Hals, schwingt mit der Hüfte. »Oder wir prügeln uns, bis wir aus Nase und Mund bluten. Hier unten können wir machen, wonach uns der Sinn steht.«

Sie zieht mich noch dichter an sich. Die Wärme ihres Körpers ist wie ein offenes Lagerfeuer.

»Also, worauf hast du Lust, Lucas?«

23

E s war Abend. Lucas war tagsüber nur sehr wenigen Menschen begegnet, und abgesehen von den Lichtern hinter den vorgezogenen Gardinen zeigten die Häuser kein Zeichen von Aktivität oder Leben.

Er erkannte Hjaltis Auto vor dem schwarz gebeizten Haus. Hinter einem der Fenster sah er eine lockige Frau mit Schürze in einem Topf rühren. Die Gardinen der anderen Fenster waren zugezogen. Als er über den Pflasterweg auf die Haustür zuging, wurde er auf eine Gestalt in der Dunkelheit auf der Straße aufmerksam.

»Kann ich Ihnen helfen?«, fragte Lucas.

»Kann ich Ihnen helfen?«

Ehe es Lucas gelang, das Gesicht der Gestalt zu erkennen, ging die Tür hinter ihm auf.

»Hallo, Lucas, dachte ich mir doch, dass ich eine Stimme gehört ...« Hjaltis Blick flackerte zur Seite. »Ísakur? Bist du zurück?«

»Hi, Papa.«

»Schön«, sagte Hjalti. »Dann ist die Familie ja vollzählig.«

»Echt?« Ísakur blieb stehen. »Wo ist Eivør? Und wer ist das da?«

Hjalti lächelte matt. »Lucas ist auch von der dänischen Polizei. Er leitet die Ermittlung.«

Die lockige Frau tauchte hinter Hjalti in der Tür auf.

»Ísakur«, platzte sie herzlich heraus, schob sich an Lucas vorbei und umarmte ihren Sohn. Sie musste etwas Unerwartetes in der Körperhaltung ihres Jungen gespürt haben, weil sie ihn sofort wieder losließ.

Der Dampf aus den Töpfen auf dem Esstisch stieg mit einem strengen Geruch nach Fisch und Senf hoch zur Deckenlampe. Hjaltis Frau Sara verriet Lucas, was es gab: Knettasúpan, eine Fischklößchensuppe, dazu Fiskaknettir, in Schaffett gegarte Dorschklöße und Kartoffeln.

»So was kriegt ihr garantiert nicht auf dem Festland«, sagte Hjalti mit stolzem Blick, als hätte seine Frau ein Fünf-Gänge-Menü im Noma in Kopenhagen aufgetischt.

Lucas rang sich sein Ich-bin-beeindruckt-Lächeln ab.

Alle schwiegen, als die Teller gefüllt wurden. Hjaltis Tochter und sein Sohn saßen Lucas gegenüber. Er spürte Røskvas verstohlene Blicke durch die Essensdämpfe. Sie war fünfzehn Jahre alt, mit einem hübschen, runden Gesicht und einem linkischen Teenagercharme. Der drei Jahre ältere Ísakur war kräftig gebaut, mit breiten Schultern und großen Händen. Er stierte ihn scharf und eisblau aus einem Gesicht mit Kinngrübchen, pickeligen Wangen und zusammengekniffenen Lippen an.

»Wohnen Sie in Kopenhagen?«, fragte Røskva und wurde knallrot, als Lucas seinen Blick auf sie richtete.

»Ja, tu ich. Warst du schon mal dort?«

»Nein, aber wenn ich achtzehn werde, fahre ich mit meinen Freundinnen hin.«

Ísakur schaufelte sich Kartoffeln auf den Teller.

»Alleine? Nach Kopenhagen? Vergiss es.«

»Sorry, wenn das deine großen Pläne stört, für den Rest deines Lebens zum Fischen rauszufahren und tote Schafe einzusammeln.«

»Kopenhagen ist nichts für dich«, sagte Ísakur mit trockener, monotoner Stimme.

»Tote Schafe einsammeln?«, fragte Lucas.

Ísakur antwortete, ohne Augenkontakt aufzunehmen.

»Manche Autofahrer fahren einfach weiter, wenn sie ein Schaf angefahren haben. Sie lassen es einfach liegen, trotz der Gefahr für andere. Ich unterstütze die Schafzüchter aus dem Ort beim Einsammeln.«

»Sind solche Schafe nicht schwer?«

»Klar, aber ich habe meinen Jagdrucksack dabei. Und die Anstrengung lohnt sich. Manche Züchter überlassen mir die Schafe.«

»Das bedeutet Fleisch für einen ganzen Monat«, sagte Sara stolz.

Lucas ließ sich eine schmatzende Portion Fischklöße auf den Teller auftun.

»Wie hoch ist die Strafe, wenn man ein Schaf anfährt?«

»Ordentlich hoch«, sagte Hjalti. »Denk nur mal an das im Hafen entsorgte Schaf«, sagte er mit Blick zu seiner Frau. »Das ist offensichtlich angefahren worden. Manchmal begehen Leute solche Verzweiflungstaten und lassen den Besitzer auf der Rechnung sitzen.«

»Ihr solltet einen Schafverband gründen«, schlug Lucas vor.

Røskva prustete los, und Ísakur verdrehte die Augen.

»Das ist eine ernste Sache«, sagte Hjalti. »Aber zum Glück unterstützt Ísakur uns. Es wäre mir nur lieber, wenn er nicht so viel alleine da draußen unterwegs wäre.«

»Ich kenne das Terrain, Papa.« Der Junge nickte seiner Schwester zu. »Im Gegensatz zu Tik-Tak.«

»Das heißt TikTok, du Idiot.«

Lucas führte einen blassen Fischkloß zu seinem Mund.

»Einen Augenblick«, sagte Sara.

Lucas versteifte, als die Familienmitglieder die Köpfe senkten und Hjalti sich räusperte.

»Herr, segne diese Gaben, die wir aus deiner milden Güte empfangen. Im Namen Christi, unseres Herrn. Amen.«

»Amen«, murmelte Lucas und probierte die Suppe.

»Hat Heralv etwas mit dem zu tun, was in der Kirche passiert ist?«

»Røskva!«, platzte Hjalti heraus. »Lucas darf nicht über den Fall sprechen.«

»Ist schon in Ordnung«, sagte Lucas. »Ich war bei Heralv, um mir einen Eindruck von ihm zu machen.«

»Ihr«, sagte Røskva.

»Noch nicht. Jedenfalls nicht im biologischen Sinne.«

»Sind Sie gläubig, Lucas?«, fragte Sara.

»Das ist eine etwas längere Geschichte«, antwortete Lucas und bemerkte Ísakurs verkniffenen Blick auf sich. »Aber wenn ich an Gott denke, dann ausschließlich als Referenz eines vorzeitlichen Musters, das wir nicht ganz erfassen können. Ein historisches Ereignis, das bruchstückhaft in einem zweitausend Jahre alten Buch beschrieben wurde.«

»Sie zweifeln an der biblischen Geschichte?«

Lucas' Löffel zog glänzende Fäden aus der Suppe.

»Glauben Sie, die Bibel wäre genau so geschrieben worden, wie sie ist, wenn der Mensch vor zweitausend Jahren auf dem gleichen Wissensstand gewesen wäre wie der Mensch heute?«

»Tut mir leid, aber ich verstehe nicht, worauf Sie hinauswollen«, sagte Sara.

»Die Bibel ist ein Produkt ihrer Zeit. Genau wie die Theorie von der Erde als Scheibe oder die Hexenverbrennungen. Und heute befindet sich unsere Zivilisation in einer völlig anderen Zeitphase.«

»Dann ist Heralvs verkehrte Lebensweise für Sie okay?«, fragte Ísakur.

»Was ist verkehrt daran, so leben zu wollen, wie man ist, wenn man niemand anderem damit schadet?«

»Transgeschlechtliche Menschen entfernen sich vom eigentlichen Zweck des Lebens«, sagte Sara ruhig. »Menschen wie Heralv versuchen, ihre eigene Wirklichkeit zu konstruieren, statt in der Wirklichkeit zu leben, die für uns erschaffen wurde.«

»Und welche Wirklichkeit ist das?«

»Eine Familie zu gründen und Kinder zu bekommen, sie mit gesunden christlichen Werten zu erziehen. Wenn man ein Leben lebt, das ausschließlich um die eigene Person kreist, die eigenen

Gefühle und die Umsetzung der eigenen Bedürfnisse, verliert man die nächste Generation aus dem Auge.«

»Und was ist mit Nächstenliebe?«, fragte Lucas.

»Heralv rechtfertigt mit der Nächstenliebe seinen Egoismus«, sagte Ísakur.

»Ich habe gehört, dass Jákup dazu aufgerufen hat, ihn zu kreuzigen.«

»In dem Gottesdienst sind die Wogen hochgeschlagen«, sagte Hjalti beschwichtigend. »Aber es müssen Grenzen gesetzt werden, was Heralv uns an Verständnis abverlangen kann.«

»So wie ich ihn verstehe, wünscht er sich nur, von euch in Ruhe gelassen zu werden.«

»Dann soll er sich doch erst mal selbst ein bisschen zurücknehmen«, sagte Ísakur.

»Oder du«, murmelte Røskva.

»Soso, Kinder«, lachte Hjalti. »Da basteln wir aber noch mal am Umgangston ...«

Ísakur knallte seinen Löffel auf den Tisch. »Wieso erlaubst du Røskva überhaupt, sich mit dem Monster zu treffen? Die Leute zerreißen sich darüber schon das Maul.«

»Ísakur! Was ist denn in dich gefahren?«

»Heralv provoziert ganz bewusst! Von mir aus wäre er schon längst ...« Ísakur senkte den Blick.

Ein bedrücktes Schweigen senkte sich über den Tisch. Die vergiftete Stimmung war so greifbar, als hätte jemand sie auf ein Papier geschrieben und jedem Einzelnen in die Tasche gesteckt. Plötzlich war draußen auf dem Flur ein leises Knarren zu hören.

»Perfektes Timing«, murmelte Hjalti resigniert.

Die Tür wurde mit einem lauten Schlag von einem Rollstuhl aufgeschoben, in dem ein alter Mann saß. Über seinen Beinen lag eine mit Haaren übersäte Decke, als hätte er sie dem Hund geklaut. Sein Gesicht wurde knallrot, als er Lucas sah.

»Hallo, Vater«, sagte Hjalti. »Du bist noch wach?«

Der Alte grunzte. Seine farblosen Augen fixierten Lucas.

»Das ist Lucas Stage«, sagte Hjalti. »Er ist von der dänischen Polizei.«

Ein heiserer Wortschwall ergoss sich aus dem grau verfilzten Bart. »Schwu-Schwuchtel.«

»Vater, so reden wir nicht hier im Haus.«

Ísakur und Røskva schauten neugierig zu Lucas in Erwartung seiner Reaktion. Lucas kratzte das nicht die Spur.

»Schwuchtel!« Speichelblasen schossen aus den Mundwinkeln des Alten.

»So bist du hier nicht willkommen.« Hjalti stand auf und schob den alten Mann aus dem Esszimmer.

»Sie müssen tausendmal entschuldigen«, sagte Sara. »Seit einem Blutgerinnsel in seinem Gehirn vor vielen Jahren ist der Kopf des Armen ganz durcheinander.«

Lucas nickte. »Klar. Eine Schädigung der Frontallappen kann zum Verlust der Impulskontrolle führen. Sagt er oft unpassende Dinge und zieht sich ohne Vorwarnung aus?«

Sara nickte mit roten Wangen.

»Kennen Sie auch einen Menschen mit Gehirnschaden?«

»Ja, unmittelbar.«

»Es ist schrecklich. Wir können ihn nirgendwohin mitnehmen. Seit Jahren kriegt er schon keinen Besuch mehr. Ein Vorfall drüben in der Schule war der Tropfen, der das Fass zum Überlaufen gebracht hat.«

»Aber er war mal ein großer Mann«, sagte Ísakur und zeigte auf ein Bild an der Wand, eine Fotografie im Silberrahmen von Hjaltis Vater in einer jüngeren, muskulösen Ausgabe. Er ragte wie ein Turm aus einer Menschentraube. An einem Haken neben ihm hing ein riesiger Grindwal. Fast poetisch, dachte Lucas. Und jetzt hing die Erinnerung an den Großen Fischer selbst an einem rostigen Haken.

Hjalti kam zurück und setzte sich wieder auf seinen Platz.

»Worüber redet ihr?«

»Großvaters Unfall«, antwortete Røskva wie einen ausgelutschten Refrain.

»Ja, das war ein echtes Wunder, dass er die Hirnblutung überlebt hat«, sagte Hjalti. »Haben die Ärzte gesagt. Aber er ist ein zäher Knochen. Ich wusste, dass er es schaffen würde. Und irgendwo da drin ist noch der Alte. Er hat immer mal wieder klare Augenblicke.«

»Wann ist das passiert?«, fragte Lucas.

Hjaltis Löffel blieb in der Luft hängen. Die Kinder wechselten Blicke aus den Augenwinkeln.

»Kurz nachdem meine Mutter und Eivør nach Dänemark gezogen sind.«

»Wegen dem Dänen?«

Enttäuschung strahlte aus Hjaltis Blick. »Hat Eivør dir das erzählt? Okay, dann scheint sie es ja wenigstens nicht vergessen zu haben.«

»Das geht mich nichts an.«

Hjalti brach ein Stück Baguette ab.

»Es kann nicht schaden, wenn du ein paar Dinge über Eivør weißt. Immerhin arbeitet ihr zusammen, und sie ist ja nicht gerade ein offenes Buch. Das war sie nie. Aber genau wie meine Mutter hat sie die Fähigkeit ... Menschen anzuziehen.«

»Was meinst du damit?«

»Sie war sehr beliebt in der Schule. Ohne dass sie was Besonderes dafür getan hat.«

»War das anstrengend? Der Zwillingsbruder eines so populären Mädchens zu sein?«

»Hin und wieder, ja. Aber das ist kein Vergleich dazu, als sie weggegangen ist. Stell dir vor, du bist von Anfang an, schon vor deiner Geburt, immer mit einem Menschen zusammen. Und dann, ohne Vorwarnung, ist dieser Mensch irgendwann weg.« Hjalti starrte mit leerem Blick vor sich hin. »Ich habe mir viele, viele Jahre vorgestellt, wie mein Leben hätte sein können. Wenn sie geblieben wären. Bis ich irgendwann eingesehen habe, dass nicht die Zurückgelassenen die Schwachen sind, sondern die, die weglaufen. Die, die sich gegen ihre eigenen Leute und für die neunzehnte Insel entscheiden.«

»Ach, Schatz, das ist so lange her«, sagte Sara.

»Aber Eivør hätte doch ...«

»Wer mag Nachtisch?« Sara sprang auf. Die Fischklöße schwappten im Topf.

»I-ich!«, sang Røskva mit aufgesetzter Kinderstimme, was die Stimmung um den Tisch unmittelbar lockerte.

Kluges Mädchen, dachte Lucas und fragte nach der Toilette.

Lucas knurrte sein Spiegelbild an, als er seine Hände abtrocknete. Der schwarze Haaransatz war weiter gewachsen. Draußen auf dem Flur hörte er Maschinengewehrsalven und splitterndes Glas. Er schob die Tür zum Wohnzimmer leise einen Spaltbreit auf. Al Pacino jagte De Niro zu lautem Gebrüll und knatternden Schussalven durch eine Großstadt. Die blauen Bildschirmschatten flimmerten über Hjaltis Vater in seinem Rollstuhl.

»Der Fraß der Schlampe ist ungenießbar, stimmt's?«, zischte der Alte.

Lucas schob die Tür ganz auf.

»Gehe ich richtig in der Annahme, dass Sie mit der Schlampe die Frau Ihres Sohnes Hjalti meinen?«

Die Reifen gaben ein sprödes Klicken von sich, als er den Rollstuhl herumdrehte und Lucas verschmitzt ansah.

»Schlampe, Schlampe, aalglatte Fischfotzen-Schlampe.«

Lucas ignorierte ihn. Wusste, dass in diesem Augenblick der beschädigte Stirnlappen das Mikrofon hielt. Die Hirnblutung hatte offensichtlich eine Form von Enthemmung ausgelöst. Eigentlich ziemlich faszinierend, wenn das Bewusstsein die Verbindung zu Impulskontrolle und sozial angeeigneten Richtlinien abschnitt. Reiner und purer Exhibitionismus.

»Ist der Film gut?«, fragte Lucas.

»Schwuchtel!«

»Der Bankraub in *Heat* ist zweifellos eine der besten Actionszenen in der Filmgeschichte.«

Feindliche Furchen bildeten sich auf der Stirn des Alten. Da haben wir dich, dachte Lucas.

»Sind Sie bereit, mit dem Theater jetzt aufzuhören?«

Der Bart des Alten zitterte. Es dauerte einen Augenblick, bis Lucas verstand, dass er lachte.

»Was ist so amüsant?«

Ein heiseres Flüstern: »Männer in der Nacht. Alles soll in Blut baden.«

»Was für Männer?«

»Alles soll in Blut baden.«

Lucas nahm die Fernbedienung und schaltete den Fernseher aus.

»Wissen Sie etwas darüber, was in der Kirche passiert ist?«

»In der Nacht. Da waren Männer in der Nacht.«

Lucas kniete sich neben den Rollstuhl. Der Alte roch trocken und warm.

»Erzählen Sie mir von den Männern.«

»Ich … ich …«

Lucas konnte förmlich sehen, wie sein Verstand davonsegelte und die Schotten sich wieder schlossen. Er schnipste vor dem Gesicht des Alten mit den Fingern. »Komm schon, du alter Teufel. Du weißt doch was.«

Der Alte knirschte mit den Zähnen, ein scharrender, spröder Laut.

»Was ist hier los?«

Lucas stemmte sich von den Knien hoch, als er Ísakurs breite Statur in der Tür sah.

»Ich habe deinen Großvater vor sich hin reden hören und wollte schauen, ob alles in Ordnung ist.«

»Und, ist es das?«

Lucas schaltete den Fernseher wieder ein.

»Er hat nicht verstanden, was sie sagen.«

Auf dem Flur blieb Lucas' Blick an den Familienfotos hängen.

»Bist du beim jährlichen Walfang dabei?«

»Ich bin Färinger, das ist ein wichtiger Teil meines Kulturerbes«, antwortete Ísakur.

»Klar. Wo stammt die Tradition eigentlich her?«

Die Augen des Jungen flackerten unsicher.

»Vergiss meine Frage einfach«, sagte Lucas. »Kultur ist Blindheit. Sie ist im Herzen gespeichert, nicht im Gehirn. Man macht es wie die anderen, weil es schon immer so gewesen ist.« Er zeigte auf ein Foto mit einem blutroten Strand. »Wie alt warst du, als du deinen ersten Wal getötet hast?«

»Daran erinnere ich mich nicht.«

»Erinnert man sich nicht an seinen ersten Wal?«

»Man tut alles, ihn zu vergessen.«

Lucas nickte. »Es kann nicht allzu schwer sein, einen Wal zu töten, der hilflos in der Brandung liegt.«

»Ein verwundeter Wal im flachen Wasser ist lebensgefährlich, wenn man ihm zu nah kommt.« Ísakurs blaue Augen in dem pickeligen Teenagergesicht waren viel zu erwachsen und ernst.

»Was meinte dein Vater, als er eben von der neunzehnten Insel gesprochen hat? Ist damit Dänemark gemeint?«

»Ja und nein. Die neunzehnte Insel ist alles, was nicht zu den Färöern gehört. Immer mehr Färinger halten es hier nicht mehr aus oder sind sich zu fein, hier zu leben. Also ziehen sie ins Ausland, weil sie glauben, dort mehr Möglichkeiten zu haben.«

»Ist das nicht so?«

»Klar. Aber irgendjemand muss ja bleiben. Der die Erinnerung am Leben hält, das Erbe, wer wir sind.«

Lucas betrachtete die gestrandeten Wale auf dem Küstenstreifen, den Tod, der sich so weit erstreckte, wie das Auge reichte.

»Wie lange dauert es eigentlich, bis ein Mensch verblutet ist?«
Lucas musterte den Jungen mit gerunzelter Stirn.

»Wie bitte?«

»Damit der Wal nicht leiden muss, verpassen wir ihm den Nackenstoß mit dem Monustingari. Ich will eigentlich nur wissen, ob die Toten in der Kirche lange leiden mussten?«

»Hat dein Vater dir erzählt, was in der Kirche passiert ist?«

»Er hat keinen Ton gesagt. Das heißt, dass es schlimm sein muss.«

Die Tür zum Esszimmer ging auf. Hjalti teilte ihnen mit, dass der Nachtisch fertig war.

Um halb elf war Lucas wieder im Gästehaus und ging in die Küche. Im Trockengestell neben der Spüle standen ein Teller und ein Glas. Lucas schaute den Flur hinunter zu Sidsels Zimmertür. Im unteren Türspalt war Licht zu sehen. Er trank ein Glas Wasser in der Grabesstille. Er trommelte mit den Fingern auf die Arbeitsplatte. Sah wieder zu ihrer Tür. Noch immer Licht. Er hustete. Wartete einen Augenblick. Das Licht verlosch.

Er warf seine Kleider auf den Badezimmerboden und hatte bereits einen Ständer, bevor er unter der Dusche stand. Er onanierte, bis seine Bauchmuskeln sich zusammenzogen und er sein Sperma gegen die Kacheln spritzte.

Danach konnte er den Abend mit klarem Kopf noch einmal durchgehen. Er war sicher, dass irgendetwas in Hjaltis Vater arbeitete. Er musste versuchen, ihn noch einmal alleine zu erwischen. Aber das würde schwer werden. Die Familie bewachte ihn mit Argusaugen. Nicht aus Nächstenliebe. Aus Scham.

Im Halbschlaf mahlte Ísakurs Frage in seinem Kopf herum und zog sich als unheimlicher Unterton durch seine Träume. Wie lange dauert es, bis ein Mensch verblutet ist?

24

Um halb acht wurde Lucas zum zweiten Mal von einem ungeduldigen, ausgeschlafenen Flirren im Körper wach. Er war schon bei seiner zweiten Schale Haferflocken, als Sidsel barfuß und mit schlafzerdrückter roter Mähne in die Küche kam. »Guten Morgen«, begrüßte Lucas sie. »Ich hab Hafergrütze gemacht.«

Sie sah ihn verschlafen an.

Nach dem Frühstück besprachen sie den geplanten Transport der Leichen nach Tórshavn, wo der oberste Gesundheitsbeauftragte der Färöer wartete, der laut Gesetz allen offiziellen Obduktionen beiwohnen musste.

»Die Wachen sollen Zelte aufstellen, damit die Leichen ohne sensationslustiges Publikum in den Wagen gebracht werden können.«

»Bist du schon irgendeiner Menschenseele auf der Straße begegnet?«

»Nimm es nicht persönlich. Die Ortsansässigen sind misstrauisch gegenüber Fremden.«

»Du hast die Pfarrer ja mit eigenen Augen gesehen«, sagte Lucas. »Ich sollte ihnen gegenüber misstrauisch sein.«

Sidsel schüttelte mit einem kryptischen Lächeln den Kopf. Lucas war sich nicht ganz sicher, ob über seinen Scherz oder über ihn. Wahrscheinlich beides.

»Sonst irgendwas Neues vom Tatort?«, fragte er.

»Wie gesagt, es sieht so aus, als wäre ausschließlich das Rückenmarkmesser als Waffe zum Einsatz gekommen.«

»Dann können wir wohl ausschließen, dass die Pfarrer sich in einer Art Heiligen-Geist-Rausch gegenseitig abgeschlachtet haben. Es sei denn, sie hätten das Messer weitergegeben und sich nacheinander zerhackt.«

»Möglich.« Sidsel wippte mit dem Kopf. »Aber es ist immer komplex, wenn Leute mit scharfen Waffen ermordet werden.«

»Warum?«

»Bei vielen Messermorden hat der Täter gar nicht die Absicht, einen tödlichen Stich auszuführen. Die Leute wissen schlicht und ergreifend nicht, dass selbst ein oberflächlicher Stich in den Körper fatale Folgen haben kann. Schon ein zwei Zentimeter tiefer Stich kann mit einundvierzigprozentiger Wahrscheinlichkeit die Lunge oder noch wahrscheinlicher eine Arterie treffen. Alle kritischen Organe liegen dicht beieinander direkt hinter der Brustwand.«

»Die Tiefe der Stichwunden vermittelt vermutlich einen Eindruck, wie aggressiv der Täter vorgegangen ist.«

»Nicht grundsätzlich. Du wärst wahrscheinlich schockiert, wie leicht eine Messerklinge in den Körper eindringt. Sobald die Haut durchstoßen ist und das Metall auf Fett und Muskelgewebe trifft, verringert sich der Widerstand. Ein bisschen fühlt es sich an, als würde das Messer von ganz allein versinken. Ich hab es selbst ausprobiert.«

»Aha?«

»Warme Kindheitserinnerungen.« Sidsel nippte an ihrem Kaffee.

»Aber bei der Tiefe einer Stichwunde muss man wohl auch die Schärfe des Messers berücksichtigen, oder?«

»Absolut. Und Schärfe ist tatsächlich messbar. Im NKC testen wir die Tatwaffen an Schweinehaut und nehmen die Bewegung in einem Hochgeschwindigkeitsvideo auf. Die Bilder zeigen, wie stark die Haut an der Stelle vibriert, an der sie von der Messerspitze penetriert wird. Wir nennen das den Stresspunkt. Je stärker die Vibration, desto stumpfer das Blatt.«

»Und dann vergleicht man die Vibrationen mit der Tiefe der Stichwunde?«

»Ja. Auf die Weise sehen wir, mit welchem Kraftaufwand zugestoßen wurde, und in der Folge davon, ob wir es mit Selbstverteidigung oder einem Angriff zu tun haben. Oder manchmal auch einfach nur einem Unfall.«

Lucas verschränkte die Hände im Nacken.

»Ich habe hier auf der Insel noch gar keine Schweine gesehen. Aber Ísakur kann uns ja vielleicht eins seiner toten Schafe für Tests beschaffen.«

»Wer?«

»Dein Neffe. Der Junge sammelt tote Schafe für die Bauern ein. Und deine Nichte Røskva hängt mit Heralv ab und ist eine eifrige TikTok-Nutzerin.«

»Ah ja. War es ein nettes Abendessen?«

Sidsels bernsteinfarbene Augen strahlten mäßiges Interesse aus.

»Ich habe deinen Vater kennengelernt.«

»Na dann. Wie geht es ihm?«

»Die goldenen Zeiten des großen Waljägers sind vorbei. Aber er ist sehr interessant.«

»Faselt er nicht einfach nur wirres Zeug?«

»Mag sein. Aber vielleicht hat die Hirnblutung auch einfach nur verdrängte Impulse aktiviert.«

»Das denkst du dir nur aus.«

»Wenn er einfach nur wirres Zeug von sich geben würde, wieso haben ihm dann alle den Rücken zugekehrt? Das perfide Gefasel des Alten ist wie ein unschöner Kratzer im glänzenden Lack des Bibelgürtels. Aber wenn das, was da aus ihm herausquillt, auch in allen anderen steckt?«

Sidsel lachte.

Lucas antwortete mit einem Lächeln, hätte aber selber nicht sagen können, mit welchem. Seine Mundwinkel waren ganz von alleine nach oben gewandert.

»Ich würde dich bitten, mit deinem Vater zu sprechen.«

Sidsel wurde blass.

»Hat er nach mir gefragt?«

»Alles soll in Blut baden. Männer in der Nacht.«

»Was?«

»Das sind nur einige der herzerwärmenden Beiträge deines Vaters gestern Abend.«

Sie seufzte. »Lucas, du gräbst da in einem toten Verstand.«

»Dein Bruder meint, dass der Alte immer mal wieder wache Momente hat. Und das hier war so eigenartig. Mir kam es fast wie eine Botschaft vor.«

»Ich habe keine Lust, meine Zeit an einen hirngeschädigten Alten zu verschwenden.«

»Weil es irrelevant ist? Oder weil der Alte dein Vater ist? Was, wenn das Wiedersehen einen Funken in ihm entzündet?«

»Du willst einen alten Mann durch einen Schock dazu bringen, sich zu erinnern?«

Lucas breitete die Arme aus.

»Plötzlich bist du um sein Wohl besorgt?«

Sidsel sah ihn lange an. Dann stand sie mit einem Ruck auf und spülte ihre Schale unter dem voll aufgedrehten Wasserhahn ab.

»Der Wagen kommt bald«, sagte sie.

»Angekommen. Hjalti muss beim Tragen helfen. Hinterher fährt er mich nach Tórshavn. Ich würde gerne mit dem Arzt sprechen, bevor er sich die Leichen ansieht. Willst du mitkommen?«

»Ich muss noch die Blutspuren auf dem Kirchenboden untersuchen.«

»Wolltest du nicht auch die Schärfe des Messers überprüfen?«

»Ein Monustingari ist immer scharf.«

Die Luft war feucht und weich, graue Wolken trieben zwischen klaren blauen Himmelflecken. Lucas bog um die Kurve zur Schule, als er aus dem Augenwinkel eine Bewegung registrierte.

»Was zum Teufel …«, murmelte er.

Hinter dem Absperrband um die Waffenkammer stand eine Person in einer dunkelgrünen Regenjacke mit der Kapuze über dem Kopf und ruckelte an dem neuen Vorhängeschloss. Aus der Entfernung konnte Lucas nicht erkennen, wer das sein könnte.

Lucas schlich sich bis auf ein paar Meter an die Person heran.

»Was machen Sie da?«, rief er.

Die Person erstarrte in der Bewegung und drehte sich um.

Lucas sah sich einem uralten Greis gegenüber: schmale Schultern, glanzlose graue Augen, runzelige, kupferfarbene Haut.

»Wer sind Sie? Was machen Sie da?«

Der Alte musterte Lucas kurzsichtig.

»Ich heiße Hallur. Meine Sachen sind da drin. Wissen Sie, wer das Schloss ausgewechselt hat?«

»Die Waffenkammer ist ein Tatort. Zivilisten ist der Zugang verboten. Sie haben die Polizeiabsperrung ignoriert.«

Der alte Mann blinzelte ihn mit offenem Mund verwirrt an.

»Haben Sie einen Schlüssel oder nicht?«

»Ich muss Sie bitten, zu gehen.«

»Aber ich muss meine Sachen vorbereiten. Seit dem Tod meiner Frau fahre ich fast jeden Morgen raus.«

»Auch am Sonntag?«

»Nein, sie ist letztes Jahr gestorben.«

Lucas fasste den Mann am Arm und zog ihn hinter sich her. »Kommen Sie.«

»Au, auu«, jammerte der Alte und schlurfte widerstrebend hinter Lucas her. »Ich will mit meinem Boot raus. Das ist das Einzige, was ich noch habe.«

»Falsch. Wenn Sie jetzt rausfahren, konfisziere ich Ihr Boot. Dann haben Sie wirklich nichts mehr.«

Das Team war bereits versammelt, als Lucas den Raum betrat.

Seine Begrüßung wurde mit verschlossenen, schweigenden Mienen beantwortet.

Lucas setzte sich mit einer Pobacke auf das Pult. »Dann lasst mal hören, was ihr seit gestern herausgefunden habt?«

Die Beamten sahen sich mit der nervös verschworenen Vertraulichkeit einer Schulklasse an. Lucas seufzte. Er kannte diesen Blick. Die Kinder hatten ihre Hausaufgaben nicht gemacht.

In den folgenden Minuten fassten die Kollegen äußerst detailliert zusammen, was sie seit gestern erreicht hatten, ohne zu merken, dass das Gesagte auf traurige Weise unterstrich, dass sie keinen Millimeter vorangekommen waren.

»Kurz zusammengefasst«, sagte Lucas trocken, »machen wir an dem Punkt weiter, an dem ich gestern die Pausetaste gedrückt habe? Nichts auf den Videoaufnahmen von dem Mast, nichts Neues zu möglichen Ausfahrten in der Mordnacht? Was ist mit dem Hafen?«

»Ich habe die Ausrüstung mitgebracht«, sagte ein rotwangiger Kollege. »Es hat etwas gedauert, die gestern klarzumachen. Meine Alte kriegt die Krise, wenn ich so spät noch weggehe. Ihr wisst schon, wie das ist.«

Lucas lächelte als Einziger nicht.

»Dann kannst du dich jetzt ja auf Tauchgang begeben. Was ist mit der Namensliste von den Personen, die einen Schlüssel für die Kirche haben?«

»Liegt auf dem Pult.«

Lucas überflog die Namen auf dem Blatt.

»Mit wie vielen von der Liste habt ihr gesprochen?«

»Das sind alles anständige Leute«, sagte einer der Polizisten. »Ich kenne die alle.«

Alle Köpfe um den Tisch herum nickten in nordkoreanischer Einigkeit.

Das Blatt raschelte zwischen Lucas' Fingern. Er stand auf und stellte sich vor das leere Viereck an der Wand.

»Das Viereck ist noch immer leer. Das bedeutet, dass da draußen nach wie vor ein extrem gefährliches Individuum frei herumläuft. Stellt eure persönlichen Beziehungen auf Stand-by! Das Gleiche gilt für eure Partner zu Hause, egal, was für Krisen das bei ihm, ihr oder wem auch immer auslöst. Wem das nicht passt, der hat jetzt noch die Gelegenheit, den Raum zu verlassen. Aber wenn ihr bleibt und euch weiter so passiv verhaltet, garantiere ich euch, dass das Konsequenzen haben wird.« Lucas ließ den Blick über die Versammlung schweifen. »Ihr habt drei Sekunden für eure Entscheidung.«

»Drei Sekunden?«

»Wer mehr Zeit braucht, hat hier nichts verloren.«

Ein Stuhl scharrte über den Boden.

»Mich lässt der Gedanke nicht los, dass mein Onkel einer der Ermordeten ist. Dass er auf so eine Weise sterben mu…«

»Die Wachmannschaft hat ihre Basis unten in der siebten Klasse«, sagte Lucas. »Würdest du dafür sorgen, dass genügend Leute die Waffenkammer sichern?«

Lucas fuhr mit dem Briefing fort, nachdem Andreas gegangen war.

»Habt ihr die Seekartenplots überprüft? Ist in der Nacht zum Sonntag irgendjemand rausgefahren?«

»Um Zugang zu den GPS-Daten zu kriegen, brauchen wir einen Durchsuchungsbeschluss. Aber …«, schob der Beamte hektisch nach, als Lucas den Mund öffnete. »Wir haben eine Anfrage nach Tórshavn geschickt.«

»Ihr rückt aus, sobald sie hier eintrudelt. Ich fahre heute nach Tórshavn und erwarte, dass ihr die Zeit sinnvoll nutzt.«

Lucas stemmte sich von dem Pult hoch. Hoffte, dass die Kindsköpfe endlich den Ernst der Lage begriffen.

25

Lucas traf Sidsel vor der Kirche, vor der die Wachmannschaft einen Tunnel aus weißen Pavillonzelten über dem Friedhof aufgebaut hatte.

»Wo hast du die aufgetrieben?«, fragte Lucas und unterbrach Sidsels Unterhaltung mit dem großen Muskelpaket.

»Aslak hat sie aus dem Gemeindehaus geholt.«

Lucas nickte dem Kollegen zu, der offenbar einen Namen hatte.

»Wo steckt Hjalti?«

Sidsel zog die Schultern hoch.

»Ich habe ihm gesagt, dass wir uns hier treffen wollen. Vielleicht hast du ihn gestern bei dem Abendessen verschreckt?«

»Das bezweifle ich. Das Essen seiner Frau erträgt man nur mit Nerven aus Stahl.«

»Hej, hej!« Hjalti kam breit grinsend auf sie zu. »Worüber redet ihr?«

»Geschmacksverirrungen«, sagte Lucas mit einem Blick auf die Gummistiefel des Färingers.

»Sind die Pitabrote vorbereitet?«, fragte Lucas.

Sidsel nickte. »Vor dem Altar.«

»Pitabrote?«, fragte Hjalti.

Lucas sah ihn an. »Leichensäcke. Bereit, ein paar tote Pfarrer herauszutragen?«

Hjalti wurde kreidebleich wie die Fischklößchen gestern Abend.

Jeder Kubikzentimeter Luft war mit fermentierten Körperausdünstungen vollgesogen.

Sie sammelten die vor dem Altar liegenden Leichensäcke auf. Hjaltis Blick fiel auf die Bibel, die Sidsel auf den Boden geworfen hatte. Er legte sie ehrfürchtig auf ihren Platz auf dem Altar zurück, ehe er in die Sakristei ging. Die Sonne warf einen gastrüben Todesschimmer durch die Mosaikfenster. Die entkleideten Körper der Pfarrer hatten sich in braun versengte Wesen mit aufgedunsenen Gesichtern und Bäuchen verwandelt.

Hjalti schlug dreimal das Kreuzzeichen. »Jesus der Erlöser, mein Herr und mein Gott.«

»Amen!« Lucas drückte dem Färinger ein Paar Gummihandschuhe in die Hand.

Sie versiegelten einen totensteifen Schaufensterpuppenkörper nach dem anderen in den Leichensäcken und trugen sie nacheinander aus der Kirche. Sie mussten immer wieder die Packarbeit unterbrechen und frische Luft schnappen.

»Der Wagen kommt bald«, sagte Sidsel, als die Männer ihre vierte Pause machten.

»Da drinnen kriegt man, verdammt noch mal, keine Luft«, stöhnte Hjalti mit den Händen auf den Knien.

Sidsels Sommersprossen zogen sich verächtlich zusammen. »Ruf am besten beim Männergrippe-Notdienst an. Ich hab zwei Tage in dem Gestank gearbeitet.«

Kurz darauf fuhr ein neutral aussehender Lieferwagen vor der Kirche vor. Sidsel bat den Fahrer zu warten, während Lucas und Hjalti die Leichensäcke in den speziell mit Stahlbänken und Gurten ausgerüsteten Laderaum brachten.

»Ich wusste gar nicht, dass wir einen Leichentransporter haben«, sagte Hjalti kurzatmig. »Hier passiert ja nie was Ernstes.«

»Dánjal Petur Hansen«, sagte Lucas. »Wie lange ist das her? Zehn Jahre, dass er ermordet wurde?«

Hjalti wischte sich den Schweiß von der Stirn.

»Genau, 2011. Aber seine Leiche wurde erst drei Jahre später gefunden. Das war der erste Mord auf den Färöern seit den Achtzigern.«

»Man sollte eigentlich meinen, dass es keine Schwierigkeit ist, auf einer Felseninsel eine Leiche loszuwerden.«

»Meine Theorie damals war, dass der Mörder sein Opfer zu den Südhängen rausgefahren hat.«

Lucas runzelte die Stirn.

»Warum ausgerechnet dorthin?«

»Weil die Strömung dort alles mit sich nimmt. Immer mal wieder stürzt sich dort eine arme Seele in den Tod, wenn die Finsternis im Kopf überhandnimmt.«

»Das hört sich nass an.« Lucas sah sich den letzten Leichensack an, der in einem rechten Winkel geformt war wie ein Bumerang. Das war der Pfarrer, der über die Stuhllehne gebeugt dagelegen hatte. »Das scheint mir auch ein Fall für die südliche Steilküste zu sein.«

»Also, worauf hast du Lust, Lucas?«

Ich bin wie gelähmt von einem kantigen Druck in meiner Brust, wie von schief gestapelten Tetrisklötzen. Ihre wendigen Hüften reiben sich an der Beule in meiner Hose. Nach wenigen Sekunden krümme ich mich zusammen und gehe in die Hocke. Sie sieht mich erschrocken an, als ich durch die unaufhaltbaren Spasmen meines Orgasmus zittere und keuche.

»Was zum Teufel machst du?«, quietscht sie angeekelt.

»Ich …«

Sie läuft die Treppe hoch und lässt mich mit einem kalten feuchten Fleck in der Unterhose allein.

Das Erlebnis aus dem Keller steckt mir noch tagelang in den Knochen. Mein Kontaktverlangen ist auf einen Level angestiegen, dass es mich schon zerreißt, wenn ich Eleonora nur sehe. Ich versuche, meinen Kopf einigermaßen klar zu halten, indem ich unter der Dusche wichse, wo meine sündigen Ergüsse mit der Seife und dem Schmutz von meinem Körper im Abfluss verschwinden.

Neuer Vater bittet mich ohne nähere Erklärung in sein Büro. Der dunkle Raum ist kühl, und in der Regalwand hinter dem riesigen Schreibtisch stehen Hunderte blau-weißer Ringordner, manche so hoch oben, dass ich die Beschriftung nicht lesen kann. Neben dem Fenster hängt ein eingerahmtes Poster. »Durch Seine Berührung heilen meine Wunden«, steht dort.

Wir nehmen auf einem harten Ledersofa Platz, und Neuer Vater teilt mir mit, dass er meine Akte aus dem Jungenheim zugeschickt bekommen hat.

»Kannst du dir vorstellen, warum ich darum gebeten habe, Lucas?«

Ich ziehe die Schultern hoch.

»Deine Mutter und ich erleben dich als sehr verschlossen, und dass es schwer ist, eine Unterhaltung mit dir zu führen. Wir wissen, dass du ein überdurchschnittlich begabter Junge bist, zwischen deinen Ohren scheint also alles in Ordnung zu sein.« Er gluckst und räuspert sich. »Darum dieses Gespräch unter vier Augen. Und egal, was du mir erzählst, es wird unser Geheimnis bleiben.«

Ich verspüre das starke Bedürfnis, ihm in seine beruhigend auf meiner Schulter liegende Hand zu beißen. Genau die Hand, mit der er meine Hände unter das brühheiße Wasser gezwungen hat.

»Ich würde gerne mit dir über die Einrichtung reden, in der du vor uns warst, Lucas. Du warst ja eine recht lange Zeit dort. Hast du irgendwelche Erinnerungen von dort, an etwas, das schwer für dich war?«

»Nein, nicht wirklich.« Ich höre Jerzys gurgelnden Atem, sehe, wie sich seine Hände an Alis Schlafanzughose klammern.

»Lucas?«, fragt Neuer Vater mit forschendem Blick. »Kommt dir da irgendwas in den Sinn?«

»Nein.«

»Gar nichts? Du warst immerhin sechs Jahre dort. Da muss es doch was zu erzählen geben.«

Ich verkrampfe innerlich. Ich dachte, ich hätte mein ganzes Leben in dem Jungenheim verbracht. Mein Gehirn stellt eine blitzschnelle Rechnung auf. Die Antwort ist einfach: Ich habe keinen Schimmer, wo ich die ersten sechs Jahre meines Lebens verbracht habe.

Ich muss irgendwie die Akte in die Finger kriegen.

Ich überhöre das Gefasel des Neuen Vaters, dass er und Neue Mutter in nächster Zeit besonders für mich beten wollen. Ohne jede weitere Erklärung muss ich jetzt vorm Schlafengehen kein Glas Wasser mehr trinken.

26

Lucas und Hjalti kamen nach elf unterseeischen Kilometern am anderen Ende des Eysturoyartunnels wieder ans Tageslicht. Sie waren vorgefahren und sollten in zehn Minuten Tórshavn erreichen. Lucas betrachtete den gezackten Lichtstreifen am Horizont, wo die Felsspitzen an den Himmel stießen. Er hatte sich noch nicht daran gewöhnt, dass er, egal, wo er hinschaute, Meer oder Felsen sah und nie genau wusste, wo er sich befand. Wohin er unterwegs war. War es das, was Sidsel auf dem Flug gemeint hatte?

Dass man hier draußen schnell die Orientierung verlor.

Ach was, das war sicher nur einer der schlauen Sprüche, die gut klangen, aber eigentlich nicht wirklich was bedeuteten. Das, was ihm gar nicht gefiel, war das Maß an Abhängigkeit von den Ortsansässigen. In Kopenhagen fand er sich mit verbundenen Augen zurecht. Hier musste er sich überall hinbringen und abholen lassen. Er vermisste die Improvisation, das überraschende Moment. Lucas arbeitete am erfolgreichsten hinter den Kulissen. Die Art Polizeiarbeit, die man am besten alleine ausführte. Ohne Zeugen. Im Gegensatz zu den Färingern hatte er kein Bedürfnis nach irgendwelchen Gutheitsbekundungen. Lucas Stage war ein manipulatives und grundkorruptes Polizistenschwein. Aber er lieferte Resultate. Und so wenig, wie eine Braut einen Gedanken daran verschwendete, ob der Diamant an ihrem Finger von einer blutigen Sklavenhand gepflückt worden war, war auch der Polizei nur eins wichtig: Resultate. Die Strategie war, keinen Raum für Spekulationen zu lassen. Wer Schmerzen, Probleme oder zusätzliche Arbeit vermeiden konnte, stellte selten Fragen.

»Du hast gestern gesagt, dein Vater hätte zwischendurch auch mal klare Augenblicke«, sagte Lucas und brach das Schweigen. »Woran erkennst du den Unterschied?«

Sie hatten einen Berggipfel passiert, und Hjalti nahm den Fuß vom Gas. »Es ist dann so, als würde er plötzlich sichtbar werden. Farbe annehmen.«

»Hin und wieder sollte man seine Worte also ernst nehmen?«

»Absolut.«

Lucas fischte sein Zigarettenpäckchen aus der Jackentasche. »Warum fährst du langsamer?«

»Weil die Viecher ihre Rechte genau zu kennen scheinen«, sagte Hjalti und schlich mit dem SUV an einer Herde Schafe vorbei, die am Straßenrand graste. »Plötzlich scheren sie furchtlos auf die Straße aus – direkt vors Auto.«

»Wie hoch ist das Bußgeld genau?«, fragte Lucas und zündete sich eine Zigarette an.

»Ich wäre dir sehr verbunden, wenn du in meinem Auto nicht rauchst.«

Lucas drehte die Seitenscheibe halb runter. »So.« Er saugte an der Zigarette und inhalierte. »Wie hast du deinen Sohn davon überzeugt, die toten Schafe von den Straßen aufzusammeln? Ich als Teenager hab nur eins im Kopf gehabt.«

»Er spart Geld für eine Reise. Er will nach Schottland auf die Jagd.«

»Hast du selbst Reisen gemacht?«

»Das ist nichts für mich da draußen. Aber ich unterstütze Ísakur in seinen Träumen. Meine Frau macht sich Sorgen, dass er in den Bergen zu viel mit sich allein ist.«

»Ich würde das als gesundes Zeichen sehen. Ein Teenager kann gar nicht weit genug von seinen Eltern wegkommen.«

»Mag sein, dass es nur das ist«, sagte Hjalti. »Aber ich werde das Gefühl nicht los, dass ihn irgendwas bedrückt. Er hat sich völlig in sich zurückgezogen. Und dann ist da seine Aggressivität. Du hast es gestern ja selbst erlebt.«

»Ich habe einen sehr beherrschten Wutausbruch erlebt.«

»Nicht für ihn. Er war immer ein sehr sanfter Junge.«

»Und konventionell.«

»Was meinst du damit?«

»Selbst ich weiß, dass es TikTok heißt. Dein Sohn wirkt auf mich der Tradition sehr …«

»Verbunden?«

»Verpflichtet.«

»Ísakur mag die alten Bräuche. Daran ist doch nichts verkehrt.«

»Nicht, solange sie mit den modernen Bräuchen kompatibel sind. Manchmal muss man einfach akzeptieren, dass der Fortschritt gewinnt.«

Hjalti seufzte. »Das Moderne ist doch im Grunde nichts anderes als eine Kritik an allem Alten. Was heißt, dass das Moderne irgendwann seiner eigenen Kritik ausgesetzt sein wird.«

»So ist es. Jeder Mensch muss irgendwann nachgeben, wenn er nicht in der Vergangenheit hängen bleiben will.«

»Mein Junge jagt gerne, und er ist ein guter Christ. Was ist schlimm daran?«

»Kommt drauf an, von welchem Gott wir reden.«

»Denkst du da an Heralv? Ísakur macht das schon richtig, sich von Heralv … und seinen Ideen zu distanzieren.«

»Aber deine Tochter nicht?«

»Røskva ist schon immer experimentierfreudiger gewesen. Ihre Faszination für Heralv wird sich auch wieder legen.«

»Und wenn nicht?«

Hjalti starrte einen Moment stumm vor sich hin.

»Wärst du wohl so gut und machst deine Zigarette aus?«

Wenige Kilometer vor Tórshavn sah Lucas am Straßenrand ein kleines Haus mit einem großen weißen Schild.

»Halt an.«

»Was ist passiert?«

163

»Ich verstehe kein Färingisch, aber da ist eine Schere auf dem Schild. Ist das ein Friseur?«

Hjalti parkte vor dem Haus.

»Willst du dir die Haare schneiden lassen?«

»Du kannst den Motor laufen lassen.«

Zehn Minuten später stieg Lucas wieder in den Wagen. Hjalti glotzte ihn mit großen Augen an. Lucas klappte den Sonnenschutz mit dem kleinen Spiegel herunter und strich sich mit einer Hand über die widerspenstigen schwarzen Borsten auf seiner Kopfhaut. Er konnte sich nicht erinnern, wann er sich das letzte Mal ohne die chlorgebleichten Locken gesehen hatte. Das verlieh seinem markanten Gesicht noch mehr Intensität.

»Ich fass es nicht«, murmelte Hjalti mit einem schrägen Grinsen und setzte den Blinker. In der nächsten Sekunde klingelte sein Handy. Die Hände des Färingers blieben am Steuer.

Lucas sah ihn von der Seite an. »Willst du nicht drangehen?«

»Das Handy steckt in meiner Tasche. Das gibt einen Eintrag im Führerschein, wenn die Polizei …« Er wurde knallrot. »Das ist bestimmt nur Sara«, murmelte er und fuhr an den Straßenrand. Er schaute verwundert auf die Nummer auf dem Display und antwortete.

Am anderen Ende war eine krächzende Männerstimme zu hören. Lucas sah die Farbe aus Hjaltis Gesicht weichen, während er dem aufgeregten Wortschwall lauschte. Ohne Vorwarnung klemmte Hjalti das Handy zwischen Ohr und Schulter, legte eine Hand ans Lenkrad und die andere an die Gangschaltung.

»Was ist passiert?«, fragte Lucas.

Hjalti drückte das Gas bis zum Anschlag durch. Die Reifen drehten auf dem Asphalt durch, und das Hinterteil des Wagens scherte aus. Die Zentrifugalkraft drückte Lucas gegen die Seitenscheibe.

»Verdammt!?«, rief er und klammerte sich an den Griff über dem Fenster.

»Verstanden, nicht weit von Kaldbaksbotnur. Wir sind zwanzig Minuten entfernt!«, sagte Hjalti ins Mikrofon, während der SUV problemlos auf hundert Stundenkilometer beschleunigte.

Lucas tastete nach seinem Sicherheitsgurt, als sie eine kleine Blechlaube überholten und haarscharf einem Frontalzusammenstoß mit einem Lieferwagen auf der entgegenkommenden Fahrspur entkamen.

»Hjalti!« Lucas schlug dem Färinger auf die Schulter. »Sprich mit mir!«

»Der Wagen mit den Pfarrern!«, sagte Hjalti, ohne den Blick von der Straße zu nehmen. »Er ist entführt worden.«

27

Sidsel hockte, auf Knie und Ellbogen gestützt, zwischen den Kirchenbänken, in der einen Hand eine Handlampe mit kräftigem blau-weißem LED-Licht, in der anderen eine starke Lupe. Sie richtete den Lichtstrahl auf einen der Blutflecken auf dem Stickläufer und hielt die Lupe vors Auge. Im Unterschied zu dem Blutbad in der Sakristei handelte es sich bei den Blutspritzern auf dem Teppich um eine isolierte Tropfenlinie, mit der sich problemlos arbeiten ließ.

In der ersten Phase der Blutspurenmusteranalyse ging es darum, die Spuren in passive und aktive Flecken zu klassifizieren. Kreisrunde Flecken deuteten auf Stillstand oder langsame Bewegungen hin, bei denen das Blut in einem Neunzig-Grad-Winkel heruntertropfte. Aktive Blutflecken hingegen erkannte man an den »Kometenschwänzen«, die auf einen schrägen Fall durch die Luft hinwiesen oder auch weiträumiger verteilt über die Kontaktfläche »hüpften«.

Die erste Blutspur, die Sidsel untersuchte, bestand aus aktiven Flecken. Das Blut war schräg, in Richtung vom Altar weg, auf den Teppich gefallen, die blutende Person hatte sich also zum Ausgang der Kirche hinbewegt. Dass die Flecken alle in etwa gleich lang waren, ließ darauf schließen, dass die Person sich in gleichmäßigem Tempo fortbewegt hatte. Sidsel folgte der Perlenkette der roten Tropfen bis in die Vorhalle. Erst jetzt, aus der knienden Perspektive, konnte sie erkennen, dass die Blutspur linear war. Eine verletzte Person mit starken Schmerzen wäre vermutlich mehr herumgetaumelt und hätte ein unregelmäßigeres Spurenmuster hinterlassen.

Aber nicht er hier. Nicht Jákup.

Sie kroch einen Meter weiter und hielt das Vergrößerungsglas über den nächsten Blutspritzer. Das Blut begann leise in ihren Ohren zu rauschen, ihr Herz schneller zu schlagen, ihr Gesicht wurde warm. Die Kometenschwänze dieser Flecken zeigten in die entgegengesetzte Richtung auf den Altar zu. Wenn das, wie angenommen, ausschließlich Jákups Blut war, indizierten die Blutspritzer, dass der Pfarrer hin und her gegangen war. Das kam ihr wenig logisch vor. Aus welchem Grund sollte er schwer verletzt zurück in die Sakristei gegangen sein, aus der er gerade entkommen war? Oder war er zum Umkehren gezwungen worden? Und hatte es ein zweites Mal geschafft zu fliehen? Doch das lineare Muster der Blutspritzer deutete auf eine ruhige, ausbalancierte Gangart hin, nicht auf eine panische Flucht. Und ein Mörder, der gerade vier erwachsene Männer überwältigt und getötet hatte, würde wohl kaum den fünften entkommen lassen. Dieser Typ Mörder hinterließ keine losen Enden.

Sie betrachtete die Blutflecken. Getrocknet, tot, aber noch immer voller Stimmen.

Hin und her. Hin und her. Wie auch immer, irgendwann hatte Jákup die Kirche verlassen. Wieso hatte er nicht um Hilfe gerufen? Warum war er einfach in der Nacht verschwunden?

Sie dachte an die Waffen in den Händen der Pfarrer. Die Leichenkrämpfe. Waren die Pfarrer tatsächlich in einer tödlichen Auseinandersetzung aneinandergeraten? Nein. Dem widersprachen die forensischen Beweise. Die Stichwunden wiesen auf ein einziges Messer, das nicht, wie Lucas närrisch in den Raum geworfen hatte, weitergereicht worden war, damit die Pfarrer sich einer nach dem anderen abstechen konnten.

Trotzdem hielten ihre Hände die nicht benutzten Waffen umklammert.

Ihr kam ein neuer Gedanke. Die Waffenkammer. Das aufgebrochene Schloss. Vor ihrem inneren Auge spielte sich ein klarer Tathergang ab: Jákup hatte, nachdem er seine Kollegen umgebracht hatte, die Waffen aus der Waffenkammer geholt, um die Ermittler auf eine falsche Fährte zu locken. Die Leichenstarre setzte erst zwei oder drei Stunden nach Todeseintritt ein. Das hatte ihm genügend Zeit gelassen, die Waffen in den Händen der Pfarrer zu arrangieren und einen Rauchschleier über dem Tatort auszubreiten, der die Spuren seiner gottlosen Tat verdeckte.

Das setzte jedoch voraus, dass er das Messer selbst mitgebracht hatte. Wusste er von irgendeinem Missstand, der bei ihrem Treffen besprochen werden sollte? Womöglich etwas, das ihn betraf? Oder erzählten die Blutspritzer eine ganz andere Geschichte?

Sidsel massierte ihre Schläfen. Die Ermittlungen waren Lucas' Bereich. Ihr produktivster Beitrag im Moment war es, das Blut auf DNA zu testen.

Sie ging zum Altar und notierte die Messergebnisse auf ihrem Block. Seit der Gestank der verwesenden Leichen nicht mehr die Luft verpestete, war es ein sehr viel angenehmeres Arbeiten in der Kirche. Sie warf einen Blick auf ihre Armbanduhr. Der Leichentransport war vor einer halben Stunde aufgebrochen und dürfte inzwischen in Tórshavn angekommen sein. Sie freute sich schon, ihre Beobachtungen und Thesen mit dem Rechtsmediziner zu besprechen und sie in das offizielle Beweismaterial einzuspeisen, sobald sie ein bisschen Zeit fand, die Notizen in den Computer einzutippen.

Sidsel richtete sich auf. Vor der Kirche waren laute Rufe und aufgeregte Stimmen zu hören. Sie reckte den Hals und schaute durch die offene Tür. Die Beamten hatten sich vor dem Eisentor versammelt und diskutierten laut und mit fuchtelnden Armen.

»Was ist passiert?«, fragte sie kurzatmig.

Aslak trat aus der Menschentraube heraus.

»Der Leichenwagen ist verschwunden.«

»Verschwunden? Was soll das heißen? Hatte er einen Unfall?«

»Er wurde entführt.«

Sidsel runzelte die Stirn.

»Was sagst du da? Wo? Von wem?«

»Der Wagen wurde in Kaldbaksbotnur geortet. Eine halbe Stunde von hier entfernt. Dein Kollege braucht Unterstützung, um die Gegend abzusuchen. Das sind einige Quadratkilometer. Brauchst du uns noch hier bei der Kirche?«

Sidsel schüttelte den Kopf.

»Seht zu, dass ihr loskommt!«

28

Das Blinklicht rotierte lautlos hinter der Windschutzscheibe von Hjaltis dahinschießendem SUV. Das Holzkreuz an der Perlenschnur klapperte hektisch in dem blauen Geflacker. Lucas starrte konzentriert auf den schmalen Streifen Asphalt, der unter ihnen vorbeirauschte. Steile Felswände auf der einen, Steilhänge auf der anderen Seite. Egal, auf welcher Seite man verunglückte, der Ausgang war garantiert tödlich. Hjalti schoss durch eine Haarnadelkurve. Unter den Reifen spritzte mit einem unheilvollen Rasseln Schotter auf.

»Hast du den Wagen im Griff!?«, rief Lucas über den Motorenlärm.

»Ich hatte noch nie einen Unfall.« Er trat das Gas noch weiter durch.

»Das war nicht meine Frage!«

Hjalti bog ohne Vorwarnung in einer scharfen Kurve auf einen holperigen Schotterweg ab. Lucas' Zähne schlugen aufeinander.

»Bist du wahnsinnig?«

»Da!« Hjalti zeigte zu einem Mann hin, der mit wedelnden Armen auf sie zugelaufen kam. Lucas erkannte in ihm den Fahrer, der die Leichen abgeholt hatte. Hjalti bremste mit quietschenden Reifen. Er und Lucas sprangen aus dem Wagen.

»Was ist passiert? Wo ist der Transporter?«, fragte Hjalti.

Der Fahrer antwortete in abgehackten Sätzen.

»Schafe haben ... die Straße blockiert ... musste halten ... ich bin ausgestiegen, um die Viecher zu verscheuchen ... plötzlich ist das Auto ... rückwärts gerollt und weggefahren!«

»In welche Richtung?«

»Zurück zur Route 50.«

»Verflixt!«

»Warum verflixt?«, fragte Lucas.

»Weil die Route 50 sich nach Osten und nach Westen aufteilt. Entweder ist er unterwegs nach Leynar oder nach Kollafjørður.«

»Dann lass zum Teufel Straßensperren errichten.«

»Entlang der Route 50 gibt es jede Menge kleine Wege, das wird das reinste Glücksspiel.«

»Ja, und? Fordere Verstärkung an!«

Hjalti schnitt eine Grimasse. »Die Verstärkung ist eine halbe Stunde entfernt. In Tórshavn.«

»Da kommen wir doch gerade her! Warum sagst du das erst jetzt? Ich hätte während der Fahrt anrufen können.«

»Ich … ich …« Hjalti wurde rot.

»Du bist ein verfluchter Touristenguide, der keinen kühlen Kopf bewahren kann«, fuhr Lucas ihn an und richtete den Blick auf den Fahrer. »Können Sie den Autodieb beschreiben?«

»Es ging alles so schnell.«

»Haarfarbe? Kleidung? Groß, klein, dick, dünn?«

Der Mann wich entschuldigend mit dem Blick aus.

Lucas packte Hjalti am Jackenkragen und schleifte ihn zurück zum Auto. »Komm!«

»Was machen wir?«

»Pokern!«

29

Es war bald vier Uhr, und die Verdunkelungsgardine des Winterhalbjahres zog sich zu. Sidsel verließ das Gästehaus nach einer späten Lunchpause. Es gab keine Straßenbeleuchtung, und die Häuser waren in graue Schatten gehüllt. Sie schlug den steil abfallenden Weg runter zu Kirche und Fjord ein. Fünfzig Schritte vor ihr lag ihr Elternhaus. Sie begriff nicht, wie Hjalti es hier aushielt. Vermutlich hatte es etwas mit Hörigkeit und Pflichtgefühl zu tun. Dem Akzeptieren, dass es keinen Ausweg gab. Er kam nicht von dem Dorf los, so wie ihre Mutter nicht dort hatte bleiben können.

Sie lächelte einer Frau auf dem gegenüberliegenden Bürgersteig zu, die ihr mit einem Kind in der Klappkarre entgegenkam. Das Kind tat ihr leid. Ein Leben im Bibelgürtel lag vor ihm, so viele im Voraus getroffene Entscheidungen. Mit dem Bonus der Verdammung und der Vorurteile, wenn das Kind sich eines Tages dafür entschied, seinen eigenen Weg zu gehen. Ein Plüschbär fiel aus dem Wagen, die Mutter lief weiter, ohne es zu merken.

»Hallo, warten Sie.« Sidsel überquerte die Straße und hob den Teddy auf.

»Oh, danke«, sagte die Mutter mit einem müden Lächeln. »Da wäre sie aber untröstlich gewesen, wenn der weg gewesen wäre.«

»Gern geschehen.«

»Möchten Sie ihn ihr geben? Damit sie lernt, keine Angst vor Fremden zu haben.«

Sidsel legte den Bären dem Mädchen auf den Schoß, das sie mit großen Kinderaugen anschaute. Ihre Finger berührten sich. Sidsel zog die Hand weg. Die Berührung war wie ein elektrischer Schlag.

»Sie sind Eivør, oder?«, fragte die Mutter.

»Ähm, ja.«

»Es ist gut, dass Sie hier sind. Wir fühlen uns gleich sicherer mit der Polizei in der Nähe.«

»Okay.«

»Mein Mann und ich wünschen uns, dass unsere Tochter später mal nach Dänemark geht und eine ordentliche Ausbildung macht, wenn sie groß ist.«

»Soll Ihre Tochter nicht hierbleiben?«

»Wer tut das denn noch?« Die Frau blinzelte Sidsel zu und schob den Klappwagen weiter.

Sidsel folgte ihr mit dem Blick. Sie rieb ihre Finger aneinander und merkte, wie sich eine heiße Welle aus ihrem Bauchraum bis hoch in den Kopf ausbreitete. Eine Sekunde später war es auch schon wieder vorbei. Überstanden.

Das Eisentor quietschte in den Angeln, als Sidsel den Friedhof betrat. Sie sah sich um. Sie stellte fest, wie sehr sie sich an die Präsenz der Polizeibeamten um die Kirche gewöhnt hatte.

Jetzt war da niemand.

Sie blieb vor der Kirche stehen. Im Dämmerlicht hatten die teergebeizten Außenwände etwas von einem schwarzen Loch. Die Stille weckte ein beklemmendes Gefühl in ihrer Brust. Ihr Verstand sagte ihr, dass da nichts auf der Lauer lag, dass die innere Unruhe nur ein Produkt ihrer lebhaften Fantasie war, aber es ging eben nicht immer um sichtbare Bedrohungen, sondern um das andere. In ihrem Kopf. Das angekrochen kam, wenn sie alleine war.

In der Vorhalle schaltete sie als Erstes die großen Standscheinwerfer ein, deren Licht den Staub auf den Kirchenbänken vergoldete und alle Schatten unter die Dachbalken verjagte. Sie nahm ihren Notizblock vom Altar und ging in die in Dunkel gehüllte Sakristei.

Von den gekippten Fenstern zog kalte Luft herein. Der Geruch von Blut und Verwesung war von dem trockenen Dunst versengter Stahlwolle aufgesogen worden. Sie ging zu dem Standscheinwerfer vor der hinteren Wand. Streckte die Hand nach dem Schalter aus. Die Härchen auf ihrem Unterarm stellten sich auf. Sie stand in der Dunkelheit und glaubte, neben ihren eigenen Atemzügen noch den Atem eines anderen Menschen zu hören. Als hätten ihre Sinnesorgane etwas aufgefangen, eine Vorahnung, die ihr Gehirn nicht ganz zuordnen, aber auch nicht ignorieren konnte.

Und dann spürte Sidsel es. Die Anwesenheit von jemandem. Von etwas. Nach so vielen einsamen Stunden an einem Tatort begann dieser mit ihr zu sprechen, wie ein Summen auf einer vertrauten Frequenz, das sich am besten beschreiben ließ als eine Art innerer Harmonie. Wie der ruhiger werdende Herzschlag, wenn man mit einem vertrauten Freund zusammen war.

Jetzt aber hämmerte das Herz in ihrer Brust.

Sie tastete nach dem Schalter. Wieso ging das verflixte Licht nicht endlich an!

Die Bodenbretter begannen zu vibrieren, sie hörte ein dumpfes Stampfen hinter sich. Sie stand wie erstarrt, außerstande zu schreien. Und schreien wollte sie. Schreien, dass sie nicht alleine in der Sakristei war. Dass eine Person losstürmte. Direkt auf sie zu.

30

Lucas verfluchte die Dämmerung, den dichten Nebel, jeden einzelnen glatten Grashalm, aber am meisten den eiskalten Bach, der gerade seine sauteuren Lederschuhe durchweicht hatte.

»Verfluchte, verschissene Kacke!«, schimpfte er.

»Ich hätte ein paar Extra-Gummistiefel im Kofferraum«, sagte Hjalti hinter ihm.

»Ich trage keine Gummistiefel. Posttraumatische Belastungsstörung aus Süderjütland«, zischte Lucas. »Was ist das eigentlich für ein bestialischer Nebel? Wie aus der Nebelmaschine.«

»Fünffingernebel«, sagte Hjalti. »Wenn du den Arm ausstreckst und nur noch deine fünf gespreizten Finger sehen kannst. Berüchtigt für sein unglückliches Timing.«

Lucas starrte auf die geisterhaften Konturen der dunklen und uneinladend kalten Berglandschaft. Sie hatten stundenlang das Gelände abgesucht, aber es war zu weitläufig, zu unwegsam, zu wechselhaft. Kurz gesagt: zu färingisch.

»Hat irgendjemand irgendwas gefunden?«, fragte Hjalti in sein Funkgerät.

Der Lautsprecher rauschte. Die Beamten aus Tórshavn und den umliegenden Orten, die sich der Suche angeschlossen hatten, hatten ebenfalls keine Spur von dem verschwundenen Lieferwagen.

»Wir machen morgen weiter«, sagte Lucas.

Hjalti seufzte. »Was ist mit dem Fahrer? Vielleicht ist dem in der Zwischenzeit ja was eingefallen.«

»Da wäre ein Verhör der Schafe, die die Straße blockiert haben, vermutlich erfolgreicher.«

»Aber …«

»Du hattest heute die Chance, deinen Beitrag zu leisten«, schimpfte Lucas. »Aber das hast du gründlich verkackt.«

»Das ist ja wohl nicht meine Schuld, dass die Leichen gestohlen wurden.«

»Aber die verzögerte Verstärkung geht sehr wohl auf deine Kappe. Du bist raus.«

»Was?«

»Ich kann mich nicht auf dich verlassen.«

»Ich kenne die Leute hier. Die trauen keinem Fremden«, sagte Hjalti. Ein flehender Unterton hatte sich in seine Stimme geschlichen. »Ich kann noch immer etwas beitragen.«

Lucas starrte die körnige Silhouette des Färingers an.

»Finde dich von jetzt an mit einem Platz auf der Ersatzbank ab. Oder hast du damit ein Problem? Da hockst du doch schon dein ganzen Leben.«

31

Eine Hand schoss aus der Dunkelheit und schlug Sidsel den Lichtschalter aus der Hand. Sie stand stocksteif mit dem Gesicht zur Wand, versuchte, sich zu beruhigen und nicht in Panik zu verfallen, sich ganz still zu verhalten, dann würde schon alles gut werden.

Der warme Atem im Nacken jagte ihr eine Gänsehaut über den Rücken. Der andere stand ganz still. Sagte nichts, tat nichts.

Sidsel schluckte gegen die Angst an.

»Ich ... ich weiß nicht, wer Sie sind. Aber bestimmt sind Sie bloß am falschen Ort, zur falschen ...«

Der andere stampfte hart auf den Boden. Sidsel zuckte zusammen, das Geräusch in dem engen Raum war wie ein Schlag aufs Trommelfell. Aber sie verstand die Botschaft: Der andere wollte sich nicht durch seine Stimme zu erkennen geben.

In den nächsten Sekunden hörte man nur zwei Menschen atmen.

»Ich ... ich habe Sie nicht gesehen.« Sidsels Stimmbänder verkrampften sich. »Und draußen stehen keine Wachen mehr. Der Schlüssel steckt im Schloss. Schließen Sie mich ein. Ich verspreche, nicht zu schreien.«

Die folgende Stille war unerträglich. Sie schluckte verzweifelt. Registrierte zu spät, dass ihr panisches Gehirn dem anderen gerade offenbart hatte, dass sie alleine in der Sakristei waren. Dass niemand da war, um sie zu retten.

Da hörte sie Schritte hinter sich. Sie hielt die Luft an. Die Schritte hielten inne. Sie kniff die Augen zusammen, konnte nicht ausmachen, wo im Raum die andere Person sich befand. Bildete sie sich das nur ein, oder war es die Wärme eines anderen Körpers, die sie im Nacken spürte, zwei kräftige Hände, die sich gleich von hinten um ihren Hals legen würden?

Die Schritte entfernten sich, dann knallte die Tür der Sakristei zu. Sidsel hörte, wie der Schlüssel im Schloss umgedreht wurde und die Schritte eilig aus der Kirche hinausliefen. Sie schaute zu dem offenen Fenster hoch. Versuchte, ihre Zunge unter Kontrolle zu bekommen, aber es kam kein Schrei, nur ein klägliches, ersticktes Wimmern. Sie sackte auf die Knie, schluchzte in ihre Handflächen, während ihre Blase sich in ihre Hose entleerte. Erst warm. Dann kalt.

32

Lucas trat bis auf die Knochen erschöpft ins Gästehaus und sah auf seine verdreckten Schuhe runter – dem einzigen sichtbaren Resultat ihrer sechsstündigen Wanderung durch ungastliches Gelände. Der gestohlene Lieferwagen war wie vom Erdboden verschluckt. Morgen früh mit dem ersten Tageslicht würden sie Drohnen in die Luft schicken. Danach dürfte es recht schnell gehen.

Es war dunkel im Gästehaus. Er kniff die Augen zusammen, als er am Küchentisch eine Silhouette mehr ahnte als sah.

»Sidsel?«

»Ja.«

»Warum hast du kein Licht gemacht?« Lucas rümpfte die Nase. »Und was ist das für ein Geruch?«

»Sieh in deinem Bett nach.«

Lucas stand still.

»Mach's nicht so dramatisch, Sidsel. Was ist passiert?«

Keine Reaktion.

Er lief durch den Flur und wurde auf der Türschwelle zu seinem Zimmer von einem brutalen Gestank nach Salz und Fisch überrollt. Er schlug auf den Lichtschalter.

»Satan!«

Eine schwarzbraune, schleimige Masse war in sein Bett ausgekippt worden. Er trat gegen ein Bettbein. Die Fischinnereien wabbelten wie Gelee.

Lucas lief laut fluchend zurück in die Küche.

»Ist dein Bett auch ein Fischfriedhof?«

»Mich haben sie verschont.«

»Wie freundlich! Ist das irgendein perverser färingischer Brauch?«

»Die Ortsansässigen tun damit ihre Meinung zum Ausfahrverbot kund.«

»Können sie nicht einfach ein paar Scheiben einschlagen?«

»Bist du heute irgendwem zu nahe getreten?«

Lucas rieb sich das Kinn.

»Da war so ein alter Tattergreis, der versucht hat, in die Waffenkammer einzubrechen. Ich musste ihn gewaltsam entfernen. Er hieß so was wie Halli, Hallo oder so ähnlich.«

»Hallur? Der war schon zu meiner Zeit alt und schrullig, aber die Leute lieben ihn.« Sidsel schnaubte. »Hast du ihn wirklich am Kragen gepackt? Meine Güte, wie alt mag der Mann sein? Neunzig?«

»Er hat was von seiner toten Frau gefaselt.« Lucas breitete die Arme aus. »Ich hatte keine Chance, was zu sagen.«

Eine Sekunde hielten Lucas und Sidsel den Augenkontakt, dann brachen beide in lautes Lachen aus. Lucas spürte eine ungewohnte Wärme in der Brust. Als er das Licht anmachte, verflog sein Lächeln. Sidsel saß da in einem großen Wollpullover und ihrer Schlafanzughose, die Arme um den Oberkörper geschlungen. Ihre Augen sahen rot und verheult aus. Lucas schluckte. Sie wirkte verletzlich und merkwürdig erregend zugleich auf ihn.

»Das ist doch kein Grund zu weinen. Ich schmeiß das Bettzeug einfach in die Maschine«, sagte er verunsichert.

Sie starrte verlegen zu Boden und brauchte noch ein paar Atemzüge, bis sie ihm von dem Vorfall in der Sakristei erzählte. Wie sie schließlich aus dem Fenster geklettert war, zu überrumpelt, um Hilfe zu rufen.

Lucas setzte sich zu ihr an den Tisch.

»Glaubst du, dass das unser Mann war oder nur eine arme verlorene Seele, die sich in die Kirche verirrt hat?«

»Das war er.« Sidsel schlang die Arme fester um ihren Oberkörper, als wollte sie in dem Pullover verschwinden. »Er hat alles mitgenommen. Meinen Notizblock, die Waffen, meine Kamera. Alle Daten vom Tatort sind weg.«

»Fuck.« Lucas lehnte sich zurück. »Dann war die Entführung des Leichenwagens ein Ablenkungsmanöver.«

Sidsel nickte. »Er hat keine Fingerabdrücke hinterlassen.«

»War's das dann? Sind wir zurück auf Start?«

»Nicht ganz. Die Blutspurenmusteranalyse steht noch aus.«

»Viel Erfolg bei der Analyse der Farbexplosion.«

»Ich meine die Blutspritzer im Mittelgang.«

»Hast du was gefunden?«

Sidsel spitzte die Lippen und sah ihn müde an.

»Wenn Jákup nicht der Täter ist, ist er vermutlich vor dem Täter geflohen. In dem Zusammenhang ist es allerdings sehr eigenartig, dass die Blutflecken in beide Richtungen weisen. Es ist jemand blutend aus der Kirche gelaufen und wieder hinein.«

»Vielleicht war der Betreffende in Panik und ...«

»Genau das ist es, was ich noch nicht verstehe: der Mangel an Panik. Die Blutflecken sind zu gleichmäßig verteilt.«

»Was willst du damit sagen?«

»Stell dir eine schwer verletzte Person vor, die vor irgendetwas Bedrohlichem flüchtet. Sie würde eine chaotische Blutspur hinterlassen, die in alle Richtungen geht. Unsere Person ist in aller Seelenruhe aus der Kirche spaziert.«

Lucas schüttelte den Kopf.

»Wir befinden uns auf einer Inselgruppe, auf der es mehr Eurovisionsteilnehmer gibt als Mörder. Und plötzlich entpuppt sich einer von ihnen als eiskalter Priestermörder? Das passt doch nicht. Vielleicht sollten wir überprüfen, ob in letzter Zeit irgendwelche zwielichtigen Gestalten eingereist sind.«

»Er ist Färinger. Er ist von hier.«

»Was macht dich so sicher?«

Die Tränen vor Sidsels bernsteingoldener Iris sahen aus wie flüssiger Honig.

»Hast du jemals echten Hass gespürt? Puren, schwarzen Hass?«

Lucas zog die Schultern hoch.

»Vor meiner Wohnung singt jede Nacht ein Obdachloser.«

»Mach dich nicht lustig.«

»Hallo, er singt verdammt noch mal *Barbie Girl*.«

Sidsel seufzte. »Ich meine diese Art von Hass, der aus tiefstem Herzen kommt. Ich konnte den Hass körperlich spüren, als die Person hinter mir stand.«

»Du warst seit deiner Kindheit nicht mehr hier.«

»Aber jetzt bin ich zurück. Und ich erinnere sie daran, dass es noch ein anderes Leben gibt. An anderen Orten, weit weg von hier. Weit entfernt von diesen Inseln. In ihrer Frustration richten sie ihren ganzen Hass auf die, die den Mut aufbringen, sich zu befreien.«

Lucas tippte sich ans Kinn. »Vielleicht ist die neunzehnte Insel ja doch nichts für Schwächlinge.«

»Jesus, das Märchen hat dir doch bestimmt Hjalti erzählt?«

»Dein Neffe.« Lucas stand auf und ging zur Haustür.

»Wo willst du hin??«, fragte Sidsel.

»Ich denke, es wird Zeit, die Türen abzuschließen.« Er drehte den Schlüssel im Schloss. »Und dass ich mir aus Tórshavn eine Waffe hole.«

Die Nacht senkte sich schwer und schwarz über den Ort, weit entfernt von Kopenhagens violetten Nächten, die sich nie ganz der Dunkelheit übergaben. Lucas schlief wie ein Stein auf dem Sofa im Wohnzimmer, als er plötzlich von einem warmen Körper geweckt wurde, der sich unter seine Decke schob.

»Ich mag nicht alleine sein«, flüsterte sie. »Nicht heute Nacht.«

Er blinzelte verschlafen. Ihr Körper schmiegte sich zitternd an seinen, während seiner ganz warm und weich wurde. In einem eigenartig abgekoppelten Bewusstseinszustand strichen seine Finger runter zu ihrer Hüfte, bis sie an das Slipbündchen stießen.

»Das ist es nicht, was ich will.« Ihre Stimme war schon am Weggleiten. »Ich will einfach nur hier liegen. Ist das okay?«

Lucas murmelte und ließ sich von ihrer unruhigen Aura einhüllen, bis sie schließlich beide in dieser dichten, aber unpersönlichen Nähe schliefen wie zwei Schiffe, deren Wege sich in der Nacht kreuzten.

Ich fliege wieder in meinen Träumen!

Es ist nach und nach wiedergekommen, seit ich vor dem Schlafengehen nicht mehr länger das saure Wasser trinken muss. Aber es ist nicht nur das. Der Druck in der Brust, das Gefühl, dass mein Brustkorb zusammengedrückt wird, ist auch weg. Ich kann endlich wieder bis tief in die Lunge Luft holen. Und meine Sicht auf die Welt wird neu gemischt. Auf die Menschen in ihr. Auf mich selbst. Meine Sinne arbeiten auf sensiblen Frequenzen, die Motive und Absichten in all dem Dreck erkennen, den die Leute absondern. So wie ich früher Verhaltensweisen beobachtet habe, um sie zu kopieren, tue ich es nun, um zu manipulieren.

Eleonora kommt in mein Zimmer, wenn ich auf meinem Bett liege und lese. Ich bin mir nicht ganz sicher, welche Bedeutung ich diesen unerwarteten Besuchen beimessen soll, bei denen wir nebensächliche Themen streifen und komplett so tun, als ob im Keller nichts geschehen wäre.

»Was du alles liest«, sagt sie und setzt sich auf meinen Schreibtischstuhl. »Ich mag die Apostelgeschichte des Lukas und den Judasbrief.«

Ich klappe die Bibel zu und setze mich so, dass ich mich mit dem Rücken an die Wand lehnen kann. Durch meine intensive Lektüre weiß ich, dass Judas in der Apostelgeschichte des Lukas in einer besonders krassen Rolle auftritt, von Satan besessen.

Sie fährt mit den Fingerspitzen durch ihr glänzendes rotes Haar.

»Wie war es eigentlich da, wo du früher gewohnt hast?«

»Ganz okay. Es war nicht sonderlich viel los.«

»Hattest du ein eigenes Zimmer?«

»Nein, wir haben in einem großen Schlafsaal geschlafen.«

»Uff, das muss ja stinken. Hattest du Freunde?«

Ich antworte nicht.

»Wie hießen sie?«

»Man hat keine echten Freunde in einem Kinderheim«, sage ich und sehe Jacek vor mir. Abgewrackt, den Arm tief in einem Abfalleimer vergraben. »Man schlägt die Zeit tot und hofft, irgendwann dort wegzukommen.«

»In eine reiche Pflegefamilie, wenn man Glück hat …« Eleonora lächelt, aber ihre Stimmung ist wie immer schwer von ihrem Gesicht abzulesen. Sie kann morgens mit leblosem Blick am Frühstückstisch sitzen, mittags gut gelaunt vor sich hin summen und abends allem und jedem den Krieg erklären. An den schlimmsten Tagen schreit sie hysterisch in ihr Kissen, während Neue Mutter versucht, sie zu beruhigen.

Ich zeichne mit dem Daumen eine Linie auf die Bettdecke.

»Warum reden wir eigentlich nie über Utah?«

»Weil es einfach so ist.«

»Aber ich weiß, dass du dich hier nicht wohlfühlst. Warum ziehen wir nicht zurück nach Utah? Die ganze Familie.«

»Die ganze Familie«, sagte sie tonlos.

»Und warum kommen deine Freunde aus den USA dich nicht hier besuchen?«

Eleonoras gekünsteltes Lächeln ist so bemüht, dass ihr die Gesichtszüge entgleisen.

»Kennst du eigentlich deine richtigen Eltern?«, fragt sie.

Ich beuge mich nach vorn, schaffe es nicht, ihren bernsteinfarbenen Blick auf mich zu ziehen, der durchs Zimmer gleitet.

»Warum?«

»Ich, ähm … ach, vergiss es, war nur so ein Gedanke.«

»Was ist? Weißt du, was?«

Sie lässt sich aufs Bett fallen, rückt an mich heran.

»Papa bewahrt alle möglichen wichtigen Unterlagen in seinem Büro auf. Ich bin mir ziemlich sicher, dass deine Akte auch irgendwo da liegt.«

»Woher weißt du das?«

»Ich weiß es einfach.« Sie grinst schief.

»Die Tür von seinem Büro ist abgeschlossen, und ich habe keinen Schlüssel.«

»Den hat er an einem Schlüsselbund in seiner Hosentasche. Du kannst ihn dir holen, wenn er schläft.«

Ich zögere. Was für eine kranke Idee. Mich ins Schlafzimmer der Neuen Eltern zu schleichen, während sie schlafen.

Sie lehnt sich an mich und flüstert: »Ich habe eine Idee.«

Ich höre zu, ihr Atem kitzelt an meinem Ohr.

Als ich ihren Plan verstanden habe, wird mir klar, wie riskant er ist. Wovon ich mich allerdings nicht abschrecken zu lassen gedenke.

Das Abendessen läuft immer auf zwei Arten ab. Entweder beherrscht Neuer Vater das Gespräch durch eine Art methodisches Eins-zu-eins-Verhör jedes Einzelnen über den jeweiligen Tag, oder er nimmt sein Abendessen schweigend und mit mahlenden Kiefern zu sich, während Neue Mutter zum Besten gibt, mit welchen Nichtigkeiten sie ihr Leben an diesem Tag bereichert hat.

An diesem Abend ist es die Verhörrunde. Als Neuer Vater bei mir ankommt, kippt Eleonora ihr Wasserglas um.

»Verdammt noch mal, Eleonora!«, platzt er heraus und springt mit durchnässter Hose von seinem Stuhl auf. Er verschwindet stampfend die Treppe hoch und kommt wenige Minuten später in einer taschenlosen Jogginghose zurück, die Eleonora auf dem

Doppelbett zurechtgelegt hat, bevor wir uns an den Tisch gesetzt haben.

»Das nennt man unterschwellige Beeinflussung«, hatte sie gesagt. »Wenn man zeitlich unter Stress steht, trifft man seine Entscheidungen zufällig nach dem, was sich unmittelbar anbietet.«

Ich bin nicht wirklich überrascht von Eleonoras Hinterlist. Ein Schlangennest brütet Schlangen aus, dieses Haus ist da keine Ausnahme. Wie abgesprochen habe ich im Lauf des Tages mehrmals über heftige Bauchschmerzen geklagt. Darum ernte ich auch keine schiefen Blicke, als ich mir an den Bauch fasse und frage, ob es in Ordnung ist, wenn ich heute früher ins Bett gehe. Eleonora spießt zufrieden ein Stück Fleisch mit ihrer Gabel auf, als ich den Tisch verlasse.

Im lichtdurchfluteten Schlafzimmer der Neuen Eltern herrscht eine hotelsterile Atmosphäre. Akkurat gemachtes Bett, leere Nachttische, weiße Blumen in einer Vase. Ich schleiche ins Bad. Die nasse Hose hängt über dem Wannenrand. Als ich danach greife, springt der Schlüsselbund aus der Tasche wie ein aufgescheuchtes Tier und landet mit einem lauten Klirren auf dem Wannenboden. Auf lautlosen Socken gleite ich raus auf den Treppenabsatz und schaue nach, ob Gefahr im Anmarsch ist. Unten im Esszimmer sind unvermindert das Klappern von Besteck und Stimmen zu hören.

Der Büroschlüssel ist so ein altmodischer, kantiger, und es klappert, als ich ihn ins Schloss stecke. In Gedanken drehe ich eine Sanduhr um. Fünf Minuten. Maximal. Neuer Vater geht nach dem Abendessen immer direkt hoch in sein Büro.

Ich knipse die Tischlampe auf dem riesigen Schreibtisch an und überfliege resigniert die Hunderte von Ringordnern in der zimmerhohen Regalwand. Ein Teil steht zu hoch und für mich außer Reichweite. Ich ziehe einen Ringordner heraus und blättere durch mir nichtssagende Zahlenkolonnen, Daten und Notizen. Ich ziehe den nächsten heraus, blättere, überfliege die Seiten. Das scheint alles das Gleiche zu sein, Ströme von Weißwertdaten. Das ist das Büro einer Maschine.

Wegen der schwachen Beleuchtung muss ich jeden Ordner zu der Tischlampe tragen, um die Etiketten auf den Rücken lesen zu können. Jeder Gang zwischen Regal und Schreibtisch kostet mich Zeit, die ich nicht habe. Als mich schon der Mut verlässt, entdecke ich einen kleinen Archivschrank auf Rollen unter dem Schreibtisch. In der oberen Schublade sind Büroartikel – Kugelschreiber, Tesafilm, Tacker, Radiergummi. In der zweiten verschiedenfarbige Schnellhefter, die ich schnell durchblättere: Versicherungsunterlagen, Pension, Vorstandssitzungsprotokolle. Die Mappen fressen mich Stück für Stück an wie Wellen eine Sandburg. Da steht nichts über mich.

Ich ziehe die untere Schublade auf. Ein einzelner Schnellhefter rutscht nach vorn. Ich halte ihn in den gelben Lichtkegel der Tischlampe. »LUCAS« steht auf dem Klebeetikett. Ich blinzele, als würde mir der Name in die Augen blasen, und ziehe den Inhalt heraus. Meine Augen huschen hektisch über die gestelzten Sätze:

Aufsichtsbesuch

In Verbindung mit der personenbezogenen Überprüfung des Kindes (hiernach »X« genannt) würde ich Ihnen gerne einen Hausbesuch abstatten und schlage als Termin vor:

Dienstag, 21. Oktober, 10.00 Uhr.

Sie sollten beide während des Besuches anwesend sein, und ich würde auch gerne mit X unter vier Augen sprechen.

Mit freundlichen Grüßen
Marianne Kolv
Sozialarbeiterin/ Kinderteam
Zentrum für Kinder und Jugendliche, Nordjütland

Ich stutze. Aufsichtsbesuch. Was zum Teufel bedeutet das? Ich blättere weiter.

Verhältnis zwischen Pflegekind und biologischer Familie:

X wurde als Findelkind eingeliefert. Auf der Straße ausgesetzt von einer psychisch kranken und drogensüchtigen Mutter. X Vater – unbekannt.

Bei der Einlieferung im Krankenhaus wurden in X' toxikologischen Tests Spuren von Halluzinogenen nachgewiesen (Lysergsäurediethylamid). Gegen die Mutter läuft eine Anzeige wegen Missbrauchs und versuchter Tötung, und sie hat ein lebenslanges Kontaktverbot.
Aufgrund des toxikologischen Befunds werden schwere kognitive Schädigungen vermutet. Aus diesem Grund war X auf unbestimmte Zeit in einer kinderpsychiatrischen Einrichtung untergebracht, bis eine gründliche Untersuchung/ Medizinierung möglich war.

Mein Gehirn schlägt Alarm, dass die Zeit gegen mich arbeitet. Dass ich sofort aus dem Büro verschwinden muss! Aber ich blättere hektisch weiter.

… Berichte über X' expansives Verhalten vom Personal der psychiatrischen Abteilung … Vorfall mit einer Kinderschere … laut neurologischen Untersuchungen liegt eine Dysfunktion des limbischen Systems vor … hochgradiger Mangel an Impulskontrolle … X zeigt an seinem sechsten Geburtstag (geb. 1985) erstmals Zeichen der Besserung … stellt nicht länger eine Gefahr für die anderen Kinder dar … der Psychiater empfiehlt eine Verlegung aus der geschlossenen Abteilung … laut Beurteilung eines Psychologen und der

Bezirksschwester kann X für die Adoption freigegeben werden, aber eine Resozialisierung erfordert besonders stabile und sichere Rahmenbedingungen.

Der kalte Schweiß kribbelt auf meiner Haut, mein Herz galoppiert los. Ich bin ein … Findelkind. Als Futter für die Ratten von meiner eigenen Mutter im Abfall entsorgt. Warum kann ich mich nicht an die Zeit in der psychiatrischen Einrichtung erinnern? In Dänemark! Laut Krankenbericht, den ich gerade gelesen habe, war ich bis zu meinem sechsten Lebensjahr dort. Ist das der Grund für das Chaos in meinem Kopf? Weil meine Mutter mich als Säugling mit LSD vergiftet hat?

Ich bin so von meinen kreisenden Gedanken absorbiert, dass ich die knarrenden Bodenbretter auf dem Flur erst höre, als es zu spät ist.

Ein Schatten fällt ins Büro.

»Bist du immer noch hier?!« Eleonora flüstert panisch. »Papa kann jeden Augenblick hochkommen!«

Mit zitternden Händen lege ich den Schnellhefter zurück in die Schublade und laufe aus dem Büro ins Badezimmer, wo ich den Schlüssel zurück in die Hosentasche stecke.

»Was machst du hier?«

Meine Socken bremsen auf den Bodenkacheln.

Neuer Vater steht in der Tür, eine dunkle Silhouette vor dem Licht im Flur. Seine Stimme ist kalt.

»Antworte.«

»Die andere Toilette war besetzt.« Ich fasse mir an den Bauch. »Und es geht mir wirklich nicht gut.«

»Ah ja«, murmelt er und sieht mich für einen kurzen Augenblick eindringlich an. Dann macht er auf dem Absatz kehrt und geht weg. Ich laufe hinter ihm her, bange ahnend, was jetzt passiert. Und so ist es, er öffnet die Tür zu der anderen Toilette.

»Und wie erklärst du mir dann das?«

Ich starre stumm in den leeren Raum. Fühle noch das Brennen meiner Hände von der letzten Handwäsche, bei der ich fast ohnmächtig geworden wäre.

Eleonora schiebt den Kopf aus ihrer Tür, sieht uns an.

»Was ist denn hier los?«

»Nichts, Schatz«, sagt Neuer Vater. »Geh zurück in dein Zimmer.«

»Okay, Papa«, sagt sie wohlerzogen, und mir ist klar, dass die Schlange sich wieder gehäutet hat. Aber dann durchbohrt sie mich mit ihrem Blick. »Hast du eben an der Tür gerüttelt, als ich auf dem Klo saß? Das war echt peinlich!« Sie knallt ihre Tür zu.

Wir stehen einen Augenblick schweigend voreinander. Neuer Vater reibt seine Hände mit einem trockenen, raspelnden Geräusch gegeneinander.

Dann geht er.

Es ist mitten in der Nacht. Ich bin hellwach.

Jedes Mal, wenn ich die Augen schließe, leuchtet der Name hell in der Dunkelheit: Lucas.

Ich bin frustriert. Mein Gehirn fährt Achterbahn, geht den Inhalt der Patientenakte Satz für Satz wieder und wieder durch, bis die Worte ineinanderfließen wie die Schweißperlen auf meiner Stirn. Ich bin ein paarmal kurz davor, ins Schlafzimmer zu stürmen und meine Neuen Eltern zur Rede zu stellen, verwerfe die Idee aber jedes Mal wieder. Mag mir gar nicht vorstellen, was das für eine Strafe nach sich ziehen würde.

Ich erstarre unter meiner Decke, als ein Gespenst mein Zimmer betritt und lautlos durch die schwach blaue Dunkelheit zu meinem Bett gleitet. Ich halte die Luft an, als Eleonora zu mir unter die Decke schlüpft und sich mit ihrem Rücken an meinen Bauch schmiegt. Sie hat nur ein kurzes Top und einen Slip an.

»Ich würde gerne einfach hier bei dir liegen.« Ihre Stimme ist ein bisschen heiser und verschlafen.

Ihr Haar duftet nach Vanille und Mandel und kitzelt mich an der Nase. Es kann nicht sein, dass sie nichts von der steinharten Beule in meiner Unterhose mitbekommt. Mein Herz hämmert. Die Wärme unter der Decke kommt ausschließlich von meinem Körper.

Ich flüstere mit kaum hörbarer Stimme, aus Angst, die Erwachsenen zu wecken: »Ich habe meine Akte gefunden.«

Sie stöhnt dösig. »Nicht jetzt.«

»Ich bin ein Findelkind. Und ich bin in Dänemark geboren.«

»Mmm«, seufzt sie. »Leg deine Hand auf meinen Bauch. Wie beim letzten Mal.«

»Was?«

»Schhhh«, flüstert sie und führt meine Hand auf ihre weiche Bauchhaut. Ihre Pobacken drücken sich gegen meine Erektion. Ich verziehe das Gesicht, Explosionsgefahr. Demütigung. Ihre Macht über mich quält mich, aber ich lasse mich lustvoll durch die Pein treiben. Durch dieses Gefühl. Ein waschechtes Gefühl. Ich werde bis an mein Lebensende ein Fremder für mich sein. In meinem Körper. Mit Eleonora zusammen erlebe ich wenigstens kleine Gefühlswirbel. Sie ist das einzige Authentische und Echte an mir. Meine Hoffnung und mein Untergang. Ohne sie bin ich nichts.

33

Lucas gähnte und öffnete die Augen. Wie bei einem Taucher mit Blasen von Nitrogen im Blut dauerte es einen Augenblick, bevor die ungewohnte Schläfrigkeit wich und sein Kopf klar wurde. Das Wohnzimmer war in die körnigen Grautöne der Morgendämmerung getaucht. Der Platz neben ihm auf dem Sofa war leer.

Er strich mit der Hand über die raspelkurzen Stoppel auf seinem Kopf. Hatte er das alles nur geträumt?

Nein. Es war passiert. Sidsel war nachts zu ihm unter die Decke geschlüpft. Aber er war unsicher, was das bedeutete.

Er hörte Schritte auf dem Flur. In der Küche ging das Licht an. Er betrachtete sie durch den Türspalt. Schlafanzughose und Wollpullover von gestern waren durch Jeans und Strickjacke ersetzt worden, das Haar wippte in einem lockeren Knoten auf dem Kopf, während sie energisch Schubladen und Schrankfächer öffnete.

»Guten Morgen«, sagte Lucas, als er nur mit seinen Boxershorts bekleidet die Küche betrat.

»Kaffee?«

Er kniff die Augen zusammen. Die Deckenbeleuchtung fiel grell auf ihren Rücken.

»Ja, gerne.«

Sie klappte den Deckel der Kaffeemaschine zu und nahm eine Tüte Aufbackbrötchen aus dem Gefrierfach.

»Eins oder zwei?«

»Ähm, zwei.«

»Ich auch, ich bin völlig ausgehungert.« Sie warf die Brötchen auf den Rost.

Lucas sah ihr zu, wie sie Milch und weitere Frühstückszutaten aufdeckte, mit der gleichen unpersönlichen Flüchtigkeit, die er selbst an den Tag legte, wenn er einen klammernden One-Night-Stand hinauskomplimentieren wollte.

»Willst du über heute Nacht reden?«, fragte Lucas.

Sie drehte den Deckel des Marmeladenglases mit einem lauten Ploppen auf.

»So!«

»Sidsel?«

Sie drehte sich um und musterte ihn. Die Kaffeemaschine füllte die Stille mit gurgelnden Zischlauten.

»Wie wär's, wenn du dir was anziehst?«

Lucas hatte seine Antwort bekommen. Die Nacht bedeutete offensichtlich nichts.

Der Himmel hing tief über dem Fjord mit dunkel dräuenden Wolken im verwischten, monochrom aschgrauen Licht. Eine Karawane kleiner Kinder in Overalls kam Lucas auf der anderen Straßenseite entgegen. Ein paar winkten.

Lucas setzte seine Sonnenbrille auf und lief mit klackernden Sohlen weiter. Was zum Teufel war mit Sidsel los? Heute Nacht noch hilflos wie ein aus dem Nest gefallenes Vogeljunges, führte sie sich heute Morgen wieder auf wie eine Bitch mit Gesichtspanzer. Spielte sie mit ihm? Machte es ihr Spaß, ihn aus dem Konzept zu bringen?

Und seine Unsicherheit brachte ihn aus dem Konzept.

Genau das war ja sein größtes Talent: zu sehen, was er nicht fühlen konnte. Das Verhalten anderer Leute zu analysieren, um ihnen konstant einen Schritt voraus zu sein. Aber aus unerfindlichen Gründen rauschte Sidsel durch seine Synapsen wie ein trüber Signalstoff, ohne irgendwelche konkreten Verhaltensweisen zu zeigen, die er entschlüsseln und danach manipulativ nutzen konnte.

Sein einziger spontaner und unreflektierter Impuls war, ihr eine zu knallen.

Stattdessen rannte er wie ein triebgesteuerter Köter hinter ihr her. Pathetisch.

Der Wind blies ihm feuchtkalten Meergeruch ins Gesicht. Er ließ den Mantel offen flattern und spürte ein Klopfen unter seinen Rippen. Nicht von seinem Herzen. Das war etwas anderes. Als würde sich dort drinnen ein schwarzer Überdruck aufbauen, den er nicht mehr lange in sich halten konnte.

Lucas riss die Tür zum Klassenzimmer mit einem Knall auf, der die Hintern auf den Stühlen wie von einem brennenden Peitschenschlag hüpfen ließ. Die Beamten sahen ihn schweigend an. Lucas baute sich vor dem Podest auf, die Sonnenbrille noch immer auf der Nase. Er würde ihnen nicht sagen, dass Sidsels sämtliche Ermittlungsergebnisse futsch waren, um nicht an ihrer Motivation zu rütteln. Inkompetente Polizisten waren immer noch besser als inkompetente und unmotivierte Polizisten.

»Lasst uns das Morgenbriefing hinter uns bringen und diesen verfluchten Transporter finden.« Das Schweigen im Raum warf die Worte auf ihn zurück. Er nahm die Sonnenbrille ab. »Was ist los?«

Ein Beamter räusperte sich.

»Er wurde gefunden.«

»Wo? Wann?«

»Heute Nacht. Bei Streymoy.«

»Heute Nacht? Wer hat ihn gefunden?«

»Ein Schafzüchter aus der Gegend.«

»Wieso hat er das nicht sofort gemeldet?«

»Er musste seine Schafe einfangen, von denen sich ein paar raus auf die Klippen verirrt hatten. Da hat er auch den Wagen entdeckt.«

Lucas lächelte matt. »Geht es den Schafen gut?«

»Das kann ich checken, aber ...«

Lucas klatschte in die Hände.

»Der Transporter, verdammt! Status?«

»Ausgebrannt.«

»Definier ausgebrannt.«

»Nur noch die Karosserie übrig.« Der Beamte spitzte die Lippen. »Mit vier verkohlten Leichen im Laderaum.«

Lucas' Gesicht verzog sich in einer Grimasse, die sichtliches Unbehagen im Raum hervorrief.

»Ich muss dahin. Auf der Stelle.«

Ein anderer Beamter meldete sich.

»Was ist. Willst du mit?«, sagte Lucas auf dem Weg zur Tür.

»Nein. Oder, ich meine … Das wollte ich nicht sagen.«

»Dann musst du dich gedulden. Der Wagen hat oberste Priorität.«

»Aber ich habe etwas gefunden …«

Lucas knallte die Tür hinter sich zu.

»Auf der Überwachungskamera«, schob der Beamte hinterher.

Lucas nahm einen der Streifenwagen, die vor der Schule parkten. Er sammelte Sidsel vor der Kirche ein, und kurz darauf rauschten sie durch eine regennasse Hügellandschaft.

»Warum fährt Hjalti uns nicht?«

»Weil ich ihn gefeuert habe.« Lucas schaltete die Sirene aus, die über die öde Landstraße hallte. »Sind wieder Wachen um die Kirche aufgestellt?«

Sie nickte.

»Von nun an soll Satan merken, dass wir ihm auf seinen Schatten treten.«

»Aber es gibt ein neues Problem«, sagte Sidsel. »Der Großeinsatz, der Fund von vier Leichen, die Anwesenheit der dänischen Polizei. Irgendjemand wird sich garantiert verplappern. Und dann haben wir die Presse im Nacken.«

»Wie schlimm kann die Presse auf einer so kleinen Inselgruppe schon sein?«

»In etwa so, wie eine Knallerbse in eine Coladose zu werfen«, sagte Sidsel. »Hier kennt jeder jeden, und die Wände haben Ohren.«

»Wie gut, dass wir über eine Geheimwaffe verfügen.«

»Die da wäre?«

Lucas trat aufs Gas.

»Gott.«

34

Geografisch waren Kopenhagen und Tórshavn nur 1600 Kilometer voneinander entfernt, aber als Lucas den Wagen vor dem neuen Gebäude der Polizeihauptwache in der Hauptstadt parkte, stellte er fest, dass zwischen den beiden Städten Welten lagen. Das schlichte, mit Robinienholz verkleidete Bürogebäude mit dem Dach aus Teerpappe fügte sich ganz natürlich in den Hintergrund aus grünem Hochland und zeitlosen Felsen ein.

Der Polizeidirektor, ein turmhoher Mann mittleren Alters mit eleganter Haltung und wachem Blick, nahm sie in der Rezeption in Empfang und stellte sich als Jens vor. Er erklärte ihnen auf dem Weg in den dritten Stock, dass die Polizeiwache speziell dafür entworfen worden war, dem brutalen Schimmelpilzbefall zu widerstehen, der die vorige Station zu einer gesundheitsschädlichen Ruine hatte verkommen lassen.

»Der kräftige Tiefdruck wälzt permanent die Luft über dem Meer um und löst diesen aggressiven Schimmelbefall in den Gebäuden aus.« Der Polizeidirektor zeigte mit einer schwungvollen Armbewegung durch das lichtdurchflutete Gebäude. »Wie bei so vielem anderen auf den Färöern richten wir auch in Bezug auf unsere Gebäude unser Leben nach dem Wetter aus.«

»Apropos«, sagte Lucas. »Sind die Leichen deshalb noch nicht angekommen?«

»Die Bergungskräfte müssen die Leichen mit reiner Muskelkraft durch schweres Terrain transportieren. Und wie Sie sicher festgestellt haben, kann man hier im Lauf einer Stunde vier Jahreszeiten erleben.«

»Aber die sind jetzt schon seit Stunden dort draußen«, sagte Sidsel, als Jens sie in sein Büro bat. »Wir brauchen die Leichen so schnell wie möglich in der Obduktion. Die biologischen Spuren zerfallen sozusagen im Minutentakt.«

Das Büro war durch eine Glaswand abgetrennt und bot Aussicht auf den Fjord und den Hafen. Jens' glänzender Mahagonischreibtisch war völlig frei von Mappen und Papieren.

»Wir haben wohl ein etwas anderes Verhältnis zur Zeit als Sie in Kopenhagen. Wir richten uns nach dem Wetter. Arbeiten so, wie die Verhältnisse es erlauben. Im Gegenzug arbeiten die Leute oft länger.«

»Aber …«

»Und glauben Sie, uns liegt mindestens so viel wie Ihnen daran, die Leichen so schnell wie mögliche hierherzuschaffen.« Seine Lippen mimten ein »Kaffee« zu der Sekretärin hinter der Glaswand. »Leider war Poul heute Morgen verspätet. Der Nebel hat sich erst vor einer guten Stunde gelichtet.«

»Wer ist Poul?«

»Unser Feuerwehrmann.«

Lucas biss die Zähne aufeinander.

»Feuerwehrmann … Singular?«

»Poul ist ein echtes Multitalent. Er ist auch Schafzüchter und Milchbauer, Unternehmer, Mitglied im Gemeinderat und vieles mehr.«

Lucas und Sidsel wechselten Blicke.

»Wir können davon ausgehen, dass die Presse von dem Großeinsatz gestern Wind bekommen hat«, sagte Lucas.

Jens nickte.

»Und dann wären da noch die Leichen«, fuhr Lucas fort, ohne Jens' Blick richtig einfangen zu können. »Bis jetzt ist nicht nach außen durchgedrungen, dass es sich bei den Toten um Pfarrer handelt. Aber wir müssen trotzdem damit rechnen, dass die Presse bald veröffentlicht, dass der Polizeieinsatz gestern einem ausgebrannten Lieferwagen mit vier Leichen geschuldet war. Wenn jemand von der Lokalbevölkerung der Presse steckt, dass die vier Leichen aus einer abgesperrten Kirche abgeholt wurden und zwei dänische Kriminalbeamte rund um die Uhr im Einsatz waren, wird es nicht mehr lange dauern, bis diese Sache uns in den Händen explodiert.«

Der Polizeidirektor lächelte milde.

»Wie wäre es, wenn wir uns erst einmal ein wenig besinnen?«

»Das ist erst der Anfang.«

»Der Anfang?«

»Ja, weil danach die Mutmaßungen folgen.«

Jens' Blick flackerte. »Und was bedeutet das?«

»Dass Sie nicht mehr die Schuld aufs Wetter schieben können.«

»Aber die Leute im Bibelgürtel sind nicht am Austausch mit der Presse interessiert. Das sind anständige, rechtschaffene Christen.«

»Nicht, wenn sie etwas finden, das mächtiger ist als Gott.«

»Was heißt das jetzt wieder?«

»Geheimnisse, Tratsch.«

Über Jens' Oberlippe bildete sich ein dünner Schweißfilm.

»Was ist Ihr Vorschlag?«

»Eine einstweilige Verfügung.«

»Der Presse den Maulkorb anlegen? Die schlachten mich.«

»Die Mutmaßungen einer unkontrollierten Presse sind sehr viel riskanter als ein bisschen Kritik von einer unzufriedenen, aber kontrollierten Presse«, sagte Sidsel.

»Nein, das ist zu viel verlangt, ich kann nicht …«

»Und dann sollten noch alle Flughäfen für die nächsten drei Tage geschlossen werden.«

Der Blick des Polizeidirektors pendelte zwischen Sidsel und Lucas hin und her.

»Und wie bitte soll ich die spontane Sperrfrist erklären, nicht nur der freien Presse, sondern auch der Tourismusbranche gegenüber? Nur weil zwei dänische Polizisten das so wollten? Haben Sie daran auch mal gedacht?«

»Nein«, sagte Sidsel und verschränkte die Arme vor dem Bauch.

»Wir haben daran gedacht, wie wir es Ihnen ersparen können, der Öffentlichkeit erklären zu müssen, wie ein vierfacher Mörder aus dem Land fliehen konnte, weil die färöische Polizeileitung zu langsam reagiert hat.«

Die Tür ging auf, eine Frauenstimme trällerte: »Hier kommt der Ka…«

»Nicht jetzt!«, fuhr Jens sie an und rang die Hände auf seinem ordentlichen, leeren Schreibtisch. »Zwei Tage, das ist das Äußerste, was ich anbieten kann.«

Sidsel und Lucas saßen am Panoramafenster der Polizeikantine.

»Zwei Tage!«, sagte Sidsel begeistert. »Ich hätte nie damit gerechnet, dass er sich darauf einlässt.«

»Ich hab ihn gegoogelt, bevor wir hergefahren sind«, sagte Lucas.

»Und hast du hinter seiner progressiven Direktorenfassade einen gottesfürchtigen Mann gefunden?«

»Eine andere Art von Furcht.« Lucas tippte mit dem Filter seiner unangezündeten Zigarette gegen die Lippen. »Seine Frau sitzt im Gemeinderat der Pfarrkirche. Wenn er einen potenziellen Pfarrermörder entkommen lässt, kann er sich auf einen Vorgeschmack des Fegefeuers freuen. Zu Hause im Doppelbett.«

Sidsel lachte. Ein hoher, klarer Laut, den Lucas bisher noch nicht bei ihr gehört hatte, den er aber jederzeit gerne wieder hören würde. Sie sahen sich in die Augen.

»Ich habe Angst gehabt«, sagte Sidsel und schaute aus dem großen Fenster. Steile Klippen, Nebel. »Heute Nacht.«

»Verständlich. Du warst in einem Raum mit einem potenziellen Mörder gefangen.«

»Es war nicht nur das.« Das Lachen war aus ihren Augen verschwunden. »Es ist auch dieser Ort hier. Das Dorf, die Menschen. Was hast du noch auf dem Flug gesagt? In Zement gegossene Leben? Es ist eine echte Grenzüberschreitung für mich, wieder hier zu sein.«

»Unschöne Erinnerungen?«

»Meine Mutter und ich sind gegangen, weil das Dorf zu viel geworden war.« Sie neigte den Kopf zur Seite. »Und zu eng.«

»Und wegen der Fantasien aller Frauen über einen flotten dänischen Meeresbiologen.«

»Was? Ja, klar.« Sie lächelte bemüht.

Lucas wischte mit der Fingerspitze einen Fettfleck von der Tischplatte. Redete sich ein, dass seine Kollegin gerade nicht gelogen hatte.

»Was ist damals passiert?«

»Das hab ich doch erzählt.«

»Ich hab nur das Gefühl, dass Hjaltis Version eine komplett andere ist.«

»Er hat für sich entschieden, zu bleiben. Da kann ich nichts dafür, dass er sich jetzt allein gelassen fühlt.«

»*Entschieden* trifft es vielleicht nicht ganz«, sagte Lucas. »Ein Kind sollte niemals zwischen seiner Mutter und seinem Vater wählen müssen.«

»Meine Mutter war irgendwann an dem Punkt angelangt, an dem das Bleiben noch unmöglicher geworden war als der Aufbruch. Also sind wir gegangen.« Ruhiger Tonfall, fester Blick. Sie hatte die Fassung zurückgewonnen.

»Sidsel Jensen«, sagte Lucas aufs Geratewohl. »Typischer dänisch kann ein Name kaum sein. Man könnte meinen, dass du die Färöer und Eivør nicht nur vergessen, sondern ganz ausradieren wolltest.«

»Es ist, was es ist. Vergangenheit.«

»Ich weiß nur, was passieren kann, wenn die Vergangenheit für einen immer mehr bleibt als eine Erinnerung.«

Sidsel kniff die Augen zusammen. »Warum unterhalten wir uns nicht über deine Familie?«

»Die sind hier tot.«

Lucas und Sidsel drehten die Köpfe zu dem färingischen Beamten hin, der ihnen gerade in unsicherem Dänisch mitteilte, dass die Leichen eingetroffen waren.

35

Der leitende Arzt der obersten Landesgesundheitsbehörde hatte schlohweißes Haar, sprach ein vornehmes Reichsdänisch und war so distanziert und steril, dass man den Eindruck gewinnen konnte, er würde über Nacht an der Steckdose aufgeladen. Er trug einen Kittel und grüne Latexhandschuhe, als er Sidsel und Lucas in der Leichenhalle des Landeskrankenhauses in Empfang nahm. Der viereckige Gebäudekoloss lag direkt am Ufer des Nordatlantiks und war mit achthundertfünfzig Angestellten der größte Arbeitgeber der Inseln.

Der Arzt führte sie in einen Umkleideraum, wo er ihnen Kittel und Gummihandschuhe aushändigte. Danach begaben sie sich in den sterilen Obduktionsraum mit zehn blank polierten Stahltischen und einer langen Tafel an einer Wand. Alle Tische waren mit mobilen Operationslampen und tiefen Becken ausgerüstet. Vier der Stahltische waren von den Leichen der Pfarrer belegt, die mit Kunststoffplanen abgedeckt waren. Der Geruch nach ausgebranntem Kohlegrill kratzte an den Nasenschleimhäuten. Und nach einer beißenden, chemischen Substanz.

Benzin, dachte Sidsel mit einer unguten Ahnung.

»Ich fungiere als Gutachter für alle staatlichen Behörden in allen ärztlichen, umweltmäßigen und sozialmedizinischen Belangen«, verkündete der Arzt feierlich. »Außer für die Regionalregierung der Färöer und die Gemeindebehörden.«

»Nur das?«, fragte Lucas.

»Nein, nein«, antwortete der Mann trocken. »Ich trage auch die nationale fachliche Verantwortung für die Vergabe von Führerscheinen. Aber die heute wohl wichtigste Aufgabe besteht darin, die Polizei bei rechtsmedizinischen Untersuchungen zu unterstützen.« Er räusperte sich umständlich. »Also, das ist schon ein Batzen. Und wer sind Sie?«

»Ich bin Kriminaltechnikerin.«

»Und ich Ermittler.«

Der Arzt blinzelte verwirrt.

Sidsel zog ihre Latexhandschuhe mit einem flitschenden Knall an.

»Wollen wir?«

Sidsel begutachtete das verkohlte, geschrumpfte Wesen auf dem Stahltisch, dessen einer Arm vom Körper abgetrennt dalag. Der Anblick bestätigte ihr ungutes Gefühl, das sie sich kaum laut auszusprechen traute.

»Was passiert mit dem Arm?«, murmelte Lucas.

Sie ging weiter zum nächsten Tisch, auf dem ein weiteres pechschwarzes Wesen lag, in gekrümmter Haltung wie ein Boxer, der einen Nierenschlag verpasst bekommen hatte. Sie drückte mit der Fingerspitze gegen das schwarz verbrannte Gewebe, das eine feste, gummiartige Konsistenz hatte.

»Wieso ist er so zusammengekrümmt?«, fragte Lucas.

»Das Feuer zieht zuerst das weiche äußere Gewebe zusammen. Wenn die Haut aufplatzt, frisst sich das Feuer durch die Fettschichten und Muskeln und zuletzt durch die Organe. Das biologische Gewebe schrumpft und wird so nach innen gezogen, dass der Körper sich krümmt.«

»Und was ist mit dem Arm der ersten Leiche? Hat der Zündler ihn abgehackt, oder was?«

»Thermische Amputation«, sagte Sidsel. »Das Feuer hat so lange und intensiv gebrannt, dass die Körperteile sich irgendwann voneinander getrennt haben.«

Lucas rümpfte die Nase. »Lange und intensiv, sagst du? Ich rieche Benzindämpfe. Das Zeug brennt nur Minuten.«

»Die lange Brandzeit ist dem subkutanen Fettgewebe unmittelbar unter den zwei Hautschichten geschuldet. Unter den richtigen Rahmenbedingungen schmilzt das Fett und verflüssigt sich zu einer Art Brennstoff, der stundenlang weiterschwelen kann.«

Der Arzt, der sich während der Begutachtung der Leichen in eine Ecke zurückgezogen hatte, räusperte sich.

»Spuck's aus, Sidsel«, sagte Lucas. »Du verschweigst uns doch was.«

Sie sah Lucas an. »Das verkohlte Gewebe wird so gut wie nicht mehr zu analysieren sein, die Einstichstellen sind verbrannt oder zur Unkenntlichkeit zerschmolzen. An den Knochen werden möglicherweise noch Verletzungen zu erkennen sein, aber rein technisch sind Abweichungen und Übereinstimmungen nicht mehr messbar.«

»Was heißt das für uns?«

»Dass wir nur hoffen können, dass der fünfte Pfarrer noch lebt.« Sidsel kratzte sich am Hals. »Ich warte hier auf die Rechtsmedizinerin, mal sehen, ob sie was Neues hat.«

Lucas zog seine Handschuhe aus.

»Trotzdem gibt es in Verbindung mit dem ausgebrannten Transporter auch noch eine gute Nachricht.«

»Die da wäre?«

»Er ist noch hier. Unser Mann hat die Färöer noch nicht verlassen.«

36

Lucas starrte träge durch die Windschutzscheibe. Gewohnt, sich durch Kopenhagens Rushhour zu schieben, spürte er die fremdartige Landschaft sich aufdrängen. Der kegelförmige Berg, die Spitze in einer Wolke verborgen, die welligen Grashügel in so saftigem, fast blendendem Grün, und die tranceartige Monotonie, so weit das Auge reichte, gaben ihm das Gefühl, das einzige jagende Wesen auf weiter Flur zu sein.

Er hatte mit Sidsel vereinbart, dass sie den Rest des Tages in der Pathologie verbringen und er zurück ins Dorf fahren würde. Keiner von ihnen hatte das Offensichtliche auch nur mit einer einzigen Silbe kommentiert: Dass sie im Lauf von vierundzwanzig Stunden eine vielversprechende Ermittlung vor die Wand gefahren hatten. Alles, was hatte schieflaufen können, war schiefgelaufen. Und nicht genug damit. Im Lauf dieser verpatzten Ermittlung hatte er sich auf die Zusammenarbeit mit einer Kollegin eingelassen, die seinen Fokus von dem Fall ablenkte. Es war tief in Lucas verankert, in jeder Beziehung die Machtposition einzunehmen. Sowohl professionell wie auch privat, intellektuell oder sexuell. Doch jetzt war er einer Frau begegnet, die jede Rollenzuteilung verweigerte, die er ihr zudachte. Die auf jede seiner Annäherungsversuche mit hartnäckiger, umgekehrter Schwerkraft reagierte.

Das war schwer zu akzeptieren. Wie die Unmengen an Energie, die er darauf verwendete, es nicht zu akzeptieren.

Lucas wurde in den Gurt geschleudert.

Er nahm den Fuß von der Bremse und drückte die Hupe bis zum Anschlag durch. Lange, aggressiv. Das Schaf, das mitten auf der Straße stand, glotzte ihn an und kaute mit mahlenden Kiefern ein Grasbüschel. Das Holster der Dienstwaffe, die er gerade ausgehändigt bekommen hatte, drückte an seiner Hüfte. Er dachte kurz nach, checkte den Rückspiegel und die Hänge neben der Straße. Öde. Keine Zeugen.

»Für die Mehrarbeit kannst du dich bei dir selber bedanken, Isákur«, fauchte er und drückte das Gaspedal durch.

Die Polizisten saßen in Arbeitsgruppen zusammen, als Lucas die Klasse betrat. Sie hoben die Köpfe, grüßten gedämpft und fuhren mit ihren Unterhaltungen fort. Lucas ging zu einem der Tische, wo einer der Kollegen mit nacktem Oberkörper saß. Der Mann schnitt eine Grimasse, als ein Kollege ihm mit einem Feuchttuch die Schulter abtupfte.

»Was ist hier los?«, fragte Lucas, nicht weil es ihn interessierte, sondern weil es merkwürdig gewesen wäre, nicht zu fragen.

»Der Krankentransporter hat es nicht bis zu dem ausgebrannten Wagen geschafft, also mussten wir die Leichen mehrere Kilometer durchs Terrain schleppen. Die verdammten Tragegurte haben höllisch gescheuert.«

Lucas begutachtete die breiten Scheuerstreifen auf den Schultern des Polizisten. Von der Menge an Blut würde noch nicht mal eine Mücke satt werden.

»Was ist mit dem Wagen?«

»Der ist einen Abhang runtergerollt.«

»Habt ihr das umliegende Gelände abgesucht?«

Beide Beamten verharrten in ihrer Bewegung. Lucas hob die Hände.

»Alles gut, ihr braucht nicht zu antworten.«

Lucas ließ sich auf den Stuhl hinter dem Pult fallen. Jonas Riel hatte vor zehn Minuten angerufen. Es war ein hitziges Gespräch gewesen. Hart für Lucas' Ego und nicht minder hart für die Geduld seines Chefs.

»Hast du jetzt Zeit?«

Lucas schaute hoch. Vor dem Pult stand einer der Kollegen.

»Ja.«

»Es ist wegen der Überwachungskamera.«

»Was ist damit?«

»Ich konnte es nicht mehr sagen, weil du schon aus der …«

»Dann sag es jetzt.«

»Klar. Wie du ja weißt, haben die Aufnahmen nichts Brauchbares geliefert. Aber nach deinem, ähm, Peptalk gestern hab ich beschlossen, die Zeitspanne etwas auszudehnen.«

»Und?«

»Es geht um Heralv. Da gibt es ein paar verdächtige nächtliche Aktivitäten.«

Lucas richtete sich auf dem Stuhl auf. »Komm zum Punkt.«

»Nachdem die Morde passiert sind, ist Heralv jede Nacht aus dem Dorf gefahren …« Der Polizist senkte die Stimme, weil es im Raum plötzlich still geworden war und die anderen zuhörten. »Und er kommt immer erst mit der Morgendämmerung zurück.«

»Wie viele Nächte vor der Mordnacht hast du überprüft?«

»Ich habe siebzehn Tage zurückgespult. Da ist er keine Nacht rausgefahren. Aber nach den Morden jede Nacht.«

Lucas' Fingerringe klackerten auf der Tischplatte.

»Gut, ich sehe mir das mal an.«

Der Beamte nickte erleichtert und ging zurück zu seinem Platz. Ein anderer Polizist stand auf und kam auf das Pult zu.

»Ich hab Informationen zu den Seekartenplottern«, sagte er. »Die Nordostatlantische Fischereikommission hat auf unsere Anfrage geantwortet. Laut ihren Positionsdaten gab es in der Mordnacht und am Tag danach keine GPS-Signale aus dem Ort.«

»Dann ist niemand rausgefahren?«

»Es sieht so aus, als wären alle Seekartenplotter auf den Kuttern ausgeschaltet gewesen. Fast das gesamte Wochenende.«

»Das ganze Wochenende?«, murmelte Lucas. »Schalten die

Plotter automatisch auf Stand-by um, wenn die Kutter im Hafen liegen? Oder muss man sie manuell ausschalten?«

»Das hängt vom Modell ab.«

»Und was sagen die Fischer dazu?«

Die Augenlider des Beamten zuckten.

»Du hast sie doch verhört, oder?«

»Ähm, die Fischer haben sich unten im alten Bootsschuppen versammelt. Und sie sind äußerst unzufrieden mit dem Ausfahrverbot. Eine Polizeiuniform ist momentan unten im Hafen ein rotes Tuch. Und Shurdur ist ...«

Sein Stuhl rutschte kreischend über den Boden, als Lucas aufstand.

»Bist du dir eigentlich im Klaren darüber, was es bedeutet, wenn alle Fischer aus dem Ort ausgerechnet an dem Wochenende bewusst ihre Seekartenplotter ausgeschaltet haben, an dem vier Priester ermordet wurden?«

Der Beamte verzog den Mund zu einem nervösen Lächeln.

»Nicht so direkt.«

Lucas ging auf die Tür zu.

»Gehst du jetzt etwa runter zum Hafen? Solltest du nicht Verstärkung mitnehmen?«

»Das würde erfordern, dass wir hier Polizisten hätten«, blaffte er über die Schulter.

Vor der Kirche stand das Muskelpaket, dessen Namen Lucas schon wieder vergessen hatte, pflichtbewusst auf seinem Wachposten am Friedhofstor.

»Was steht an?«, fragte er, als Lucas wie eine Gewitterwolke an ihm vorbeizog.

»Bald hoffentlich einiges.«

»Moment, willst du zum Hafen? Alleine?«

Lucas blieb stehen.

»Wie war noch gleich dein Name?«

»Aslak. Ich sollte vielleicht besser mitkommen.«

Lucas betrachtete ihn einen Augenblick. Konnte immer noch nicht genau sagen, wieso ihm der Färinger so bekannt vorkam.

»Die sind da unten etwas begriffsstutzig«, sagte Aslak und winkte einen Kollegen zu sich, der ihn ablösen sollte. »Möglicherweise wirst du einen … Übersetzer brauchen.«

Der alte Bootsschuppen war aus dicht stehenden Brettern in variierenden Verrottungsstadien zusammengezimmert. Aus einem Schornstein im Dach stieg eine Rauchsäule auf. Drinnen waren die Fischer.

»Ich gehe alleine rein«, sagte Lucas.

»In Ordnung«, sagte Aslak mit einem heiseren Unterton in der Stimme, der vorher noch nicht da gewesen war.

Lucas ging bis an die Tür. An beiden Seiten des Türrahmens waren zwei Metallhaken aus Holz montiert, daneben lehnte ein dicker Balken. Er konnte sich nicht entsinnen, schon mal einen außen angebrachten Querriegel gesehen zu haben.

Er öffnete die Tür und trat in einen dunklen Raum mit verwitterten Brettern und verschmierten Birnen unter der Decke. Im Hintergrund lief ein schepperndes Transistorradio, und die gespenstisch über die Wände tanzenden Schatten der an Angelschnüren unter der Decke hängenden Walschädel bildeten eine Kulisse wie für ein historisches, blutrünstiges Theaterstück.

Lucas kniff die Augen vor dem herben Duftmix aus Tabak, Körperausdünstungen und nasser Wolle zusammen. Die Männer saßen auf Stühlen und Schemeln. Junge und alte, wettergegerbte und bärtige, alle in Wolltroyern, mit verfilzten Mützen und in Jeans, die über dem Gummistiefelrand Falten warfen.

Einer von ihnen stand auf. Ein Schrank, platte Nase, feindliche Stecknadelaugen.

Lucas erkannte ihn wieder. Shurdur. Hjaltis Retter. Fischerkönig des Ortes. Lucas fokussierte sich auf seine Gesichtszüge, als suchte er darin etwas, während in den verborgenen Winkeln seines Gehirns etwas klingelte. Etwas, das er hätte sehen müssen oder gesehen hatte, aber noch nicht zu einem Gesamteindruck zusammenfügen konnte.

»Was zum Teufel willst du hier?«, fuhr Shurdur ihn an. »Das ist Privatgelände. Zieh Leine, Däne!« Lucas inhalierte die energiespendende Kraft der konzentrierten Feindlichkeit im Raum.

»Ich wollte mich nur für die kleine Aufmerksamkeit bedanken«, sagte er. »Wie ich gehört habe, sind Fischinnereien eine lokale Delikatesse.«

»Wir liefern gern noch mehr solcher ... Delikatessen«, brummte Shurdur.

Gedämpftes Lachen.

Da entdeckte Lucas in einer Ecke, fast mit den Schatten verschmolzen, Hjalti.

»Ihr alle besitzt Fischkutter und könnt mir sicher sagen, ob man das GPS-Signal der Seekartenplotter manuell abschalten muss?«

»Fuck off, býttlingur!«, nuschelte ein rotblonder Junge mit großen Segelohren und hitzig funkelndem Blick.

»Ich will das Ausfahrverbot ungern verlängern.« Lucas ließ einen kalten Wolfsblick über die Männer schweifen. »Aber das ist ein verdammt vertrackter Fall. Besonders ohne Zeugen.«

Shurdur stieß einen Schrei aus: »As-laaak!«

Lucas hörte ein Scharren hinter sich, danach einen Knall, als der Holzriegel draußen quer vor die Tür gelegt wurde.

»Das war wohl doch nicht so eine clevere Idee, meinen kleinen Bruder als Verstärkung mitzunehmen«, sagte Shurdur mitleidlos.

Lucas griff nach seinen Zigaretten. Das war er. Der fehlende Informationslink. Die Ähnlichkeit hätte ihm auffallen müssen. Shurdur und Aslak, zwei DNA-Stränge vom Neandertaler entfernt.

»Ist dir ansatzweise das Ausmaß der Konsequenzen klar, die das Ausfahrverbot für uns hat? Und unsere Familien?«, sagte Shurdur. Seine kleinen Augen funkelten scharf unter dem faserigen Mützenrand. »Was würdest du machen, wenn deine Familie nichts mehr zu essen auf dem Tisch hat?«

»Vermutlich zum nächsten Bäcker gehen.« Das Feuerzeug klickte. Lucas schob die Zigarettenspitze in die gelbe Flamme. »Krieg ich Zugang zu eurer GPS-Ausrüstung oder nicht?«

Shurdur ging zu einem Schrank. Die Angeln quietschten, als er die Klappe öffnete.

»Du sagst, Polizeiarbeit bräuchte Zeugen?«

»Die Dinge müssen schließlich bestätigt werden«, sagte Lucas und leerte die Lunge von dem Rauch, ohne dass der wachsende Druck hinter den Rippen nachließ.

»Und besonders hilfreich ist es vermutlich, wenn viele Zeugen das gleiche Ereignis beobachten.« Die vernarbte Hand des Fischers zückte ein Messer. »Was, wenn zehn anständige, christliche Färinger allesamt bezeugen, dass der dänische Polizeibeamte über eine Krebsreuse gestolpert ist und sich beim unglücklichen Sturz auf ein Messer einen tödlichen Stich ins Herz zugezogen hat? Wäre der Fall dann aufgeklärt?«

Lucas merkte, wie ihm der Fokus entglitt. Sein Herz hämmerte in der Brust, das Blut pulste bis in die Fingerspitzen. Ungewohnte, fremde Körpersignale.

»Na ja, zu viele Zeugen können auch ein Risiko sein.« Lucas sah zu Hjaltis Silhouette in der schattigen Ecke. »Es gibt immer eine Schwachstelle.«

»Noch nicht mitbekommen?«, sagte Shurdur provozierend. »Wir können hier gut Geheimnisse bewahren.« Er wippte mit dem Messer. Die Männer im Schuppen erhoben sich synchron.

Herdentiere, dachte Lucas und ließ seine Zigarette auf den Boden fallen. Die Glut zischte unter seinem Absatz, ein provozierender Lärm in der plötzlichen Stille.

»Was habt ihr jetzt vor? Einen Polizisten töten?« Lucas rieb sich die Brust, atmete unfreiwillig schnell und angestrengt.

Shurdur lachte.

»Plötzlich nicht mehr so eine große Klappe, was?«

Die Männer schoben sich in dem schummrigen Licht heran, mit knarrenden, hasserfüllten Schritten.

»Du irrst dich«, keuchte Lucas kurzatmig und tastete mit zittriger Hand nach der Dienstwaffe. »Ich fühle nie etwas …«

Die Schuppentür schwang auf. Die Männer kniffen die Augen vor dem hinter der Gestalt in der Türöffnung hereinfallenden Tageslicht zusammen.

»Was zum Teufel ist hier los?«, fragte Sidsel ruhig, aber eindringlich.

»Eivør?« Hjalti trat aus dem Schatten.

»Verschwinde!«, fuhr Shurdur sie an, aber ohne die Kraft, die er aus der Dunkelheit gezogen hatte. »Das hier geht dich nichts an!«

»Ihr schikaniert meinen Kollegen.«

»Wir reden nur.«

»Mit gezogenem Messer?«

»Es hat sich eine Menge verändert, seit du gegangen bist.«

Sidsel seufzte.

»Glaub mir, nichts hat sich geändert. Du kläffst, und die anderen gehorchen.«

»Du hast dich doch immer für was Besseres gehalten«, keifte Shurdur. »Das hat sich auch nicht geändert … Sidsel.«

»Shurdur …«

»Klappe, Hjalti!« Das Muskelpaket brüllte, die Adern an seinem Hals schwollen an. »Was bildet deine Schwester sich ein, zurückzukommen und so mit mir zu reden? Mit uns?«

»Da irrst du dich gewaltig«, sagte Sidsel kalt. »Ich bin nicht zurückgekommen. Und das werde ich auch niemals tun.«

Lucas und Sidsel gingen am Hafenkai entlang. Ein Schwarm Möwen kreiste in großen, weißen Wellenbewegungen über dem Fjord wie ein zusammenhängender, intelligenter Organismus.

»Alles okay mit dir?«

Lucas nahm aus dem Augenwinkel den forschenden Blick seiner Kollegin wahr.

»Die plustern sich nur auf.«

»Ich habe ernst gemeint, was ich im Flugzeug gesagt habe.«

»Was?«

»Das man hier draußen leicht die Orientierung verliert.«

Lucas blieb stehen. »Wir müssen irgendwie an die GPS-Daten der Kutter kommen. Es gibt Hinweise, dass alle Geräte gleichzeitig ausgestellt waren, als die Morde begangen wurden.«

»Es ist allgemein bekannt, dass die Männer aus dem Ort sich am Silvesterabend die Kante geben, wenn ihre Frauen in Tórshavn sind. Einmal im Jahr schlagen sie über die Stränge. In diesen Tagen hat die Schifffahrtsbehörde ein besonderes Auge auf die Positionsdaten, falls einer im Vollrausch rausfährt. Vielleicht haben sie an dem Abend kollektiv beschlossen, die Plotter auszuschalten.«

Lucas füllte seine Lunge mit der klaren Luft.

»In dem Fall finden wir nie heraus, ob in der Mordnacht jemand rausgefahren ist.«

»Möglicherweise ist das auch nicht wichtig.«

Lucas sah sie an. »Ah ja?«

»Es löst unseren Fall nicht, wenn wir wissen, ob sie rausgefahren sind oder nicht. Wir finden schon etwas anderes.«

»Aber nicht in Tórshavn, oder? Du bist wieder zurück, weil die verkohlten Leichen … zu verkohlt waren.«

Sie nickte und schaute raus auf den Fjord. Der Möwenschwarm nahm einen abrupten Kurswechsel vor, formvollendetes Chaos.

»Ich hätte nicht gedacht, dass sie mich angehen«, sagte Sidsel. »Aber sie wollen immer dieses kleine bisschen Macht behalten. Da ist es ganz egal, wie lange ich weg war.«

»Du schuldest ihnen nichts.«

»Und warum schaffen sie es dann, dass ich mich schuldig fühle und schäme?«

»Das vergeht wieder, sobald du hier weg bist.«

Sidsel starrte ihn an. Die unterschiedlichen Nuancen des Himmels und der Wasseroberfläche betonten ihre bernsteinfarbenen Augen und die schmollend verzogene Oberlippe wie bei einem gekränkten Kind.

»Ich bin die Scham so leid …«, sagte sie mit rauer, fast maskuliner Stimme.

Er hielt die Luft an. Wusste bereits, was sie sagen würde, ehe sie es ausgesprochen hatte.

»… ohne Grund.«

Lucas' Atemzüge wurden schneller, und ihm stieg eine jähe Hitze ins Gesicht, er fühlte den steifen, pflichtschuldigen Widerstand ihrer Hand, ehe er danach griff und sie in die Kirche zog, wo sie ihre milchweißen Beine um seine stoßende Hüfte schlang, während er sie fickte, dass der Altar knackte, das Taufbecken wackelte und die Orgelpfeifen sangen, und er spürte das kalte Holz an seinen Schenkeln, und ihre Zunge, die sich mit seiner verknotete, feucht und rau auf der Oberseite, als er so hart zustieß, dass ihre Gesichtszüge vor seinem Blick zur Unkenntlichkeit verschwammen, und er mit einer Kraft in ihr versank, als würde er sie durchbohren.

»Lucas?«

Er blinzelte. Als sie seinen Namen sagte, wurde ihm klar, dass sich das Ganze einzig und allein in ihrem Blick abgespielt hatte. Er hatte nicht wirklich ihre Hand genommen oder sie in die Kirche gezogen, er hatte nur mit offenem Mund und dämlich glotzend vor ihr gestanden wie ein Einfaltspinsel.

Er räusperte sich und konnte sich nicht erinnern, wann er das letzte Mal so ein heftiges Verlangen nach einem starken Drink gehabt hatte.

Der nachwachsende schwarze Haaransatz ist wie eine Schlamm-schicht auf meinem Kopf. Ich gehe zur Neuen Mutter im Wohn-zimmer und frage, ob ich mir die Haare schneiden lassen kann. Ich bin das blonde Haar leid. Will wieder wie ich selbst aussehen. Sie scheucht mich mit der Hand weg, ohne den Blick von dem Wohnmagazin zu heben.

Kurz darauf will Neuer Vater, dass ich ihn nach Kopenhagen begleite. Lieber würde ich die Toilette mit der Zunge putzen, aber das sage ich natürlich nicht.

Er parkt vor einem Gebäude mit Wappenschild und dekorier-ten Balkonen. Als wir auf dem Bürgersteig stehen, schlenkert sei-ne Ledertasche im Wind, als wäre sie leer.

»Ich habe jetzt einen Termin hier drinnen. Der dauert ungefähr eine Stunde. In der Zwischenzeit gehst du da rüber und lässt das richten.« Er zeigt auf eine lange Glasfassade, hinter der Frauen mit bunt gefärbten Haaren und tätowierten Armen um die Wette Köpfe bearbeiten. »Und Lucas, du verstehst, was ich mit richten meine, ja?«

Ich nicke. Die schwarzen Federn des Kuckucksjungen sollen ge-bleicht werden.

Neuer Vater zieht seine Geldbörse heraus, blättert ein Schein-bündel auf und legt einen Tausender in meine Hand.

»Bis in einer Stunde, Lucas.«

Die Friseurin begrüßt mich wie einen alten Bekannten, den sie seit Jahren nicht gesehen hat, und eine wohlduftende Haarwäsche später sitze ich auf einem Stuhl und versuche die Stimme der Fri-seurin aus der lauten Rockmusik rauszufiltern.

»Na, das sieht aber schlimm aus, Lucas.« Sie wühlt in meinem zweifarbigen Haar. »Das wird dann wohl am besten wieder gebleicht.«

Ich schiele aus dem Fenster rüber zu dem Gebäude, in dem Neuer Vater seinen Termin hat. Das sieht nicht aus wie ein Büro-gebäude mit den Stofflampenschirmen, dem Nippes und den Topfpflanzen.

Ich knülle den Tausendkronenschein in meiner Tasche zusammen.

»Noch einmal, Lucas!«

Neuer Vater beobachtet mich mit verschränkten Armen von der Türschwelle aus. Ich wasche schon eine ganze Weile meine Hände, die sich wie zwei offene Wunden unter dem brühheißen Wasserstrahl anfühlen.

»Ich dachte, wir hätten eine Abmachung, dass du nicht zweimal den gleichen Fehler begehst?«, sagt er.

Ich starre auf die schimmernden Seifenblasen, die auf meinen Handflächen brennen wie Glassplitter.

»Findest du, ich bin ein Scheißkerl? Ist das dein Problem, Lucas? Was? Ich kann dich nicht hören?«

In dem beschlagenen Spiegel über dem Handwaschbecken ahne ich verschwommen mein kurz geschnittenes, schwarzes Haar.

»Warum darf ich nicht einfach sein, wie ich bin? Ich bin euch doch scheißegal.«

»Was redest du da?«

»Ich weiß es. Olav meint, dass ich jederzeit in der Schule anfangen könnte. Aber ihr erlaubt mir nicht, das Haus zu verlassen.«

»Unsinn.«

Die Abfuhr des Neuen Vaters löst ein Weiten meiner Brust aus. Ganz anders als der Druck im Brustkorb, solange ich das sauer schmeckende Wasser trinken musste. Das hier ist etwas ganz anderes. Das hier ist pure, reine Energie. Die Gedanken kollabieren im gleichen Moment, in dem sie aufkommen. Ich ströme in ein anderes Bewusstsein über, außerhalb der Begrenzungen meines Körpers, von wo aus ich nur Betrachter bin, hilflos und zugleich frei von Verantwortung. Ich bin sicher, dass mein Herz hämmert, aber als ich eine Hand auf meine Brust lege, spüre ich nichts, nicht das leiseste Pulsieren.

»Wie war dein Termin?«, frage ich höhnisch.

Neuer Vater erstarrt für einen Moment. Die Stärke meines Blickes erschlägt ihn wie ein gefällter Baum. Aber er gewinnt schnell die Fassung zurück und stellt sich neben mich. Er dreht den Hahn ganz ins rote Feld. Der Wasserstrahl beginnt zu dampfen. »Mehr Seife!«

Der Strafe zum Trotz beginne ich, den ätzenden Schmerz zu genießen. Denn wir wissen es beide. Neuer Vater hat mich durchschaut, und ich ihn. Und er hatte Angst.

Der Zorn, den mein schwarzer Kurzhaarschnitt bei Neuem Vater hervorruft, ist wie eine Knallerbse auf nassem Asphalt gegen das Erdbeben, das er bei Neuer Mutter auslöst. Sie verbarrikadiert sich tagelang in ihrem Schlafzimmer. Die Grabesstille hinter der Tür sickert in alle Winkel des Hauses. Olav stottert sich durch die Dänischlektionen, und Eleonora kommt nachts in mein Zimmer, getrieben von einem dubiosen Impuls, der sich bei Tagesanbruch verflüchtigt und mich alleine mit einer Morgenlatte aufwachen lässt, mit der ich Nägel in die Wand schlagen könnte.

Tagsüber erwische ich sie nie alleine. Immer, wenn ich mit ihr reden will, hat sie gerade was ganz Wichtiges zu erledigen. Oder die Tür zu ihrem Zimmer ist abgeschlossen.

Mein neues Leben verwirrt mich. Die Tage reihen sich zu gleichförmigen Ketten auf. Ich trage teure Markenklamotten, lerne perfektes Dänisch, lerne in und über die Bibel, über Etikette, Benimm und Umgangston. Das Einzige, was mir vorenthalten wird, ist das Leben, auf das Neue Mutter und Neuer Vater mich vorbereiten wollten. Ich dachte, ich wäre ein Wunschkind, aber ich fühle mich so gar nicht erwünscht. Wenn ich auf der Stelle tot umfallen würde, würden sie warten, bis mein Körper sich in eine weiße Flüssigkeit zersetzt, die zwischen den Bodenbrettern versickert, um sich die Arbeit zu ersparen, ihn aufzuheben.

Der Stillstand in meinem Leben führt dazu, dass ich zurückschaue. Ich denke an das Jungenheim, aber da sind nur noch verblichene Bildsequenzen, verschwommene Farben und graue Gesichter, die sich schnell vor meinem inneren Auge auflösen. Nur Jozéfs anklagende Augen sehe ich leuchtend klar vor mir.

Wenn ich doch nur meine Akte noch mal lesen könnte. Aber Neuer Vater scheint Verdacht geschöpft zu haben. Jedenfalls hängt der Schlüssel zu seinem Büro nicht mehr an seinem Schlüsselbund, sondern ist genauso unerreichbar für mich wie meine Chancen, weiter in meiner Vergangenheit zu graben.

Ich öffne meinen Kleiderschrank und bohre meine Hände durch die Stapel ordentlich zusammengelegter Markenklamotten, bis in den dunkelsten Winkel des Schranks, in dem meine alte Sporttasche aus dem Jungenheim schlummert. Ich öffne die Tasche und atme den wollenen Geruch ein. Ich finde den zerknüllten Zettel, den ich von Marcin bekommen habe, und laufe damit zum Wandtelefon in der Küche. Ich bin allein zu Hause, aber da Neue Mutter jeden Tag spontan über ihre Arbeitszeiten entscheidet, muss ich jederzeit mit ihr rechnen.

Mit zittrigen Fingern wähle ich die Nummer. Ein kratziger Klingelton schabt in meinem Ohr.

»Hallo?«

Ich grabe mein Polnisch wieder aus. »Hallo, hier spricht ... Peter.«

»Wer?« Das Echo in der Verbindung verleiht der fremden Stimme einen roboterhaften Klang.

»Peter, ähm, ich hab im Jungenheim gewohnt, bis ich von einer dänischen Familie adoptiert wurde ...«

Die Person am anderen Ende unterbricht mich und wiederholt meinen Namen.

»Könnte ich wohl mit Józef sprechen?«

Es wird still. Ich schaue wachsam aus dem Küchenfenster. Draußen gießt es in Strömen. Das Gittertor ist geschlossen. Es vergehen ein paar stumme Minuten, und ich will schon auflegen, als Józefs kurz angebundene Stimme in meinem Ohr knistert.

»Warum rufst du an?«

»Ich … ich würde dich gerne was fragen«, sage ich.

»Fass dich kurz«, antwortet Józef.

»Wo komme ich her? Also, wo war ich, bevor ich in das Jungenheim gekommen bin?«

»Wie meinst du das?«

»Ich weiß, dass ich in Dänemark war, bevor ich ins Heim gekommen bin.«

»Wer hat dir das erzählt?« Józefs Stimme klingt plötzlich verändert. Auf der Hut.

»Ist doch egal. Aber ich weiß, dass meine Mutter mich als Baby ausgesetzt hat. Und mir Drogen gegeben hat. Und dass ich in Dänemark in einer psychiatrischen Einrichtung für Kinder war, weil die Erwachsenen bestimmt hatten, dass ich eine Gefahr für andere war.« Mein Wortschwall überrollt Józefs verdutzte Stimme.

Er hört stumm zu, bis er sicher ist, dass ich fertig bin.

»Ich weiß nicht, was ich dazu sagen soll, Peter.«

»Gib mir einfach eine Telefonnummer, einen Namen!«

»Das kann ich nicht.«

»Du lügst!«

»Ich sage nicht, dass ich es nicht will, sondern dass ich es nicht kann.«

Ich gebe mir Mühe zu verstehen, was er sagt.

»Was ist da eigentlich los?« Er klingt skeptisch. »Haben dir deine dänischen Pflegeeltern diese Geschichte erzählt?«

»Geschichte? Das habe ich selber in meiner Patientenakte gelesen.«

»Von uns haben sie keine Patientenakte bekommen.«

»Sie ist im Büro meines Vaters. Mit meinen Adoptionsunterlagen.«

»Adoption? Es gibt keine solchen Unterlagen, Peter.«

»Was willst du damit sagen?«

»Glaubst du wirklich, dass Menschen wie deine Pflegemutter und dein Pflegevater die weite Reise nach Polen auf sich nehmen, um ein zwölfjähriges Kind zu adoptieren? Sie haben dich gekauft. Wie eine Ware aus dem Regal.«

Die Worte bohren sich in meinen Schädel und lähmen meine Stimmbänder. Durch das Küchenfenster sehe ich plötzlich, wie das Gittertor aufgleitet und der Wagen der Neuen Mutter auf die Einfahrt fährt. Die Zeit wird knapp. Und ich habe noch keine Antwort bekommen. Nur mehr Zweifel. Mein Gehirn spuckt Fragen aus wie ein defektes Kartenmischgerät.

»Sind die Unterlagen meiner Eltern dann vielleicht von einem anderen Jungen?«

»Ich weiß nichts über die Personen, die euch kaufen.«

»Doch, das tust du. Du willst dich nur rächen. Wann kapierst du endlich, dass nicht ich Jerzy erwürgt habe. Das war Ali.«

Draußen im Eingang knallt die Tür.

»Ali hat Schlaftabletten bekommen«, sagt Józef. »Jede Nacht.«

»Du weißt nicht, ob er sie nicht ausgespuckt hat.«

»Peter ...«

»Und der Polizist hat den Fall zu den Akten gelegt. Weil es keine Beweise gab!«

»Hallo, jemand zu Hause?«, trällert Neue Mutter. In wenigen Sekunden muss ich auflegen.

»Das stimmt wohl, Peter. Aber ...«

»Aber was?«

Die Absätze der Neuen Mutter nähern sich der Küche.

»Sag schon!«

Józef seufzt. »Wenn du es unbedingt wissen willst, warst du das einzige Kind, das ...«

»Mit wem redest du?« Neue Mutter betrachtet mich von der Küchentür, in beiden Händen Einkaufstüten.

Meine Hand klammert sich an den Telefonhörer, den ich gerade auf die Gabel geworfen habe. »Da wollte jemand was verkaufen«, sage ich.

»Lass dir von den Telefonverkäufern bloß nichts aufschwatzen.«

Sie wirft die Tüten auf die Arbeitsplatte. »Die erzählen dir sonst was.«

Ich laufe hoch in mein Zimmer und verstecke den Zettel tief in der Sporttasche unter meiner alten Schlafanzughose mit den verwaschenen Babydelfinen.

37

Von den Bergspitzen strömte ein kalter Nebel die Hänge hinab und hüllte den Ort in weiße Watte. Die Tür des alten Bootsschuppens ging auf. Ein Mann nach dem anderen trat raus auf die Straße. Einige gingen direkt weiter, ein paar blieben stehen und unterhielten sich mit verschwörerisch gedämpften Stimmen, ehe sie sich mit Handschlag verabschiedeten und im Nebel verschwanden.

»Willst du nicht nach Hause?«, fragte Shurdur.

Hjalti lehnte mit der Schulter am Türrahmen. »Bald.«

Shurdur schob ihn zur Seite und schloss den Schuppen ab. Sie standen schweigend nebeneinander, bis alle gegangen waren.

»Warum hast du mir nichts von euren Einbruchsplänen ins Gästehaus gesagt?«

Shurdur kratzte sich im Bart.

»Das weißt du doch genau.«

»Eivør ist Familie.«

»Meine nicht.«

Hjalti drehte sich zu seinem Freund um. Er konnte sich nicht erinnern, ihn jemals ohne den dunklen, löchrigen Wollpullover gesehen zu haben, die Mütze bis tief zu den Brauen gezogen, die rechte Hand in der Hosentasche vergraben, als hätte er dort etwas Kostbares verborgen.

»Erinnerst du dich noch an damals, als ich mir gewünscht habe, dass wir Brüder sind?«

Shurdurs Augen waren mattgrau im Nebel. Er nickte.

»Das galt nur für mich, oder?«

»Ja.«

»Warum? Du hast dein Leben riskiert, um meins zu retten. Aber mein Bruder willst du nicht sein?«

»Weil es nur einen gibt, Hjalti.«

»Was meinst du damit?«

»Eivør. Sie hat eine ganz besondere Macht über dich. Selbst nach so vielen Jahren.«

»Das stimmt doch gar nicht.«

»Sie ist gerade mal drei Tage hier, und schon krieg ich dich überhaupt nicht mehr zu sehen.«

»Ich helf dem Dänen, fahr ihn in der Gegend rum.«

»Er hat dich ohne zu zögern gefeuert.«

»Weil ich Scheiße gebaut hab, das war …« Hjalti fühlte Shurdurs schwere Hand auf seiner Schulter.

»Hör dir doch mal selbst zu. Du nimmst diese Fremden auch noch in Schutz. Deine Schwester lässt dich vergessen, wer immer für dich da war.«

»Für mich da?« Hjalti lachte glücklos. »Die Leute hier akzeptieren mich nur bis zu einem gewissen Grad. Ich werde immer Eivørs kleiner, schwacher Bruder sein, der enttäuschende Sohn meines Vaters. Unnützer Ballast. Nur du weißt, zu was ich imstande bin.«

»Nimm dich in Acht.«

Hjalti fegte Shurdurs Hand von der Schulter.

»Du machst mir keine Angst. Nichts macht mir mehr Angst.«

Shurdurs Hand schoss aus dem Nebel hervor und packte Hjalti an der Gurgel.

»Geh heim zu deiner Familie. Sei der Mann, den sie brauchen!«

Hjalti keuchte, er stand auf den Zehenspitzen. Als Shurdur fester zugriff, spürte Hjalti das Halsgewebe knacken und sah rote Punkte. Aber er wehrte sich nicht. Leck mich, dachte er. In dem Augenblick ließ Shurdur los. Hjalti sackte auf die Knie und schnappte nach Luft.

Als er hochschaute, war der Freund weg.

Mit tränennassen Augen ging Hjalti heimwärts. Die Häuser waren in die unbewegliche Nebeldecke gehüllt. Die Erinnerungen raunten ihm aus jeder Gasse zu, hinter jeder Tür, in jedem verfluchten Glockenschlag. Ihm ging allmählich der Raum aus. Im Ort. In sich selbst. Herz und Hirn waren randvoll mit Erinnerungen. Erinnerungen an einen Mann, der auf diesem felsigen Flecken Erde in seinem harmlosen Schicksal versteinert war.

Hjalti krümmte sich zusammen. Es schnürte ihm die Luft ab. Eivørs Stimme echote in seinem Kopf:»Da draußen ist so viel mehr.«

Natürlich war es das, verdammt! Aber wenn dieser Ort, dieses Leben schon viel mehr war, als er meistern konnte?

»Hallo, Schatz«, sagte Sara.»Du bist aber spät dran?«

Hjalti ging zum Spülbecken. Der Wasserhahn spritzte, als er sich ein Glas Wasser einschenkte.

»Die Sitzung hat länger gedauert als gedacht.«

»Sitzung?« Sara lachte.»So nennt ihr neuerdings euer Treffen der grimmigen Fischer im Schuppen.«

»Was hast du gesagt?«

»Sie werden schon wieder rausfahren dürfen.« Sie klapperte zerstreut mit einem Topfdeckel.»Sei froh, dass du keinen eigenen Kutter besitzt wie die anderen.«

»Dass nie was Ordentliches aus mir geworden ist?«

»Was, Schatz? Du musst lauter sprechen.«

Hjalti knallte das Glas ins Spülbecken.

»Hör auf, mit den verfluchten Töpfen zu klappern!«

Der Ausbruch kam völlig unerwartet. Für eine Sekunde wusste er nicht, was über ihn gekommen war. Dann sah er Ísakur und Røskva in der Tür stehen. Auf der Wange der Tochter glänzte eine Träne.

»Streitet ihr euch?« Ísakur schaute beunruhigt auf die Hand seines Vaters.

Jetzt erst bemerkte Hjalti die warmen Tropfen an seinen Fingerspitzen. Das zerbrochene Glas hatte die Handfläche aufgeritzt. Er hielt sie unter das laufende Wasser.

»Euer Vater ist ein bisschen müde, Kinder. Geht rüber und schaut fern.«

Hjalti krümmte sich unter der flirrenden Leichtigkeit in Saras Stimme zusammen.

»Aber Papa blutet«, sagte Røskva mit weinerlicher Stimme.

»Tut, was eure Mutter sagt«, sagte Hjalti und drehte ihnen den Rücken zu.

Eine Weile war nur das Geräusch des laufenden Wassers zu hören, dann ein metallisches Klicken vom Flur.

Hjalti schloss die Augen. Nicht jetzt, nicht jetzt.

Er hörte die Stimme seines Vaters von der Tür her.

»Was ist das für ein Krach? Ich hab geschlafen.«

Das Blut verschwand im Abfluss. Keiner sagte etwas.

»Zum Teufel, Hjalti. Hast du deiner Frau gezeigt, wer der Herr im Haus ist?«

»Nein, Vater, ich ...«

Der Alte grunzte. »Wird auch mal Zeit, dass deine Klöten in den Sack rutschen.«

»Es ist nichts passiert. Ich hab mich dumm aufgeführt und muss mich entschuldigen.«

Der Vater stierte ihn mit seinen eisgrauen Augen an.

»Eine Schande ist das, dass mein Sohn so ein Schwächling ist.«

Hjalti spürte die Blicke seiner Frau und seiner Kinder im Rücken. »Vater, nicht jetzt.«

»Ísakur sollte verdammt noch mal deinen Platz im Ehebett einnehmen.«

»Klappe, Klappe, Klappe!« Hjalti griff nach dem Küchenmesser auf dem Schneidebrett und war mit einem wütenden Keuchen über seinem Vater. »Für die Worte werf ich dich auf die Straße!«

Der Alte sah ihn zufrieden an, die Messerklinge glänzte an seinem runzligen Hals.

»Mach schon. Alles soll in Blut baden.«

Hjalti wich einen schockierten Schritt nach hinten, schaute benommen von einem zum anderen. Sara starrte ihn mit schreckgeweiteten Augen an, Røskva weinte in ihrem Arm. Ísakur schien der Einzige zu sein, der die Fassung bewahrte.

»Ich, ähm ... ich ...« Hjalti hörte einen Schlag. Er senkte den Blick. Das blutverschmierte Messer steckte senkrecht mit der Spitze in einem Bodenbrett. Sein Vater kicherte mit herumfahrendem Blick, als würde er mit nicht anwesenden Freunden zusammen lachen.

»Komm, Papa, lass uns eine Runde laufen«, sagte Ísakur und legte seine Hand auf Hjaltis Arm. Und obwohl Hjalti das Zittern in der Hand seines Sohnes spürte, ließ er sich von ihm aus der Küche ziehen.

»Du solltest nicht so viel Zeit mit dem dänischen Polizisten verbringen«, sagte Ísakur und warf einen Stein in das schwarze Wasser des Hafenbeckens. »Er pflanzt dir dumme Gedanken ein.«

Hjalti musterte seinen Sohn von der Seite. Der Bursche war jetzt schon einen halben Kopf größer als er und hatte, im Gegensatz zu seinem Vater, die wahre Kjølbro-Statur: breitschultrig, harter Blick und einen noch härteren Dickschädel.

Hjalti lächelte sanft. »Hab ich dir eigentlich jemals gesagt, wie stolz ich auf dich bin?«

»Noch nie!«

Sie lachten leise.

»Ist halt schwer, die Klappe zu halten, wenn man einen Sohn hat, der schon so viel mehr ist, als man selbst je war.«

»Das seh ich anders, Papa. Es geht doch darum, wie man geboren wurde und was man draus macht. Du wurdest mit einer Immunschwäche geboren. Dafür kannst du nichts. Und trotzdem hast du was aus deinem Leben gemacht.«

»Hab ich das? Ich bin ein einfacher Arbeiter, genau wie alle anderen Männer aus dem Ort.«

»Siehst du denn nicht, dass du auf der gleichen Ebene stehst wie die Männer, die es nicht so schwer gehabt haben wie du.«

»Kannst du mir mal verraten, wann mein kleiner Junge plötzlich so verflucht erwachsen und lebensklug geworden ist?«

»In den Bergen hat mein Kopf viel Ruhe zum Denken.«

Hjalti zögerte. Ísakurs Augen waren härter, als es ihm lieb war.

»Hast du mal darüber nachgedacht, mehr Zeit mit anderen Jugendlichen zu verbringen?«

»Dazu müssten sie erst mal ihre Handys weglegen.«

»Gibt es kein hübsches Mädchen, das dir auf die Sprünge helfen könnte?«

Ísakurs Augen wurden schwarz. »Ich mach auf keinen Fall vor der Ehe rum.«

»Schon klar.« Hjalti grinste nervös.

»Die Leute beginnen zu vergessen«, sagte Ísakur aufgebracht. »Sieh dir doch Heralv an. Wir sollten die Missgeburt endlich aus dem Dorf jagen.«

»Ich stimme dir zu, dass er nicht hierherpasst. Aber wir dürfen niemals extrem werden, Ísakur. Das ist nicht der christliche Weg.«

»Jákup hat gesagt, er gehört gekreuzigt. Er ist Pfarrer.«

Hjalti erstarrte innerlich.

»Das ist doch Wahnsinn, siehst du das denn nicht?«

Hjalti konnte den unbewegten Gesichtsausdruck seines Sohnes nicht deuten.

»Vielleicht sieht Jákup ja etwas, das ihr nicht seht. Heralv vergiftet uns langsam, aber sicher, macht die Leute wunderlich im Kopf.«

Hjalti stieß sich an der Wortwahl »ihr«, mit der er eine Linie zwischen Vater und Sohn zog.

»Was bedrückt dich, Ísakur? Ich erkenne dich in letzter Zeit gar nicht wieder.«

»Im Gegenteil, ich sehe die Dinge klarer als je zuvor.«

»Was meinst du damit?«

»Siehst du das denn nicht? Es verbreitet sich überall. Und jetzt befällt es sogar dich und Mama.«

»Was befällt uns?«

»Die Seuche! Das Neue.« Ísakurs Kinn begann zu zittern. »Ich sehe es dir an. Und es ist noch schlimmer geworden, seit Eivør gekommen ist. Es ist, als ob sie dir mehr bedeutet als Mama. Als ... wir.«

Hjalti schüttelte auf der vergeblichen Suche nach einer passenden Antwort abwehrend den Kopf.

»Warum kann nicht einfach alles so bleiben, wie es immer war?«, platzte sein Sohn heraus.

»Ihr bedeutet mir alles. Alles.« Hjaltis Stimme war nicht mehr als ein leises Flüstern. »Und ich bin dein Vater. Du kannst über alles mit mir reden.«

»Ich habe unermüdlich gebetet, aber es will nicht verschwinden.«

»Was will nicht verschwinden?«

»Ich ... das kann ich nicht sagen.«

»Du bist mein Sohn. Du kannst mir alles erzählen.«

Ísakurs glänzende Augen blickten nicht verletzlich, sie blickten zornig, kampfbereit.

»Ich habe sie gesehen. Ich habe ... es gesehen. Und jetzt kommen sie alle zusammen in die Hölle.«

38

Ein winziger Mond leuchtete über schwarzen, gezackten Bergkonturen.

Am äußersten Rand seines Blickfeldes wurde Lucas' Vermutung bestätigt: Sidsel schlief nicht. Mit weit geöffneten Augen fokussierte sie durch die Windschutzscheibe die verdunkelte Landschaft, als erhoffte sie sich dort ein verborgenes Detail, falls sie nur lange genug hinausstarrte.

Möglicherweise hatte ihr Schweigen aber auch den viel simpleren Grund, dass sie keinen Small Talk mochte.

Nach dem Zusammenstoß mit Shurdur und den Fischern und ihrem anschließenden Spaziergang durch den Hafen waren sie im Gästehaus in ihren Zimmern verschwunden. Lucas' Schwanz war hart wie Kruppstahl gewesen, fast violett, als er zu der Fantasie, Sidsel in der Kirche zu vögeln, onaniert hatte. Und er war sicher. Er hatte dieses Blitzen schon in vielen Frauenaugen vor ihr gesehen. Für eine unbewachte Sekunde war sie an dem Punkt gewesen, als ein Impuls oder Gedanke verhindert hatte, dass sie der Lust nachgab.

Und als sie sich später in der Küche getroffen hatten, um ihre nächtliche Mission vorzubereiten, hatte Lucas augenblicklich den Temperatursturz bemerkt. Sidsel war zurück auf Start. Eine platte Silhouette in einem Flughafenterminal, höflich, distanziert, in voller Rüstung aus stacheliger Sachlichkeit. Lucas seinerseits konnte es nicht länger verdrängen. Etwas war verschwunden, etwas anderes hinzugekommen. Er war nicht nur auf einem fremden Eiland gelandet, sondern auch in einem ihm fremden Winkel in sich selbst. Er spürte Impulse im Körper, noch zu schwach, um sie zu entschlüsseln. Spürte nur, dass sie da waren.

»Da!«, sagte Sidsel und beugte sich ruckartig vor.

Lucas checkte den Rückspiegel. Durch die Nebelbänke über der Landstraße strahlten Autoscheinwerfer. Er legte die Hand an den Zündschlüssel. Wartete. Das Auto rauschte an dem schmalen Seitenweg vorbei, wo sie seit Stunden standen. Er startete den Motor und bog auf die Straße, ohne das Licht anzumachen.

»War das sein Auto?«, fragte Sidsel.

»Wessen Auto sollte es sonst sein?«

Lucas passte sich in sicherem Abstand an das Tempo der rot glühenden Rücklichter an.

»Aber du bist nicht sicher?«

»Heralv ist der Einzige, der nachts aus dem Dorf gefahren ist. Sicher nicht, um die Rushhour zu umgehen«, antwortete Lucas.

»Ist dir beim Verhör irgendwas Besonderes aufgefallen?«

»Er ist ein Fan des Grafen von Monte Christo. Und von Handgranaten.«

»Was?«

Lucas genoss seine intellektuelle Überlegenheit.

»*Der Graf von Monte Christo* ist eine …«

»Geschichte über Rache. Allgemeinplatz. Und wie seid ihr auf Handgranaten gekommen?«

Lucas biss die Zähne aufeinander.

»Heralv hat den Pfarrern gedroht, eine Handgranate in die Kirche zu schmeißen. Den härtesten Konflikt hatte er mit Jákup.«

»Aha.«

»Und er hat einen Goldfisch.«

»Was heißt das?«

»Ich glaube, Heralv provoziert gern. Und er genießt die Opferrolle, die das mit sich bringt.«

Eine dichte Nebelbank schob sich über die Straße, von einer Sekunde auf die andere war nichts mehr zu sehen. Lucas griff fester ums Lenkrad und konzentrierte sich auf die roten Lichter vor ihnen.

»Alles im Griff?«, fragte Sidsel.

»Hundert Prozent.«

»Wir können morgen weitermachen.«

»Alles gut.«

Der Nebel wurde noch dichter und verschluckte die roten Lichter.

»Okay, halt an, Lucas.«

»Negativ, wir schnappen ihn.«

»Aber wir sehen nicht die Hand …«

Die Vorderreifen scherten aus, und eine unsichtbare Kraft riss Lucas das Lenkrad aus den Händen. Sidsel schrie, als der hintere Teil des Wagens auf den Seitenstreifen schwang und die Räder krachend und ruckelnd über Erdhuckel und Steine holperten. Lucas bekam das Lenkrad wieder zu fassen und riss es hart nach links, doch die Räder hatten den Griff auf dem Asphalt verloren, das Auto drehte sich außer Kontrolle, und die Zentrifugalkraft zerrte ihre Körper seitwärts, bis das Fahrzeug sich in einen Busch einwickelte und mit einem aufheulenden Ruck stehen blieb.

»Alles okay bei dir!?«, rief Lucas und machte sich an seinem Gurt zu schaffen.

Sidsels Pupillen waren starr, als würde sie ihn nicht erkennen.

»Hallo?« Lucas rüttelte sie am Arm.

»Ja, ja, alles okay, glaube ich.« Sie nickte kaum sichtbar.

Endlich hatte Lucas sich von seinem Gurt befreit, riss die Tür auf und stolperte über Blätter und Zweige zur Straße hoch. Er brüllte den leeren Asphalt vor sich an. Heralvs Auto war nicht mehr zu sehen. Lucas schaute zu dem Streifenwagen im Graben runter. In Nebel und Gestrüpp gehüllt, mit blinkendem Blaulicht. Genau da gehörte er hin. Wie die gesamte verfickte Ermittlung.

Auf dem Weg zurück zu Sidsel fand er sich plötzlich in einer ganz anderen Momentaufnahme wieder, auf den Knien, die Arme um den Brusthorb geschlungen, nach Luft ringend. Er hörte Sidsels Stimme, konnte den Blick aber nicht von dem braun glänzenden Erbrochenen auf dem Asphalt zwischen seinen Knien abwenden.

»Lucas, bist du verletzt?«

Ein weiterer Schwall Galle schoss aus seinem Mund. Was passierte da mit ihm? Was waren das für brutale Attacken seines Körpers? Was war das für ein Ort, an dem er hier gelandet war?

39

Lucas schlug die Augen mit einer nagenden Truman-Show-Vorahnung von dem Tag auf, der auf sie wartete, bis er und Sidsel heute Nacht wieder versuchen würden, Heralv bis an sein unbekanntes Ziel zu verfolgen.

In einem erstaunlich ausgeruhten Körper aufwachen. Check. Schweigsames Frühstück mit Sidsel, die tat, als wäre nichts zwischen ihnen gewesen, diesmal ein Autounfall. Check.

Spaziergang zur Schule durch einen ausgestorbenen Ort mit unsichtbaren Augen im Nacken. Check.

Eintreten in den Klassenraum in Erwartung des nutzlosen Inputs der färingischen Kollegen. Ch…

Lucas zog die Augenbrauen hoch. Hatte er einen Feueralarm überhört? Alle Plätze waren leer, die Kaffeemaschine ausgeschaltet. Er warf einen Blick auf die Armbanduhr. 08.47 Uhr. Die Beamten hatten klare Order, um Punkt acht Uhr anzufangen. Bis jetzt hatte es noch keiner gewagt, zu spät zu kommen.

Nach mehreren erfolglosen Versuchen, die Kaffeemaschine anzuwerfen, setzte er sich auf das Pult und ließ den Blick durch den Raum schweifen. Bis auf die Wand mit den Karten über die Inseln und den Fotos von dem ausgebrannten Lieferwagen war alles leer. Aufgeräumt. Wie der Schreibtisch eines gewissen färingischen Polizeidirektors. Es gab nichts, was er in Angriff nehmen konnte. Sidsels gesamte Ermittlungsergebnisse und die Mordwaffen waren weg, die vier verkohlten Leichen nicht mehr für eine Obduktion tauglich, die Seekartenplotter der Fischer nichts weiter als verlorene Koordinaten, und dann war da noch ein vermisster Pfarrer, der sich genauso gut von der Steilküste im Süden gestürzt haben konnte, von wo die Strömung alles ins offene Meer zog, wie Hjalti behauptete.

»Was zum Teufel?«, murmelte er und ging an die hintere Wand. Er studierte die zwei Papierfetzen unter den Heftzwecken. Jemand hatte seine Zeichnung mit dem leeren Quadrat abgerissen.

»Sie protestieren.«

Lucas drehte sich um und sah Hjalti in der Tür.

»Wogegen?«

»Dass gestern wohl unverhältnismäßige Äußerungen gefallen sind. In der Art, dass sie keine richtigen Polizisten sind.«

»Und da schwänzen sie eine Ermittlung, um zu beweisen, dass sie richtige Polizisten sind?«

Hjalti lächelte ansatzweise.

»Morgen sind sie wieder da.«

»Nicht nötig. Sie sind alle gefeuert.«

»Es gibt keine anderen.« Hjalti ging zur Kaffeemaschine und schaltete sie mit einem Tastendruck ein. »Aber ich bin heute hier.«

»Darüber haben wir gesprochen.«

Hjalti neigte den Kopf zur Seite.

»Ein paar Kilometer entfernt liegt ein verunglückter Streifenwagen im Straßengraben. Weißt du was darüber?«

»Überspring das Vorspiel und sag, was du zu sagen hast.«

»Ich kenne die Gegend wie meine Westentasche. Das ist gefährlich da draußen. Besonders, wenn man nachts unterwegs ist.«

»Hast du uns observiert?«

»Nicht euch.« Die Kaffeemaschine hinter Hjalti stieß Dampfwolken aus. »Heralv. Mir ist aufgefallen, dass er nachtaktiv ist. Er fährt nachts aus dem Dorf und ist bis zum Morgengrauen unterwegs.«

»Warum bist du nachts wach?«

»Immer, wenn ich die Augen schließe … ich werde den Anblick nicht los. Dann gehe ich raus und laufe, versuche, Ruhe zu finden.«

Lucas räusperte sich. »Ich hole dich nicht wieder zurück in die Ermittlungen.«

»Ich weiß, wo Heralv hinfährt.«

»Was?«

»Aber es ergibt wenig Sinn, es dir zu sagen.«

Lucas trat einen Schritt auf ihn zu.

»Was zum Teufel redest du da?«

»Ich erklär es dir unterwegs.«

»Unterwegs?«

Hjalti nickte in Richtung der leeren Stühle.

»Es sei denn, du hast Wichtigeres zu tun.«

40

Sidsel öffnete die Tür zur Sakristei, zögerte aber, hineinzugehen. Nicht wegen der getrockneten Blutflecken oder der immer noch in den Wänden vibrierenden Todesschreie der vier Pfarrer.

Die Toten machten ihr mit Abstand nicht solche Angst wie die Lebenden.

Sie rief sich ins Gedächtnis, dass die Wachmannschaft wieder einen Ring um die Kirche geschlossen hatte, betrat den Raum und richtete ihre ganze Aufmerksamkeit auf die Blutspurenmusteranalyse.

In der Polizeischule hatte ein Blutspurenexperte erklärt, das im Gegensatz zur konstanten Viskosität von Wasser, egal, wie heftig man es schüttelte, Blut eine belastungsabhängige Fließfähigkeit aufwies. Je höher die Krafteinwirkung, desto größer die Beschleunigung. Kurz auf den Punkt gebracht: Blut tropfte langsam, spritzte aber schnell.

An Tatorten teilte man Blutspurenmuster in passive Spuren, projizierte Spuren oder Transferspuren ein. Jede der Kategorien hatte ihre spezielle Charakteristik, die es näher zu untersuchen galt.

Sidsel ging zu der hinteren Wand. In Schulterhöhe zog sich ein breiter Blutstreifen über die Steine. Eine projizierte Blutspur, die darauf hindeutete, dass einem der Pfarrer mit großer Wucht und in aufrechter Position der erste Messerstich zugefügt worden war. Möglicherweise in eine Schulterarterie. Beim Nachahmen der Stichbewegung stellte sie fest, dass Täter und Opfer mehr oder weniger Schulter an Schulter mit dem Gesicht zur Wand gestanden haben mussten, wenn das Blut aus der Arterie des Opfers in einem derartigen Winkel an die Wand gespritzt war.

Sie hob den Blick zum Fenster, durch das jetzt Tageslicht fiel. Hatte der Pfarrer vielleicht versucht, durch das Fenster zu entkommen, als der Täter sich von hinten näherte. Aber warum hatte er das Opfer dann von vorne angegriffen. Ein Stich in den Rücken wäre genauso effektiv gewesen. Sie senkte den Blick, konnte keine auffälligen Spritzer auf dem Boden sehen. Hier war nur ein tödlicher Stich ausgeteilt worden.

Sidsel kratzte sich am Ohr, während ihr Blick die Sakristei absuchte. Die Spritzer an den anderen Wänden waren ähnlich, aber in variierender Höhe. Aus den Mustern ließ sich schließen, dass die Pfarrer sich mit verletzten Arterien durch den Raum bewegt hatten; ein äußerst unnatürliches Verhalten. Normalerweise wirkten der Schmerz und der Schock bei einer Verletzung der Arterie sich lähmend aus. So etwas wie hier hatte sie noch nie gesehen. Das Ganze war ein einziger Tuschkasten. Alles … badete in Blut.

Sidsel schluckte.

Sie holte tief Luft und spann den Gedanken weiter. Laut Lucas waren das die Worte ihres Vaters gewesen. Für einen alten Mann, der normalerweise nur wirres Zeug von sich gab, war das eine ziemlich präzise Wortwahl. Sie kratzte sich am Kinn. Hatte sie irgendetwas übersehen? Einen Zusammenhang? Hatte Hjalti sich möglicherweise über den Fund in der Kirche verplappert? Oder hoffte sie einfach nur auf einen hellen Moment im erloschenen Verstand eines alten Mannes?

Sie sah sich das Gesplatter an, das Chaos. Hier badete wirklich alles in Blut. Könnte das das zugrunde liegende Muster sein? Die Botschaft? Sie stellte fest, dass der Gedanke so neu nicht war, sondern schon eine Weile mit anderen nicht zu Ende gedachten, halb fertigen Denkansätzen in ihrem Unterbewusstsein geschlummert hatte.

Sie dachte an einen alten Mordfall aus Kopenhagen. Ein junger Mann, Handballspieler, war von seiner eifersüchtigen Ex mit drei Messerstichen auf der Toilette einer Bar attackiert worden. Ein

Stich hatte eine Arterie in der Leiste perforiert. Der junge Mann hatte es noch wenige Meter aus der Toilette herausgeschafft, ehe er über einem Tisch zusammenbrach.

Sie stellte sich die Choreografie vor, nach der sich die Pfarrer durch den Raum bewegt hatten, als sie mit dem Messer attackiert wurden. Brennende, schmerzhafte Stiche. Noch einer, noch einer, noch einer. Trotz der verletzten, stark blutenden Arterien mussten die Pfarrer mehrere Minuten durch den Raum geirrt sein, um so eine Riesensauerei in der Sakristei anzurichten. Sie schloss die Augen. Ein junger Mann, kräftig, fit. Wenige Meter Abstand. Die älteren, schwächeren Pfarrer hatten zehnmal so viele Stichwunden gehabt wie die jüngeren. Ein leiser Zweifel bohrte sich wie eine rostige Schraube in die Beweiskette, in die Logik, die sie so klar gesehen hatte. Sie schlug die Augen wieder auf. Wenn das hier hieb- und stichfest war, verzerrte es komplett ihren Eindruck des Tatorts. Die Blutspurenmusteranalyse sollte die Spritzer nicht einzeln und für sich, sondern als Ganzheit behandeln. Das Blutbad war die Botschaft. Und das passte gut zu der Tatsache, dass sie einen Täter suchten, wie es ihn auf den Färöern noch nicht gegeben hatte.

Sidsel zog zerstreut das vibrierende Handy aus der Tasche. Der Anruf kam von einem ihrer Kollegen aus Kopenhagen.

»Alles okay bei dir?«, fragte er, als er das Zittern in ihrer Stimme hörte. »Du klingst so anders.«

»Eine kleine Erkältung.«

»Na ja, da sind ja sicher auch niedrigere Temperaturen. Ich rufe wegen der Ergebnisse der Blutprobenanalyse an.«

»Okay.«

»Da hast du uns echt ein interessantes Mixprofil geschickt. Ich konnte eine Reihe intakter DNA-Profile extrahieren. Aber hast du dich in der Zusammenfassung verschrieben, als du nur fünf Opfer angegeben hast?«

»Nur? Was willst du damit sagen?«

»Ich habe elf verschiedene DNA-Faktoren gefunden.«

»Wie bitte?«

»Die Analyse hat sechs Blutgruppen ergeben.«

Sidsel bekam heiße Wangen. »Bist du sicher?«

»Natürlich bin ich das.«

Sie umklammerte das Handy, während ihr Gehirn auf Autopilot umstellte. War der Täter in dem Tumult selbst verletzt worden? Möglicherweise so schwer, dass jemand ihn hier im Ort versteckte? Zusammen mit Jákup? Sie ließ den Blick erneut durch die Sakristei schweifen, speicherte die Bilder des völlig neuen Tatorts mit Tausenden neuer Perspektiven im Gedächtnis ab.

»Sidsel, bist du noch dran?«

»Erzähl mir, was du hast.«

»Wie erwartet waren die ersten fünf Blutgruppen …«

»Die ersten fünf?«, fragte Sidsel. »Unterscheidet die sechste sich?«

»Ich weiß ja nichts über deinen Tatort, aber vielleicht ergibt es ja für dich einen Sinn.«

»Sag schon, was ihr gefunden habt.«

»Bei dem sechsten DNA-Profil handelt es sich nicht um Menschenblut.«

41

Hjalti fuhr von der Landstraße ab und lenkte den SUV einen grasigen Hang hinunter. An Lucas' Seitenscheibe rauschten schroffe Felsen vorbei, während er in seinem Sitz ordentlich durchgeschüttelt wurde.

»Wie gut kennst du die Gegend?«

»Lehn dich zurück, hier kann man nirgends abstürzen«, sagte der Färinger mit der Zungenspitze im Mundwinkel.

»Vielleicht sollten wir lieber zu Fuß weitergehen?«

»Das Auto ist Schlimmeres gewohnt.«

In dem Augenblick verloren die Reifen den Halt auf dem Gras, und in einer schwerelosen Sekunde glitt das Auto seitwärts einen Hang hinunter und blieb erst stehen, als der Untergrund ebener wurde.

Hjalti schaltete mit einem schiefen Grinsen den Motor aus.

»Willst du ein Paar Gummistiefel leihen?«

Lucas folgte Hjalti zwischen großen Findlingen hindurch über rostige Drahtzäune und schmale, leise rieselnde Bäche. Er schloss seine Lederjacke vor dem Wind, der in feuchten Stößen vom Fjord heranwehte, über dem die Wolken mit explosiver Wucht kreisten. Hjalti hatte einen Regenschutz über seinen Rucksack gezogen. Während Lucas widerstrebend die Gummistiefel angezogen hatte, hatte er den Färinger heimlich eine Signalrakete in seinen Rucksack stecken sehen. Das Nahtoderlebnis mit Shurdur auf See hatte vermutlich sein Vertrauen auf Gott als einzigen Beschützer in allen Lebenslagen angekratzt.

Lucas hatte sich unter nicht laut geäußerten Vorbehalten auf die Fahrt hierher eingelassen. Hjalti behauptete, etwa vor einem Jahr in der Gegend eine ungenehmigt errichtete Hütte entdeckt zu haben. Theoretisch könnte das Heralvs bislang noch unbekanntes, nächtliches Ausflugsziel sein. Lucas war sich allerdings nicht ganz sicher, ob Hjalti ihm mit der Tour hierher nur beweisen wollte, dass er was zu den Ermittlungen beizutragen hatte. Dass ihm im Gegensatz zu seinen schwänzenden Kollegen ein bisschen Gegenwind nichts ausmachte. Aber vielleicht war der Grund auch viel banaler: dass Hjalti tatsächlich davon überzeugt war, ein fähiger Polizist zu sein.

Allen Bedenken zum Trotz spielte Lucas mit. Nicht, weil er dem Färinger eine Chance geben wollte, sondern auf der Basis des einfachen Ausschlussprinzips, dass er nichts Besseres vorhatte.

»Wann warst du das letzte Mal hier?«, fragte Lucas kurzatmig Hjaltis Rückenansicht.

»Vor einem Jahr. Da habe ich ein paar schwedische Touristen hier rumgeführt.«

Sie gingen durch einen Grabenbruch mit moosgrünen Felsen auf beiden Seiten.

»Warum hast du die illegale Hütte nicht da schon der Naturbehörde gemeldet?«

»Weil ich nicht wusste, ob sie jemandem gehört, den ich kenne.«

Das Echo von Lucas' Stöhnen rollte zwischen den Felsen hin und her. Kurz darauf kamen sie auf einen steinigen Talweg.

»Übrigens, das unten im Bootsschuppen …«, sagte Hjalti. »Das hat Shurdur natürlich nicht ernst gemeint.«

»Sieht Shurdur das auch so?«

»Er würde niemals einem Polizisten was antun.«

»Hat ihn nur zurückgehalten, dass ich Polizist bin?«

»Ich will nur sagen, dass du nicht in Gefahr warst.«

Ein kalter Wind blies durch Lucas' viel zu dünne Jacke.

»Vielleicht sollten wir besser umkehren.«

»Wir sind fast da. Da vorn.« Hjalti zeigte auf einen Stock, der auf der Bergkuppe in der Erde steckte, und vollführte eine wedelnde Bewegung mit der Hand.

»Die fallen jedenfalls nicht vom Himmel. Orientierungsmarker werden von Menschen gesetzt. Lass uns nachschauen, ob da was ist.«

»Great«, murmelte Lucas.

Der Wind blies waagerecht über den Bergkamm. Der Ausblick war der Wahnsinn. Lucas starrte fröstelnd und mit verschränkten Armen auf die wellige Berglandschaft, diese massive, unbewegliche Gleichförmigkeit, so weit das Auge reichte. Hjalti wirkte erstaunlich aufgedreht, als ob die Weite und die Abwesenheit anderer Menschen seine Unsicherheit verscheuchten.

»Da drüben ist noch eine Markierung.«

Lucas folgte Hjalti einen Hang hinunter und den nächsten wieder hinauf.

»Hierher!«, rief Hjalti mit wedelnden Armen vom höchsten Punkt aus.

»Krieg dich wieder ein!«, keuchte Lucas, als er bei ihm ankam.

Die Hütte stand abweisend und dunkel da wie ein Bunker am Grund einer kleinen Talsenke.

»Was machen wir jetzt?«, fragte Hjalti.

Seine Unsicherheit war zurück, und ausnahmsweise einmal störte Lucas sich nicht daran. Die abseitige Lage, das kleine schwarze Fenster, das Gefühl von Leben, wo es eigentlich keins geben sollte, ließ ihn selber die Stimme senken.

»Wir wissen nicht, ob das Heralvs Hütte ist. So wenig, wie wir wissen, wer oder wie viele Personen sich möglicherweise dort aufhalten.«

»Aber?«

Lucas zog seine Waffe.

»Bist du bewaffnet?«

Hjalti nickte. »Mit einer Stahlthermosflasche.«

»Um einen Mann festzunehmen, der vier ausgewachsene Kerle getötet hat?«

Hjalti hob einen Stein aus dem Gras auf. »Leg dich hin.«

»Solange färingische Steine nicht mit Pulver gefüllt sind, rate ich dir …«

Hjalti warf den Stein auf die Hütte und schmiss sich der Länge nach ins Gras. Der Stein knallte mit einem lauten Schlag aufs Dach.

Lucas warf sich neben ihm auf die Erde.

»Verdammt, Hjalti!«

Durch den strömenden Regen observierten sie die Hütte, in der sich nach einer Minute immer noch nichts tat. Hjalti hob einen neuen Stein auf. Warf ihn. Neuerliches Krachen. Aber es kam niemand heraus. Lucas schüttelte sich. Seine Kleider sogen sich von unten mit kaltem Wasser voll, während er von oben von nicht weniger kaltem Regen durchnässt wurde.

»Soll ich Verstärkung anfordern?«, fragte Hjalti.

»Wir gehen runter.«

»Und was tun wir, wenn da doch jemand ist?«

»Dafür sorgen, dass wir uns besser als die Pfarrer schlagen.«

Sie liefen den rutschigen Hang hinunter. Es gab keinen Grund, sich anzuschleichen, nachdem die Steinwürfe sie längst verraten hatten.

Lucas signalisierte Hjalti, sich neben der Tür zu positionieren, und legte die gewölbten Hände an das einzige Fenster. Der wolkenverhangene Himmel und die Tropfen an der Scheibe erschwerten die Sicht. Er ahnte einen Tisch, eine kleine Teeküche. Der Rest lag im Dunkeln.

»Da ist niemand«, sagte Lucas mit einem kurzen Zögern in der Stimme.

»Die Tür ist von außen verschlossen. Das hier sieht neu aus«, sagte Hjalti und rüttelte an dem Vorhängeschloss. Und wieder sammelte er einen Stein von der Erde auf. »Soll ich?«

»Lieber nicht«, sagte Lucas. »Wir haben ja keinen Hausdurchsuchungsbeschluss.«

Hjalti sah sich nervös in der menschenleeren Wildnis um.

Lucas schnalzte mit der Zunge. »Meine Güte, Hjalti! Jetzt zerschlag schon das Schloss!«

Hjalti schwang den Stein mit beiden Händen auf das Schloss. Die Grashänge schluckten das metallene Echo wie Isolierschaum. Das Vorhängeschloss wackelte in einem wilden Tanz. Hjalti schlug beim nächsten Mal so fest zu, dass ihm Splitter um die Ohren flogen, als er das Holz um das Schloss traf.

»Du sollst das Schloss zerschlagen.«

»Probier ich ja«, stöhnte Hjalti.

»Lass mich mal …«

Die Tür schwang mit einem trockenen Knacken nach innen auf. In dem schummrigen Dämmerlicht bot sich Lucas ein so unerwarteter Anblick, dass er für ein paar Sekunden mit offenem Mund und wie angenagelt dastand.

42

Auf einer Pritsche an der hinteren Wand lag ein Mann unter einer schmuddeligen Decke. Wangen und Stirn waren mit Schnittwunden übersät, die Mundwinkel gequält verzerrt. Er lag ganz still da wie in Stein gemeißelt. Auf dem Boden vor dem Bett lagen blutgetränkte Mullbinden und Wattebäusche verstreut. An einem Haken über dem Bett hing ein mit klarer Flüssigkeit gefüllter Gefrierbeutel, von dem ein Gummischlauch zu einem improvisierten Venenkatheter in Form einer Kanüle lief, die mit Pflaster auf dem Handrücken des Mannes festgeklebt war.

Hjalti stand mit aufgerissenen Augen im Türrahmen.

»Das ist er. Das ist Jákup.«

Mit einem Satz war Lucas bei dem Bett.

Der Pfarrer rührte sich nicht. Sein Körper verströmte einen sauer vergorenen Geruch. Lucas umfasste behutsam seine Hand.

»Hallo, Jákup? Wenn Sie mich hören, drücken Sie meine Hand.«

»Ist er tot?«, fragte Hjalti aus sicherem Abstand von der Tür.

Lucas sah sich die primitive Infusionsvorrichtung an und hob die Decke hoch. Der Torso des Pfarrers war ein blutverschmiertes Grauen. Durch die klebrige Masse wanden sich Heftklammerspiralen wie Tausendfüßler, die die Wundränder der Stichwunden zusammenhielten. Der Gazeverband um die Oberschenkel war mit braunen Flecken vollgesogen, und um das eine Bein war als Kompresse ein Gürtel festgezurrt.

»Mein Gott ...«, presste Hjalti hervor.

»Hier ist kein Gott, um ihn zu retten.« Lucas verstummte. Hatte der Pfarrer gerade mit den Fingern gezuckt? Ein schwaches SOS von der anderen Seite. »Hallo, Jákup? Sind Sie da?«

Die blau geäderten Augenlider des Pfarrers zitterten. Und dann, so plötzlich, dass Lucas erschrocken seine Hand wegzog, würgte der Mann einen Blutklumpen auf sein Kinn.

Lucas drehte sich zu Hjalti um.

»Wir brauchen einen Heli! Sofort!«

Der Färinger starrte wie paralysiert den Pfarrer an.

»Hjalti! Rettungshelikopter!«

Hjalti erwachte aus seiner Trance, nahm seinen Rucksack ab und suchte das Funkgerät.

»10–34«, sagte er. »Ich wiederhole: 10–34, over.« Seine Stimme verebbte in dem weißen, knisternden Rauschen des Funkgerätes.

Lucas fluchte. Da spürte er den Blick des Pfarrers auf sich, verschwommen und glyceringlänzend, nicht von dieser Welt.

»Alles … s-soll… in Blut baden.«

Lucas wich vor dem Verwesungsgeruch aus dem Mund des Mannes zurück.

»Wer hat Ihnen das angetan? Nennen Sie mir einen Namen!«

Die Stimme des Pfarrers war nur noch ein schwaches, metallisches Flirren. Hjalti lief vor der Hütte hin und her, immer noch ohne Signal.

Lucas sah den Todesschatten über das Gesicht des Pfarrers ziehen, wie er es schon so viele Male gesehen hatte. Die nachlassenden Kräfte, das schwindende Bewusstsein, der Umschwung von Angst und weinerlicher Reue zu einer unerwarteten Erleichterung über die Freiheit, einfach nur loslassen zu können.

Lucas schüttelte seine Hand. »Jetzt sagen Sie schon was, Sie alter Narr!«

Der Pfarrer bewegte die Lippen, die wie schief zugeknöpfte Knopfleisten aufeinanderlagen.

Hjalti stapfte in die Hütte. »Ich kriege kein Signal. Was soll ich machen?«

Lucas ignorierte ihn. Er war sich sicher, dass der Pfarrer gerade einen Namen mit den Lippen geformt hatte. Einen Namen, der nichts in den Gedanken eines sterbenden Menschen zu suchen hatte.

»Lucas? Was soll ich …«

Lucas fuhr fauchend herum.

»Such einen höheren Punkt! Wir brauchen einen verfickten Helikopter! Jetzt!«

43

Der Regen prasselte auf das Hüttendach. Lucas lief in der abgestandenen Luft hin und her. Der Pfarrer war wieder bewusstlos, und er wollte ihn nicht aus dem Schlaf reißen. Wie er es einschätzte, hing die zu erwartende Lebenszeit des Mannes am buchstäblichen seidenen Faden. Ein neuerliches Aufwachen könnte ihn seine letzten Kraftreserven kosten. Und der Pfarrer musste überleben. Oder wenigstens so lange am Leben erhalten werden, bis er ihnen sagen konnte, was in der Kirche geschehen war.

Lucas sah sich um. Lenkte seine Gedanken ab.

Die Hütte war schlicht eingerichtet. Ein halbhohes Bücherregal, ein Tisch, ein Stuhl, und in der Ecke ein kleiner gusseiserner Ofen. Entweder rechnete der Bewohner der Hütte nicht mit Gästen, oder die Hütte war, wie Lucas das Gefühl hatte, ein Zufluchtsort. Er ging zu dem Regal, ließ den Blick über die Titel gleiten. Einer der Buchrücken war besonders abgegriffen. Er zog das Buch heraus. Las den Titel. In einem dunklen Winkel seines Gehirns regte sich etwas. Ein Nebensatz, eine Erkenntnis, die das Gedächtnis stolpernd einzufangen versuchte.

Lucas schaute aus dem Fenster. Hjalti kam den Hang heruntergerannt. Lucas dachte an die Suchtrupps, die das Gelände nach Jákup abgesucht hatten. Die einsame Landschaft. Die Isolation. Wie weit die Menschen voneinander entfernt lebten.

Er sah sich den Buchtitel noch einmal an. Das konnte kein Zufall sein. Sie hatten ihren Mann gefunden.

Oder wie immer man es nennen wollte.

Hjalti stürmte atemlos zur Tür herein.

»Es hat geklappt! Ich hab ein Signal gefunden. Der Helikopter ist gestartet, während ich der Zentrale die Koordinaten durchgegeben habe.«

»Das ging schnell.«

»Die Luftrettung einer Fischernation ist immer in höchster Alarmbereitschaft.«

Lucas nickte. Dann stellten sich ihm die Nackenhaare auf.

»Wo kommt der Helikopter her?«

»Vom Flugplatz Vágar. Das ist nicht weit.«

»Vágar liegt auf einer der östlichen Inseln, richtig?«

»Ja.«

»Wo liegt das Dorf im Verhältnis zu unserer Position und der Route des Helikopters?«

»Ich denke, er wird auf dem letzten Abschnitt über Gøta fliegen.«

»Überfliegt er dann auch das Dorf?«

»Wenn der Pilot sich so lange wie möglich über dem Wasser hält, ist das wahrscheinlich. Das Dorf liegt ja direkt am Fjord.«

Lucas schlug nachdenklich das Buch auf die Handfläche.

»Gott sei Dank hab ich das hier eingepackt!« Hjalti zog die Leuchtrakete aus seinem Rucksack. »Sobald wir den Helikopter hören, laufe ich hoch zum Bergkamm und schieße sie ab.«

»Sobald wir den Helikopter hören«, wiederholte Lucas, den Blick aus dem Fenster gerichtet. Wildnis, Stille. Der Helikopter würde schon von Weitem zu hören sein. Sie warnen. Ihnen Zeit zum Reagieren geben.

»Scheiße!«

»Was ist los?«, fragte Hjalti.

»Scheiße!«, rief Lucas noch einmal und zog sein Handy aus der Tasche. Tot. Nass.

»Gib mir dein Handy.«

»Ich verstehe nicht …«

»Wo hast du Netz gehabt?«

»Hinter dem Hügel.« Er zeigte in die Richtung.

Lucas riss ihm das Telefon aus der Hand und rannte den Hang hinauf.

Hjalti hob das Buch vom Boden auf, das Lucas dort fallen gelassen hatte, und las den Titel laut vor: *»Der Graf von Monte Christo.«*

44

An ihrem plötzlich wieder einsetzenden Atem merkte sie, dass sie unbewusst die Luft angehalten hatte. Vielleicht, weil zum Atmen keine Zeit ist, wenn man sich im freien Fall in seinem eigenen Kopf befindet.

»Wenn das kein Menschenblut in der Kirche ist, was ist es dann?«

»Irgendein Tier«, sagte der Kollege. »Wir haben die Probe wieder ins Labor geschickt. Gibt es da oben bei euch irgendwelche creepy Kultrituale mit Blutopfern und so?«

»Könnte das Blut älteren Datums sein, von einem anderen Ereignis?«

»Nope, es ist im etwa gleichen Zersetzungsstadium wie das Menschenblut, das du geschickt hast.«

»Welche Batch-Nummer hat das fremde Blut?«

Papierrascheln. »Nummer drei.«

Sidsel schluckte. Batch drei. Die Blutspritzer zwischen den Kirchenbänken. Dann war sowohl Menschen- als auch Tierblut auf dem Läufer. Die Gedanken rotierten unsortiert durch ihren Kopf, neue, unorganisierte Assoziationen von einem Tatort, den sie eigentlich einigermaßen in den Griff gekriegt zu haben glaubte.

»Ich bin ja echt neugierig, mit was du es da zu tun hast.«

»Das bin ich auch«, murmelte Sidsel und legte auf.

Sie ging nach draußen an die frische Luft und ließ den Blick über den Fjord schweifen, der wie gewölbtes Glas glitzerte. In der Luft über dem Wasser flirrte ein kleiner schwarzer Punkt. Weit draußen. Sie konnte nicht erkennen, was es war.

Ohne ihr Zutun demontierte und rekonstruierte ihr Gehirn neue und alte Ermittlungsergebnisse, doch egal, welche Richtung

sie einschlug, spürte sie den Widerstand einer alles überschatten-
den Problematik: Wohin mit dem Teilchen, das zu einem offensichtlich ganz anderen Puzzle gehörte? Tierblut. Was zum Henker
hatte sich in jener Nacht in der Kirche abgespielt?

Sie kniff die Augen zu. Der schwarze Punkt wurde größer, und
sie hörte das monotone Schlagen von Luft, die Luft verdrängte.
Das waren die Rotorblätter eines Helikopters. Sie griff nach
dem Handy in ihrer Tasche. Anruf von einer unbekannten
Nummer.

»Hallo?«

»Bist du im Dorf?«, rief Lucas, den Mund voller schwerer Atemzüge.

»Lucas? Was ist …«

»Bist du im Dorf?«

»Ja.«

»Siehst du einen Helikopter?«

Sie hob den Blick. Hörte das Propellerdröhnen.

»Ja, er ist gleich über mir.«

»Shit! Kannst du irgendwas machen? Ein Signal schicken, damit er den Kurs ändert?«

Der Helikopter war jetzt so nah, dass sie die neongelben Streifen an den Seiten erkennen konnte.

»Was? Nein. Warum hast du einen Rettungshelikopter angefordert?«

»Wir haben ihn, Sidsel!«

»Wen?«

»Keine Zeit, das zu erklären. Trommel alle Beamten zusammen,
die du zu fassen kriegst, und …«

Der Luftdruck schlug ihr auf den Solarplexus, als der Helikopter über den Friedhof rauschte.

»Das Letzte hab ich nicht verstanden, Lucas! Noch mal!«, rief
sie und sah, wie der Lärm die Leute aus ihren Häusern lockte.

Lucas wiederholte das Gesagte, und obwohl seine Anweisungen

völlig klar waren, hatte sie keine verdammte Ahnung, was jetzt passieren sollte.

Sie rannte los. Das Geräusch ihrer Schritte alarmierte den Polizisten, der am Eingangstor Wache hielt.

»Alle Mann zusammentrommeln!«, rief sie kurzatmig.

»Okay …«

Sein träger Tonfall provozierte sie.

»Jetzt hör mal gut zu, du verdammter Dorfsheriff, die Siesta ist vorbei! Ich geb dir dreißig Sekunden, deine Kollegen für eine Stürmung zusammenzurufen.«

»Stürmung?« Der Färinger schluckte. »Wo?«

»Heralvs Haus.«

»Bei der Transe?«

»Nein, beim Mörder.« Sidsel atmete tief ein. »Und wir müssen vorsichtig sein. Der Rettungshelikopter hat ihn möglicherweise gewarnt.«

Das Geräusch durchdrehender Autoreifen hallte zwischen den Häusern die Straße hoch. Sidsel starrte zu der leeren Straßenecke hin, hörte, wie hektisch ein Gang gewechselt wurde, ein Motor heulte auf, und im nächsten Augenblick schoss unmittelbar vor ihr ein Wagen um die Ecke. In Zeitlupe zog Heralvs Gesicht hinter der Windschutzscheibe an ihr vorbei. Kalkweiß und verzerrt. Er trug einen hellroten Bademantel mit zu kurzen Ärmeln. Das Auto rauschte vorbei und verschwand die Steigung hinauf.

Sidsel und der Wachmann spurteten zum Streifenwagen. Sie nestelte ihr Handy aus der Tasche, als sie auf die Straße bogen, und wurde gegen die Seitenscheibe geschleudert.

»Er ist entkommen!«, sagte Sidsel in der Sekunde, als Lucas antwortete.

»Zwanzig Beamte, um eine Person festzunehmen! Wie zur Hölle kann das sein?«

»Schneller!«, rief Sidsel dem Polizisten am Steuer zu und schnallte sich an. Er trat das Gas durch. Der Wagen schoss mit einer Geschwindigkeit den Hügel hoch, als wollten sie vom höchsten Punkt abheben.

»Wir sind ihm dicht auf den Fersen«, informierte sie Lucas.

»Wir werden schon ...«

Der Streifenwagen erreichte die Kuppe.

»Wiederhol das, Sidsel! Was hast du als Letztes gesagt?«

Sie schaute fassungslos auf die leere Straße vor ihnen.

»Er ist ... weg.«

Lucas blaffte in das Mikrofon. »Das ist nicht dein Ernst, dass ihr ihn das zweite Mal in zwei Minuten verloren habt!«

Die Verbindung wurde unterbrochen. Sidsel konnte nicht sagen, ob sie oder er zuerst aufgelegt hatte.

45

Lucas kniff die Augen vor dem Nieselregen zusammen, der über die Hügellandschaft wirbelte. Die ersten Suchtrupps waren bereits in dem hügeligen Terrain verschwunden. Weitere waren auf dem Weg. Mit Hunden und Drohnen. Heralv dürfte ihren Atem im Nacken spüren. Sie hatten ihn. Und das alles dank eines unerwarteten Helden aus dem Ort, den Lucas eigentlich längst aus dem Drehbuch gestrichen hatte.

»Glaubst du, dass Jákup überlebt?«

Lucas betrachtete den Helden, der mit dem Hinterteil an seinem großen Auto lehnte, das am Straßenrand parkte und unbeabsichtigt hervorhob, dass er ein wenig kleiner und ein wenig schwächlicher auf die Welt gekommen war als seine Zwillingsschwester.

»Immerhin hat er mehrere Tage in einer primitiven Hütte mit rudimentärer Erster Hilfe überlebt«, sagte Lucas. »Er scheint ein zäher Knochen zu sein.«

Hjalti verlagerte nervös das Gewicht von einem Fuß auf den anderen.

»Ich werde nicht schlau aus dem Set-up in der Hütte. Warum hat Heralv versucht, Jákup das Leben zu retten, wenn er ihn ursprünglich töten wollte?«

»Es ist ein Unterschied, jemandem das Leben zu retten oder jemanden am Leben zu halten. Das ist eine persönliche Sache zwischen Jákup und Heralv. Die anderen Pfarrer waren möglicherweise in der Nacht nur im Weg.«

»Hat er Jákup am Leben gehalten, weil er leiden sollte?«

»Ich glaube, du begreifst nicht ganz, wie viel Schmerz ihr Heralv im Lauf seines Lebens zugefügt habt. Isoliert und verachtet. Eure Ablehnung hat als permanenter Druck auf ihm gelastet. Jahr um Jahr nur *fight or flight*. Das höhlt die Psyche aus. Am Ende ist es kaum noch zu vermeiden, dass der Verstand leidet.«

»Was heißt das konkret?«

Lucas zündete mühsam eine Zigarette im Wind an.

»Nach jahrelangem Kampf gegen die Verurteilung und Ablehnung durch die Dorfbewohner hat Heralvs Verzweiflung vielleicht einen Punkt erreicht, an dem die Rachefantasien Nahrung bekommen haben. Wo bis dahin ein Gefühl von Ausgestoßensein und Demütigung war, ist da plötzlich das Bedürfnis, einen Verantwortlichen für diesen Zustand zu finden. Jemand soll dafür bezahlen. Depression und Paranoia sind eine explosive Mischung, die vermutlich einen Verfolgungswahn ausgelöst haben, Zwangsvorstellungen über die Situation, in der er gelandet ist und was er tun muss, um sich daraus zu befreien. Möglicherweise hat er sich in dieser Phase ein tatkräftiges Vorbild gesucht, mit dem er sich identifizieren kann.«

»Spielst du auf das Buch an? *Der Graf von Monte Christo?* Das du in der Hütte gefunden hast?«

»Ich habe mit Heralv darüber gesprochen. Der Protagonist, Edmond Dantès, leidet an einer Persönlichkeitsspaltung. Er erfindet einen Alias, den Grafen von Monte Christo, der alle Menschen bestraft, die Edmond Schaden zugefügt haben.«

Hjalti zog seine Regenkapuze über den Kopf.

»Hört sich naheliegend für jemanden wie Heralv an. Dass er sich wie mehrere Personen fühlt, meine ich.«

»Was immer es war, das Heralv ausgebrütet hat, es hat ihn zu Jákup geführt. So wie der Pfarrer Heralv zum Symbol der Verderbtheit erklärt hat, hat Heralv den Pfarrer zu seinem Symbol des Bösen gemacht.«

»Wie gut, dass dieser Albtraum ein Ende hat«, murmelte Hjalti trocken.

»Das ist nicht das Ende«, sagte Lucas und sah den Rauch von seinen Lippen im Wind verwirbeln. »Nicht, bevor wir Heralv haben. Nicht, bevor wir ihn verhört haben.«

»Warum willst du ihn noch verhören und schickst ihn nicht direkt in den Knast?«

»Ist das jetzt dein Gerechtigkeitsempfinden oder deine Religion, die aus dir spricht?«

»Ich verstehe einfach dein Bedürfnis nicht, ihn zu verstehen.«

Lucas sog lange an der Zigarette.

»Als ich bei euch zum Abendessen war, hat deine Frau gesagt, Heralv würde sich seine eigene Realität schaffen, weil er nicht in die Realität passt, die für ihn vorgesehen ist. Du übersiehst in diesem Moment genau denselben Punkt wie sie: dass ihr in Heralvs Realität nicht weniger fehlplatziert seid als er in eurer.«

»Aber der Fall ist doch geklärt. Jákup lag in Heralvs Hütte. Heralv ist vor der Polizei geflohen. Warum also diesem Wahnsinn noch mehr Redezeit einräumen?«

»Bevor ich auf die Färöer gekommen bin, habe ich einen Mann verhört, der den neuen Lover seiner Ex-Frau getötet hat. Der Mann hat mir erzählt, dass der neue Partner die Kinder von ihm und seiner Ex-Frau betatscht hat.«

»Auf menschlicher Ebene durchaus verständlich«, warf Hjalti ein.

»Vor der Vernehmung habe ich die Psychologin angerufen, bei der die Kinder in Behandlung waren. Eine wirklich gute Sachbearbeiterin mit langer Berufserfahrung. Sie konnte keine Anzeichen für sexuelle Übergriffe finden.«

»Ich versteh die Pointe nicht ganz.«

»Solange man selber davon überzeugt ist, edle Motive zu verfolgen, sind keine Grenzen dafür gesetzt, was ein Mensch vor sich selber rechtfertigen kann. Der Mann hat sich eingeredet, dass er den neuen Mann getötet hat, um seine Kinder vor ihm zu schützen. Dabei war es letztendlich nur ein ganz primitiver Mord aus Eifersucht.«

Hjalti nickte nachdenklich.

»Du willst also gerne wissen, was Heralvs edles Motiv war, vier Pfarrer zu töten?«

»Nein, nein«, sagte Lucas durch eine Rauchwolke. »Ich rede nicht von Heralv. Ich rede vom Bibelgürtel. Ihr seid für diese Tragödie verantwortlich. Es sind eure Vorurteile, euer Gott, eure edlen Motive, die einen Menschen isoliert und am Ende über den Rand in den Abgrund gestoßen haben.«

Hjalti sah mit starrem Blick zum Horizont.

»Vermutlich sollte ich wütend werden über das, was du da sagst.«

»Aber?«

Er seufzte. »Ísakur hält dich für gefährlich. Deine ketzerischen Ideen. Meine Frau auch. Warum ist das so? Wenn unsere Realität die wahrhaftige wäre, bräuchten sie sich doch keine Sorgen machen, dass ich Zeit mit dir zusammen verbringe. Oder mit Eivør.«

»Ich glaube nicht, dass sie sich unseretwegen Sorgen machen.« Lucas sah Hjalti in die Augen. »Du bist das Problem. Deine Familie weiß, dass du schwach bist. Leicht beeinflussbar.«

»Wartet's nur ab, eines Tages werde ich euch alle zusammen überraschen. Nehmt ihr Heralv direkt mit nach Dänemark?«

»Ich weiß nicht, ob wir schon nach Hause können.«

»Was meinst du damit?«

»Keine Ahnung.« Lucas schnippte die Kippe durch die Luft. »Du siehst blass aus, Hjalti.«

Hjaltis Mund verzog sich. Er schüttelte den Kopf.

»*Der Graf von Monte Christo*. Von dem Buch hab ich noch nie gehört.«

»Ist auch aus dem neunzehnten Jahrhundert.«

»Ein uraltes Buch über Rache.« Hjalti sah Lucas von der Seite an. »Musstet ihr das in der Schule lesen?«

»Nein.«

46

Zwei Streifenwagen kamen hinter Hjaltis SUV zum Stehen. Sidsel und eine Gruppe Polizisten stiegen aus. Die Beamten bereiteten augenblicklich ihre Ausrüstung vor: schusssichere Westen, Taschenlampen, Rucksäcke mit Taurollen.

Lucas ging Sidsel entgegen.

»Jákup wird jetzt in der Klinik stabilisiert«, sagte sie, ehe Lucas bei ihr angekommen war, als wollte sie die Gesprächsrichtung vorgeben.

»Okay, aber … was machst du hier?«, fragte Lucas, als sie ihn am Arm packte und von den anderen wegzog.

»Das NKC hat sich wegen der Blutspurenanalysen aus der Kirche gemeldet.« Sie sprach mit gedämpfter Lesesaalstimme. »Bei einer der Blutproben handelt es sich nicht um Menschenblut.«

Lucas Brauen schossen in die Höhe.

»Was für Blut ist es dann?«

»Irgendein Tier. Sie haben es erneut ins Labor geschickt.«

Lucas zögerte. Tief in seinem Unterbewusstsein wurde eine Seite angeschlagen.

»Hältst du es für eine gute Idee, mit den Suchtrupps mitzugehen?«, fragte Sidsel.

»Wieso?«

»Der Autounfall, deine nachträgliche Reaktion. Es kann lebensgefährlich sein, wenn du in der Wildnis und mit einem frei herumlaufenden Mörder eine Stressattacke kriegst.«

Ihr Flüstern irritierte Lucas. Als ob ihr das Ganze peinlich wäre. Als ob er sich seinetwegen schämen müsste.

»Lass mich mit deiner Psychologie in Ruhe«, sagte er kalt. »Mir war schlecht, nachdem wir im Auto so durchgerüttelt worden sind. Mehr nicht.«

Sie ließ den Blick noch eine Weile an ihm hängen.

»Ich glaube übrigens, dass ich was gefunden habe.«

»Ja?«

»Das ist vielleicht ein abwegiger Gedanke, aber was, wenn das Blutbad eine Tarnung ist? Wenn jemand überall Blut verspritzt hat, um die Ermittlungsarbeit zu erschweren?«

»Tja, wenn es irgendwas gibt, wobei ihr Färinger nicht zimperlich seid, dann doch ein ordentliches, klassisches Blutbad.« Lucas fingerte an einem seiner Ringe herum. »Apropos zimperliche Färinger. Ist dir irgendwas aufgefallen, als Heralv an euch vorbeigefahren ist? War er bewaffnet?«

»Er trug einen hellroten Bademantel, und … Vergiss es, das ging alles so schnell, dass ich es falsch gesehen haben muss.«

»Was?«

Sidsel zog die Schultern hoch. »Ich glaube, er hat geweint.«

47

Der Arzt öffnete mit einer Schlüsselkarte und einem eingetippten Code die Tür zu einer geschlossenen Abteilung. Er war ein jüngerer Mann mit schütterem Haar und einer unpersönlichen Diktafonstimme. Sidsel und Hjalti schwebten hinter ihm her durch einen anonymen, sterilen Flur wie plombierte Waren auf einem Rollband.

»Der Patient wurde in ein künstliches Koma versetzt, sein Zustand ist nach wie vor kritisch. Sie werden ihn noch nicht einmal ansatzweise vernehmen können.«

»Ich muss nur Fotos von den Verletzungen machen«, sagte Sidsel.

»Kein Blitz. Und ich kann Sie nur eine begrenzte Zeit zu ihm lassen. Er braucht absolute Ruhe.«

Sidsel nickte. Ein Teil von ihr war wie gelähmt, aber der professionelle Teil hakte eine geistige Checkliste ab, was sie alles erledigen wollte, wenn sie gleich bei ihrem Kronzeugen waren.

»Wieso wird der Verletzte eigentlich bewacht?«, fragte der Arzt.

»Das können wir leider nicht beantworten.«

»Wird er überleben?«, fragte Hjalti.

»Wenn er die Nacht übersteht, hat er gute Chancen. Aber bei einem derart hohen Blutverlust ist alles möglich. Er hatte kaum noch Puls bei seiner Einlieferung.« Der Arzt nickte dem Polizisten zu, der auf einem Stuhl vor der geschlossenen Tür saß. »Nicht vergessen: Fassen Sie sich kurz.«

Der Arzt öffnete die Tür. Am Kopfende des Bettes standen leuchtende, blinkende Apparate, die kurze Sonartöne von sich gaben, während der Respirator abgehackt zischte. Gummischläuche verbanden die Maschinen mit dem Körper des Pfarrers. Sein Gesicht war komplett von einer großen Atemmaske bedeckt.

»Er kann nicht plötzlich aufwachen, oder?«, fragte Hjalti.

Sidsel sah ihren Bruder an. Seine Schulter klebte so fest an dem Türrahmen, wie er an jenem Tag bei der Grindwaljagd am Rocksaum seiner Mutter geklebt hatte.

»Komm, hilf mir«, sagte sie mit einer unprofessionellen Geschwisterschroffheit.

Sie schaute runter in Jákups Gesicht. Versteinert, grau. Nicht wiederzuerkennen. Das half.

»Heb die Decke hoch«, forderte sie Hjalti auf.

»Was ist mit den Schläuchen?«

»Bitte nicht anfassen«, sagte der Arzt.

Hjalti verzog das Gesicht beim Anblick des Schlauchs, der in einer Ader am Schlüsselbein steckte.

»Wozu ist der gut?«

»Das ist eine Infusionspumpe mit Barbituraten. Der Patient wird intravenös mit schmerzstillenden Mitteln versorgt.« Der Arzt las die Zahlen von einem Bildschirm ab. »Das unterbindet energiefressende Muskelkontraktionen. Wie gesagt, er braucht jede Muskelfaser für seinen Kampf, die Nacht zu überleben.«

»Hjalti, die Decke.«

Ihr Bruder hob die Decke mit Daumen und Zeigefinger an wie einen verseuchten Putzlappen.

Sidsel machte Fotos mit einem kaum sichtbaren Nachtblitz. Sie machte Nahaufnahmen von den linearen Abschürfungen über seinen Rippen und an den Unterarmen. Hatten die anderen Pfarrer auch solche Verletzungen gehabt? Sie glaubte es nicht, aber nachprüfen konnte sie es auch nicht wegen des ungeladenen Gasts, der alle Aufzeichnungen und Notizen mitgenommen hatte.

»Wir müssten die Schläuche entfernen«, sagte sie.

»Kommt nicht infrage«, konterte der Arzt.

»Ich muss mir die Wunden ansehen, sie vermessen.«

»Ihr Zuständigkeitsbereich sind die Toten. Für die Lebenden, für die ich verantwortlich bin, gelten andere Regeln.«

»Der Patient war einem Verbrechen ausgesetzt. Es ist von höchster Dringlichkeit, dass wir alle Informationen sammeln.«

»Nur über meine Leiche.«

Sidsel sah Hjalti über das Bett hinweg an. Sie nickte ihm zu. Er ließ die Decke los.

Sie folgte dem Arzt zur Tür, als es hinter ihnen schepperte. Sie fuhr herum. Starrte fassungslos zu Hjalti, der auf dem Boden lag und sich das Schienbein rieb, das er sich am Unterbau des Krankenbetts gestoßen hatte. Die Apparate um das Bett herum begannen zu heulen und zu blinken. Der Arzt lief zurück und drückte hektisch irgendwelche Tasten. Sidsel ballte die Hände zu Fäusten. Am Rand ihres Sichtfeldes sah sie, wie Hjalti aufstand und sich hinter den lebenserhaltenden Maschinen an die Wand drückte. Sie konnte sich nicht überwinden, ihn anzusehen. Steckte für einen Augenblick in den Schuhen ihres Vaters, in einer blutroten Brandung, und sah einen Jungen, der sich weigerte, der Sohn zu sein, den er sich so sehr wünschte.

»Du bist so still«, sagte Hjalti, als sie wieder im Auto saßen und aus Tórshavn herausfuhren.

Sidsel sah zu dem grau abgestuften Horizont hin, den zerklüfteten Felshängen.

»Ich wollte doch nur helfen, dir deine Bilder zu verschaffen.«

Sidsel betrachtete das Profil ihres Bruders.

»Bitte, sag mir, dass das nicht dein Ernst ist. Sag mir, dass du den Sturz nicht für mich inszeniert hast.«

»Ich dachte, der Arzt würde vielleicht loslaufen und eine Schwester holen.«

Sidsel wischte sich mit einer Hand durch das Gesicht.

»Das war dumm, Hjalti. Richtig, richtig dumm.«

»Ich dachte, du würdest dich freuen.«

»Freuen? Er ist unser Kronzeuge! Du hättest ihn umbringen können.«

»Und was ist mit Lucas? Er verstößt auch dauernd gegen die Regeln, bricht mit bewährten Denkmustern. Und du magst ihn, das sehe ich doch.«

»Aber du bist nicht Lucas. Du bist doch nur …« Sie schwieg.

»Los, sag's schon.«

Sidsel lehnte den Kopf gegen die Nackenstütze.

»Lucas hat recht, du hast bei der Polizei nichts verloren.«

»Tut mir leid, dass ich dich enttäusche.«

»Du enttäuschst mich nicht. Weil ich keine Erwartungen an dich habe.«

»Du könntest wenigstens ein bisschen Dank zeigen, dass ich dir so einen großen Fall verschafft habe.«

Sidsel stieß ein trockenes Lachen aus.

»Du hast mich allein deinetwegen hierher zurückgeholt. Dieser Fall bedeutet mir nichts. Die Färöer bedeuten mir nichts.«

»Ja, das habe ich sehr deutlich verstanden, als Mama und du abgehauen seid.«

Sidsel sah Hjalti an. Sie konnte keine Emotion unter seinen gesenkten Augenlidern ausmachen.

»Warum musst du immer wieder in der alten Wunde bohren? Lass es doch einfach sein.«

»Wir sind Familie, Eivør! Egal, wie weit du fliehst, kannst du die Verbindung nicht einfach kappen.«

»Da irrst du dich. Jetzt, da wir uns wiedergetroffen haben, wird mir klar, dass wir weiter voneinander entfernt sind, als ich es je für möglich gehalten habe.«

Ein Schatten zog über Hjaltis Gesicht.

»Du bist wirklich Mamas Tochter.«

»Was soll das heißen?«

»Immer unter die Gürtellinie treten. Immer wieder.«

»Genau da liegt das Problem. Niemand hier spricht aus, was er wirklich fühlt. Es geht nur darum, die Fassade zu wahren. Um Tugend.«

»Du hast ja keine Ahnung, welchen Preis ich für dein egoistisches Verhalten bezahlt habe. Und für Mamas.«

Die Antwort flog Sidsel unbedacht und unwiederbringlich aus dem Mund wie ein plötzlicher Nieser.

»Vielleicht solltest du mal darüber nachdenken, dass unsere Mutter nicht nur gegangen ist, weil sie sich in einen anderen Mann verliebt hatte!«

»Was? Hat Mama sich unseretwegen geschämt? Für Papa und mich?«

Sie hörte die Verzweiflung in der Stimme ihres Bruders. Das Tritt-unter-die-Gürtellinie-Konto war wieder ausgeglichen.

48

Lucas zog den Jackenkragen vor das Kinn wie ein Stumm-film-Dracula, um das Feuerzeug vor dem Wind zu schützen, und blies den Rauch Richtung Himmel. Die Sterne sammelten sich in den Löchern der Wolkendecke wie Kalaha-Kugeln. Aus den Tiefen einer breiten Klamm gab ein Hund Laut. Drei kurze Kläffer, dann verstummte er. Das Tier schien aufzugeben. Dem konnte er sich nur anschließen.

Sechs Stunden lang hatten sie alle potenziellen Fluchtrouten um Heralvs Auto herum abgesucht, das sie verlassen in einer abseitigen Talsenke gefunden hatten. Aber keiner noch so motivierten Suchmannschaft oder Infrarotkamera war es gelungen, den Mann aufzuspüren, der in einem hellroten Bademantel aus seinem Haus geflohen war.

»Wir bewegen uns weiter Richtung Höhenzug!«, rief einer der Polizisten.

Lucas blieb stehen und sah zu, wie sich in der herabsinkenden Dunkelheit über dem Hang die Konturen der Beamten verwischten. Er brauchte dringend eine Pause von ihren aufgeregten Stimmen und dem banalen Small Talk. Lucas inhalierte den Rauch und die Stille tief in seine Lunge. Er war mit einer absurd kräftigen Taschenlampe und einem mobilen GPS-Gerät mit eingespeicherter Route zurück zur Straße ausgerüstet worden.

Er ging durch die hügelige Landschaft. In dem grellen Lichtkegel sahen die Felsen, das Gras und die Heidebüschel flächig und weiß aus wie ein abgestorbenes Korallenriff. Er hörte seinen eigenen Atem und seine schwappenden Schritte. Die spärliche Fauna der Insel verteilte sich auf riesige Areale. Hier draußen begegnete man anderen Lebewesen nur zufällig. Aber die Weite und Stille waren verräterisch. Es konnte durchaus sein, dass er von Wesen gehört und gesehen wurde, die längst über alle Berge waren, wenn er dort ankam. Denn auch wenn er kognitiv eher Reptil als Säugetier war, wusste er, dass alle Warmblüter eine neurologische Gemeinsamkeit hatten: Sie liefen vor dem Unbekannten weg, vor der Bedrohung. Aus diesem Grund war er in die entgegengesetzte Richtung gelaufen wie der Suchtrupp.

Und ging deshalb jetzt mit gelöschter Taschenlampe im Dunkeln weiter.

Er lief im Zickzack einen Hang hinunter. Er trat kleine Steine mit den Stiefeln los, die unter seinen Sohlen knirschten, der Wind peitschte von allen Seiten, und je weiter er in das Gelände vordrang, desto größer schien es um ihn herum zu werden. Er schaute auf das GPS. Laut dem animierten Satellitenbild lagen vor ihm nur Felswände und das offene Meer.

Lucas seufzte. Vielleicht sollte er umkehren und bei Tageslicht zurückkommen, wärmer angezogen und mit einer größeren Mannschaft. Sollte Heralv doch selbst sehen, wie er die Nacht überlebte. Er drehte sich um, machte einen Schritt und blieb stehen. Er sah zu den Felswänden und dem Meer hin. Tiefe Dunkelheit, in der nichts zu erkennen war. Er ließ sich Zeit, um zu erfassen, was es war, das er nicht sah.

Lucas analysierte die Situation. Er war alleine und möglicherweise auf Kollisionskurs mit einem frei herumlaufenden Massenmörder. Jeder normale Mensch würde umkehren. Aber er war nicht jeder und nicht normal. Die Natur hatte ihn anders codiert als die anderen. Die Warmblüter.

Er ging Richtung Meer weiter.

Achtzig Meter unter ihm rasselten die Steine in der Brandung wie gecrunchtes Eis. Lucas stemmte die Fersen fest in den Boden und beugte sich über den Abgrund. Die aufsteigenden Luftmassen strichen über sein Gesicht, es roch nach Salz und Tang und Muscheln. Er sah, wie die Wellen sich brachen und in elektrische

Lichtbrechungen verzweigten. Dort unten dümpelte etwas im Wasser. Er hielt die Taschenlampe vor sich und leuchtete hinunter. »Verdammt«, murmelte er. Das weiße Auge des Lichtkegels sprang zuckend hin und her. Er beugte sich noch etwas weiter vor, als ein starker Windstoß ihm den Schal vors Gesicht blies und schlagartig alles schwarz war. Eine Schockwelle rollte durch seinen Körper, und sein Gewicht verlagerte sich auf die Zehenspitzen. Richtung Abgrund. Er brüllte in den Stoff. Der Wind zauste an seinen Kleidern. Sollte er so enden? Er machte einen Ausweichschritt zur Seite, wusste für eine Zehntelsekunde nicht, wo sein Fuß landen würde: auf festem Untergrund oder in der leeren Luft.

Er riss den Schal vor den Augen weg, atmete aus. Der Horizont vor ihm war immer noch in der Waagerechten.

Er ließ den Lichtkegel ein letztes Mal über die Brandung schweifen. Verharrte in der Bewegung. Justierte den Lichtkegel, bis das kreisrunde weiße Auge zur Ruhe kam. Im Wasser dümpelte ein Körper. Willenlos, wie ein toter Fisch mit nach oben gewendetem Bauch. Aus dem Abstand konnte das wer auch immer sein. Wenn wer auch immer in einem hellroten Bademantel durch die Wildnis wanderte.

Er speicherte die Koordinaten auf dem GPS-Gerät und steckte es in die Tasche, als ihm ein beunruhigender Gedanke kam. Hatte er gerade den Fundort eines verunglückten Mörders markiert oder die Stelle, an der er ein entscheidendes Motiv verloren hatte?

49

Es war acht Uhr morgens, als der Streifenwagen Lucas vor dem Gästehaus absetzte. Er hatte die Nacht auf den windgepeitschten Klippen verbracht, zuerst in Erwartung der eintreffenden Bergungsmannschaft, danach mit der Beaufsichtigung ihrer entspannten Planung der Abseilaktion an der achtzig Meter hohen Steilwand und zu guter Letzt mit der Identifizierung des gefrierschrankblauen Wesens, das im Morgengrauen in einem verknäulten, eher wein- als hellroten, völlig aus der Form geratenen Bademantel endlich aus der Brandung geborgen werden konnte.

Lucas sah Sidsel vom Flur aus am Küchentisch sitzen. Das Morgenlicht fiel durch die Spitzengardine und warf ein Schattennetz über sie. Sie starrte in ihren Becher, der statt mit Kaffee mit zähem Gedankenbrei gefüllt zu sein schien, aus dem sie sich erst einmal befreien musste, als sie ihn hörte.

»Er ist tot«, murmelte sie.

»Das war mein Satz.« Lucas ging an die Spüle und ließ Wasser in ein Glas laufen.

»Und was machen wir jetzt?«

»Die Obduktion abwarten, schauen, was dabei rauskommt.«

»Du nimmst das ja ganz schön gelassen.«

Lucas trank einen Schluck. Eiskalt, frisch.

»Wir haben immer noch ein paar Trümpfe in der Hand.«

»Quatsch, wir haben nichts.«

Lucas drehte sich um, sah die violetten Schatten unter Sidsels Augen. Hatte sie sich auch die Nacht um die Ohren geschlagen?

»Zuerst einmal müssen wir überprüfen, ob der Sturz die Todesursache war«, sagte er.

»Wovon redest du eigentlich?«

»Wovon redest du?«

Sidsel seufzte. »Jákup ist heute Nacht gestorben.«

Lucas platzierte das Glas in dem Abtropfgestell wie die letzte Karte eines zwölfstöckigen Kartenhauses.

»Sag das noch mal.«

»Du hast richtig gehört.«

»Wie kann es sein, dass Jákup ohne medizinische Versorgung in einer Hütte überlebt, um dann im Krankenhaus zu sterben? Er war bis obenhin mit Medikamenten vollgepumpt, unter ständiger Aufsicht von Ärzten und Krankenschwestern.«

»Der Arzt fand das nicht überraschend bei dem starken Blutverlust.«

Lucas schüttelte den Kopf.

»Dann hast du recht. Wir haben nichts.«

»Heralvs Fall muss noch zur Anklage gebracht werden.«

»Post mortem«, sagte Lucas, zögerte aber, als er ihren fragenden Blick sah. »Ich habe ihn gefunden. Hast du das nicht mitbekommen?«

Sidsels Schultern sackten nach unten, sie hielt sich mit beiden Händen an ihrem Becher fest.

»Oh, Gott, ich freu mich echt auf zu Hause.«

»Der Fall ist noch nicht abgeschlossen.«

»Ich bin Kriminaltechnikerin, Lucas. Sobald ich mir Jákup und Heralv angesehen habe, fliege ich heim. Der Rest der Ermittlungsarbeit ist dein Revier. Es sei denn, du hast noch mehr Tote in petto, von denen ich nichts weiß.«

»Was hat es mit dem Tierblut in der Kirche auf sich? Oder den Stichwunden, die auf eine einzige Mordwaffe schließen lassen?«

»Ich schicke dir alle meine Dateien per Mail.«

»Was ist mit deinem Vater?«

»Was soll mit ihm sein?«

»Ich bin mir sicher, dass Jákup oben in der Hütte ›Alles soll in Blut baden‹ geflüstert hat. Genau die Worte, die dein Vater zu mir gesagt hat.«

»Immer noch dein Revier. Nicht meins.«

»Dann verlässt du das Dorf, ohne dich noch einmal umzusehen?«

»Das Dorf ist gut ohne mich zurechtgekommen. Und wird es sicher auch weiterhin tun.«

Lucas machte einen Schritt auf sie zu.

»Aber was ist, wenn das Dorf noch nicht fertig ist mit dir?«

Sidsel musterte ihn mit einer tiefen Furche zwischen den Augenbrauen.

»Ich bin mir ziemlich sicher, dass das Dorf blitzschnell alles über mich vergisst, sobald ich weg bin.«

Später am Vormittag schien die Sonne von einem wolkenlosen Himmel. Lucas stand auf der Veranda und rauchte. Einer der Polizisten verstaute gerade Sidsels Gepäck im Kofferraum eines Streifenwagens. Eine Stunde hatte er aus der Küche gelauscht, wie sie in ihrem Zimmer gepackt hatte: ein singender Reißverschluss, knarrende Bodenbretter, zuschlagende Schranktüren, energische Schritte, hin und her, dunk, dunk, dunk. Unsentimentale Packgeräusche eines Menschen, der so schnell wie möglich von A nach B kommen wollte. In diesem Fall B für Tórshavn. Sidsel hatte ein Hotelzimmer in der Nähe der Klinik gebucht, wo sie bis zu ihrer Abreise von den Färöern arbeiten wollte.

Das ist durchaus sinnvoll, dachte Lucas. Die Toten befanden sich in Tórshavn. Jákup und Heralv. Es gab nichts mehr, was sie im Dorf hielt. Nothing.

»So«, sagte Sidsel, als sie raus zu ihm auf die Veranda kam. »Falls ich was vergessen habe, bringst du das dann mit?«

»Nach Kopenhagen oder nach Tórshavn?«, murmelte Lucas.

»Was?«

Er räusperte sich.

»Wie lange dauert deine Leichenschau?«

»Ich melde mich bei dir, sobald es was Neues gibt.«

Sie streckte die Hand aus, beiläufig, als würde sie das Wechselgeld an einer Kasse entgegennehmen. Er hätte sie am liebsten weggeschlagen, ergriff sie dann aber und sah zu, dass er als Erster wieder losließ.

Lucas schlenderte planlos durch den wie ausgestorben wirkenden Ort. Die Sonne reflektierte in den Fenstern der Pfefferkuchenhäuser, hinter denen er dunkle Silhouetten zu sehen glaubte. Eines Tages, wenn dieser Fall abgeschlossen war, würde er in irgendeins dieser Häuser hineingehen und nachschauen, ob dort wirklich Menschen wohnten. Oder ob da nur Insekten waren, die in verdammten Marmeladengläsern herumsummten.

Die Geisterstimmung folgte ihm auf dem Weg zu Heralvs Haus. Er setzte seine Sonnenbrille auf. Es war nicht so schlimm wie erwartet. Ein paar zerschlagene Scheiben und tote Fische auf dem Rasen. Das vulgäre Graffiti neben der Eingangstür wurde gerade von einer barmherzigen Seele übermalt.

Lucas betrat den Vorgarten. »Hast du keine Bedenken, ins Fadenkreuz der Fischermafia zu geraten?«

Hjalti zog die Malerrolle über dem Graffiti hin und her, ohne sich umzudrehen. In beherrschten, schnurgeraden Bahnen.

»Røskva ist völlig fertig wegen Heralvs Tod. Ich hab ihr versprochen, das hier zu übermalen.«

»Nur aus dem Grund?«

Hjalti trat einen Schritt zurück und betrachtete sein Werk.

»Irgendwie ist mir grad alles ziemlich egal. Ich kann mich nur noch nicht entscheiden, ob das gut oder schlecht ist.«

»Na ja, das Praktische an Lebenskrisen ist, dass sie vorübergehen, sobald die nächste sich zeigt.«

Hjalti drehte sich um, seine Augen schluckten das Sonnenlicht.

»Warum bist du gekommen?«

»Um das Haus zu durchsuchen. Bis auf die kleinste Schraube.«

»Darf ich weiter streichen?«

»Meinetwegen.«

Lucas ging ins Haus.

Das Wohnzimmer war so muffig und staubig wie bei seinem letzten Besuch. Er blieb im Türrahmen stehen und ließ den Sinneseindrücken Zeit, sich zu setzen: überquellende Aschenbecher, heruntergebrannte Kerzen, ein über allem hängender Geruch von verbranntem Gras. Der Fernseher lief, ohne Ton, hektisches Animationsgeflimmere, dahinter ein umgekippter Kleiderständer. Lucas schaute zu dem Kugelglas auf der Kommode. Der Goldfisch trieb solidarisch zu seinem Besitzer mit dem Bauch nach oben im Wasser, die orangen Schuppen bereits verblasst.

Lucas zog die Gardinen auf und öffnete ein Fenster. Die Gardinenringe klapperten beruhigend im Windzug, während er Schubladen und Schränke durchwühlte, den Boden auf lose Bretter absuchte und die Nase über den Geruch aus der körpergeformten Vertiefung auf dem Sofa rümpfte.

Er begab sich ins Badezimmer. Öffnete den Spiegelschrank. Ein Fach voller Pillengläser – Methotrexat, Salazopyrin, Chloroquin –, die Namen sagten ihm nichts. Er ging weiter ins Schlafzimmer. Im Kleiderschrank hingen hauptsächlich süßlich duftende Frauenkleider. Er schob die Kleiderbügel beiseite, klopfte mit den Knöcheln gegen die hintere Wand und zog alle Schubladen auf. Glitzernde Unterwäsche, Hüfthalter, kleine Schatullen mit buntem Modeschmuck. Das einzig Kriminelle an Heralvs Garderobe war der Las-Vegas-stereotype Kitsch.

»Und, was gefunden?«, fragte Hjalti von der Tür.

»Nichts«, sagte Lucas mit einer Handfläche auf seinem rasierten Haar. »Und das passt nicht. Es gibt keinen Menschen ohne Geheimnisse.«

Hjalti ging zu dem Nachttisch, auf dem eine Lesebrille und eine in schwarzes Leder gebundene Bibel mit Goldschnitt lagen.

»So eine Ausgabe habe ich auch von Jákup zur Konfirmation bekommen.«

»Bist du mit Heralv zur Schule gegangen?«

»Er war ein paar Klassen unter mir. Ich hab damals noch nichts von seinem ... Zustand gewusst.« Hjalti wischte die Farbkleckser an seinen Fingern an der Hose ab und strich über das tiefrote Lesebändchen. »Ich hatte mit meinen eigenen Problemen zu kämpfen.«

Lucas nickte.

»Aber Heralv hat ja auch andere Bücher gelesen«, sagte Hjalti. »*Der Graf von Monte Christo* zum Beispiel. Ich fasse es immer noch nicht, dass du an dem Buch erkannt hast, dass das Heralvs Hütte ist.«

»Alte Gewohnheit. Ich suche nach Dingen, die sich abheben. Und im Bibelgürtel liegt garantiert bei der Mehrzahl der Leute nur ein Buch neben dem Bett.«

»Schuldig.«

»Apropos Mehrzahl ...«, sagte Lucas, als sie zurück ins Wohnzimmer gingen. »Hat Heralv jemals am Grindwalfang teilgenommen?«

»Ich glaube nicht.«

»Auch nicht, bevor er von der Gemeinschaft ausgestoßen wurde?«

Hjalti sah sich den toten Fisch in dem Kugelglas an.

»Ich habe ehrlich gesagt keine besonders ausgeprägten Erinnerungen an den jungen Heralv.«

Lucas Blick fiel auf einen Stapel Hochglanzmagazine. *Costume*, ELLE, *Vogue*. Dazwischen ragte die Ecke einer mattschwarzen Tastatur heraus. Lucas nahm den Laptop mit zum Esstisch, klappte den Bildschirm hoch und sah in Heralvs verlegen lächelndes Gesicht. Er klickte die Maus an. Auf Heralvs Stirn ploppte ein weißes Feld auf.

»Hast du einen Tipp für den Zugangscode?«, fragte Lucas.

Hjalti schaut ihm über die Schulter. »Keine Ahnung.«

»Vielleicht die Namen seiner Eltern?«

»Kaum. Wie wär's mit ›Goldfisch‹?«

Lucas tippte. Der Code wurde abgelehnt. Er sah sich im Wohnzimmer um. »Was ist mit …«

Die beiden Männer zuckten zusammen, als der Laptop plötzlich eine Salve lauter »Plings« abfeuerte. Der Rechner hatte sich mit dem Wi-Fi verbunden, und von der Seite des Bildschirms schossen Kurznotizen ins Bild. Kleine Kästchen, in denen der Name des Absenders und die ersten Zeilen der Nachricht zu lesen waren.

Lucas las den Absendernamen aller Nachrichten laut vor.

»Sagt dir der Name Fireball irgendwas?«

»Nein.«

»Was steht da?«, fragte Lucas, der den färingischen Text nicht deuten konnte.

»Das ist, ähm, ich weiß nicht, was das ist.«

»Komm schon, übersetz es für mich!«

Hjalti übersetzte Fireballs Nachrichten, die er vorgestern im Abstand von wenigen Minuten geschickt hatte.

Rate, wo ich bin?

Warte @ an unserem Trefpunkt!!! ;-)

Schlechter Zeitpunt? Kommst du??

Sehnsucht!! Komm.

Willst du alein sein? Hast du mich über?

Fucking bitch! Komm oder du bereust es!!

Lucas konzentrierte sich auf die eskalierende Aggression der Nachrichten.

»Ist der Absender ein Mann oder eine Frau?«

»Keine Ahnung«, sagte Hjalti heiser.

»Jung, alt?«

»Viele Schreibfehler. Was nichts heißen muss. Viele gehen nach der Mittelstufe von der Schule ab.«

Lucas lehnte sich zurück. Fireball. Der mystische Deckname flimmerte auf dem Bildschirm.

»Ich brauche Zugang zu der vollen Nachrichtenchronik.«

»Ich kann den Laptop nach Tórshavn fahren, die haben einen fest angestellten IT-Mann«, sagte Hjalti.

»Ist er Polizist? Oder der Eigentümer eines Internetcafés, der das im Nebenjob macht?«

»Polizist.«

Lucas klappte den Laptop zu.

»Lass uns fahren.«

»Was?«

»Hast du einen anderen Termin?«

»Nein, aber …« Hjaltis Augen flackerten für einen unkonzentrierten Moment. »Dass ich gesagt habe, dass ich nur Erinnerungen an den älteren Heralv habe, stimmt nicht ganz.«

»Aha?«

»Ein junger Typ aus einem Nachbarort, Bárdur, hat mal behauptet, Heralv würde ihn stalken. Das war, bevor irgendjemand Heralvs Geheimnis kannte.«

»Welche Bedeutung hat das für meine Ermittlungen?«

»Irgendwann sind Heralv und Bárdur zusammen verschwunden. Wie vom Erdboden verschluckt. Keiner hat was von ihnen gehört oder gesehen. Dann sind sie, anderthalb Wochen später, völlig undramatisch, wieder aufgetaucht und haben erzählt, sie hätten eine Wanderung gemacht.«

»Bárdur hat eine Wanderung mit seinem Stalker gemacht?«

»Nein, Bárdur hat Heralv erst nach ihrem gemeinsamen Ausflug beschuldigt, ihn zu stalken.«

»Ist irgendwas passiert, als sie zusammen weg waren?«

»Nichts, was ich weiß. Bárdur hat danach nie wieder über den Ausflug gesprochen.«

»Könnten sie ein Liebespaar gewesen sein?«

Hjalti schüttelte den Kopf.

»Bárdur ist glücklich verheiratet und hat drei Kinder. Er ist ein guter Christ.«

»Erinnerungen sind in hohem Grad kontextabhängig, und aus irgendeinem Grund hat dein Unterbewusstsein eine alte Erinnerung an Bárdur ausgespuckt, als du die Nachrichten von Fireball gesehen hast. Was, wenn er all die Jahre ein heimliches Verhältnis mit Heralv hatte.«

»Willst du Bárdur verhören?«

»Alle Steine müssen umgedreht werden. Was weißt du über ihn?«

»Nicht viel. Aber einige aus deinem Team wohnen im selben Ort wie er. Das könnte zum Problem werden, falls du einen von ihnen schicken willst.«

Lucas verzog das Gesicht. »Die Trantassen möchte ich so wenig wie möglich in meine Ermittlungen einbeziehen. Wo liegt der Ort?«

»Auf dem Weg nach Tórshavn. Ich kann dich dort absetzen und den Computer ins Polizeipräsidium bringen.«

Lucas nickte. In einem hinteren Winkel seines Kopfes stieg etwas an die Oberfläche, doch so sehr er sich auch anstrengte, bekam er nicht mehr als ein verschwommenes Muster zu fassen.

50

Sidsel folgte dem Arzt der obersten Landesbehörde, in Kittel und Gummihandschuhe gekleidet, in den Obduktionsraum. Nur einer der zehn Stahltische war von einem von einer Plastikplane bedeckten Körper belegt. Sie stellten sich zu beiden Seiten des Tisches, und der Arzt hob die Plane an. Die Leiche verströmte einen süßlichen, erdigen Geruch wie von fauligen Kartoffeln. Der Leichnam war noch in den hellroten Bademantel gehüllt, und auf den ersten Blick war das Kleidungsstück auch der einzige Anhaltspunkt, der die Leiche als Heralv identifizierte. Sein Gesicht sah von dem Hin-und-her-Rollen auf dem Steinstrand wie von einem Gemüsehobel bearbeitet aus. In der Maske violetter Schnittwunden und mit den wie Fleischfetzen herunterhängenden Lippen waren nur noch schwerlich menschliche Züge zu erkennen. Und selbst Sidsel mit ihrer langen Berufserfahrung hatte bei dem Anblick des so tief in den Schädel gehämmerten Nasenbeins zu kämpfen, das im Profil nur noch als kurzer Knochenstumpf zu erkennen war.

Sie entschied spontan, dass der Bademantel für die weitere Untersuchung keine Relevanz hatte, und entfernte das Kleidungsstück mithilfe des Arztes, der sich danach auf einen Stuhl in der Ecke zurückzog und einen Fleck auf seinem Hosenbein betupfte. Beim Drehen auf die Seite war der Leiche ein Schwall Salzwasser aus dem Mund geschwappt.

Sidsel hatte bisher nur einen Körper untersucht, der länger im Wasser gelegen hatte. Das anaerobe Milieu hatte die Hydrolyse zwischen Fettgewebe und Salzwasser angestoßen, die eine Art Verseifungsreaktion ausgelöst hatte, die wiederum zum »Aufblühen« wachsähnlicher Fettknoten in der Haut geführt hatte. Selbst bei der kleinsten Berührung waren seifenglatte Fleischklümpchen aufgeplatzt.

Hier hatte Sidsel es mit einem relativ gut erhaltenen Körper zu tun. Das kalte Salzwasser hatte die Leiche konserviert, beschleunigt hatte sich der Zerfallsprozess erst an der Luft.

Laut Protokoll vom Fundort war die Steilwand ungefähr achtzig Meter hoch. Ein Fallschirmspringer erreichte nach zehn Sekunden eine Spitzengeschwindigkeit von 216 Stundenkilometern. Grob geschätzt hatte Heralvs Sturz vier bis fünf Sekunden gedauert, in denen er vor dem Aufprall locker eine Fallgeschwindigkeit um die hundert Stundenkilometer erreicht haben dürfte. Sie betrachtete die kalkweiße Haut des Toten. Die Venen verzweigten sich wie ein violettes Netz über den Brustkorb, über der rechten Kniescheibe klaffte ein breiter Krater. Am ganzen Körper waren großflächig Blutergüsse zu sehen, was darauf hinwies, dass Heralv noch gelebt hatte, als er auf die Felsen aufschlug. Sie suchte nach Spuren stumpfer Gewalt, die ihm vor dem Sturz zugefügt worden waren, konnte aber nichts finden, was danach aussah.

Die geballten Hände der Leiche erinnerten an die Kadaverkrämpfe der Pfarrer, ein möglicher Hinweis auf einen gewaltsamen Todeseintritt, bei dem sich die Muskelgruppen versteift hatten, die in den letzten desperaten Augenblicken des Lebens besonders aktiv gewesen waren.

Der Arzt räusperte sich, als sie mit ihrem Essstäbchen eine Hand aufstemmte. Leer. Heralv hatte in den letzten Sekunden seines Lebens mit den Händen nach dem Wind gegriffen.

Sie schrieb Notizen auf die Tafel an der hinteren Wand des Obduktionsraums. Die Absaugevorrichtung summte gedämpft. Sie bekam nicht mit, dass der Arzt aufstand und zu ihr kam.

»Ihre Beobachtungen tendieren dahin, dass der Tote sich das Leben genommen hat?«, fragte er nach.

Sidsel schaute an die Tafel.

»Auf der Basis der Blutergüsse, der geballten Hände und des Fehlens von Spuren stumpfer Gewalt bin ich zumindest sicher, dass Heralv bei dem Sturz noch gelebt hat.«

»Interessant.«

Sidsel drehte sich zu ihm um, unsicher, ob in seiner Stimme ein herablassender Unterton mitschwang.

»Wenn das Wasser auf ihrem Hosenbein auch in seiner Lunge nachgewiesen werden kann, bedeutet das, dass er geatmet hat, als er im Wasser lag. In Anbetracht des sozialen Drucks, dem Heralv ausgesetzt war, ist die Selbstmordvariante sehr wahrscheinlich.« Und die Aussicht auf einen direkten Flug nach Kopenhagen, dachte sie im Stillen.

Der Arzt betrachtete den Toten. Das Licht von der Deckenlampe spielte in seinem kreideweißen Haar.

»Da ist Selbstmord wohl eine naheliegende Annahme.«

Sidsel verschränkte die Arme, der Obduktionsraum kam ihr plötzlich kalt und eng vor.

»Was verschweigen Sie mir?«

Der Arzt ging zu dem Stahltisch mit den Instrumenten. Sidsel verkrampfte innerlich, als er ein Skalpell in die Hand nahm und zu ihr zurückkam. Die blinkende Klinge spiegelte sich in seinen Augen.

»Heralv ist nicht der, den ihr sucht. Sind Sie bereit für die Wahrheit?«

51

Lucas ging zu einem der wie mit einer Kehrschaufel in der Talsenke verstreuten Häuser des kleinen Ortes hoch. Als er klopfte, sah er aus dem Augenwinkel Hjaltis SUV hinter dem Hügelkamm verschwinden. Hjalti wollte den Laptop bei dem IT-Spezialisten in der Hauptwache abgeben und direkt zurückkommen. Tórshavn war eine knappe halbe Stunde Fahrzeit entfernt. Das gab Lucas eine Stunde Zeit für eine Befragung, über deren Ausgang er sich ebenso unsicher war wie der Mann, der ihm die Tür öffnete.

»Lucas Stage, Task Force 14.« Er zeigte seinen Dienstausweis. »Sind Sie Bárdur Hoydal?«

Der Mann kniff die Augen zusammen. Er war groß und mager, braun gebrannt und hatte ein breites Gesicht, das hinter einem buschigen Vollbart verschwand.

»Ja.« Aus dem Haus war durchdringendes Babygeschrei zu hören. Der Färinger zog eine Brise von Kaffeeduft und Windeln hinter sich her auf die Veranda, als er die Tür hinter sich zuzog. »Ist was passiert?«

»Ich hätte ein paar Fragen zu einer laufenden Ermittlung.«

»Okay.«

»Es geht um Heralv Svabo.«

Das Gesicht des Färingers zog sich wie bei einem harten Windstoß zusammen.

»Was ist mit ihm?«

»Er ist tot.«

»Tot?«

Lucas suchte nach Stressindikatoren in Bárdurs Gesicht. Sein Schock schien echt zu sein.

»Wann haben Sie Heralv zum letzten Mal gesehen?«

»Das weiß ich wirklich nicht.«

»Schätzen Sie.«

»Vor zwölf, dreizehn Jahren, vielleicht.«

»Was für eine Art von Beziehung hatten Sie?«

Bárdur kratzte sich im Nacken, seine Handfläche war gelb von Hornhaut. »Was haben Sie gesagt, wo Sie herkommen?«

»Task Force 14. Soll ich die Frage wiederholen?«

Bárdur seufzte. »Warten Sie hier.«

»Wo wollen Sie hin?«

Ohne zu antworten, verschwand der Färinger im Haus. Als er zurückkam, hatte er sich einen dicken Wollsweater übergezogen.

»Gehen wir eine Runde.«

»Warum?«

»Weil Sie mit einer Geschichte an die Türschwelle meiner Familie gekommen sind, die aus einem Leben vor dieser Familie stammt.«

Lucas und Bárdur liefen durch die naturschöne Landschaft, die aus jedem Blickwinkel eingerahmt an die Wand gehängt werden könnte.

»Sie haben noch gar nicht gefragt, wie Heralv gestorben ist«, sagte Lucas.

Die Heidebüschel quietschten unter Bárdurs Stiefeln.

»Ich will weder wissen, was aus seinem Leben geworden ist, noch wie es geendet hat.«

»Gibt es einen Grund, dass Sie seinen Namen nicht aussprechen können?«

»Mein Großvater hat einmal gesagt, dass jeder Mensch zweimal stirbt. An dem Tag, wenn unser Herz aufhört zu schlagen. Und endgültig, wenn sein Name laut ausgesprochen wird. Dieser Lügner verdient es nicht, dass sein Name ausgesprochen wird.«

»Lügner?«

Sie blieben am Ufer eines kleinen Regensees stehen. Bárdur seufzte.

»Ich weiß, warum Sie gekommen sind.«

»Tatsächlich?«

»Heralv ist tot, und irgendjemand hat jetzt die alte Geschichte ausgegraben, als wir für kurze Zeit zusammen abgetaucht sind.«

»Sie waren nicht kurz abgetaucht, oder? Sie waren anderthalb Wochen spurlos verschwunden.«

Bárdur füllte die Lunge mit Luft.

»Wird das, was ich sage, vertraulich behandelt?«

Lucas nickte.

Bárdur ließ den Blick über das felsige Tal schweifen.

»Wir sind nach einem Gottesdienst ins Gespräch gekommen. Ich wusste vom ersten Augenblick an, als ich ihn gesehen habe, dass was nicht mit ihm stimmte. Wie er einen beim Gespräch ansah, das war schon seltsam, er guckte einem sozusagen zu tief in die Augen. Aber ich war ziemlich am Arsch, hatte weder Geld noch einen festen Job. Er hatte irgendwo gehört, dass ich so eine Art Mann für alles war. Fischerei, Bau, Reparaturen. Ich war da ziemlich vielseitig. Er suchte jemanden, der ihm beim Bau einer Hütte in den Bergen helfen konnte. Der Bau war illegal, aber er hat gut bezahlt. Wir haben abgemacht, niemandem davon zu erzählen, und sind ein paar Tage später rausgefahren. Die Arbeit hat länger gedauert als geplant, weil ich alles allein da rausschleppen musste. Als wir nach anderthalb Wochen zurückkamen, brodelte bereits die Gerüchteküche. Die Leute waren schier hysterisch zu erfahren, wo wir gesteckt hatten.« Bárdur senkte den Kopf. »Kurz danach hat er sich dann … geoutet. Da fing es an, dass die Leute mich schief angeguckt haben. Zwei Junggesellen allein in den Bergen, damals noch ohne Familie. Viele dachten, ich wäre einer … von denen. Ab da hab ich keinen Job mehr bekommen, es war die Hölle. In der Zeit hab ich mehr als einmal überlegt, an die südlichen Hänge zu gehen und dem Ganzen ein Ende zu machen.«

Lucas schaffte es, eine Zigarette anzuzünden.

»Aber stattdessen haben Sie sich die Geschichte ausgedacht, dass Heralv Sie stalkt. Warum haben Sie nicht einfach die Wahrheit gesagt, dass Sie ihm beim Bau einer Hütte geholfen haben?«

»Weil der Bau, wie gesagt, nicht genehmigt war. Und wenn sich ein Färinger von irgendwas distanziert, dann von unehrlichen Menschen. Danach hätte mich auch niemand mehr eingestellt. Aber die Stalking-Lüge hat gewirkt. Irgendwann haben die Leute mir geglaubt, dass ich völlig unwissend mit ihm in den Bergen war.«

»Und was macht Heralv in Ihren Augen zu einem Lügner?«

»Der Arsch hat mich rücksichtslos ausgenutzt. Er stand damals wie gesagt kurz davor, sich zu outen. Und hat nicht einen Gedanken daran verschwendet, dass er mich mit in den Sumpf ziehen könnte.«

»In meinen Ohren hört sich das nach einer Geschichte mit zwei Lügnern an.«

»Sie verstehen nicht, wie es hier ist.«

»Ich versuch es mal: Egal, was Sie tun, sind Sie immer nur die Person, die das Dorf in Ihnen sieht. Sie haben gelogen, um die Fassade des ehrlichen Menschen aufrechtzuerhalten. Ich glaube, das nennt man demonstrative Gutheitsbekundung.«

»Ich stand total unter Druck, war finanziell ruiniert.«

»Was nichts ist im Vergleich zu dem Preis, den Heralv bezahlt hat, als er die Wahrheit gesagt hat.«

»Ja, klar.« Bárdur seufzte. »Erfahr ich jetzt mal langsam, was Sie von mir wollen?«

Heralv bedeutete für Bárdur die Konfrontation mit einer schmerzlichen Erinnerung, aber dem Färinger schien wirklich daran gelegen, dass Lucas seine Seite des alten Konflikts verstand. Bárdurs Erzähldrang war insofern problematisch, da aus Lucas' Erfahrung der ehrliche Erzähler erzählte, um Gehör zu finden, und der Lügner, um vergessen zu werden. So betrachtet konnte

Báldur nicht Fireball sein. Aber nicht nur aus diesem Grund. Es fehlte der überspringende Funke, der seine Intuition entfachte.

Von Báldur sprang kein einziger Funke über.

Lucas streckte seine Hand aus. »Danke für Ihre Zeit.«

»Ich hoffe, dieses Gespräch wird mit diesem Handschlag begraben.«

Lucas hielt Báldurs Hand fest. Fühlte die verhärtete Hornhaut in der Handfläche, die Spuren eines harten Arbeitslebens.

»Sie haben vorhin gesagt, Sie hätten das gesamte Baumaterial für die Hütte allein hochschleppen müssen. Warum hat Heralv Ihnen nicht geholfen?«

Bárdur zog seine Hand weg.

»Sind Sie der Ermittler oder nicht? Da gehe ich doch davon aus, dass Sie seine Krankenakte kennen.«

Lucas sah den Färinger an. Und endlich kam er. Der Funke.

52

Sidsels Herz raste. Der Arzt zog mit dem Skalpell einen tiefen Schnitt durch die drei Hautpolster der Fingerglieder. Metall schrammte über Knochen. Er zog die Schnittränder behutsam mit den Fingerspitzen auseinander.

»Hier«, sagte der Arzt.

Sidsel beugte sich vor und sah die Bindegewebsknoten am Außenglied des Knochens und die Knochenwucherungen um das Mittelglied des Fingers. Arthritis.

»Wie weit fortgeschritten?«

»Laut Heralvs Krankenakte litt er bereits seit seinen frühen Zwanzigern an mittelschwerer Arthrose in den Händen.«

»Mit welchen Auswirkungen auf seine Beweglichkeit?«

»Das hing von seiner Medikamentierung ab. Denken Sie an eine bestimmte Aktivität?«

»Konnte er einen Golfschläger schwingen?«

»Kommt drauf an, was er treffen wollte.« Der Arzt lächelte schief. »Und nein, er hätte keine fünf erwachsenen Männer überwältigen können, nicht mit einer so fortgeschrittenen Arthritis.«

Sidsel lief auf den Flur raus und rief Lucas an.

»Ich habe schlechte Neuigkeiten«, sagte sie.

»Lass mich raten. Heralv ist nicht unser Mörder.«

»Woher zum Teufel weißt du das?«

»Ich habe mich auf eine Zeitreise begeben. Hat die Obduktion noch etwas anderes ergeben, als dass Heralv an starker Gicht gelitten hat?«

Sidsel verstummte, als eine Krankenschwester in ihren Holzpantinen vorbeiklapperte.

»Ich kann nur schwer unterscheiden, welche Verletzungen vom Sturz herrühren und was durch etwas …«

»Ja?«

Sie zog die Schultern hoch.

»Was durch etwas anderes verursacht wurde.«

»Komm zurück«, sagte er.

Sie seufzte. »Das ändert nichts. Sobald Heralvs Untersuchung abgeschlossen ist, fliege ich zurück nach Dänemark.«

»Lass es mich anders formulieren: Komm zurück und sprich mit deinem Vater.«

»Warum?«

»Du hast gesagt, die Ermittlungsarbeit wäre mein Revier. Also lass mich meine Arbeit machen.«

»Und warum ziehst du meinen Vater in die Ermittlung rein?«

»*Alles soll in Blut baden.* Jákup hat deinen Vater zitiert, bevor er gestorben ist. Oder umgekehrt. Egal, wie rum, ich will wissen, wie das zusammenhängt.«

»Das kannst du vergessen.«

»Warum führst du dich so unprofessionell auf?«

»Du nennst mich unprofessionell?!«

»Fällt dir ein besserer Ausdruck für eine Person ein, die nicht die Anforderungen erfüllt, die innerhalb einer bestimmten Berufsgruppe gelten.«

Sidsel senkte die Stimme.

»Du weißt doch nicht, wovon du sprichst.«

»Dann sag es mir. Was zum Teufel ist es, wovor du zu fliehen versuchst?«

Sidsel nahm das Handy vom Ohr, Angst und Unruhe sickerten aus den Wänden, aber sie bekam sich schnell wieder in den Griff. Sie drückte das Handy wieder ans Ohr.

»Weißt du, was auch unprofessionell ist? Nicht nachzudenken, bevor man etwas sagt.«

Sie beendete das Gespräch.

53

Hjalti bog in einen Schotterweg ein und stellte seinen SUV ab. Er sprang über einen Stacheldrahtzaun und ging durch eine enge Schlucht. Kleine Steine knirschten scharfkantig unter seinen Sohlen. Am anderen Ende mündete der schmale Durchgang in offenes Terrain. Das Rauschen der Brandung war jetzt wieder zu hören, obwohl das Meer noch nicht zu sehen war.

Laut einigen Historikern stammten die Färinger von einer Handvoll Wikinger ab, die sich wegen ihrer Seekrankheit auf der Fahrt nach Island auf diesem felsigen Eiland hatten absetzen lassen. Was für eine lächerliche Theorie für einen Menschenschlag, der für seine stolze Fischereitradition bekannt war. Das Meer war die Voraussetzung für ihr Überleben. Fisch oder stirb. Hjalti hatte nie an einem Grindwalfang teilgenommen, bei dem das Motto »Leben oder Tod« galt. Inzwischen gab es auch genügend Nahrung an Land. Die frühere Lebensgrundlage war nur noch ein traditionelles, privilegiertes Ritual. Die Färinger waren zu Verwaltern ihrer alten Bräuche geworden, zu Schauspielern in einem schlechten B-Movie einer einstmals epischen Schöpfungsgeschichte. Und sie hatten die Welt kein Stück besser gemacht, sondern nur komplizierter. Blieb nur zu hoffen, dass die nächsten Generationen bessere, klügere Entscheidungen trafen.

Jetzt sah er es. Das Meer.

Der Küstenwind verwirbelte sich in der Luft, er sog die vertrauten Gerüche in die Nase.

Er stellte sich an den Rand des Abgrunds. Orangeschnabelige Papageientaucher keckerten schimpfend im hohen Gras um ihn herum. Von unten war das Schlagen des Meeres gegen die Klippen zu hören. Alles war in ewiger Bewegung dort unten, die unaufhaltsamen Kräfte der Natur. Er stand einen Augenblick einfach nur da. Ließ die Gedanken schweifen. Den ganzen Tag hatte sein Körper sich in einem flirrenden Schwebezustand befunden. Er hoffte, dass die Unruhe hier verschwand.

Seine Schuhsohlen versanken in dem torfigen Untergrund. Erschrocken wich er von der Kante zurück, so hektisch, dass er stolperte und fiel. Für einen unachtsamen Augenblick schwankte sein Körper wie fremdgesteuert in Richtung der leeren Luft.

Er warf eilig Heralvs Laptop in die Brandung hinunter und drehte dem Meer den Rücken zu.

Der Wind rauschte noch immer durch seine Nervenbahnen, als er sich hinters Steuer setzte. Er nahm sein Handy und wählte eine Nummer. Der Angerufene antwortete umgehend.

»Hallo?«

Hjalti schluckte. Brachte mit einem heiseren Flüstern heraus: »Hallo … Fireball.«

Ich gleite schwebend über einen grauen Wolkenteppich. Mit einem kurzen Zucken des Nackens lenke ich meinen Körper in den Sinkflug. Das wenige Sekunden während regengraue Brüllen des Windes in den Ohren, rausche ich durch die Wolkendecke. Gleich darauf sehe ich unter mir einen merkwürdigen Inselarchipel, wie ein Haufen Gesichter, grau und anonym, wie die Menschen, die auf ihnen leben. Ich fliege so dicht über sie hinweg, streife ihre Köpfe, dass sie tumb gen Himmel starren und meinen Dummejungenstreich mit einer göttlichen Präsenz verwechseln.

Punkt sieben Uhr schwinge ich meine Beine über die Bettkante. Meine Füße schlagen auf dem Boden auf wie das erste Sandkorn am Boden einer Sanduhr. Sofort beginnt der Countdown in meinem Kopf. In zwei Stunden gehen meine Neuen Eltern zu einer Veranstaltung im Segelklub. Eleonora und ich werden allein zu Hause sein. Und die Zeit muss genutzt werden.

Beim Frühstück hält Neuer Vater einen Monolog über seine letzte Reise in die USA, er springt von einem Thema zum nächsten. Eleonora schaut abwesend auf die Beerenlandschaft auf dem Marmeladenglas. Das einzige Lebenszeichen kommt von ihren Augenlidern, wenn sie in großen Abständen blinzeln. Neue Mutter feilt sich summend die Nägel, während sie auf das Klingeln der Eieruhr wartet, dass sie sich die Haare ausspülen kann. Im Wohnzimmer liegen zwei Leihfilme, Chips und eine Schale Süßigkeitenmix. Ihre Erwartung, dass ihr gekaufter Sohn und die Tochter einen netten Filmabend mit Knabberkram zusammen verbringen, bestätigt nur, in was für einem erschreckenden Grad meine Neuen Eltern sich einer Hirnwäsche unterzogen haben. Sie haben nicht die leiseste Ahnung, was in ihrem teuer bezahlten Heim abgeht.

Ich stehe an den großen, lichtdurchfluteten Fenstern, die vom Wohnzimmer auf die Einfahrt rausgehen. Sobald der Mercedes durch das Gittertor verschwunden ist, laufe ich hoch in den ersten Stock. Eleonoras Zimmer ist leer. Der Spurt runter in unseren geheimen Kellerraum ist fast so wie die nächtlichen Träume vom Fliegen, ein Sturzflug vorbei an Wänden und Möbeln, die wie eine graue Wolkenmasse an meinem Blick vorbeiziehen.

»Du hast es aber eilig«, sagt sie beiläufig, mechanisch.

Ich trete wachsam in den Verschlag. Es rumpelt in den rostigen Rohren unter der Decke. Sie sitzt mit übereinandergeschlagenen Beinen auf dem Rand der verdreckten Badewanne. Der Rauch schlängelt sich träge von der Zigarettenspitze nach oben.

»Warum gehst du mir aus dem Weg?«

Sie sieht mich träge aus ihren großen, bernsteinbraunen Augen an.

»Reicht es dir nicht, dass du mich nachts hast?«

»Du weißt, was ich meine.« Ich schlucke. Der Spurt hat sich wie ein nach Eisen schmeckender Film auf meinen Gaumen gelegt. »Da ist noch … mehr. Du verschweigst irgendwas. Aber ich hab das Gefühl, dass du es mir eigentlich erzählen willst.«

Sie verzieht das Gesicht.

»Es war gelogen, dass du meine Krankenakte gesehen hast. Du wolltest, dass ich *seine* Akte finde.«

Ihr Gesicht versteinert. »Hörst du eigentlich selbst, wie verrückt du klingst?«

»Ich weiß, dass ihr vor mir einen anderen Jungen hattet.«

»Du fängst an, mich zu langweilen.«

Der Wasserhahn knackt, als sie ihn aufdreht und die Zigarette unter dem trüben Strahl löscht.

»Du gehst nirgendwohin«, sagte ich gedämpft.

Sie sieht mich an. Ich kann nicht genau sagen, ob sie mich verstanden hat.

Also hebe ich die Stimme. »Du bleibst hier.«

Sie steht lachend auf. Ein Gurt legt sich um meinen Kopf, ich fühle kurze Stiche unter den Rippen. Nicht wie ein Herzschlag. Wie hüpfende Nadeln.

Als sie sich an mir vorbeischiebt, verliere ich vollkommen die Beherrschung. Ich packe sie am Arm. Sie weicht aus, stolpert rückwärts und schlägt mit dem Nacken gegen ein Rohr.

Ich bin mit einem Satz über ihr wie ein Raubtier.

»Rück endlich raus mit der Wahrheit!«, fauche ich und drücke ihre Schultern gewaltsam gegen die Wand.

»Bist du verrückt geworden?«

»Jetzt sag endlich, was hier läuft!« Das Tier in mir hat die Kontrolle über meinen Körper übernommen. Ich bin viel stärker, als ich es geahnt habe. Forschend erhöhe ich den Druck auf ihre Schultern, um zu sehen, wo die Grenze ist. Unter ihren Schulterblättern bröckelt Putz von der Wand.

»Lass mich los! Du tust mir weh.«

»Ich werde dir noch viel mehr wehtun, wenn du nicht redest.«
Sie sieht den Wahnsinn in meinen Augen und schluchzt. »Sie
haben ihn umgebracht.«

»Was soll das heißen?«

»Mama und Papa. Sie sind schuld, dass Lucas nicht mehr lebt!«
Ich habe einen Kurzschluss im Gehirn. Eleonoras Stimme
dringt durch das labyrinthische Flechtwerk an Impulsen, von denen ich gesteuert werde. Es ist, als könnte ich sie wieder sehen.
Ich lasse sie los und taumele einen Schritt zurück. Im Hintergrund tropft der Wasserhahn.

»Wer ist Lucas?«

Sie presst die Worte schluchzend aus sich heraus: »Mama konnte nach mir keine Kinder mehr kriegen, also haben sie einen Jungen adoptiert. Kurz bevor wir in die USA gezogen sind.«

»Wie alt war er?«

»Vier.«

»Und du?«

»Sieben.«

Drei Jahre, denke ich. Der Junge wäre heute dreizehn. So wie
ich.

»Warum sagst du, dass deine Eltern schuld an seinem Tod sind?«
Eleonora legt das tränenüberströmte Gesicht in ihre Hände.

»Wir sind in eine *gated community* in Utah gezogen. Gitterzäu-
ne so weit das Auge reichte. Es gab Wohnhäuser, Einkaufszentren,
Schulen und eine große Kirche. Man hatte alles da drinnen, was
man zum Leben brauchte. Isoliert von der Außenwelt. Es kam nur
rein, wer dort wohnte.«

Ich sehe eine große Kirche vor mir. Denke an die biblische Be-
sessenheit des Neuen Vaters.

»Das waren echte Fanatiker, die da gelebt haben, mit einem
Haufen Regeln. Alle Tage waren gleich. An der Oberfläche war
alles perfekt. Aber wenn man ihnen widersprochen hat … Ich
habe schnell gelernt, zu allem nur zu lächeln und zu nicken.« Sie

blinzelt, die Tränen laufen weiter. »Für Lucas war es schwerer als für mich. Er war anders. Sehr sensibel. In den guten Phasen war er so süß und liebenswert und zum Knuddeln. Dann hat er verrückte, abenteuerliche Geschichten erzählt, mit denen er selbst Papa zum Lachen gebracht hat. Mama war völlig vernarrt in ihn und konnte ihre Finger nicht von seinen blonden Locken lassen.«

Ich fahre mir unbewusst mit der Hand über das chlorgebleichte Haar.

»Und wie war Lucas in den schlechten Phasen.«

»Fast stumm. Ein Schatten seiner selbst. Ich habe die Angst in seinen Augen gesehen, als hätte er sich in der Dunkelheit in seinem eigenen Kopf verirrt. Mama hat mir erzählt, dass seine leibliche Mutter ihm Drogen gegeben hat, als er noch ein Baby war, und dass dabei was in seinem Gehirn kaputtgegangen ist. Je älter Lucas wurde, desto mehr wurde er von seinen inneren Dämonen heimgesucht. An seinem zehnten Geburtstag war er nur noch Haut und Knochen. Er hatte keinen Appetit, und seine flachsblonden Locken waren nur noch kraftlose Strähnen. Als würde er von innen aufgefressen. Ich hab Mama und Papa angefleht, ihm zu helfen. Mit ihm zu einem Psychologen zu gehen, ihm Medikamente zu geben. Aber sie sind lieber dem Rat des Pastors gefolgt, der ihnen eingeredet hat, dass Lucas durch eine Teufelsaustreibung gerettet werden könnte. Natürlich hat das nicht geholfen. Am Ende hatte Lucas so schreckliche Angst und hat sich ganz alleine gefühlt. Darum habe ich mich nachts zu ihm ins Bett gelegt. Bei ihm geschlafen. Ihn getröstet. Eines Nachts hat er mir erzählt, dass er sie hört. Mama und Papa. Wie sie in ihrem Schlafzimmer die Zähne wetzten. In Vorfreude, ihn zu fressen, wenn er stirbt. Danach hab ich mich nicht mehr getraut, mit ihm allein zu sein. Vielleicht hat er das nur erzählt, um mich loszuwerden. In der nächsten Nacht ist er ins Badezimmer geschlichen und … hat sich in der Badewanne die Pulsadern aufgeschnitten.« Ihr Schluchzen zerquetscht die Worte in Eleonoras Hals. »Lucas war mein bester Freund. Mama und Papa haben ihn wegen ihrer beschissenen Religion sterben lassen. Und er hat noch nicht mal eine richtige Beerdigung bekommen. Sein Leichnam ist einfach verschwunden.«

»Was?«

»Es gab Gerüchte, dass sich Leute von außen in unsere geschlossene Gemeinschaft eingeschleust hatten, um zu überprüfen, ob die Kinder ordentlich medizinisch versorgt werden. Stell dir mal vor, die hätten rausgefunden, dass Mama und Papa ihren psychisch kranken Sohn mit einer Teufelsaustreibung heilen wollten. Womöglich wären sie des Mordes angeklagt worden. Und in Utah steht auf Mord die Todesstrafe.«

»Aber es muss doch irgendeine Stelle geben, die überprüft, wie es Adoptivkindern in ihren neuen Familien geht?«

»Kurz nachdem Mama und Papa Lucas adoptiert haben, sind wir in die USA gezogen. Ich glaube nicht, dass er in irgendein Register eingetragen war. Oder ich. Ich habe nach wie vor meine Personennummer hier in Dänemark.«

»Dann bin ich …«

Eleonora nickt. »Meine Eltern spielen ihre Rolle als perfekte, ihre Nächsten liebende Christen. Aber sie würden alles dafür tun, um ihren eigenen Arsch zu retten. Sie sind Kindsmörder. Und sie haben dich gekauft, um das zu vertuschen. Siehst du das denn nicht? Sie haben sogar dafür gesorgt, dass du wie er aussiehst. Das ist so krank.«

Ich stehe reglos da. Das Wasser beginnt über den Wannenrand zu schwappen.

»Hast du ein Foto von Lucas?«

»Die sind alle mit ihm verschwunden.«

In der Sekunde wird mir klar, dass Eleonoras Geständnis mir rein gar nichts bringt. Keine tiefere Erkenntnis darüber, wer ich bin. Und Lucas' Schicksal schert mich einen Scheißdreck. Seine einzige Bedeutung für mich ist wie eine parasitäre Erinnerung, die Eleonora für mich unerreichbar macht.

Ihre Stimme ist jetzt ganz ruhig. »Ich habe keine Ahnung, was ihr Plan ist. Aber es stimmt, was du sagst, ich wollte, dass du Lucas' Akte in Papas Büro findest. Weil ich gehofft habe, dass du meine Eltern entlarvst.«

»Warum? Wenn ich was sage, riskieren deine Eltern, zurück in die USA geschickt zu werden. Und du siehst sie vielleicht nie wieder.«

»Genau darum. Ich schaffe es nicht aus eigener Kraft, auszubrechen«, schluchzt sie. »Sie sind meine Eltern. Egal, was sie getan haben. Ich kann sie nicht selbst der Polizei ausliefern.«

Ich senke den Blick. Das Wasser bildet eine große Pfütze auf dem Boden. Eine Pfütze aus schwarzen Staubflusen und toten Insekten.

»Aber es macht doch keinen Unterschied!«, sage ich. »Dass ich die Akte gefunden habe.«

»Doch, tut es. Jetzt kommt endlich die Wahrheit ans Licht.«

»Ich habe aber nicht vor, was zu sagen.«

Sie sieht mich mit zitternden Lippen an.

»Das ist nicht dein Ernst. Hast du nicht zugehört, was ich gerade gesagt habe?«

»Ich will nicht zurück nach Polen. Und ich will nicht von dir getrennt werden. Wir beide gehören zusammen.«

»Zusammen …?« Eleonora wird blass. Sie sagt etwas, aber ich höre nur mit halbem Ohr zu. Es ist wichtig, dass sie meine Situation richtig versteht.

»Du tust mir gut, Eleonora. Und mit der Zeit wirst du Lucas ganz vergessen haben.«

Sie sieht mich mit großen goldbraunen Augen an. Plötzlich bohrt sie ihre Fingernägel in ihr Haar und schreit: »Du bist genau wie sie! Du bist … bist … Wenn du nichts sagst, tu ich es!«

Ich betrachte sie nüchtern. Meine Situation ist ihr völlig egal.

»Eleonora, du musst mir schwören, dass du nichts sagst.«

Sie weint in kurzen Hicksern.

»Dir geht es hier doch auch nicht gut. Ich hab gesehen, wie Papa dich bestraft.«

»Ich will nicht weiter darüber reden. Es soll alles wieder wie früher sein.« Ich lächele sie an. »Rauchen wir eine Zigarette zusammen und schauen uns danach die albernen Filme an, die die beiden für uns ausgeliehen haben.«

Eleonoras Schlagader pocht an ihrem Hals. Ihr Gesicht verzieht sich zu einem Schrei.

»DU BIST VERRÜCKT!«

Ich strecke den Arm aus. »Eleonora. Du zitterst ja. Komm her.«

»Fass mich nicht an! Du perverser Bastard!«

Ein kalter Blitz fährt durch meine Arme und Beine. Ich hatte wirklich geglaubt, Eleonora hätte mein wahres Ich erkannt. Dass ich in ihren Augen mehr war als nur eine leere Hülle. Aber es war nicht meine Körperwärme, die sie in all den Nächten bei mir gesucht hat. Ich bin nichts weiter als ein Transportsystem für die Erinnerung an einen toten Jungen.

Diese plötzliche Erkenntnis erschüttert mich bis ins Mark. Ich bin alleine. Werde immer alleine sein. Ich bin ein Reptil. Aber wenn ich eine eindimensionale Schablone aus Tränen und Staub bin, was macht das dann aus meiner verlogenen Familie? Menschen, die Trauer, Scham und Schmerz empfinden können und die Last eines Kindsmordes trotzdem mit federleichtem Gewissen tragen. Wenn jeder Mensch frei die Schamstufe seines Gefühlslebens neu definieren kann, was sind dann Gefühle überhaupt noch wert? Und wer ist kranker im Kopf? Derjenige, der nichts fühlt, oder derjenige, der ganz genau nachempfinden kann, welchen Schmerz er anderen zufügt, ohne sich davon stoppen zu lassen?

Ich starre die Tränen an, die aus Eleonoras Augenwinkeln sickern. Ich rieche ihre Tränenkanäle. Sie riechen nach Kloake. Wie bei Neuem Vater und Neuer Mutter ist ihre fundamentale Natur kannibalistisch. Tränen sind etwas, womit sie sich schmücken. Flüssige Lügen. Sie benehmen sich nur anständig, um gut dazustehen.

In Wirklichkeit sind sie Ratten. Bissige, gierige Ratten, die sich gegenseitig auffressen, um zu überleben.

Für eine flüchtige Sekunde empfinde ich fast so etwas wie Zärtlichkeit für Lucas. Den echten Lucas. Den Jungen, der aus dem Abfall vor den Ratten gerettet und von einer viel gefährlicheren Rattenart adoptiert wurde. Meiner neuen Familie.

In der Sekunde, als Eleonora sich in Sicherheit wähnt, rennt sie los. Das Tier in mir übernimmt wieder das Ruder. Instinktiv trete ich nach ihrem Fuß, sodass sie über ihre eigenen Füße stolpert. Sie stößt einen Schrei aus und knallt mit den Ellbogen auf den Boden. Ich packe sie an den zappelnden Fußgelenken und schleife sie zu der Badewanne. Ich verstehe die Worte kaum, die immer hysterischer aus ihrem Mund strömen. Meine Finger schrauben sich fest um ihren Nacken, als ich ihren Kopf untertauche. Ihre Schreie werden ersetzt von dem Geräusch der aufsteigenden Luftblasen, während sie wild mit Armen und Beinen um sich schlägt und tritt. Ich wünschte, sie könnte das Ganze aus meiner Perspektive betrachten. Neuer Vater und Neue Mutter haben mir unwissend das größte Geschenk im Leben gemacht. Auch wenn es Lucas nicht mehr gibt, kann ich durch ihn existieren. Sie haben mir mit ihm eine Geschichte vermacht: das unschuldige Findelkind, das ausgesetzt wurde und das die eigene Mutter zu töten versucht hatte. Das ist etwas, was die Leute verstehen. Etwas, das ich verstehen kann. Als Peter habe ich auf einem engen Flur mit lauter verschlossenen Türen gelebt. Als Lucas kann ich endlich in Worte fassen, wer ich bin. Das ist meine Chance im Leben.

Ich schaue nach unten. Eleonoras Haar wogt wie rote Spinnweben in dem säuerlich riechenden Wasser. Ihre Halsmuskulatur arbeitet, als wollte sie dem Wasser Sauerstoff abringen. Im Gleichtakt, wie ihre Kräfte schwinden, feuert die Todespanik ihre Urinstinkte an. Ich schaffe es kaum, sie unter Wasser zu halten. Aber ich bin stark. Ich kann sie umbringen. Hier und jetzt. Aber da wird mir plötzlich klar, wie kompliziert alles ohne sie würde. Ein ertrunkenes Kind erregt viel Aufmerksamkeit. Und meine Neuen Eltern würden ins Visier der Polizei geraten. Und ich? Ließe sich meine Geschichte bis in das Kinderheim in Polen zurückverfolgen? Oder zu dem Vorfall in Utah? Kann ich mich darauf verlassen, dass meine Neuen Eltern alle Spuren vernichtet haben? Ich lockere meinen Griff ganz leicht, als mir die Realität dämmert.

Die Konsequenzen, Eleonora sterben zu lassen, bergen möglicherweise mehr Risiken, als sie am Leben zu lassen. Als ich meine Hand aus ihrem Nacken nehme, rutscht sie auf den Boden. Mit heftigen Würgelauten erbricht sie Schwälle von Wasser. Sie kriecht auf allen vieren wie ein aufgescheuchter Nager in eine Ecke und drückt sich an die Wand.

Ich nähere mich ihr vorsichtig. »Eleonora?«

Ihre Bronchien pfeifen asthmatisch.

Ich gehe vor ihr in die Hocke. »Eleonora? Hörst du mich?«

Ein schreckgeweitetes Auge starrt durch die nassen Strähnen vor ihrem Gesicht.

»Ich muss wissen, ob ich mich auf dich verlassen kann? Ob wir eine Abmachung haben?«

Ihr Körper zuckt ängstlich zusammen. Vielleicht nickt sie.

»Du musst mir antworten. Ich kann nicht zulassen, dass du mein neues Leben kaputt machst.«

»I-ich ... verstehe.«

»Sicher? Kannst du es wirklich von meiner Warte aus sehen?«

»Ja, k-kann ich. Ich sage nichts.«

»Warum hast du damals nichts gesagt? Vielleicht hättest du Lucas retten können. Du hast deinen Bruder zugrunde gehen sehen, ohne etwas zu tun. Das muss schrecklich sein. Mit dieser Verantwortung zu leben.«

»Aber ... es waren doch Mama und Papa, die ...«

Ich lege einen Finger an ihre Lippen.

»Ich glaube nicht, dass deine Eltern versuchen, sich selbst zu retten. Ich glaube, dass sie dich beschützen wollen.«

»Ich weiß nicht«, stammelt sie.

»Versuch mal, an andere zu denken als immer nur an dich selbst. Ja, was mit Lucas passiert ist, war ungerecht. Aber rechtfertigt das, dass du den Rest deiner Familie in den Abgrund ziehst?« Ich mache eine Pause, zwinge sie, mich anzusehen. »Und glaubst du, mal ganz ehrlich, dass es dir besser geht, wenn du deine Eltern lebenslänglich ins Gefängnis bringst?«

Das Wasser tropft von Eleonoras schreckverzerrtem Gesicht. Ich kann fast dabei zuschauen, wie ihr nach und nach ihre Lage zu dämmern beginnt. Ganz egal, welche Entscheidung sie trifft, bin ich es, der das Urteil fällt.

Sie gehört mir. Ich lenke sie.

54

Lucas suchte in einer Bushaltestelle an der Einfahrtsstraße Schutz vor dem Wind. Bárdur hatte ihn nicht mit reingebeten, damit er im Warmen warten konnte. Im Gegenteil, der Färinger hatte Lucas wie einen üblen Geruch hinter sich gelassen, sobald sie zurück im Ort waren. Und sein Gang war gleich viel leichter und entspannter, sobald er sich außer Sichtweite wähnte. Wie einer, der früh im Leben gelernt hatte, dass ein Geheimnis zwischen zwei Männern am einfachsten zu bewahren war, wenn einer von beiden tot war.

»Endlich«, murmelte Lucas, als die Scheinwerfer von Hjaltis SUV in der schummerigen Hügellandschaft sichtbar wurden.

»Shit, ist das kalt«, fauchte Lucas und stieg ein.

Hjalti machte einen U-Turn und schwieg.

»Hast du den Computer abgegeben?«

»Ja.«

»Was hat der IT-Typ gesagt?«

»Was soll er gesagt haben?«

Lucas sah Hjalti von der Seite an. Der Blick des Färingers wirkte abwesend, als lauschte er einem Gespräch in seinem eigenen Kopf.

»Zum Beispiel, wie lange es dauert, die Software zu knacken und Fireballs IP-Adresse aufzuspüren.«

»Ach so. Zwei, drei Tage, meinte er.«

»Ich möchte mit deinem Vater sprechen.«

Es ging ein Ruck durch das Auto. Lucas schielte zu Hjalti rüber, nicht ganz sicher, ob das Auto auf einen Windstoß reagiert hatte oder auf die Hände am Lenkrad.

»Warum willst du mit ihm reden?«

»Weil ich glaube, dass er was zu sagen hat.«

Hjalti verzog das Gesicht.

»Der Alte ist zu Hause an seinen Rollstuhl gefesselt. Er geht nie raus.«

»Mag sein. Könntest du trotzdem ein Treffen arrangieren? Gerne heute Abend.«

»Kommt das von Bárdur? Hat er was gesagt?«

»Im Gegenteil. Er hat nichts gesagt. Dein Vater ist sozusagen mein letzter Trumpf«, sagte Lucas mit seiner verzerrten Ich-brauch-jetzt-dringend-einen-Drink-Stimme. »Und da deine Schwester so verflucht stur ist, muss ich es eben selbst in die Hand nehmen.«

»Ich halte das für keine gute Idee«, murmelte Hjalti. »Mein Vater lebt in seiner eigenen Welt.«

»In dem Fall macht es ja keinen Unterschied.«

»Okay«, sagte Hjalti nach einer angestrengten Pause. »Aber schraub deine Erwartungen nicht zu hoch. Er wird dich enttäuschen.«

Hjalti und Lucas gingen nebeneinander zu dem schwarz gebeizten Blockhaus, das seit drei Generationen der Familie Kjølbro gehörte.

»Gib mir einen Augenblick«, sagte Hjalti und verschwand im Haus.

In der Wartezeit betrachtete Lucas die melodramatischen dunkelblauen Streifen am Himmel über dem Fjord und stellte fest, dass die Dunkelheit über den Färöern massiv, aber nie so schwarz war wie in Dänemark, wo die Nacht sich so jäh herabsenkte, als würde eine Tür zugeschlagen.

Hjalti tauchte wieder auf.

»Komm rein.«

Der Färinger führte Lucas durch den Flur. Alle Türen waren geschlossen.

Sie betraten das Wohnzimmer. Der Alte saß zusammengesunken in seinem Rollstuhl, eine Decke über den Knien, die auf den

Boden hing. Hinter seiner komatösen Silhouette brannte gedimmtes Licht. Der Fernseher lief mit heruntergeregelter Lautstärke. *Predator.* Schwarzenegger wurde von einem Raumwesen durch den Dschungel gejagt, das Trophäen aus Menschenschädeln machte.

»Lass mich mit ihm allein«, sagte Lucas.

Hjalti zupfte nervös an seinem Pulloverkragen wie an einem zu engen Schlips.

»Okay, dann überlasse ich ihn dir jetzt.«

Lucas setzte sich auf die Kante eines niedrigen Kacheltisches. Atmete den Geruch von Alter ein, von Harz und nassen Blättern.

»Mein Name ist Lucas Stage«, sagte er. »Ich bin von der dänischen Polizei. Erinnern Sie sich an mich?« Lucas bekam keinen Augenkontakt. »Als ich das letzte Mal hier war, haben Sie was von Männern in der Nacht gesagt, und dass alles in Blut baden soll. Was haben Sie damit gemeint?«

Die faltigen Augen ruhten wie versteinert auf dem Fernsehbildschirm.

»Jákup ist ermordet worden. Ich habe ihn auf seinem Sterbebett gesehen. Und er hat das Gleiche gesagt wie Sie. ›Alles soll in Blut baden.‹«

Lucas betrachtete den weißhaarigen Schädel. Er war darauf vorbereitet, dass er wie Luft für den Alten sein würde. Aber er hatte das Gefühl, dass trotzdem gerade die Bühnenbeleuchtung angegangen war, die grauen Augen sich nur tarnten. Aus dem Fernseher waren Predators ikonische Knurrlaute zu hören, die die Beute unmittelbar vor dem Angriff erstarren ließen.

Lucas befeuchtete seine Lippen. Da drinnen war etwas. Und manchmal ging es nicht darum, die richtige Tür einzutreten, sondern überhaupt zu treten.

»Ich habe Eivør gebeten, mit Ihnen zu reden, aber sie wollte nicht. Haben Sie sie als Kind so mies behandelt?«

Die Haut unter dem Bart nahm eine hochrote Farbe an.

»Da sind Sie ja«, flüsterte Lucas zufrieden. »Erinnern Sie sich, was Sie ihr angetan haben? Ich bin sicher, dass Sie das tun. Die ganz schwarzen Erinnerungen hat die Hirnblutung nicht gelöscht. Die sind immer noch da drin und halten Ihnen den Spiegel vor, wer Sie sind.«

Der Alte drehte ganz langsam den Kopf. An dem einen papierdünnen Augenlid zuckte ein Nerv.

»Eivør hat mit den schwarzen Vögeln getanzt ... Sie haben ihr die Flügel gestutzt ... Man soll nicht mit den schwarzen Vögeln tanzen.«

»Was?«

»Die schwarzen Vögel ... Eivør hat getanzt ...« Jedes einzelne Wort aus dem Mund des Alten war eine Anstrengung für sich.

»Wer sind die schwarzen Vögel? Was haben sie Eivør angetan?«

»Sie hätte ... nicht kommen dürfen.« Der Alte griff nach der Lederschnur um seinen Hals. Der Anhänger, ein vergilbter Walzahn, blinkte in seiner faltigen Halsgrube. Er ruckte daran. Die Lederschnur zerriss mit einem Schnalzen.

»Das ist ein Schutzamulett. An Land und auf dem Meer. Geben Sie es ihr.«

Lucas steckte die Kette in die Jackentasche.

»Wissen Sie, wer die Pfarrer getötet hat?«

Der Alte brummelte etwas Unverständliches in seinen Bart.

Lucas beugte sich vor, spürte den warmen Atem des Mannes an seinem Ohr. »Sagen Sie das noch mal.«

Der Alte flüsterte. Aber die Worte, die er sagte, waren das reinste Brüllen in Lucas' Kopf.

Auf dem Fernsehbildschirm begriff Schwarzenegger endlich, dass seine Männer von einem unsichtbaren Trophäenjäger abgeschlachtet worden waren.

55

D ie Folie löste sich mit einem lauten Ritschlaut von der Plastik-
schale. Sidsel stieß die Gabel in den Tankstellensalat, den sie
auf dem Spaziergang in ihr Hotelzimmer gekauft hatte. Sie saß ans
Fußende ihres Bettes gelehnt und folgte dem CNN-Newsticker,
der am unteren Bildschirmrand vorbeispulte – Aktienkurse,
Überschwemmungen, Demonstrationen –, kommentiert von einem britischen Nachrichtensprecher mit blankem Telepromp-
terblick.

Es gelang ihr, das Gespräch für dreißig Sekunden zu verdrängen. Lucas Stage, dieser Drecksack!

Sie schmiss die Gabel in den Salat. Was bildete der Kerl sich ein?
Warf ihr vor, dass sie die Ermittlungen behinderte! Nannte sie unprofessionell. Er passte perfekt hierher. Lob und Schulterklopfen,
solange man auf seiner Seite stand. Direkte Verurteilung, sobald
man eine eigenständige Entscheidung traf. Sie massierte sich die
Schläfen. Ihr Job hier war kein Anlass, ihren Vater zu treffen. Sie
war Kriminaltechnikerin. Sobald die Ermittlungen keine neuen
Leichen oder Tatorte lieferten, war ihre Arbeit erledigt.

Es war das andere, das sie nicht verdrängen konnte. Es war
schwer, eine Ermittlung professionell durchzuführen, in der sich
nichts professionell anfühlte. Allem voran sie selbst. Fünf Männer
waren ermordet worden, und trotzdem hatte Sidsel das Gefühl,
selbst das größte Opfer des Verbrechens zu sein. Ihre erzwungene
Rückkehr auf die Färöer. Sie schämte sich deswegen. Eigentlich
hielt sie sich für einen guten Menschen, wollte ein guter Mensch
sein. Aber ein guter Mensch könnte sein persönliches Unbehagen
von den professionellen Ansprüchen der Arbeit trennen.

Nur ein Egoist ließ sich von so etwas zerfressen.

Sidsel krümmte die Zehen. Sie hätte niemals zurückkommen dürfen. Das moralische Gutmenschentum war auch tief in ihr verankert.

Sie stand auf und setzte sich an den Computer.

»Zur Hölle mit ihnen allen«, murmelte sie und loggte sich bei Skyscanner ein.

Sie fuhr mit der Maus von Feld zu Feld, tippte die erforderlichen Informationen ein, und kurz darauf war das Flugticket nach Kopenhagen, Abflug früh am nächsten Morgen, nur noch einen Klick entfernt.

Sie starrte auf den grünen »Kauf bestätigen«-Button. Zögerte.

Das war doch verrückt. Morgen um diese Zeit könnte sie in ihrer gemütlichen Wohnung in Kopenhagen sitzen. Die Straßenlaternen durch die etwas zu durchsichtigen Gardinen sehen, das würzige Essen des Bewohners unter ihr riechen, im Bett Netflix gucken und ohne einen Panzer aufgesetzter Stärke ihrer Arbeit nachgehen.

Ihr Finger schwebte weiter über dem Button.

Warum? Warum war sie plötzlich nicht mehr sicher, ob sie wirklich wollte, dass alles wie früher war?

Hjalti glaubte, dass sie abgehauen war. Dass sie alles über ihr Leben auf den Färöern vergessen hatte. Ihre Kindheit. Die Naivität ihres Bruders hatte fast etwas Rührendes. Aber sie hatte nicht vergessen. Sie war all diese Jahre weggeblieben, weil sie sich erinnerte. Weil sie sich an alles erinnerte.

Später, nach einer heißen Dusche, lag sie mit einem unangenehmen Blähbauch von dem Salat auf dem Bett und überlegte, wie es weitergehen würde.

Morgen.

Wenn sie ihren Vater zum ersten Mal nach drei Jahrzehnten wiedersah.

Wenn sie ihm die Wahrheit erzählen würde.

56

Kurz vor Mitternacht stieg Lucas aus dem Streifenwagen und überquerte den leeren Parkplatz. Die Schiebetüren der Klinik glitten auf und gaben den Weg in den Eingangsbereich frei. Der Rollladen des kleinen Kiosks war runtergelassen, über den leeren Stühlen und Tischen leuchteten Informationstafeln.

Er ging zum Rezeptionstresen.

»Lucas Stage, Task Force 14«, sagte er.

Die Rezeptionistin schaute schläfrig über den Buchrand. Zog die Augenbrauen hoch.

»Sind Sie von der Polizei?«

»Wir haben in Dänemark andere Uniformen. Ich habe einen Termin mit der Nachtschwester.«

Die ältere Frau, die Lucas kurz darauf in Empfang nahm, hatte freundliche Lachfalten, kurze Haare und trug ein dunkelblaues Poloshirt und passende Arbeitshosen. Sie aktivierte den Fahrstuhl mit ihrer Schlüsselkarte.

»Ich dachte, für den kriminaltechnischen Part wäre Ihre Kollegin zuständig«, sagte sie.

»Sie ist manchmal etwas schlampig.«

Die Nachtschwester lächelte verwirrt. Lucas verstand sie. Seit dem Gespräch mit Sidsels Vater spürte er wieder diesen Druck in der Brust, der seine Stimme kalt und schroff machte.

Sie fuhren bis in die Kelleretage und liefen durch einen langen Flur.

»Eigentlich sollte der Arzt der obersten Gesundheitsbehörde bei der Untersuchung dabei sein.«

»Lassen Sie ihn schlafen«, sagte Lucas. »Ich werde nichts anfassen.«

Im Umkleideraum zogen sie sich Kittel und Handschuhe über und begaben sich danach in den sterilen Raum mit den zehn matt glänzenden Stahltischen unter ausgeschalteten OP-Lampen.

»Wen wollen Sie sehen?«

»Jákup, den in der letzten Nacht Verstorbenen.«

Die Frau öffnete eine Luke, zog auf quietschenden Schienen eine Stahlplatte aus dem Fach und entfernte die weiße Plastikplane. Lucas rümpfte die Nase. Der Körper verströmte einen moderigen Geruch. Sie hatten dem Pfarrer das Blut abgewaschen, und die vielen Stichwunden sahen wie lila Tuschestriche auf der Haut aus.

»Was war die eigentliche Todesursache?«, fragte Lucas.

Die Frau neigte den Kopf zur Seite.

»Eine Kombination aus hohem Blutverlust, seinem fortgeschrittenen Alter und einer generell schlechten Physis.«

»Welche Behandlung hat er bekommen?«

»Zur Entlastung des Zentralnervensystems intravenös Barbiturate, dazu eine Kochsalzlösung und die Beatmungsmaschine.«

»Was für Barbiturate?«

»Beruhigungsmittel und Schmerzstillendes. Das wird in der Intensivabteilung eingesetzt, um die Körperfunktionen auf Sparflamme herunterzufahren und die gesamte Energie für den Heilungsprozess zu nutzen.«

Lucas drehte an einem seiner Fingerringe, während er die linearen Hautabschürfungen über Jákups Rippen und an den Unterarmen betrachtete. Irgendetwas versuchte, seine Aufmerksamkeit zu fangen, ein verhakter Gedanke, ein Erinnerungsbild. Er kriegte es nicht zu fassen.

»Brauchen Sie ihn auf dem Stahltisch?«, fragte die Frau.

Lucas schüttelte den Kopf.

»Aber ich würde gerne einen Blick in das Krankenzimmer werfen, wo er gestorben ist.«

Eine Schwester aus der Intensivabteilung begleitete Lucas in das Zimmer, in dem der Pfarrer vor nicht einmal vierundzwanzig

Stunden seinen Geist ausgehaucht hatte. Lucas sah sich das Bett an und die Apparate darum herum: schwarze Monitore, Schaltarmaturen, aufgerollte Gummischläuche an Rollgestellen.

»Wer war im Raum, als der Patient gestorben ist?«

»Niemand. Die Patienten werden in der Personalabteilung digital überwacht«, sagte die Schwester. »In der Regel sind wir vier Schwestern und ein diensthabender Arzt. Sie haben es mit Wiederbelebung versucht, aber der Patient war nicht mehr zurückzuholen.«

»Ich bräuchte alle Kontaktdaten«, sagte Lucas. »Waren noch andere Personen außer den Angestellten bei ihm?«

»Nein. Oder warten Sie … die Polizei war hier.«

»Sidsel Jensen?«

»Kann sein. Ich hatte selbst keinen Dienst. Aber ich habe ein paar Schwestern erzählen hören, dass irgendwelche Fotos gemacht werden sollten. Und dabei …« Die Schwester lächelte, ohne amüsiert zu wirken.

Lucas zog eine Augenbraue hoch. »Ja?«

»Ihr Kollege ist über das Bett gestolpert. Das war eine ziemliche Aufregung.«

Lucas nickte. »Könnte das zum späteren Tod geführt haben?«

»Kaum. Der Patient wurde umgehend stabilisiert. Seine Werte waren alle wie vorher.«

Bis er plötzlich mitten in der Nacht gestorben ist, dachte Lucas.

»Haben Sie hier Videoüberwachung?«

»Nur in den Medikamentenräumen.«

Lucas betrachtete sein verzerrtes Spiegelbild im Fenster und die gespenstisch weiße Silhouette der Krankenschwester daneben. Optische Täuschung, Zerrbild. Sein Blick flackerte. Suchte nach etwas, einem Hinweis, einer neuen Perspektive. Sein Blick fiel auf die Apparate.

Die Perspektive des anderen?

»Wenn ich einen Patienten effektiv und schnell umbringen will, welche Maschine stelle ich dann zuerst ab?«

»Ähm, die Beatmungsmaschine. Aber wenn die ausgeht, geht sofort der Alarm los.«

»Die Nachtschwester hat Beruhigungs- und Schmerzmittel erwähnt.«

»Barbiturate. Die werden von der Infusionspumpe dosiert, die über einen Gummischlauch mit dem Patienten verbunden ist.«

»Was, wenn ...«

»Auch da würde sofort der Alarm losgehen, sobald Sie die Pumpe abschalten. Oder den Schlauch rausziehen.«

Lucas massierte sich den Nacken, versuchte die natürliche Reaktion des Gehirns wegzudrücken, den Fakt, sich womöglich geirrt zu haben, gegen den Fakt abzuwägen, dass er sich nur selten irrte.

»Was passiert mit all dem Zeug hier, wenn ein Patient stirbt?«, fragte Lucas.

»Was meinen Sie?«

»Die Beatmungsmaschine, die Schläuche, das Bettzeug, die Infusionsbeutel.«

»Die Maske wird desinfiziert, das Bettzeug kommt in die Wäscherei, der Rest wird als klinischer Risikoabfall entsorgt.«

»Wo?«

»Er wird sortiert und von externen Fahrern abgeholt.«

»Waren die heute schon hier?«

»Nein, sie kommen nur jeden zweiten Tag.«

Lucas starrte für einen Lidschlag das weiße Gespenst in der Scheibe an.

Optische Täuschung, Zerrbild.

Die Perspektive des anderen.

»Ich muss den Abfall sehen.«

Die Krankenschwester führte Lucas in einen stinkenden Raum mit einer Reihe gelber, beschrifteter Plastikbehälter entlang der Wände: Kanülen, Glas, Gewebeabfälle, Plastik, infektiös. Die

Schwester reichte Lucas ein Paar Latexhandschuhe und sagte, dass er ab hier alleine weitermachen müsse. Er klappte den Deckel des Behälters mit der Aufschrift »Plastik« hoch. Darin lagen ein paar Infusionsbeutel und Schläuche.

»Wie viele Patienten haben Sie momentan auf der Intensivabteilung?«, fragte er.

»Nach dem Todesfall gestern zwei«, sagte die Schwester.

»Bekommen diese Patienten auch Barbiturate?«

»Nein, nur Beatmung und Kühlung.«

»Dann stammt alles in diesem Eimer aus dem Krankenzimmer des Verstorbenen?«

»Ja.«

Lucas nahm einen Infusionsbeutel heraus. »Wo ist die Herrentoilette?«

Die Schwester zögerte mit verschränkten Armen.

»Ich verstehe nicht, was das Ganze hier soll. Hat Ihre Kollegin irgendwas falsch gemacht?«

»Im Gegenteil«, murmelte Lucas. »Ich glaube, sie hat perfekte Arbeit geleistet.«

Die Herrentoilette war wie der Rest des Klinikums pieksauber. Lucas inspizierte die vier Kabinen auf der einen Seite. Keine Besetztzeichen. Er ging zu einem der Waschbecken, drehte den Wasserhahn auf und hielt die Öffnung des Beutels unter den Strahl. Der Beutel füllte sich mit einem Schlürfen.

Er zog Papierhandtücher aus dem Automaten und trocknete den Beutel gründlich ab. Danach verstopfte er die Öffnung mit dem oberen Glied seines kleinen Fingers und hielt den Beutel vor das Licht über dem Spiegel, das in der klaren Flüssigkeit funkelte. Er wartete. Im besten Fall saß er gerade einem Irrtum auf.

Die automatische Spülung des Urinals sprang an, das rauschende Wasser verschwand gluckernd im Ausguss.

Im besten Fall. Warum dachte er das? Dass es das Beste wäre, wenn er sich irrte. Es sollte genau umgekehrt sein. Wie es seine gesamte Karriere über gewesen war.

Das Urinal schaltete sich mit einem Knall ab, der zwischen den Kachelwänden widerhallte. So wie die Gedanken in seinem Kopf. Wieso war er auf die Herrentoilette gegangen? Im Krankenzimmer war auch ein Waschbecken gewesen. Was war der konkrete Grund dafür, dass er das hier alleine machen wollte?

Nicht nur allein.

Unbeobachtet und ohne Zeugen.

Lucas spürte ein Kitzeln an seiner Hand. Er drehte den Unterarm. Ein Wassertropfen lief über seinen Handrücken und verschwand an seinem Handgelenk unter dem Jackenärmel. Es pressten mehr Tropfen aus dem Beutel nach, die wie ätzende Säure auf seiner Haut brannten.

Und seine innere Stimme, die immer die Wahrheit sagte, wiederholte noch einmal, dass er sich lieber geirrt hätte.

57

Lucas griff nach dem klingelnden Handy und schaltete stöhnend den Wecker aus. Er hatte die ganze Nacht kein Auge zugemacht. Er blieb liegen und setzte das Blickduell mit der Zimmerdecke fort, während er Sidsels Parfüm einsog. Würzig, klar. Als wüsste sie, dass genau das der Duft war, den er an Frauenkörpern am liebsten mochte.

Als er nachts aus der Klinik zurückgekommen war, hatte er sich in voller Montur auf ihr Bett geschmissen, das sie vor ihrer Abfahrt nach Tórshavn nicht abgezogen hatte. Er hätte damit argumentieren können, dass sein Bett einer Fischattacke ausgesetzt gewesen und das Sofa im Wohnzimmer zu hart war. Aber er wusste, dass das nicht der Grund war. Möglicherweise war es nur Einbildung, aber ihm wurde in den anderen Zimmern einfach nicht richtig warm.

Er stand auf und setzte Kaffee auf. Der Nieselregen auf der Veranda weckte wenigstens so weit seine Geister, dass er Lust auf eine Zigarette bekam. Er zog das Zigarettenpäckchen aus der Tasche. Die Lederschnur mit dem gelben Haifischzahn hatte sich darum gewickelt. Sidsels Vater hatte gesagt, die Halskette solle seine Tochter an Land und auf dem Wasser beschützen. Der Alte hatte ja keine Ahnung, was für eine Art Schutz seine Tochter brauchte.

Lucas tastete in der anderen Tasche nach seinem vibrierenden Handy.

»Guten Morgen, Sidsel.«

Sie schwieg. Verständlich. Seine Stimme klang schroff.

»Guten Morgen«, sagte sie schließlich. »Ich weiß jetzt, was das für Blut auf dem Boden in der Kirche war.«

»Und?«

»Schafblut.«

Lucas zögerte. In der Hirnfinsternis nahm etwas Form an, das er irgendwo gesehen, dem er in dem Augenblick aber keine Bedeutung beigemessen hatte, das sein Gehirn aber dennoch registriert hatte, vielleicht für einen späteren Gebrauch. Er tauchte tiefer in die dunklen Winkel seines Unterbewusstseins ein, bekam den Zipfel eines Details zu fassen, irgendetwas am nackten Körper des Pfarrers, seine Wunden, etwas, das zu dem Schafblut passte, oder ...

»Hallo, bist du noch dran?«

»Ja!«, knurrte Lucas. Ihre Stimme schlug in seine Gedanken ein wie ein Stein in einen Fischschwarm.

»Fällt dir dazu irgendwas ein?«, fragte sie. »Schafblut?«

»Überhaupt nicht. Gab's sonst noch was?«

»Ich komme doch zurück. Um mit meinem Vater zu reden.«

»Was hat dich umgestimmt?«

»Etwas, das ich nicht habe kommen sehen. Du hattest recht.«

Lucas merkte ein ungewohntes Lächeln auf seinen Lippen.

»Wann kommst du?«

»Ich fahre gleich los. Aber, Lucas, sobald meine Arbeit hier erledigt ist, fliege ich auf alle Fälle nach Hause.«

»Verstanden. Ich habe übrigens etwas für dich. Von deinem Vater. Ich lege es auf den Küchentisch im Gästehaus.«

»Ist irgendwas passiert? Du klingst so ...«

»Wir sehen uns später.«

Lucas ging zurück in die Küche und checkte bei einem Becher Kaffee seine Mails.

»Verdammt«, murmelte er, als er die Mail von we_are_in_danger@spymail.com entdeckte, von seinen lichtscheuen rumänischen Kollegen. Woher zum Teufel hatten sie diese Mailadresse? Er öffnete die Nachricht, einen Link mit einem Decodierungsschlüssel für ihre Session im Darknet. Lucas fluchte. Was bitte war da los in Rumänien? Drehten die jetzt völlig durch? Ihn über seine Dienstmail zu kontaktieren, das ging nun wirklich zu weit. Er starrte verbissen auf den Bildschirm. Für eine Sekunde überlegte er, seinen Exit-Plan zu aktivieren. Er füllte die Lunge mit Luft. Atmete langsam wieder aus und wiederholte den Gedanken. Nein. Er war noch nicht bereit, alles niederzubrennen.

Etwas knallte gegen eins der Fenster. Lucas sprang vom Stuhl auf und rannte raus. Die Straße vor dem Gästehaus lag öde und verlassen da. Er drehte sich um und schaute auf den Boden. Unter dem Fenster zappelte ein glänzender Fisch auf den Brettern. Er hatte irgendwo gelesen, dass Fische keine Hirnrinde hatten und deshalb keinen Schmerz empfanden. Er blieb stehen. Betrachtete den wilden Tanz des Fisches, bevor er in den Tod hinüberglitt, genauso kalt und ausdruckslos, wie er im Leben gewesen war.

Lucas saß mit gesenktem Kopf da, als die Tür aufging und die färingischen Polizisten hereinströmten.

Lautes Stühlerücken, Stimmengemurmel.

Er nahm seine Sonnenbrille ab. Hob den Kopf. Die Anwesenden saßen schweigend um die Tische. Blasse, müde Gesichtsovale. Er sparte sich auszusprechen, was alle wussten, dass sie nur aus Pflichtgefühl gekommen waren, dass sie bereits nach einer knappen Woche die Nase voll von ihm hatten, von dieser Soloermittlung eines Alpha-Wolfs, der sein eigenes Rudel für die warmen Pelze umbringen würde. Lucas war weder dazu geboren, sich einem Anführer unterzuordnen, noch andere anzuführen. Lucas wurde wieder in die Realität zurückgeholt, als sein Blick auf das leere Quadrat an der Wand fiel. Nicht sein Quadrat, das hatten sie ja im Protest heruntergerissen, sondern ein neues. Vielleicht war das ihre Art, ihre Bereitschaft für einen Neuanfang zu signalisieren. Lucas hatte nicht die Kraft, darauf einzugehen.

Außerdem irrten sie sich. Mit einem neuen Quadrat war es nicht getan. Sie brauchten zwei.

Einer der Polizisten stand auf.

»Wir müssen mit dir reden.«

Ihre Blicke waren, wenn auch nicht direkt feindlich, so doch von Widerwillen geprägt.

»Worüber?«

»Die Arbeitsatmosphäre. Wir halten dich ganz bestimmt für einen erfahrenen Ermittler, aber wir fühlen uns nicht in die Ermittlungen miteinbezogen.«

»Wer Teil dieser Ermittlungen sein will, sollte besser nicht blaumachen.«

Der Blick des Beamten wanderte nervös zu den Kollegen.

»Und du redest immer so von oben herab mit uns und kannst dir nicht mal unsere Namen merken.«

»Falsch. Ich kenne alle eure Namen.«

Es wurde still. Lucas seufzte.

»Hört zu, ich war als Polizeianwärter selbst der Fußabtreter. Und jetzt nennt ihr mich Chef. Was glaubt ihr, wie es dazu gekommen ist?«

Der Beamte blinzelte. »Keine Ahnung.«

»Weil es mir niemals in den Sinn gekommen wäre, die Dinge anzusprechen, die ihr gerade ansprecht. Versteht ihr das?«

»Nicht ganz.«

»Man kriegt nicht immer das, was man sich wünscht. Manchmal kriegt man das, was man ist.«

Der Mann suchte Rückendeckung bei den Kollegen, aber ihre gesenkten Blicke ließen ihn wie einen General ohne Armee dastehen. Er setzte sich.

»Und nun weiter zu den schlechten Nachrichten des Tages«, sagte Lucas. »Heralv ist nicht der Mörder. Er litt an einer fortgeschrittenen Arthritis. Er wäre körperlich schlicht und ergreifend nicht in der Lage gewesen, die Pfarrer zu überwältigen. Jedenfalls nicht allein.«

Lucas wartete, bis es wieder ruhiger wurde.

»Wir haben also keinen Hauptverdächtigen mehr. Und neue Spuren gibt es auch nicht. Darum bleibt uns keine andere Wahl, als eine Verhörrunde der nächsten Angehörigen der Pfarrer zu starten.«

»Verdächtigst du einen von denen, die Morde begangen zu haben?«, fragte ein Beamter.

»Sie sind unser einziger Anhaltspunkt. Normalerweise hätte ich den engeren Umgangskreis der Opfer zuallererst verhört. Aber die Strategie war die, die Ermittlungen zügig durchzuziehen, um Ruhe zum Arbeiten zu haben. Damit ist jetzt Schluss. Wenn wir jetzt mit einer großen Vernehmungsrunde beginnen, ist es nur eine Frage der Zeit, wann etwas an die Presse durchsickert.« Lucas verlor für einen kurzen Augenblick den Faden, starrte auf das leere Quadrat an der Wand. »Ich hätte auch einen Vorschlag, wo wir anfangen können.« Er ging zum Whiteboard, schrieb »Fireball« an die Tafel und drehte sich wieder um.

»Sagt einem von euch dieser Name etwas?«

Allgemeines Kopfschütteln.

»Heralv hatte angeblich eine Beziehung zu einer Person mit dem Nutzernamen Fireball. Ich habe auf seinem Laptop ein paar Chats zwischen den beiden gefunden. Der Laptop ist gerade in Tórshavn, wo euer IT-Spezialist ihn ausschlachtet.« Lucas bemerkte die erstaunten Blicke von zwei Polizisten. »Was ist los?«

»Wir haben keinen IT-Spezialisten in Tórshavn«, sagte der eine Beamte. »Morris kennt sich einigermaßen mit Computern aus, aber das meiste wird direkt nach Kopenhagen geschickt.«

Lucas fluchte inwendig. Hjaltis verzweifelter Versuch, sich nützlich zu machen, wuchs sich zum echten Problem aus. Der Kerl schreckte offensichtlich nicht einmal vor einer Lüge zurück, um mit einer verantwortlichen Aufgabe betraut zu werden! Morris hörte sich nicht nach einem IT-Spezialisten an, höchstens nach einem, der die Briefmarken auf die Päckchen nach Kopenhagen klebte.

»Okay, darum kümmere ich mich später. Im Moment müssen wir uns zu zwei primären Aufgaben verhalten. Erstens: die Befragung des engeren Bekanntenkreises. Zweitens: Fireball zu identifizieren. Ich kann nicht alle Vernehmungen selbst führen. Ihr habt doch um mehr Verantwortung gebeten, die ihr hiermit bekommt.«

»Sollen wir die Leute verhören?«

»Yes. Aber vorher überprüft ihr eure eigenen Verbindungen zu den Ermordeten. Einer der Pfarrer war ja zum Beispiel Andreas' Onkel.«

»Dann darf Sveinur auf keinen Fall Ella befragen«, sagte einer der Beamten zum großen Vergnügen der Versammelten.

Einer der jüngeren Polizisten wurde knallrot. Lucas nahm an, dass das besagter Sveinur war.

»Wer ist Ella?«, fragte Lucas.

»Jákups Nichte. Die aus unerfindlichen Gründen diesen Glückspilz geheiratet hat.«

Der Beamte hinter Sveinur drückte freundschaftlich seine Schulter.

Sveinur zuckte unter der Berührung zusammen.

»Pass doch auf, die Schulter tut immer noch höllisch weh.«

Lucas hörte die Lacher, war durch das Gedankenkarussell in seinem Kopf aber merkwürdig von allen Geräuschen im Raum abgekoppelt. Er dachte an die Abschürfungen an Jákups Oberkörper. An die Blutspuren auf dem Kirchenboden – sowohl menschliches Blut als auch Tierblut. Und er hörte Hjaltis Kommentar zu dem ertrunkenen Schaf im Hafen: »Das Tier hat wohl den Anschluss an seine Herde verloren.«

Lucas rieb sich die Stirn. Schafblut in der Kirche. Ein im Meer ertrunkenes Schaf.

Lucas ging zu Sveinur.

»Zieh den Pullover aus.«

»Wie bitte?«

»Tu's einfach. Das T-Shirt auch.«

Der Färinger zog skeptisch Pullover und T-Shirt über den Kopf.

Lucas inspizierte die verletzte Schulter des Mannes. Die längliche Abschürfung, die sich über die Rückenmuskulatur zog.

»Wie weit hast du die Leiche aus dem ausgebrannten Transporter getragen?«

»Ein paar Kilometer«, antwortete Sveinur.

»Mit was für einer Ausrüstung?«

»Der Rettungsdienst hat ein paar spezialdesignte Transportrucksäcke vom dänischen Militär gekauft. Darf ich mich wieder anziehen?«

»Moment.« Lucas zog sein Handy aus der Tasche und machte Fotos von den Abschürfungen.

»Worauf willst du hinaus?«, fragte einer der anderen.

Lucas verschickte eine SMS.

»Darauf, dass ein Schaf offensichtlich den Anschluss an die Herde verloren hat.«

58

Lucas ging mit seinem Handy vor die Schule raus und wartete. Nur Augenblicke später rief Sidsel an.

»Hi, was sind das für Fotos, die du mir geschickt hast?«

»Bist du auf dem Weg hierher?«

»Ja, ich habe eine Mitfahrgelegenheit gefunden. Aber ich verstehe nicht …«

»Eine Spur von dem Schafblut führt in die Kirche hinein und eine wieder raus. Korrekt?«

»Ja.«

»Und das Menschenblut führt nur in eine Richtung?«

»Ja, raus aus der Kirche«, sagte Sidsel wachsam. »Hat das was mit den Hautabschürfungen zu tun, die du mir geschickt hast?«

»Du meintest doch, die Tropfen seien eigentlich zu symmetrisch angeordnet? Dass sie unregelmäßiger auf dem Boden verteilt sein müssten, wenn eine schwer verletzte Person aus der Kirche getaumelt wäre?«

»Ja.«

Lucas atmete tief ein.

»Gilt das auch für das Tierblut? Waren die Spritzer auch auf einer Linie?«

»Ich überprüf das gleich mal in der Bilddatei. Augenblick.«

Lucas hob den Blick, am Himmel über ihm zogen sich schwarze Wolken zusammen. Er konnte den Regen bereits riechen. Am anderen Ende der Verbindung hörte er das diskrete Klackern von Sidsels Tastatur. Es würde vermutlich nur Sekunden dauern. Und obgleich er die Antwort bereits kannte, wollte er es aus ihrem Mund hören. Die kriminaltechnische Bestätigung für das bekommen, was er mit seiner beharrlichen Ermittlungsarbeit herausgefunden hatte.

»Da bin ich wieder«, sagte Sidsel. »Das Schafblut bildet auch eine gleichmäßige Linie.«

Lucas sog die salzige Meerluft ein. Eiskalt und klar. »Danke.«

»Warte! Was hat das alles jetzt mit den Hautabschürfungen zu tun?«

»Genau das«, sagte Lucas und sah Hjaltis SUV in hohem Tempo näher kommen. »Alles. Ruf mich an, wenn du mit deinem Vater gesprochen hast.«

59

Der große SUV bremste abrupt vor Lucas ab, die Seitenscheibe fuhr herunter. Hjalti war kreidebleich.

»Ísakur hat einen Unfall gehabt!«, brach es aus ihm heraus.

»Was? Wo ist er?«

»Er ist in eine Felsspalte gestürzt, er hat mir die Koordinaten geschickt. Ich bin auf dem Weg zu ihm.«

»Hast du schon einen Notruf abgesetzt?«

»Ja, der Rettungsdienst ist eine halbe Stunde entfernt.«

Lucas steckte sein Handy in die Tasche.

»Ich hol die anderen.«

»Es sind genügend Leute auf dem Weg. Aber ich brauche jemanden, der das Seil halten kann, falls wir vor den anderen da sind.«

Lucas betrachtete Hjalti.

Die Mundwinkel des Färingers zuckten.

»Ich muss los. Mein Sohn schwebt in Gefahr.«

Lucas lief um den Wagen herum und stieg ein. Da würde er wohl noch warten müssen, bevor er Hjalti die zweite schlechte Nachricht des Tages überbrachte.

†

Sidsel zog die Augenbrauen hoch, als Hjaltis Wagen an dem Streifenwagen vorbeidonnerte, in dem sie saß. In den abgedunkelten Scheiben spiegelten sich die Felsen und der Himmel.

»Verdammt«, fluchte der Beamte am Steuer und ging vom Gas. »Da muss ich hinterher.«

»Das war das Auto meines Bruders«, sagte Sidsel. »Hjalti Kjølbro.«

Der Beamte zögerte, die Hand an der Gangschaltung. Dann gab er wieder Gas. »Das nächste Mal soll er dran denken, die Sirenen einzuschalten.«

Sidsel drehte sich im Sitz um und schaute aus der Heckscheibe, durch die Hjaltis Auto nur noch als kleiner Punkt zu erkennen war.

Der Kollege setzte Sidsel vor dem Gästehaus ab. Sie sah sich in der Küche nach dem Geschenk ihres Vaters um, fand aber nichts außer Lucas' aufgeklapptem Laptop und einem halb vollen Becher Kaffee.

Sie ging durch den Flur in ihr Zimmer und musterte skeptisch den Körperabdruck auf ihrem Bettzeug, ehe sie zurück in die Küche ging.

Sie rief Lucas' Namen, bekam aber keine Antwort. Der Laptop auf dem Küchentisch gab ein *Pling* von sich. Als sie ihn zuklappen wollte, fiel ihr Blick auf die geöffnete Mail. Das war ein Link mit einem Decodierungsschlüssel. Der Absender war we_are_in_danger@spymail.com. Sie schaute in das CC-Feld.

Leer. Die Mail war nicht ans NC3 in Kopenhagen weitergeleitet worden. Der Absender hatte die Mail direkt an Lucas geschickt und nur an ihn. Sie kratzte sich am Kinn. Warum bekam er solche Nachrichten in seinem Dienstpostfach? Hatte er vor, sie an Cybercrime weiterzuschicken? Und was verbarg sich hinter dem Decodierungslink?

Sie stöhnte.

Es war sinnlos, sich über diese Dinge Gedanken zu machen. Es war kindisch, das Treffen mit ihrem Vater noch weiter hinauszuzögern. Sie verließ das Gästehaus, ohne den toten Fisch auf der Veranda zu bemerken.

Sidsels Herz hämmerte, als sie den Vorgarten betrat, der in ihrer Kindheit die Bühne für große und abenteuerliche Spiele gewesen war. Sie drückte den Klingelknopf. Während sie wartete, schaute sie zu den Fenstern der Nachbarhäuser, die ihr wie die Autoscheiben des Wagens ihres Bruders bloß neutrale Spiegelbilder der Landschaft schickten.

Die Klinke bewegte sich nach unten. Ein erstauntes Mädchengesicht musterte Sidsel durch den Türspalt.

»Hallo, ich heiße Sidsel, und …«

Die Wangen des Mädchens wurden knallrot.

»Ich glaub, ich hol mal besser meine Mutter.«

Die Frau, die kurz darauf an die Tür kam, hatte wie ihre Tochter nervös gerötete Wangen.

»Hallo, Eiv … ähm, Sidsel.«

Sidsel lächelte steif.

»Ich bin Sara. Ich war eine Klasse unter dir«, sagte die Frau leicht enttäuscht.

»Ah ja.«

»Ich dachte, du wüsstest, dass Hjalti und ich … na, auch egal.« Sie wedelte unsicher mit der Hand. »Hjalti ist gerade nicht da.«

»Ich bin auch eigentlich gekommen, um meinen Vater zu besuchen.«

Sara sah Sidsel an, als hätte sie Chinesisch mit ihr gesprochen.

»Ich weiß, das ist sehr spontan. Ich komme gerne später wieder, wenn …«

»Nein, nein«, sagte Sara. »Aber du weißt schon, dass dein Vater …«

»Ich weiß, ja.«

»Ich schau schnell nach, ob er wach ist.« Sie machte einen Schritt zurück in den Flur, um die Tür ganz zu öffnen. »Darf ich dir eine Tasse Kaffee anbieten?«

»Wenn das für dich in Ordnung ist, würde ich gern unter vier Augen mit ihm sprechen.«

†

Hjalti schoss mit quietschenden Reifen in eine Kurve, nicht mit einem Wir-rauschen-in-den-Abgrund-Quietschen, aber laut genug, dass Lucas hektisch nachprüfte, ob er auch angeschnallt war.

»Wie weit ist es noch?«, fragte er.

»Wir sind gleich da. Er ist in einem Gebiet, in das ich ihn als Kind immer mitgenommen habe.«

Lucas zog seine Zigaretten aus der Tasche. Die Halskette mit dem Walfischzahn war immer noch darum gewickelt. Mist, wegen des verflixten Flugfisches hatte er völlig vergessen, sie Sidsel auf den Küchentisch zu legen.

Der Regen fiel dichter. Lucas kniff die Augen zusammen. Vor ihnen, verschwommen hinter den Rinnsalen auf der Windschutzscheibe, blinkten gelbe Lichter. Hjalti fuhr langsamer. Am Straßenrand stand ein Fahrzeug mit eingeschaltetem Warnblinker und offener Motorhaube.

Eine verschwommene Gestalt trat mit wedelnden Armen auf die Fahrbahn.

»Das ist Shurdur«, sagte Hjalti. »Wir können ihn nicht hier stehen lassen.«

»Okay.«

Das Auto wackelte, als der große Färinger hinter Lucas auf der Rückbank Platz nahm. Er brachte den Geruch nasser Wolle mit herein. »Schon wieder der verdammte Zahnriemen«, brummte Shurdur. »Das Auto springt nicht mehr an. Was habt ihr bei so einem Dreckswetter hier draußen verloren?«

»Ísakur ist in eine Felsspalte gestürzt. Wir sind auf dem Weg zu ihm.«

»Teufel. Ist es schlimm?«

»Wahrscheinlich ein gebrochenes Fußgelenk.«

Shurdur antwortete mit einem undefinierbaren Grunzen.

»Und warum sind Sie bei diesem Dreckswetter unterwegs?«, fragte Lucas.

Shurdur schwieg. War nur ein Geruch in der Kabine.

»Ich darf ja nicht rausfahren«, kam es schließlich heiser von der Rückbank.

»Keine Sorge«, sagte Lucas. »Das wird sich bald ändern.«

»Okay.«

Die Kniescheiben des Färingers drückten Lucas von hinten in die Nieren.

»Ich entschuldige mich noch mal für das im Schuppen«, sagte Shurdur. »Unser Humor hier ist wohl etwas derb.«

»An eurem Humor ist nichts auszusetzen. Aber beim Fingerspitzengefühl ist eindeutig noch Luft nach oben.«

Shurdur lachte herzhaft. »Du hast recht, Hjalti, der Kerl ist okay.«

Lucas sah Hjalti von der Seite an. Das graue Wetter saugte alle Farbe aus seinem Gesicht. Und in derselben Sekunde fiel Lucas noch etwas anderes auf: Hjalti hielt sich plötzlich an die Geschwindigkeitsbegrenzung. Seit sie Shurdur aufgesammelt hatten.

†

»Er sitzt hier drinnen«, sagte Sara. »War das auch schon das Wohnzimmer, als ihr klein wart?«

Sidsel nickte stumm.

»Zwischendurch sagt er merkwürdige Dinge.« Sara lächelte vielsagend. »Und was immer Hjalti behauptet, er ist nicht mehr der Mann, den du von früher kennst.«

Das will ich hoffen, dachte Sidsel. Sie holte tief Luft. Und trat ein.

Die Gardinen waren zugezogen, eine eingeschaltete Lampe im Regal war die einzige Lichtquelle. Der Lichtkegel fiel aprikosengelb auf eine Gestalt mit hängendem Kopf.

»Hallo, Papa.«

Es zuckte um seine Augen, ohne dass er den Blick hob. Seine riesigen Hände lagen im Schoß gefaltet, ganz still, wie zwei schlafende Tiere. Sie näherte sich dem Rollstuhl. Auf der Hut. Als rechnete sie damit, dass er plötzlich die Decke abwarf und sich mit seinen fast zwei Metern vor ihr aufbaute.

»Papa, ich bin's.« In ihre Stimme hatte sich ein ungewohnter heller Ton geschlichen. Wie von einem kleinen Mädchen. »Ich weiß nicht, ob du verstehst, was ich sage. Und vielleicht ist das auch besser so. Weil du die Wahrheit hören sollst. Über das, was damals passiert ist. Mit Jákup. Und mir.«

Sidsel legte eine kurze Atempause ein. Knetete ihre zitternden Hände.

»Ich war so verliebt in ihn. Ein gut aussehender, junger Pfarrer, der uns alle in den Bann seiner Gottesdienste gezogen hat. Und du weißt ja, wie ich damals war. Mutig, direkt. Auch Jákup gegenüber. Es hat mir einen Kick gegeben, dass ich ihn so leicht zum Lachen bringen konnte. Die anderen Mädchen haben uns unseren ganz eigenen Humor missgönnt. Und ich hab selbst fest daran geglaubt, dass es ganz unschuldig war. Eines Abends nach dem Chor hat er mich gebeten, noch zu bleiben und ihm beim Löschen der Kerzen und dem Wegräumen der Gesangbücher zu helfen. Wir waren ganz alleine in der Kirche. Er hat mich mit in die Sakristei genommen und mir ein Glas Saft angeboten. Und er hat mich gefragt, wie alt ich bin. Dreizehn, habe ich geantwortet. Das hat ihn zum Lächeln gebracht. Er hat sich dicht vor mich gestellt und mit der Hand meine Wange gestreichelt. So hatte mich noch nie ein Mann berührt. Mein Körper schaltete sich aus, ich konnte mich nicht mehr bewegen. Seine Hand glitt weiter nach unten. Ich war zu jung für das, was dann passierte, aber alt genug, um zu wissen, was es war.«

Sidsel wischte eine Träne mit dem Jackenärmel weg.

»Ich bin schwanger geworden. Jákup war außer sich, als ich es ihm erzählt habe, hat mich eine Hure genannt. Und ihr habt seine Lügen gefressen, habt ihm geglaubt, als er behauptet hat, dass ich ein leichtfertiges Mädchen sei, dass ich mich ihm anvertraut hätte, von einem der älteren Jungs aus der Schule geschwängert worden zu sein. Er hat euch eingeredet, dass ich eine Gefahr für meine Umwelt sei. Als ihr mich mit seinen Worten konfrontiert habt, war ich so verwirrt, dass ich angefangen habe, an mir zu zweifeln. War etwas mit mir nicht in Ordnung? War ich selbst schuld an meiner Situation? Die Leute würden mich, egal wie, verurteilen, wenn sie die wachsende Beule meines Bauches sahen. Hier hätte ich keine Abtreibung machen lassen können.« Sidsel räusperte sich. »Mama hat das nicht verkraftet. Sie ist böse und bitter geworden. Erinnerst du dich noch, wie sie mich genannt hat? Und Hjalti hat all die Jahre geglaubt, Mama hätte ihn verlassen. Aber es war umgekehrt. Sie ist wegen mir geflohen. Weil sie nicht mit der Scham über ihre sündige Tochter leben konnte.«

Sidsel atmete tief ein.

»Die Lügen des Pfarrers haben dich zu einem Feigling gemacht. Alle im Dorf haben dich für deine Stärke bewundert. Aber du hattest nicht den Mut, für mich zu kämpfen. Deine eigene Tochter! Aber es gibt noch mehr, was du nicht weißt. Etwas, das passiert ist, als Mama mit mir nach Dänemark gefahren ist, um das Kind abtreiben zu lassen. Der Grund dafür, dass ich nie mehr hierher zurückkommen wollte.«

†

Auf den Regen folgte dicker Nebel, der sich auf die Straße herabsenkte und alles in graue Watte hüllte.

»So was gibt's in Dänemark nicht«, sagte Shurdur von der Rückbank. »Jahreszeitenwechsel von einem Augenblick auf den anderen.«

Lucas zog die Schultern hoch.

»Wie heißt eigentlich der IT-Typ in Tórshavn?«

»Warum?«, fragte Hjalti.

»Ich wollte mich wegen dem Laptop mit ihm in Verbindung setzen.«

»Er heißt Tjalfe.«

Lucas nickte und schaute aus dem Seitenfenster. Mit der rechten Hand fischte er leise sein Handy aus der Hosentasche und schrieb an die Unterseite des Oberschenkels gepresst eine SMS und drückte auf Senden. Als er es wieder in die Tasche zurückstecken wollte, schob sich von hinten Shurdurs Arm durch die Lücke zwischen Lehne und Tür und schnappte es ihm aus der Hand.

»Wow, ein iPhone 12!«, sagte Shurdur begeistert. »So eins hätte ich auch gern. Ist das teuer?«

Lucas presste die Zähne aufeinander. »Diensttelefon.«

»Kriegt das jeder bei der Polizei? Hast du auch so eins, Hjalti?«

»Nein.«

Shurdur lachte. »Genau, du bist ja auch kein richtiger Polizist. Stimmt's, Lucas?«

»Was ist in Ihren Augen ein richtiger Polizist?«

»Ein richtiger Polizist«, führte Shurdur genüsslich aus, »ist ein Mann, der in gefährlichen Situationen einen kühlen Kopf bewahrt. Was man über Hjalti ja nicht direkt sagen kann. Wissen Sie, dass ich ihn mal eine ganze Nacht im Meer am Leben gehalten habe?«

Lucas nickte.

»Hjalti hatte große Angst und hat die ganze Zeit geweint. Das taugt nichts auf den Färöern. Hier draußen enden furchtsame Männer immer in der Schuld starker Männer.«

Lucas drehte sich auf seinem Sitz um.

»Mein Handy, wenn ich bitten darf.«

Shurdurs Nasenflügel vibrierten.

»Denn der Tag wird kommen. Der Tag, an dem die Schulden eingelöst werden.«

Hjalti drückte einen Knopf an der Armatur. Die Türen verschlossen sich mit einem lauten Klacken.

Lucas sah ihn an.

»Du bist zu nah gekommen«, sagte Hjalti heiser. »Es gibt nur eine Lösung.«

»Und welche Lösung ist das?«

Shurdurs Arme schlangen sich mit schockierender Kraft von hinten um Lucas' Brustkorb. Lucas merkte erst, dass er keine Luft mehr bekam, als ihm schwarz vor Augen wurde. Er keuchte verzweifelt und spürte ein Knacken seiner Wirbelsäule an der Rückenlehne.

Shurdurs Atem schlug trocken gegen Lucas' Nacken.

»Du wirst dein Telefon schon wiederkriegen«, zischte er. »Wenn du mit ihm zusammen über die südlichen Hänge fliegst.«

†

Sidsel schluckte die Tränen hinunter.

»Nach der Abtreibung habe ich zu bluten begonnen. Die Ärzte mussten eine Notoperation machen. Der Eingriff hat mich unfruchtbar gemacht, Papa. Ich kann keine Kinder kriegen. Wegen Jákup. Wegen Mama. Und deinetwegen. Damals habe ich mir geschworen, nie wieder einen Fuß auf diese Insel zu setzen. Mama ist völlig ausgerastet, wollte mich zwingen, mit ihr zurückzugehen. Aber ich habe ihr gedroht, alles auffliegen zu lassen. Der Gedanke war für sie unerträglich. Also sind wir in Dänemark geblieben. Unsere Wege haben sich an dem Tag getrennt, als ich achtzehn wurde. Ich weiß nicht, wo in der Welt sie sich heute aufhält. Und es ist mir auch egal. Ich habe nur überlebt, indem ich meine Selbstverachtung in Sidsel Jensen begraben habe. Aber die innere Wunde ist nur notdürftig verarztet. Ich bin für immer kaputt. Ich verführe Männer, um zu fühlen, dass ich anderen etwas wert bin, aber sobald es ernster wird, kneife ich.« Sie atmete heiser ein. »Weil ich die Enttäuschung in ihren Augen nicht ertrage, wenn ich ihnen sage, dass ich keine Kinder kriegen kann. Und warum.«

Stille senkte sich über sie. Sidsel zog die Nase hoch und sah sich nach einem Taschentuch um.

»Ei…vør…«

Sidsel sah ihren Vater schockiert an. Auf seinem eingefallenen, früher so kraftvollen, vitalen Gesicht glänzten Tränen.

Seine Hand suchte ihre. Knochig, trocken wie Sand.

»Ich habe versucht … Ich wollte es nicht wie Mutter machen. Familien müssen zusammenhalten. In guten wie in schweren Tagen.« Er holte pfeifend Atem. »Aber sie wollte nicht auf mich hören. Und ich war zu schwach, hab nicht hart genug gekämpft.« Sidsel saß mit offenem Mund da.

»Als deine Mutter gesagt hat, dass ihr in Dänemark bleibt, hab ich mir in meiner unsäglichen Wut und Enttäuschung die Geschichte mit der Affäre ausgedacht. Das ganze Dorf hat sich gegen sie gewendet. Aber diese Lüge hat auch die Tür für dich offengehalten, Eivør. Dich haben sie nicht verurteilt, du hättest jederzeit zurückkommen können. Das war mein Wunsch. Mehr als alles andere.«

Sidsel fing seinen Blick ein, die verblassten Reste des Bernsteingoldes, das vom Vater an die Tochter weitervererbt worden war.

»Ich habe geglaubt, dass du dich für mich schämst.«

»Du bist Eivør. Eine Kriegerin. Ein Geschenk für einen Vater.« Er drückte ihre Hand, so hart er konnte. Was nicht fest war. »Meine kleine Grindwaljägerin.«

Der Raum verschwamm vor Sidsels Blick.

»All die Jahre …«, flüsterte sie. »All die Lügen, und wofür?«

Der Griff des Alten lockerte sich.

»Papa?«

Seine Augen glitten einen Augenblick lang weg, dann war er wieder da. »Ich war zu stolz, dir nach Dänemark zu folgen. Und du warst zu stolz, zu mir nach Hause zurückzukommen. Vergib mir, vergib mir, Eivør.«

Sidsel weinte. Sah den Mann an, der er geworden war, sah die Lüge, die zu seinem Leben geworden war, die er allen um sich herum weitergereicht hatte, sah, wie er sich in dem Rollstuhl zur Seite neigte, als ob die Erde sich zu schnell drehte, in einer Welt, die ihm den Verstand und seinen Körper geraubt und ihn dazu verurteilt hatte, den Rest seiner Tage in Dunkelheit zu verbringen.

Sie griff nach seiner Hand.

»Papa, ich vergebe dir.«

Sie fröstelte, als seine Augen über sie glitten. Blank, nach innen gerichtet. Er war wieder in seiner Welt.

»Ich glaube, wir kriegen heute einen guten Fang, mein Schatz.«

»Ich vergebe dir«, flüsterte sie noch einmal. Diesmal zu sich selbst. Der verlorenen Tochter.

†

Lucas versuchte, sich aus der Umklammerung zu befreien, die seine eigenen Arme an seinen Körper drückte und ihm die Luft aus der Lunge presste. Aber selbst mit seiner angeborenen athletischen Stärke war er chancenlos gegen den Gorilla Shurdur.

»Was zum Teufel hast du laufen, Hjalti?«, keuchte Lucas.

»Du bist zu nah gekommen. Ich muss meine Familie schützen. Dass sie nicht in diesen Albtraum hineingezogen wird.«

»Nicht hineingezogen? Dafür ist es wohl etwas zu spät.«

Hjalti sah ihn unsicher von der Seite an.

»Das kannst du nicht verstehen. Dir ist nichts heilig. Du treibst durchs Leben, ohne jede Verantwortung, und trotzdem fühlst du dich über alle und alles erhaben. Aber du bist ein Einzelgänger, ein einsamer Wicht ohne Familie.«

»Was verstehe ich nicht? Dass es christlich ist, für seine Familie zu töten?«

»Die Familie ist das Kernstück in Gottes Plan für die Menschheit. Wir sind ein Fleisch. Und was Gott zusammengefügt hat, das soll der Mensch nicht scheiden.«

»Glaubst du, Ísakur nimmt dir diesen Schwachsinn ab, wenn all das hier rauskommt?«

Wieder blinzelte Hjalti verwirrt, und Lucas ahnte einen Ansatz von Zweifel, der sich in die Logik drängte, die bis jetzt so klar vor ihm gestanden hatte. Oder war der Zweifel vielleicht die ganze Zeit schon da gewesen?

»Ísakur wird schon zurechtkommen«, sagte Hjalti. »Im Gegensatz zu meinen Eltern bin ich nicht bereit, meinen Sohn zu verraten.«

»Wie wär's, wenn ihr beide jetzt mal die Klappe haltet«, fauchte Shurdur. »Das Christentum ist mit Blut auf die Färöer gekommen. Und manchmal muss man den alten Bräuchen folgen.«

Hjalti bog auf einen schmalen Schotterweg ein.

»Wach auf, Hjalti«, krächzte Lucas, er bekam kaum noch Luft. »Du bist schwach. Ein Mitläufer. Aber du würdest niemals einen anderen Menschen töten.«

»Klappe!«, schnauzte Shurdur. »Und warum haben wir diesen Holzkopf überhaupt dabei? Komm schon. Was verschweigst du mir?«

»Hör sofort auf mit dem Ge…«

»Fireball!«, keuchte Lucas. Tränen rollten über sein Gesicht. »Du weißt, wer Fireball ist. Das ist dein Motiv, den Laptop zu zerstören. Und mir eine Falle zu stellen. Bist du das, Hjalti? Bist du Heralvs Fickbruder? Oder …«

Für einen Augenblick war es ganz still.

Dann brach Lucas in ein kehliges Lachen aus.

»Der Holzkopf ist Fireball! Warum sonst macht er hier mit? Du willst verhindern, dass irgendwer erfährt, dass dein BFF Heralvs Schwanz gelutscht hat!?«

Shurdurs Griff wurde fester, als er dicht an Lucas' Ohr zischte: »Du hältst jetzt die Klappe! Sonst stopfen dir die Krabben das Maul!«

Lucas schnappte verzweifelt nach Luft, er zappelte und trat aus, aber Shurdurs muskulöse Arme schnallten ihn am Sitz fest.

Seine linke Hand stieß hinter der Handbremse an die Mittelkonsole. Er schob die Finger an der Kante der rauen Gummifläche entlang, sie tasteten desperat nach dem Knopf, mit dem die Abdeckung geöffnet wurde. Ein Teil von ihm wusste, dass das ein hoffnungsloser Kampf war, dass jede Sekunde, die er weiterkämpfte, sein Leid verlängerte, das Unausweichliche. Er war kurz davor, die Besinnung zu verlieren.

Er schob die Fingerkuppen unter die Kante der Abdeckung. Zog daran.

Es gab einen Knall. Lucas' Gehirn schaltete ab. Ein schläfriger Schatten senkte sich über ihn. In ihn hinein. Er hatte keine Ahnung, wie viel Zeit vergangen war, nur, dass ihm nicht mehr viel blieb.

†

Sidsel taumelte wie im freien Fall durch den Flur. Sie hörte Saras Stimme hinter sich, blieb aber erst stehen, als sie draußen im Garten stand, vornübergebeugt, die Hände auf den Knien, Tränen im Gesicht.

»War er gemein?«, fragte Sara von der Haustür.

»Gib mir zwei Sekunden.«

Als Sidsel hörte, dass Sara sich ins Haus zurückzog, nahm sie ihr Handy aus der Tasche. Lucas hatte eine SMS geschickt. Die würde sie später lesen. Sie hatte jetzt nur Platz für einen einzigen Menschen in ihrem Kopf. Er ging beim zweiten Klingeln ran.

»Sidsel? Bist du das?«

Der Klang von Simons Stimme bohrte sich wie ein Sehnsuchtspfeil in ihre Brust. »Ja, ich bin's.«

»Alles in Ordnung mit dir? Wo steckst du?«

»Auf den Färöern.«

»Bist du verreist?«

»Ich …« Sie räusperte sich die von Tränen verkrustete Stimme frei. »Ich weiß, dass du viele Fragen hast. Und ich werde sie dir alle beantworten. Aber vorher muss ich dir was sagen.«

»Okay?«

»Ich weiß, dass ich dich verletzt habe. Und ich weiß, dass ich dich in keiner Weise verdiene, aber …«

»Sidsel …«

»Ich rufe dich an, weil ich dir sagen muss, dass du dich irrst.«

»Was meinst du?«

334

»Der Abend, an dem du dachtest, ich wäre kurz davor, es dir zu sagen.«

Er seufzte. »Rufst du mich an, um mir zu sagen, dass ich mich geirrt habe?«

»Ja. Ja, du hast dich geirrt. Weil ich es davor schon eine Million Mal in meinem Kopf gesagt habe.«

Simon gab einen Laut von sich, der sowohl froh als auch traurig gedeutet werden konnte.

»Und ich will es dir so gerne persönlich sagen«, sagte sie.

»Aber?«

»Aber vorher muss ich dir erst noch ein paar Dinge über mich erzählen.«

»Die da wären?«

»Meinen Namen.«

»Heißt du nicht Sidsel?«

»Ich glaube, ich brauche ihn nicht mehr.« Sie hob den Blick, sah zu den sanft gewölbten Berghängen in der brombeerfarbenen Dunkelheit. Ihr Geburtsort. Ihre Heimat. »Mein richtiger Name ist Eivør.«

»Was? Eivør?« Simon lachte. »Sonst noch was?«

»Nicht jetzt. Wenn ich zurück in Dänemark bin. Kannst du damit leben?«

»Damit kann ich leben.« Sein Atem ging schnell. »Was hat sich verändert?«

»Ich werde die Vergangenheit nicht mehr über mich und mein Leben bestimmen lassen.«

Sidsel konnte sein Lächeln hören. Der Eisklumpen in ihrer Brust schmolz in dem warmen und glücklichen Gefühl. Am liebsten wäre sie in den nächsten Flieger nach Hause gestiegen, aber es gelang ihr, einigermaßen vernünftig zu bleiben.

Nachdem sie aufgelegt hatte, stand Sidsel noch einen Moment still da. Da fiel ihr die SMS ein, die Lucas geschickt hatte.

Sie öffnete sie. Drei Worte: Ísakur. Jagdrucksack. SOS!

Sidsel schaute zum Haus. Die Erleichterung wich einer schleichenden Unruhe. Was hatte diese kryptische Stakkatonachricht zu bedeuten? Warum rief er nicht einfach an? Hatte das SOS eine Verbindung zu den ersten beiden Worten? Oder bezog sich das SOS auf etwas anderes? Auf Lucas selbst?

Sie rief ihn an. Und wurde auf den AB weitergeleitet.

Sidsel biss sich auf die Unterlippe. Sie spulte ihre letzte Unterhaltung im Kopf ab. Lucas hatte gefragt, ob sowohl das Menschenblut wie auch das Schafblut in einer gleichmäßigen Linie durch den Kirchenraum verlief. Erklärt hatte er es nicht. Und jetzt diese SMS.

Sie ging zurück ins Haus. Sara stand in der Küche und schnippelte Gemüse. Sie drehte sich im selben Augenblick um, als Sidsel über die Schwelle trat.

»Ist Ísakur zu Hause?«

Saras fragendes »Ja?« stellte klar, dass alle Fragen an den Sohn zuerst von der Mutter abgesegnet werden mussten.

»Ich würde mir gern mal seinen Jagdrucksack anschauen«, sagte Sidsel.

»Warum?«

Sidsel drehte sich zu der Jungenstimme am hinteren Ende des Flurs um, wo das Deckenlicht auf die Zehenspitzen eines großen Teenagers rieselte.

»Hallo, ich heiße Sid… oder, ähm … ich bin die kleine Schwester deines Vaters.«

Ísakur betrachtete sie ohne jede Wärme.

Sidsel überkam ein Déjà-vu-Gefühl. Der Junge strahlte etwas seltsam Vertrautes aus, obwohl sie ihn noch nie gesehen hatte.

»Ísakur?«, sagte Sara, die an die Küchentür gekommen war. »Hast du deine Tante schon begrüßt?«

Er nickte.

»Sie würde sich gerne deinen Jagdrucksack ansehen.«

»Warum?«

»Die Frage kann ich dir ehrlich gesagt selbst nicht beantworten.«
Sidsel lachte. Nervös. Die Situation machte ihr eine Gänsehaut.

»Komm schon, du Trantüte«, sagte Sara mit einem zärtlichen
Ton, zu dem nichts an der Erscheinung ihres Sohnes einlud.
Er musterte sie mit leichtem Silberblick.

»Der ist draußen im Schuppen.«

Sidsel folgte Ísakur raus in die kühle Abendluft. Der Junge
schloss den Schuppen auf, sie sah seinen Rücken in die Dunkelheit
gleiten, wo sie ihn rumhantieren hörte.

Sie machte einen Schritt nach vorn.

»Ísakur?«

Die Geräusche verstummten.

Sie starrte in den Schuppen hinein, ohne irgendetwas erkennen
zu können.

»Ísakur? Wo bist du?«

Die Dunkelheit starrte ihr stumm entgegen. Da sah sie etwas
Metallenes aufblitzen.

»Ísakur, alles in Ordnung ...«

Etwas Weißes blitzte in der Dunkelheit auf und traf ihr Gesicht.
Sie schrie auf und wedelte abwehrend mit den Armen.

»Hier draußen gibt's kein Licht.« Ísakur bewegte den Lichtkegel
der Taschenlampe ein Stück zur Seite, sodass sie sein Gesicht erkennen konnte. »Komm rein.«

Sidsel schickte dem Jungen einen vorwurfsvollen Blick, ehe sie
in den Schuppen trat. Das Holz verströmte einen muffig feuchten
Geruch. An den Wänden hingen Werkzeuge und ein aufgerollter
Gartenschlauch. Ísakur drehte sich an der Tür um und richtete
den Lichtkegel auf die hintere Wand, wo an einer Wäscheleine ein
großer Sack mit lose herunterhängenden Gurten hing.

»Wozu nutzt du den?«

»Das sagt sich doch wohl von selbst«, sagte Ísakur tonlos. »Für
die Jagd. Ich transportiere tote Tiere damit. Helfe den Leuten
hier.«

Sidsel ging zu dem Rucksack. Er war robust. Auf der Außenseite von kräftigen Nylongurten umspannt und mit einem breiten Hüftgurt versehen, über den sich das Gewicht des Tiers auf Hüfte und Schultern verteilen ließ. Sie rief sich Lucas' SMS ins Gedächtnis. Jagdrucksack. SOS!

Sie war genau dort, wo ihr Kollege sie hinlotsen wollte. Aber sie hatte keine Ahnung, wonach sie suchen sollte.

Sidsel sah, dass der Rucksack tropfte.

»Warum ist der nass?«

»Weil ich die Blutreste abgewaschen habe.«

»Was für Blut?«

»Von einem angefahrenen Schaf.«

»Das heißt, du hast das tote Schaf darauf festgeschnallt?«

»Ja, und zurück zum Eigentümer gebracht. Es war total zerquetscht.«

Sidsel fühlte einen steigenden Druck in der Luft, als säßen sie in einer Tonne, die auf den Meeresboden sank.

Endlich verstand sie die SMS.

In der Nacht, in der die Pfarrer ermordet worden waren, war eine Person mit einem blutenden Schaf auf dem Rücken in die Kirche gegangen und wieder hinaus. Das erklärte die Spritzer auf dem Boden. Die gleichmäßige Linie. Und da das Spurenmuster des menschlichen Bluts fast identisch mit dem des Tierbluts war, verstand Sidsel auch, wie Jákup die Kirche verlassen hatte. Festgezurrt an diesen Jagdrucksack, nachdem das Schaf ins Hafenbecken geworfen worden war. So musste es gewesen sein. Das war die einzig logische Erklärung, wie Jákup unbemerkt aus dem Dorf verschwinden konnte wie ein Geist. Jemand hatte ihn die Hänge hochgetragen, um die Überwachungskamera herum, während die Dorfbewohner ihren Neujahrsrausch ausgeschlafen hatten.

Sidsels Gedanken glitten weiter zu den anderen offenen Fragen. Warum zum Beispiel war ausgerechnet Jákup als einziger der Pfarrer vom Tatort weggebracht worden? Und wie und warum war er in Heralvs Hütte gelangt? Heralvs Arthritis schloss aus, dass er ihn selbst dort hingetragen hatte. Andererseits hatte Heralv ganz offensichtlich von Jákups Anwesenheit in der Hütte gewusst. Seine nächtlichen Ausflüge dorthin, sein Kampf, den Pfarrer am Leben zu halten, sein fataler Fluchtversuch.

Sidsel stutzte. Das Gedankenkarussell verblasste im Blitzlicht einer neuen Erkenntnis. War Lucas' SMS als Information zu verstehen? Oder als Warnung? War das SOS in Wirklichkeit an sie gerichtet? War sie diejenige, die in Gefahr war?

Sie schluckte. Es war nicht der feuchte, kalte Zug von den Bretterwänden, der ihr eine Gänsehaut machte. Sie wurde sich plötzlich des Jungen hinter sich bewusst. Seines Blicks, der sich in ihren Nacken bohrte. Und wieder hatte sie dieses unerklärliche Déjàvu-Gefühl des Vertrauten in seiner Anwesenheit, das nicht da sein sollte.

Und dann endlich begriff sie.

Er betrachtete sie voller Hass.

Ganz langsam drehte sie sich zu ihm um.

»Du warst das«, sagte sie atemlos. »An dem Abend in der Sakristei. Als ich alleine war.«

Ísakurs Gesicht wurde von dem Schein der Taschenlampe gespenstisch verzerrt. Für einen Lidschlag sah sie darin ihren verängstigten Bruder an einem blutroten Strand.

»Was hast du dort gemacht, Ísakur? Warum wolltest du die Ermittlungen behindern?«

»Ich … ich weiß nicht, wovon du redest?«

Sidsel hob die Hände, als sie den Fluchtimpuls in dem Jungen zucken sah.

»Warte, warte. Du musst mit mir reden, Ísakur. Das ist eine ernste Sache.«

»Du kapierst doch gar nichts!«, platzte es aus ihm heraus. Nicht feindlich, eher flehend. »Du gehörst hier nicht her.«

»Warst du in der Nacht in der Kirche, als die Pfarrer ermordet wurden?«

Der Junge warf einen nervösen Blick über die Schulter.

»Warst du dort?«, wiederholte Sidsel scharf, um seinen Blick einzufangen. »Bist du mit einem blutenden Schaf auf dem Rücken in die Kirche gegangen?«

Eine Sekunde lang sahen die Augen des Jungen sie flehend an, dann schob sich etwas anderes davor, schwarz und dunkel. Er stürzte aus dem Schuppen und knallte die Tür zu. Sidsel stürmte hinterher, schlug mit den Fäusten gegen die Bretter.

»Ísakur, du machst das Ganze nur schlimmer, wenn du jetzt wegläufst!«

Das Vorhängeschloss klickte. Sie hörte Schritte, die sich entfernten. Hektisch, stolpernd, ein panisches Davonrennen, ziellos, ohne die reelle Chance, dem zu entkommen, was passiert war. Und Sidsel sah Heralvs Gesicht vor sich. In seinem Auto, auf der Flucht. Auch er panisch. Und in Tränen aufgelöst.

Waren es zwei? Zwei Mörder, die um ihre Opfer weinten?

✝

Lucas starrte gegen die Innenseite seiner Augenlider, auf den immer kleiner werdenden Lichtkreis über ihm, während er tiefer und tiefer in einen kohlrabenschwarzen Brunnen fiel. Irgendwo weit weg registrierte er ein Geräusch. Einen fauchenden, wütenden Laut. Und Wärme. Rot und dampfend, als stünde seine Hand in Flammen.

Im nächsten Augenblick ging ein Ruck durch seinen Körper. Sein Brustkorb blähte sich schockartig auf, als seine Lunge sich mit Luft füllte. Er starrte verwirrt in ein rot glühendes, fauchendes Auge, während der Sauerstoff das Gehirn erreichte und seine Sinne weckte.

»Halt den Wagen an!«, brüllte Shurdur mit Panik in der Stimme.

Lucas verstand, dass irgendetwas den Färinger dazu veranlasst hatte, ihn loszulassen. Danach nahm er den beißenden Schwefelgeruch wahr, der eine unmittelbar belebende Wirkung auf ihn hatte. Seine Sicht stabilisierte sich. Die enge Kabine war mit Rauch gefüllt, und die Signalfackel in seiner Hand pfiff hochfrequent.

Irgendwie war es ihm am Rande der Bewusstlosigkeit gelungen, eine der Patronen aus dem Fach in der Mittelkonsole zu fassen zu kriegen.

Ohne zu zögern, richtete er die Stichflamme auf Hjaltis Schulter.

Das zischende Feuer brannte sich durch die Stofflagen bis auf die Haut. Hjalti schrie, der Gestank von verbranntem Fleisch breitete sich aus. Lucas schlug blind auf der Armatur herum, bis er den Knopf für die Zentralverriegelung traf und in einer dichten Rauchschwade aus dem Auto kippte. Seine Schuhe rutschten über den matschigen Untergrund, er kullerte einen Hang hinunter. Arme und Beine schwenkten unkontrolliert durch die Luft, während sein Körper von hasserfüllten Küssen kleiner und großer Steine überschüttet wurde. Er suchte verzweifelt und vergeblich Halt, irgendwo, aber er war eine menschliche Lawine, gefangen in der Beschleunigung seines eigenen Körpers.

Plötzlich wurde sein Körper schwerelos, schwebte.

Sein letzter Gedanke war, dass sich Heralv so gefühlt haben musste. In seinen letzten Sekunden. Im freien Fall.

Er spannte alle Muskeln an in Erwartung des Aufpralls.

†

»Wo ist er abgeblieben!?«, brüllte eine Männerstimme aus der Dunkelheit.

Lucas schlug die Augen auf. Oben am Hang schwangen zwei Lichtkegel durch den Nebel. Er befand sich nicht im freien Fall. Er war nicht tot. Stattdessen breitete sich ein sehr lebendiger Schmerz in seinem Körper aus, der ankündigte, dass der schwerelose Rausch des Adrenalins dabei war, zu verdampfen.

»Er ist hier abgestürzt. Komm!« Shurdurs Stimme. Schrill, rasend.

»Mein Arm ist völlig taub«, jammerte Hjalti, wurde aber von seinem Freund mitgerissen.

Lucas sah die Taschenlampen den Hang hinunterhüpfen. Er tastete nach seiner Waffe. Shit! Die hatte seinen Lawinenritt nicht überstanden und lag irgendwo da draußen im Nebel. Er richtete sich auf und sah sich auf dem Plateau um, auf dem er gelandet war. Ein stechender Schmerz jagte in seinen rechten Fuß. Wenn der Knöchel nicht gebrochen war, dann zumindest stark verstaucht. Er schob zwei Finger in den Mund, um den Blutgeschmack zu lokalisieren, und krümmte sich, als sein Kiefer in einem unnatürlichen Winkel nach unten klappte.

Den Fuß hinter sich herziehend, zog er sich in den dunklen Schatten zurück. Zwischendurch blieb er stehen und sah sich nach seinen Verfolgern um. Die Lichtkegel schwangen ein Stück entfernt durch den gazeartigen Nebel. Er begab sich tiefer in die Landschaft hinein, redete sich ein, dass sich der Abstand vergrößerte, merkte aber zugleich den Adrenalinabfall, die Erschöpfungssignale, die sich langsam versteifende Muskulatur.

Lucas sah die silbrig schimmernde Fläche erst, als es zu spät war. Er landete direkt mit einem Fuß in einem Wasserlauf. Sein Schuh saugte sich sofort mit dem eiskalten Wasser voll. Er fluchte leise und bewegte den anderen, verletzten Fuß tastend durch die Luft, bis er an eine Graskante stieß. Er schluckte den Schmerz hinunter und schwang sich über den Wasserlauf. Die Luft verließ seinen Körper mit einem Zischen, als er mit den Rippen auf festen Boden aufschlug.

Er spürte mehr, als dass er es sah, dass er auf einem schmalen Grasstreifen gelandet war, der an einer Felswand entlanglief. Er bewegte sich seitwärts voran, wurde unbewusst schneller, während seine Hände sich über einen geschlossenen Steinvorhang schoben.

Da leuchtete wenige Meter vor ihm plötzlich ein heller Kreis wie von einem Spotlight auf. Lucas rührte sich nicht und hielt die Luft an. In der intensiven Stille war nur das Glucksen des Wassers zu hören.

Ein zweiter Lichtkegel traf die Felswand. Lucas starrte auf den weißen Kreis wenige Zentimeter von seinem Arm entfernt.

»Meine Schulter ist im Arsch!«, hörte er Hjalti sagen.

»Jetzt reiß dich mal zusammen, verdammt! Wir sind ganz dicht dran!«

»Aber ich kann nicht …«

Hjalti verstummte. Es wurde wieder still. Lucas' Nackenhaare stellten sich auf. Shurdur musste seinen Freund mit Zeichensprache zum Schweigen gebracht haben. Die Taktik des erfahrenen Jägers, der die Beute gewittert hatte und sie nicht verscheuchen wollte.

Im gleichen Moment fiel das Licht auf ihn. Er humpelte eilig weiter, der Knöchel schmerzte, und ein Schwindelanfall rüttelte seinen Gleichgewichtsnerv durcheinander wie ein verfluchter Würfelbecher, während seine Hände über Felsen und Moos huschten wie aufgeschreckte Krebse.

»Richte das Licht auf ihn!«, rief Shurdur.

Lucas warf einen Blick über die Schulter und sah eine große Gestalt durch verwirbelnde Nebelmassen auf sich zustürzen. Er sah sich nach einem Stein oder Stock um, als seine Hand plötzlich in einem Hohlraum verschwand. Ohne zu zögern, schob er sich in die Felsspalte.

Scharfkantige Felswände umschlossen ihn. Er stolperte durch die enge Passage, von oben rieselten Erde und Schotter auf ihn herunter. Shurdur hinter ihm schnaufte wie ein Tier. Der Riese bewegte sich erstaunlich geschmeidig, und das zappelnde Licht seiner Taschenlampe veranstaltete ein unheimliches Schattenspiel in der Dunkelheit vor Lucas. Mehrmals verengte sich der Durchgang vor ihm oder schloss sich ganz und zwang ihn zu jähen Richtungswechseln. Er konzentrierte sich darauf, das Tempo beizubehalten, ignorierte den Schmerz in seinem Knöchel und in den blutig aufgeschrammten Händen. Nach mehrfachem chaotischem Abbiegen verschwand plötzlich das Licht. Er lief blind weiter und zwängte sich durch einen schrägen, rutschigen Spalt, der sich irgendwann weitete, sodass er wieder mehr Luft um sich spürte.

Sein Magen krampfte. Nur eine Minute Ruhe. Eine verdammte Minute, dachte er und erbrach sich so leise wie möglich. Er richtete sich auf und schnappte nach Luft. Er musste schnellstens hier weg. Um Sidsel zu warnen, dass die beiden färingischen Psychopathen zur reinsten Todespatrouille transformiert waren.

Von oben fiel ein Lichtstrahl vom Himmel und blendete Lucas. Er schirmte die Augen gegen das Licht mit der Hand ab und ahnte eine Silhouette hinter der weißen Ellipse, die von der drei, vier Meter hohen Kante des Hohlraums auf ihn herunterleuchtete.

Die Person beobachtete ihn, ohne etwas zu sagen.

»Hjalti, in was zum Teufel hast du dich verrannt?«, flüsterte Lucas. Der gerissene Kiefermuskel verursachte ein fremdartiges Lispeln beim Sprechen.

Keine Reaktion.

»Dir ist klar, dass ihr damit nicht davonkommt, oder?«

»Du weißt, dass wir das werden.« In Hjaltis Stimme schwang ein metallisches Knistern mit, weder zornig noch erregt. »Es weiß niemand, dass wir hier sind. Und Fremde verunglücken immer mal wieder an den südlichen Hängen.«

Lucas schüttelte den Kopf.

»Habt ihr Heralv umgebracht? Ist Shurdur Fireball?«

»Fireball war Shurdurs Spitzname in der Schule. Wegen seines feurigen Temperaments. Wir nennen ihn schon ewig nicht mehr so. Aber als ich die Mails mit den Schreibfehlern auf Heralvs Computer gesehen habe, war mir sofort klar, dass der verschwinden musste.«

»Dann hat Shurdur mit einem Mann gevögelt. Ist das nicht die ultimative Sünde hier im Bibelgürtel?«

»Lucas, es ist zu spät. Deine Geschichte endet hier.«

»Du hast mir noch nicht beantwortet, ob ihr Heralv getötet habt.«

»Ich hab nicht die leiseste Ahnung, was er in der Nacht bei den Klippen zu schaffen hatte.«

»Aber du wusstest, wo seine Hütte liegt. Du hast mich dort rausgeführt. Das war doch nicht zufällig. Warum sollte ich Jákup finden?«

Der Lichtkegel wanderte so weit zur Seite, dass Lucas Hjaltis Gesicht sehen konnte. Blass, ausdruckslos.

»Ich bin nicht bei allem dabei gewesen.«

»Was soll das heißen? Wie viele seid ihr?«

Hjalti antwortete nicht.

»Was ist mit dem Lieferwagen und den verbrannten Leichen?«, fragte Lucas. »Du hast es überraschend erfahren und warst mit mir zusammen unterwegs, als es passiert ist. Wie habt ihr das geplant?«

Hjaltis Blick flackerte.

Diesen Augenblick nutzte Lucas.

»Und was ist mit Ísakur? Glaubst du, du schützt deinen Sohn, indem du mich umbringst?«

»Nimm seinen Namen nicht in deinen Mund!«

»Beruhig dich«, flüsterte Lucas. »Wir müssen …«

»Da bist du ja.« Shurdurs Stimme dröhnte durch die Dunkelheit, als er seinen Gorillakörper durch den Spalt schob.

»Könntest du das Licht etwas tiefer halten, Hjalti?«, sagte Shurdur und richtete seine eigene Taschenlampe auf Lucas' Brustkorb. »Scheiße, wie siehst du denn aus! Das ist ja fast eine Gnade, dass wir dich kaltmachen. Mit den Blessuren hast du hier draußen keine Überlebenschancen.«

Lucas spuckte Blut.

»Das hier ändert gar nichts. Wir haben euch im Visier.«

Shurdurs Mundwinkel bewegten sich nach oben, ohne dass er lächelte.

»Soviel ich weiß, gibt es weder Spuren noch Beweise. Nur lose Enden und einen Haufen Vermutungen.«

Lucas schaute zu Hjalti hoch.

»Du hast Shurdur die ganze Zeit über die Ermittlung auf dem Laufenden gehalten. Darum hast du dafür gesorgt, dass Sidsel den Fall übernimmt, oder?«

»Nein, ich ...«

»Du hattest nie im Sinn, die Beziehung zu deiner Schwester zu retten. Sidsels Ankunft hat dir die Ausrede dafür gegeben, dich in unserem Dunstkreis aufzuhalten, um die Ermittlungen zu überwachen.« Lucas lachte verächtlich. »Dein permanentes Gerede über Familie. Was für eine leere Demonstration herzloser Gutheitsbekundung!«

»Meine Familie bedeutet mir alles!«, brüllte Hjalti.

»Dann beantworte mir doch bitte folgende Frage: Wenn deine Frau und deine Kinder jetzt hier wären, würden sie sich auf deine Seite stellen?«

»Schluss jetzt mit dem Scheiß!«, rief Shurdur. »Kommst du freiwillig mit, oder müssen wir das anders regeln?«

Lucas machte einen wackeligen Schritt nach vorn. Sein Knöchel war geschwollen, der Schuh fühlte sich mehrere Nummern zu klein an, Schmerzblitze zuckten in sein Schienbein hoch. Er brauchte nicht einmal zu versuchen, wegzulaufen.

»Du musst mir helfen«, sagte er und legte die Hände auf den Rücken. »Ich kann mich nicht auf dem Fuß abstützen.«

Shurdur hielt den Lichtkegel still. Lucas sah, wie sein Misstrauen ganz langsam einem bösartigen Grinsen wich. Der Färinger packte ihn am Arm. Lucas ließ sich mitziehen und sorgte dafür, Shurdur mit seinem Humpeln aus dem Gleichgewicht zu bringen.

»Richte das Licht auf uns«, forderte Shurdur Hjalti auf, als sie den Felsspalt erreichten, ehe er Lucas zuzischte: »Du zuerst. Und keine Fisimatenten, sonst kriegst du das Monustingari zu spüren, bevor du im Meer landest.«

Lucas nickte kurz, voll konzentriert auf nur eine Sache. Der Lichtkegel von Hjaltis Taschenlampe strahlte jetzt ihre Rücken an. Es war höchstens eine Frage von Sekunden, bis der Färinger sah, was er an seiner Lende versteckte, bis ihm klar wurde, was geschehen würde.

Ein verwundeter Wal konnte selbst in kniehohem Wasser zur Lebensgefahr werden, wenn man ihm zu nahe kam. Lucas zog an den zwei dünnen, um seinen Mittelfinger gewickelten Schnüren. Ein trockener Knall war zu hören, ehe die Pyrotechnik zischend losbrannte, in der Millisekunde, die die Spitze der Seenotfackel brauchte, sich in eine 1200 Grad heiße Stichflamme zu verwandeln. Lucas schwang die Hand von der Hüfte schräg nach oben und spürte den Ruck im Unterarm, als die Stichflamme ihr Ziel traf. Shurdurs Körper erstarrte in seiner Bewegung. Tropfen glühenden Pulvers und Funken stoben aus der Augenhöhle des Färingers. Lucas drehte die Fackel. Fühlte, wie die Stichflamme den Augapfel zerschmolz, sich mit den Nervenbahnen verband und tiefer in den Schädel fraß. Der Riese schlug wild mit den Armen um sich. Ein roter Höllenschein beleuchtete die Panik in seinem anderen Auge und die Zunge, die sich in seinem schreiend aufgerissenen Mund verknotete. Lucas ließ die Fackel los. Der große Mann sackte zu Boden wie ein leerer Sack. Der dritte Schrei hatte einen anderen Charakter, weniger Körper, eher ein Röcheln, das in einem lang gezogenen Fauchen verebbte, bis der Körper sich nicht mehr bewegte.

Lucas hob Shurdurs Taschenlampe auf und schob sich in den Spalt hinein, ohne sich noch einmal umzusehen. Er hatte keine Angst, Hjalti den Rücken zuzukehren. Sidsels großer Bruder stand auf seinem angestammten Platz. In sicherem Abstand. Wo die Feiglinge stehen.

60

Lucas humpelte einen matschigen Hang hoch. Der Regen blies horizontal im Lichtkegel der Taschenlampe und bildete einen undurchdringlichen Schleier. Er hatte nicht die leiseste Ahnung, wo er sich befand oder wie lange er schon so blind herumtappte, dazu war er nass bis auf die Knochen und fror so gottserbärmlich, dass seine Zähne aufeinanderschlugen. Am oberen Hangende blieb er keuchend stehen und kniff die Augen zu.

Vor ihm war etwas. Er richtete den Lichtstrahl darauf.

Ein aus Brettern zusammengezimmerter Kasten. Eine Hütte.

Das Absperrband der Polizei flatterte im Wind.

Endlich wusste er wieder, wo er war.

Lucas zog sich den Hocker an den Tisch. Griff nach einer Streichholzschachtel. Streichholz und Schachtel tanzten eigenwillig im Rhythmus seiner zitternden Hände miteinander. Erst beim siebten Versuch entzündete sich das Streichholz. Er hielt die Flamme über die Kerzendochte. Dann legte er sich eine übel riechende Decke um die Schultern und kreuzte die Arme vor der Brust. Der heulende Wind rüttelte an den Wänden. Der Regen drang glitzernd durch die Ritzen. Als ob die Hütte langsam schmolz oder um ihren toten Bewohner weinte.

Lucas versuchte durch den Schmerz hindurch zu denken und einen einigermaßen logischen Verlauf der Ereignisse zusammenzusetzen.

Es überraschte ihn nicht wirklich, dass unter diesen gottesfürchtigen Menschen ein paar teuflische Outsider lebten. Die Versuchung, die verbotene Frucht, all das war genauso Teil des Christentums wie die Tugenden und das Himmelreich.

Da war es schon schwieriger, das Motiv zu finden.

Hjalti hatte gesagt, dass er nicht bei allem dabei gewesen wäre. Es waren also mehrere Leute beteiligt. Aber wer? Wer hatte sowohl die Kraft als auch die Intelligenz? Den Überblick? Shurdur? Äußerst unwahrscheinlich. Der Holzkopf benutzte sein Hirn nur als Abstandhalter zwischen den Ohren. Ísakur? Wenig bis mittel wahrscheinlich. Der Junge hatte genug mit sich selbst zu kämpfen und war zu jung, um erwachsene Männer wie Spielfiguren auf einem Spielbrett hin und her zu schieben.

Lucas schaute den Bluttropfen hinterher, die aus seinem Mund auf den Boden tropften.

Aber was war mit Hjalti? Der unterschätzte große Bruder, der von einer etwas schlechteren Startposition aus ins Leben gestartet war als seine kleine Schwester. Mit einem angeborenen Defekt, der eine Kompensation forderte, eine Gnadengabe an die Gemeinschaft, nicht nur für einen Platz in der sozialen Hierarchie, auch dafür, tatsächlich erwünscht zu sein. Lucas sah Hjalti vor sich. Einen Fuß drinnen, den anderen draußen. Ein Lebensrhythmus, der sich in seiner manischen Gewichtsverlagerung von einem Fuß auf den anderen fortpflanzte, die kein Zeichen für sein inneres Ungleichgewicht war, sondern der Teil von ihm, den er den Männern des Dorfes hatte opfern müssen. Für ihre Akzeptanz. Aber in jedem Menschen steckt auch ein Selbsterhaltungstrieb. Das fundamentale Bedürfnis nach einem sicheren Leben. Für den Urmenschen war das Nahrung, Ruhe und der Schutz vor Raubtieren. Aktuelle Studien hatten nachgewiesen, dass es die größte Angst des modernen Menschen war, das Gesicht zu verlieren. Und dass er, um diese Demütigung zu vermeiden, alles zu tun bereit war.

Lucas hatte das zuletzt in Kopenhagen erlebt. Bei dem Mann, der so von seiner Eifersucht besessen war, dass er nur eine befreiende Lösung gesehen hatte: seinen eigenen Schmerz mit dem eines anderen zu kompensieren. Ob der Schmerz dann tatsächlich nachließ, nachdem er mit einem Spalthammer das Gesicht des neuen Partners seiner Ex-Frau gespalten hatte, war aus philosophischer Sicht irrelevant. Viel interessanter war, wie leicht ihm die grausame Tat von der Hand gegangen war, fast wie von selbst, in der Sekunde, als er die Schwachstelle in seinem Gewissen gefunden hatte. Sein edles Motiv.

Hjalti war immer unterschätzt und sein ganzes Leben lang von oben herab betrachtet worden. Er hatte das ausgehalten, indem er die Demütigungen zu kleinen, harten Kugeln zusammengerollt und unter die Tischplatte geklebt hatte wie Kaugummi. Aber in jener Nacht in der Kirche war er offensichtlich in einen existenziellen Konflikt geraten. Der so bedrohlich war, dass er sich in die Ermittlungen eingeschleust hatte, unbemerkt, wie ein Reifen, dem schleichend Luft entweicht.

Konnte es so gewesen sein? Dass Hjalti Kjølbro unbemerkt und schleichend das Ruder übernommen hatte? Hatte Lucas den gleichen Fehler begangen, ihn zu unterschätzen?

Lucas blies die Kerzen aus. Die Hütte wurde wieder von der Dunkelheit verschluckt. Er sah mit zusammengekniffenen Augen aus dem Fenster. Oben am Hang war der Lichtpunkt einer Taschenlampe zu sehen.

Er war hier. Hjalti hatte ihn gefunden.

Der Lichtpunkt bewegte sich hüpfend auf die Hütte zu.

»Eine verdammte Minute Ruhe«, fauchte Lucas und suchte den Raum nach etwas ab, womit er sich verteidigen konnte. Als er nach der Stablampe griff, fiel ein Lichtstrahl durch das Fenster. Der gegen die Scheibe peitschende Regen verzerrte die Konturen der Silhouette hinter dem Licht. Dann glitt der Lichtstrahl seitwärts weg, und er hörte Bretter knarren. Die Person näherte sich der Tür.

Lucas sah sich um. Hier war nichts, wo er sich verstecken konnte, ihm blieb nur der Countdown. Er drückte sich gegen die Wand, als die Tür aufschwang und eine Regenzunge über den Boden leckte.

Eine tropfnasse Gestalt trat ein, kräftig, ungefähr seine Größe. Lucas presste die Zähne aufeinander. In seinem geschwächten Zustand würde er keinen Nahkampf gewinnen. Er hatte nur diese eine Chance. Er stemmte das Gesäß gegen die Wand und schwang den Arm mit aller Kraft vor. Der Fuß der Lampe schmetterte auf den weichen Punkt, wo die drei Schläfenknochen zusammenliefen. Die Schockwelle, die durch den Schädelkasten fuhr, verdrehte den Hirnstamm mit dem Effekt eines augenblicklichen Kurzschlusses im Nervensystem. Die Gestalt sackte in sich zusammen und blieb reglos am Boden liegen. Lucas hob die Lampe für einen zweiten Schlag über den Kopf, doch durch die Türöffnung wehten nur weitere Regenböen in den Raum. Die Person war allein. Lucas schaltete die Taschenlampe ein und richtete den Lichtkegel auf seinen Verfolger.

Er spürte das Hämmern seines Herzens. Das Adrenalin. Die Energie.

Endlich passierte mal was auf dieser vermaledeiten Inselgruppe.

Lucas saß im Schatten der Kerzenflammen und lauschte dem Trommeln des Regens auf das Dach. Seiner Matratze und Decke beraubt, war von dem Bett an der hinteren Wand nicht mehr übrig als ein nackter Holzrahmen mit einem Rost aus Metallfedern.

Kurz darauf war das Knarren der Metallfedern zu hören. Die Bewegungen nahmen an Stärke zu, bis das Bettgestell krachend zur Seite kippte bei dem Versuch der Person darauf, Arme und Beine von den Stricken zu befreien, mit denen sie an das Bettgestell gefesselt waren.

»Machen Sie mich los!«, brüllte Ísakur.

Lucas wartete ruhig ab. Ließ den Jungen bis zur totalen Erschöpfung weiterkämpfen, bis er ruhig auf dem Boden lag und nach Luft schnappte.

»Du hast Jákup in diese Hütte hochgetragen«, sagte Lucas und hörte das fremde Lispeln von seinem ausgerenkten Kiefer.

»Sind Sie … der Polizist aus Kopenhagen?«

»Ich weiß, dass du Jákup mit deinem Wildrucksack hier hochgetragen hast.«

»Was zum Teufel fällt Ihnen ein? Sie sind Polizist! Sie können mich nicht einfach fesseln.«

»Konzentrier dich. Und erzähl mir, was in der Nacht passiert ist. Erzähl mir, warum du den verletzten Jákup hier hochgetragen hast.«

»Fuck you! Binden Sie mich los!«

Lucas humpelte zu dem Jungen.

»Ich hatte eine ziemlich grauenvolle Nacht. Meine Lunte ist sehr, sehr kurz.«

»Sie dürfen mir nicht drohen. Sie verstoßen gegen das Gesetz.«

»Es ist wichtig, dass du mir jetzt ganz genau zuhörst, Ísakur.« Lucas schob das eine Hosenbein des Jungen bis zum Knie hoch. Zog mit der geriffelten Metallfläche der Taschenlampe über das Schienbein. »Es gibt zwei Arten von Schmerz. Einsetzenden Schmerz. Und verebbenden Schmerz.«

»Ich bin noch ein Kind!« Langsam schlichen sich Zweifel in Ísakurs Stimme.

»Wofür entscheidest du dich?«

»Was?«

»Für welche Art Schmerz entscheidest du dich? Weil du mir die Wahrheit sagen wirst.«

»Ich … ich weiß nichts.«

»Rede!«, brüllte Lucas und hämmerte die Taschenlampe auf das Schienbein des Jungen.

Ísakur schrie und strampelte, als wollte er ein bissiges Tier verscheuchen.

Lucas wartete, bis der Junge nur noch leise schluchzte. »Rede.«

Ísakur schielte vor Schmerz. »Ich weiß n…«

Beim nächsten Schlag platzte die Haut über dem Schienbeinknochen auf. Spuckefäden schossen wie springende Delfine aus dem schreiend aufgerissenen Mund des Jungen.

Lucas beugte seinen Kopf ganz zu ihm runter.

»Einsetzender Schmerz. Verebbender Schmerz. Du hast die Wahl.«

»Stopp! Stopp!«

Lucas zog den Hocker an das Bett. Der Junge stöhnte und heulte. Irgendwann wurde er ruhiger und starrte an die Decke.

»Es ist ein paar Monate her. Ich war beim Wandern und hab nach einem Platz gesucht, an dem ich mein Zelt aufschlagen konnte. Da hab ich die Hütte hier entdeckt. Hinter dem Fenster brannte Licht, und ich bin aus Neugier hingeschlichen, wer da wohl war. Hätte ich das nur nie gemacht. Sie lagen zusammen im Bett ... nackt.«

»Shurdur und Heralv?«

Ísakur nickte. »Ich hätte mich fast übergeben. Alles, an was ich geglaubt habe, alles, was Shurdur mir erzählt hat, war eine Lüge. In den Tagen danach hatte ich tierisch Schiss, ihm zu begegnen, und egal, wie intensiv ich gebetet habe, bin ich die Last nicht mehr losgeworden. Ich hab die Bilder einfach nicht mehr aus dem Kopf gekriegt. Am Ende hab ich nur einen Ausweg gesehen.« Ísakur schnaufte wütend. »Ich habe mich Jákup anvertraut. Er hat keine Sekunde daran gezweifelt, dass ich die Wahrheit sagte. Er meinte, dass er die Pfarrer der umliegenden Orte zu einer Synode zusammenrufen und mit ihnen besprechen wollte, wie sie Shurdur so diskret wie nur eben möglich von seiner perversen Neigung abbringen könnten. Und dann hat er mir noch eingeschärft, dass ich auf keinen Fall mit irgendjemandem darüber reden dürfte, was ich weiß, und weiter beten soll. Ich glaube, Jákup war nicht ehrlich zu mir.«

»Wie kommst du darauf?«

»Shurdur ist der einzige Mann in der Gegend, der genauso viel Macht hat wie die Pfarrer. Die Leute hören auf ihn. Und obwohl ich Jákup eigentlich gut leiden konnte, kam es mir manchmal so vor, als wenn er sich uns anderen überlegen fühlte.«

Lucas nickte nachdenklich. War die Synode an jenem Abend ein strategisches Treffen gewesen? Wollten die Pfarrer zur Stär-

353

kung ihrer eigenen Machtposition Shurdurs Ruf ruinieren und die Dorfbewohner wachrütteln? Waren die sogenannten schwarzen Vögel wirklich so durchtrieben? Er kratzte sich im Nacken. Ihm fehlten Klarheit, Zusammenhänge und vor allem die Antwort auf die Frage aller Fragen.

»Erzähl mir, was in der Nacht in der Kirche passiert ist.«

Ísakur drehte das Gesicht weg und flüsterte leise gegen die Wand: »Ich flehe dich an.«

Lucas beugte sich vor. Das Knarren des Hockers ließ den Jungen zusammenzucken.

»Nicht schlagen.« Er holte zitternd Luft. »Am Silvesterabend trinken alle Männer, weil ihre Frauen und Kinder in Tórshavn sind. Ich hasse diese Tradition. Das ist so erbärmlich. Ich wollte im Fjell übernachten, so weit weg von den Idioten wie möglich. Unterwegs hab ich ein angefahrenes Schaf gefunden, das war echt übel zugerichtet. Es ist gestorben, als ich es an meinem Wildrucksack festgebunden habe. Mit den Landbesitzern ist abgesprochen, dass ich ab und zu ein totes Schaf mit nach Hause nehmen darf, das ist ja gutes Fleisch. Also bin ich wieder umgekehrt.«

»Um welche Zeit warst du wieder im Dorf?«

»Kurz nach Mitternacht, ungefähr. Ich habe einen Aussichtspunkt, von dem ich über den ganzen Ort schauen kann. Alle Häuser waren dunkel. Bis auf eins. Die Kirche. Im nächsten Augenblick habe ich jemanden mit einer Taschenlampe aus der Kirche kommen sehen. Ich bin stehen geblieben und dem Weg des Lichtkegels zwischen den Häusern gefolgt. Bis …« Die nächsten Worte kamen als Schluchzen aus seinem Mund. »Der Jemand ist in unser Haus gegangen. Es war mein Vater.«

Lucas fielen die Worte von Ísakurs Großvater ein. Männer in der Nacht, alles soll in Blut baden. Männer. Plural.

»Bist du sicher, dass du nur einen Lichtkegel gesehen hast?«

Ísakur nickte.

»Und wie ging es weiter?«

»Ich konnte mir nicht erklären, was er mitten in der Nacht in der Kirche getan hat, und bin runtergeschlichen.«

»Hat dich jemand gesehen?«

»Kann ich mir nicht vorstellen.« Ísakur schluckte. »Ich hab das Schloss aufgebrochen und dachte erst, dass die Kirche leer ist. Jedenfalls hab ich niemanden gesehen. Aber dann hab ich gesehen, dass die Tür zur Sakristei angelehnt war. Jákup hatte ja gesagt, dass die Pfarrer sich treffen wollten, um über Shurdur zu sprechen. Ich wollte nur gucken, ob er dort war. So habe ich sie … gefunden.«

»Und auf dem Weg aus der Kirche hast du eine Spur Schafblut im Mittelgang hinterlassen. Warum bist du später noch mal in die Sakristei zurückgekehrt, Ísakur? Aus welchem Grund?«

»Als ich die Pfarrer da liegen gesehen habe, in all dem Blut, in dem Bösen, hat mein Körper abgeschaltet. Ich konnte mich nicht vom Fleck rühren. Bis Jákup plötzlich seine Hand nach mir ausgestreckt hat. Er hat noch gelebt! Er hat wirres Zeug gemurmelt und auch den Namen meines Vaters genannt. Und Shurdurs. Ich hab Panik gekriegt und bin raus aus der Kirche. Die folgenden Stunden waren ein einziger dichter Nebel. Ich hab das Schaf im Hafen versenkt und bin zurückgegangen, um Jákup zu holen. Was immer passiert war, irgendwie war Papa darin verwickelt. Wenn das rauskam, wären wir erledigt und müssten die Färöer verlassen. Aber die Welt da draußen ist nichts für uns. Darum habe ich einen Entschluss gefasst. Ich wollte dafür sorgen, dass Jákups Leiche in Heralvs Hütte gefunden wurde. Damit würde ich nicht nur meine Familie retten, sondern obendrein noch die Dorfbewohner im Glauben vereinen und stärken. Dann würde auch der letzte Zweifler erkennen, dass Heralv nicht nur den Satan und das Böse symbolisierte, sondern auch noch seine ausführende Hand in unserer Welt war. Ein Pfarrermörder.«

»Wie hast du es geschafft, einen erwachsenen Mann bis hier hochzuschleppen?«

»Das war hart. Aber Jákup ist schmächtig, und ich wandere schon mit schwerem Gepäck durch die Berge, seit ich klein war.«

»Darum hast du mich gefragt, wie lange es dauert, bis ein Mensch verblutet. Du wolltest rausfinden, wann du bekannt machen konntest, dass du Jákup in Heralvs Hütte gefunden hast. Aber zuerst musste er sterben. Damit er deinen Vater nicht verraten konnte.«

Ísakurs Stimme war belegt von seinen Tränen.

»Ich konnte ja nicht ahnen, dass Heralv Erste Hilfe leisten würde, als er Jákup gefunden hat. Die beiden haben sich seit Jahren gehasst wie die Pest.«

»Vielleicht ist ja gar nicht Heralv der Verirrte. Vielleicht hat euer Bedürfnis, die perfekten Christen zu sein, euch vom christlichen Glauben weggeführt. Ihr habt in Heralv einen Menschen gesehen, der in der Verdammnis zu ertrinken drohte, aber statt ihm eine Hand zu reichen, habt ihr seine Taschen mit noch mehr Steinen gefüllt.« Lucas rieb behutsam sein Kinn. »Du hast Hjalti erzählt, dass Heralv in der Hütte liegt. Und du hast auch die Markierungsstäbe in die Erde gesteckt, die Hjalti dann ganz ›zufällig‹ gefunden hat.«

»Ich dachte ja, ihr würdet Jákups Leiche finden. Und dass damit der Fall gelöst wäre.«

»Hat Hjalti dir erzählt, was in der Kirche passiert ist? Warum die Pfarrer so brutal umgebracht wurden?«

»Nein. Und das ist die Wahrheit! Nicht schlagen«, rief Ísakur, als Lucas sich über ihn beugte.

»Was ist mit dem Leichentransport und dem Beweismaterial? Warst du das?«

Der Junge nickte mit geschlossenen Augen.

»Ich konnte doch nicht riskieren, dass Papa Probleme kriegt, weil ihr was findet. Ich hab die Schafe auf die Straße getrieben. Als der Fahrer ausgestiegen ist, um die Schafe von der Straße zu scheuchen, bin ich mit dem Wagen weggefahren. Ich bin an einen Hang gefahren, von dem ein schmaler Naturpfad runter ins Dorf führt. So konnte ich schnell genug zur Kirche kommen, während ihr mit der Suche nach dem Transporter beschäftigt wart.«

»Hat Hjalti dir von dem geplanten Transport der Leichen nach Tórshavn erzählt?«

»Am Tag vorher beim Abendessen hat er gesagt, dass etwas aus der Kirche abgeholt werden sollte, dass er mehr aber nicht erzählen könnte. Er wollte uns so gerne zeigen, dass er an den wichtigen Dingen beteiligt war.«

Lucas band die Füße und Hände des Jungen los und ging ans Fenster. Die Morgendämmerung kündigte sich als dunkelgelber Streifen am Himmel an.

»Und was passiert jetzt?«, fragte Ísakur. Er hatte sich aufgesetzt und rieb sich das Schienbein.

»Du führst mich jetzt zurück ins Dorf, damit ich diesen Fall abschließen kann.«

Es ist schon interessant, wie eine Lüge zum Türöffner für eine unwillkommene Wahrheit wird. Eleonora und ich wissen natürlich beide, dass meine Neuen Eltern mich nicht aus Polen hergeholt haben, um sie zu beschützen. Alles hinter der perfekten Fassade dieser Familie liegt in Trümmern. Allem voran die Liebe. Ihre Eltern lieben mich nicht. Kein Stück. Aber sie brauchen mich mehr, als sie Eleonora brauchen. Das ist schon ausreichend, um ein schmarotzendes Kuckucksjunges auf eine Stufe mit ihrer leiblichen Tochter zu stellen. Denn letzten Endes lieben Eleonoras Eltern vor allem anderen sich selbst. Und diese schmerzliche Wahrheit geht Eleonora nun endlich auf. An der Stelle, wo eigentlich ihre Herzen sein sollten, haben sie das gleiche Vakuum wie ich. Ich bin mehr ihr Sohn, als Eleonora ihre Tochter ist.

Nach dem Vorfall im Keller verbringt Eleonora die meiste Zeit in ihrem Zimmer. Neue Mutter sagt, sie wäre krank. Ich weiß, dass das eine Lüge ist, und hätte nicht übel Lust, Neuer Mutter und Neuem Vater zu erzählen, was ich getan habe, um unser dysfunktionales Familienleben zu retten. Vielleicht würden sie dann endlich kapieren, dass ich auf ihrer Seite stehe, und ihre sadistischen Impulse etwas zurückschrauben, damit ich nicht in permanenter Alarmbereitschaft herumlaufen muss.

Wenn ich nur mit irgendjemandem außerhalb meines goldenen Käfigs reden könnte. Aber hier kennt mich niemand, und ich kenne niemanden. Ich existiere nicht außerhalb dieses Hauses. Nach Eleonoras erhellenden Geständnissen ist mir einiges klar geworden: Warum meine Neuen Eltern mich mehr oder weniger wie einen Gefangenen halten, aber bewusst dafür sorgen, dass ich in der Öffentlichkeit gesehen werde. Flüchtig. Das gehört zur Konstruktion des neuen Lebens der aus Amerika heimgekehrten Kernfamilie. Und das erfordert Zeit und Sorgfalt. Allein die Einstellung des steinalten Olav unterstreicht ihren Blick fürs Detail. Ich bin garantiert sein letzter Schüler, bevor der Fährmann mit ihm ans andere Ufer übersetzt.

Das erklärt aber noch nicht die Lust des Neuen Vaters, mich zu bestrafen. Sein Ziel muss es doch sein, mich von meinem neuen Leben abhängig zu machen. Nicht, mich zu verschrecken. Und meine Dänischkenntnisse sind inzwischen glaubwürdig genug für einen dänischen Jungen, der als Baby mit seinen Eltern nach Amerika gezogen ist. Worauf warten sie noch? Was muss ich tun, um ihnen zu beweisen, dass ich bereit bin, Teil dieser kranken Familie zu werden?

In der Mitte der Woche sagt Neuer Vater, dass wir am Wochenende segeln gehen. Nur wir zwei. Die Einladung kommt völlig überraschend. Ich dachte bis dahin, dass der Jachtklub für mich absolut tabu sei.

Vielleicht werde ich ja jetzt in das Geheimnis um Lucas eingeweiht. Bis zum Wochenende übe ich meinen überraschten Gesichtsausdruck vor dem Spiegel.

61

Im Morgengrauen parkte Hjalti Kjølbro vor seinem Haus. Er blieb noch einen Augenblick im Auto sitzen und schaute raus auf den Fjord, der den perlmuttweißen Schimmer des Himmels reflektierte, diese vollständig neutrale Aussicht, losgelöst von Raum und Zeit. Am liebsten würde er für den Rest seines Lebens hier sitzen bleiben.

Shurdur war tot.

Jetzt gab es niemanden mehr, der ihm den Rücken stärkte, der für ihn kämpfte.

Warum hatte er nicht auf Sara gehört und an dem Wochenende nichts getrunken. Denn es stimmte. Der Alkohol ließ Männer Dinge tun, die sie am nächsten Tag zutiefst bereuten. Dabei hatte es so harmlos begonnen. Die anderen Männer waren irgendwann nach Hause getorkelt, um ihren Rausch auszuschlafen. Aber Shurdur hatte noch nicht genug gehabt. Und Hjalti hatte so getan, als wäre er nicht müde. Sie waren zu ihm nach Hause gegangen und hatten Hjaltis Vater, der noch wach gewesen war, Bier zu trinken gegeben und sich sein von der Welt abgekoppeltes, wirres Gerede angehört. Shurdur genoss es ganz offensichtlich, seinen großen, hämischen Schatten über den Mann zu werfen, der einst der ungekrönte König der ganzen Region gewesen war. Und Hjalti hatte insgeheim das Wissen genossen, dass Shurdur ohne den Gehirnschaden seines Vaters geistig und körperlich ein Wicht gegen ihn war.

Irgendwann hatte sein Vater dann diesen Blick bekommen, eindringlich und aufgewühlt, ein Vorbote, dass die Hirnfinsternis für einen Augenblick aufklarte.

»Warum darf der Sünder leben?«, hatte er gepoltert.

Shurdur lachte bierbenebelt.

»Welcher Sünder? Was redest du da?«

Der Alte starrte seinen Sohn an.

»Jákup, der schwarze Vogel, der Eivør vergewaltigt hat.«

Die folgende Stille schlug wie ein Axthieb ins Wohnzimmer ein.

»Was faselt der Idiot da?«, fragte Shurdur, den Mund immer noch voller Lachen.

Hjalti, der die Abstufungen im Blick seines Vaters kannte, lachte nicht. Seine Gedanken überschlugen sich. Er war nicht auf den Kopf gefallen, nicht so intelligent wie Eivør, aber intuitiv. Und in diesem Augenblick fügten sich alle seine jahrelangen Fragen, warum seine Mutter ihn verlassen hatte, zu einem logischen Ganzen zusammen.

Die Flaschen auf dem Kacheltisch klirrten, als Hjalti sich erhob.

»Was ist los?«, fragte Shurdur.

Hjalti drehte sich um seine eigene Achse. So musste es sein. So ergab es einen Sinn. Die eindringlichen Gespräche mit Eivør in der Küche, bei denen sie ohne Pause geweint hatte, und die gequälte Stimme seines Vaters, die durch die Wand bis in Hjaltis Zimmer zu hören gewesen war. Die stumme Kälte zwischen den Eltern danach. Hjalti hatte damals geglaubt, Eivør hätte einen heimlichen Freund gehabt. Dass sie deswegen sauer waren. Warum hatte er es nicht gesehen. Den Ernst. Die den Gesprächen innewohnende Schwerkraft, die alles Leben aus dem Haus verdrängte, bis da nur noch Schweigen war. Eivør und er hatten sich nicht länger am Esstisch gekabbelt. Sie saß nur noch stumm vor ihrem Teller und stocherte mit der Gabel im Essen.

Irgendwann waren die Gespräche in der Küche verstummt. Und nicht viel später waren seine Mutter und seine Schwester weg gewesen.

Hjalti beugte sich mit hämmerndem Herzen zu seinem Vater runter.

»Jákup hat Eivør vergewaltigt? Haben sie uns deshalb verlassen?«

»Willst du deine Schwester rächen oder nicht?«, flüsterte sein Vater. Danach sagte er nichts mehr.

Shurdur richtete sich auf.

»Los, lass uns rüber zur Kirche gehen! Da brennt Licht in der Sakristei.«

»Was?«, stammelte Hjalti. »Wir sind zu betrunken. Ich rede morgen mit Jákup.«

»Hast du nicht gehört, was dein Vater gesagt hat?«

»Vor zwei Sekunden hast du noch über sein wirres Gefasel gelacht, und jetzt nimmst du ihn plötzlich für voll?«

Shurdur klopfte auf das Monustingari, das er immer in einem Halfter an seinem Gürtel dabeihatte.

»Wir jagen dem Pfarrer einen kleinen Schrecken ein und gucken, wie er reagiert.«

»Aber …«

»Ich biete es dir nur einmal an!«

Auf dem Weg rüber zur Kirche waren nur die knirschenden Gummistiefel der Männer zu hören.

Hjalti hoffte, dass die kalte Nachtluft Shurdur ernüchtern und wieder zur Vernunft bringen würde. Das, was sie da vorhatten, war kein harmloser Streich im besoffenen Kopf. Das war Wahnsinn. Aber Hjalti sagte nichts. Ließ sich von dem Stärkeren mitschleifen, wie schon so oft zuvor.

Ihre Schritte hallten unter dem Dachgestühl der Kirche. Hjalti sah einen Lichtstreifen unter der Tür zur Sakristei. Er konnte nicht fassen, was sie da gerade taten, als Shurdur die Tür aufriss und knurrte:

»Da guckst du, du dreckiger Vergewaltiger …«

Hjaltis Blut sackte vom Kopf in die Füße, als er Jákup mit vier Pfarrern aus den umliegenden Gemeinden um den Tisch sitzen sah.

»Was in Gottes Namen ist hier los?«, sagte Jákup mit Verachtung in der Stimme.

»Sind Sie einer, der die jungen Mädchen in den Dörfern vergewaltigt, Vater?«

Die Worte kamen so schnell über Shurdurs Lippen wie ein
Mundvoll Wasser, das er endlich ausspucken konnte.

Jákup hämmerte mit der Faust auf den Tisch.

»Du stehst in Gottes Haus. Betrunken und bewaffnet. Bist du
völlig von Sinnen?«

»Bewaffnet? Sie meinen das hier?« Shurdur zog das Monustingari aus dem Halfter. Die Klinge glänzte im Schein der Kerzen.
»Das ist nur für die Jagd.«

Jákups Blick wanderte zu Hjalti.

»Was ist deine Rolle in diesem Irrsinn?«

»Sprechen Sie nicht so mit dem Mann, dessen Schwester Sie
vergewaltigt haben!«, brüllte Shurdur.

Der Alkohol rauschte durch Hjaltis Gehirn. Die Situation war da-
bei, aus dem Ruder zu laufen. Die anderen Pfarrer starrten ihn und
Shurdur an, aber ihr hartnäckiges Schweigen isolierte Jákup in der
Konfrontation, was ihm ganz offensichtlich sehr unangenehm war.

»Hjalti, glaubst du wirklich, dass ich Eivør etwas angetan habe?«

»Vergessen Sie's«, bellte Shurdur. »Reden wir doch lieber über
Sie.«

»Über mich? Ausgerechnet heute Abend.« Der Blick des Pfarrers wanderte wieder zu Hjalti. »Hat dein Freund dir erzählt, was
der Grund unserer heutigen Zusammenkunft ist? Warum wir das
Treffen vor der Gemeinde geheim gehalten haben?«

Hjalti sah Shurdur von der Seite an. Der Riese blinzelte hektisch, aufgewühlt, als wäre ihm gerade etwas Entscheidendes klar
geworden.

»Wovon reden Sie, Vater?«, fragte Shurdur.

Jákup lachte höhnisch und mit neuer Zuversicht.

»Davon, was dich erwartet, wenn wir hier fertig sind. Ich habe
von deinem unzüchtigen Verhalten gehört.«

»Ich warne Sie«, knurrte Shurdur.

»Und ich warne dich!«, rief Jákup und fuhr mit erhobenem Zeigefinger nach vorn. »Du bist bereits eine verlorene Seele, und wenn du jetzt nicht umgehend meine Kirche verl...«

Shurdur schwang den Arm aus Hüfthöhe nach vorn, als wollte er Jákup die Hand schütteln. Ein feuchtes Schmatzen war zu hören, als die Messerspitze in Nabelhöhe den Talar berührte, kurz verharrte und dann mit einem kurzen Ruck wie an einer Hundeleine Shurdurs Arm hinter sich herzerrte und die Klinge bis zum Schaft einsank. Jákups Lippen verzogen sich zu einem stummen Schrei.

Eine Schockstarre erfasste Hjaltis Körper, schwere, zähe Angst. Alle Muskeln verkrampften. Jákup umklammerte Shurdurs Arm, versuchte, sich mit kurzen, kraftlosen Rucken zu befreien. Shurdur betrachtete ihn mit einem versteinerten Gesichtsausdruck, ehe er das Messer herauszog. Jákup faltete die Hände vor dem Bauch. Das Einstichloch war in dem schwarzen Talarstoff nicht zu sehen, nur die dunkle Flüssigkeit, die zwischen den verschränkten Fingern hervorquoll. Die anderen Pfarrer sprangen panisch durcheinanderschreiend auf und drängten sich an der hinteren Wand zusammen wie aufgescheuchte Tiere, die sich hintereinander zu verstecken suchten.

Shurdur durchbohrte sie mit seinem Blick, das blutverschmierte Monustingari in der Hand. Er sagte etwas, aber Hjalti sah nur die Lippenbewegung.

Shurdur schubste ihn mit einem kräftigen Handschlag Richtung Tür.

»Raus!«

»W-was?«

»Geh raus und schließ die Tür ab.«

Hjalti hörte die Anweisung, Wort für Wort, ohne sie zu verstehen.

»Jetzt!«

Das Letzte, was Hjalti sah, bevor er Shurdur und die Pfarrer in der Sakristei einschloss, war Jákups flehender Blick. Herzzerreißend. Verloren.

Um Vergebung heischend.

Hjalti lehnte sich mit dem Rücken gegen die Tür und hielt sich die Ohren zu, pfiff, so laut er konnte. Es kam ihm wie eine Ewigkeit vor. Dann spürte er ein Vibrieren an seiner Wirbelsäule. Drei kräftige Schläge. Hjalti schloss auf. Shurdur kam heraus. Kurzatmig, blutverschmiert vom Kopf bis zu den Zehen. Hjalti warf einen Blick in die Sakristei. Die Pfarrer lagen kreuz und quer auf dem Boden mit aufgerissenen Mündern, wie verdammt zum Schreien in alle Ewigkeit. Es verschlug ihm endgültig den Atem. Als hätte Shurdur ihm das Monustingari in die Brust gestoßen.

»Wir holen Waffen aus dem Schuppen«, sagte Shurdur heiser.

»Und was machen wir damit?«

»Wir platzieren sie in ihren Händen. Und dann müssen wir nur noch ein bisschen mehr auf sie einstechen.«

»Was?«

»Alles soll in Blut baden. Um der Polizei die Spurensuche so schwer wie möglich zu machen.«

»Das ... können wir nicht machen.«

Shurdur hob das blutverschmierte Messer vors Gesicht, seine Augen waren zwei schwarze Steine.

»Diese Nacht ist entweder unser gemeinsames Geheimnis. Oder nur meins.«

Die Bilder jener Nacht verschwammen in Hjaltis Kopf. Er erinnerte sich nur vage, dass Shurdur in der Sakristei gewartet hatte, während er seine Wathose und ein paar Waffen aus dem Schuppen geholt hatte und schließlich einen Stapel Planen, die er im Gang zwischen den Bänken ausgerollt hatte, damit sie beim Verlassen der Kirche den Boden nicht verdreckten.

Sie hatten all ihre Kleider unten im Hafen verbrannt, sich im eiskalten Fjordwasser abgeschrubbt und waren anschließend splitternackt durchs Dorf gelaufen, in der Gewissheit, dass alle anderen Männer den Schlaf der Gerechten schliefen. Dann war Hjalti eingefallen, dass er seine Taschenlampe in der Kirche vergessen hatte, aber er hatte sie erst geholt, als Shurdurs und sein Weg sich trennten, aus Angst vor dem Temperament seines Freundes.

Und dann war das Unfassbare eingetreten.

Sonntagabend. Seine Frau. *In der Sakristei brennt Licht.*

Der Schock, als Hjalti entdeckt hatte, dass Jákups Leiche verschwunden war, hatte ihm den Boden unter den Füßen weggezogen. Aber erst bei seinem Spaziergang mit Ísakur, als sein Sohn in Tränen ausgebrochen war, hatte er die Zusammenhänge verstanden. Ísakur hatte ihm von Shurdurs und Heralvs Verhältnis erzählt, und dass er Hjalti von der Kirche in ihr Haus hatte gehen sehen. Aber das Schlimmste war, dass er jetzt selbst Blut an den Händen hatte. Hjaltis Hals schnürte sich zusammen, als er sich vorstellte, dass Ísakur ganz allein und verzweifelt in der schwarzen Nacht Jákup in die Berge hinaufgeschleppt hatte, um seinen nichtsnutzigen Vater zu retten.

Den nichtsnutzigen und auf ewig verlorenen Vater.

Hjalti stieg aus seinem Auto und ging mit gesenktem Kopf auf das Haus zu. Er hatte keine Ahnung, wie es jetzt weitergehen sollte. Shurdur lag tot oben in den Bergen. Lucas Stage hatte die Nacht mit großer Wahrscheinlichkeit nicht überlebt. Und Hjalti Kjølbro gab es auch nicht mehr. Ein plötzlicher, jäher Fallwind hatte sein Leben über den Haufen geworfen. Einen Weg zurück gab es nicht. Er befand sich auf einem brennenden, sinkenden Schiff. Egal, wie viele Jahre er noch vor sich hatte, sein Leben hatte in der Nacht in der Kirche geendet. Am Tag des Jüngsten Gerichts würde er vor Gott keine Gnade finden. Und bis zu diesem Tag wollte er sich selber keine Gnade erweisen.

Die Haustür ging auf. Hjalti blieb verdutzt in dem kleinen Vorgarten stehen. Eivør sah ihn an. Ihre Körpersprache signalisierte, dass sie nicht auf dem Weg nach draußen war, sondern ihm die Tür aufgemacht hatte.

»Kommst du?«, fragte sie.

Der anonyme Ton in ihrer Stimme ließ ihn aufhorchen.

»Ist was passiert?«

»Komm rein, dann reden wir.«

»Was machst du so früh hier?«

»Hjalti …«

»Das war eine simple Frage. Warum antwortest du mir nicht darauf?«

Eivør seufzte auf die Genervte-große-Schwester-Art. Hjalti schaute zum Küchenfenster. Bekam es mit der Angst, als er das verweinte Gesicht seiner Frau sah.

»Eivør, warum bist du hier?« Seine Stimme stockte, als würde er mit dem Rad über Kopfsteinpflaster fahren.

Statt zu antworten, machte sie einen Schritt auf ihn zu.

Hjalti suchte verzweifelt nach einer Antwort in ihrem Gesicht. Aber da war nichts. Im selben Moment waren von der Hügelkuppe über dem Dorf quietschende Reifen zu hören. Hjalti hob den Blick. Ein Auto schlingerte in hohem Tempo die Zufahrtsstraße hinunter. Er erkannte den knallroten Ford Focus von Morris aus dem Nachbarort. Sein Kutter lag unten im Hafen. Aber das Ausfahrverbot war noch nicht aufgehoben, und für einen Besuch unter Nachbarn war es noch zu früh.

Das Auto verschwand in Höhe des Mastes auf dem letzten asphaltierten Straßenabschnitt hinter den Häusern am Ortsrand. Hjalti hörte, dass es nicht langsamer wurde. Er sah Eivør an. Sie schien genauso verwirrt wie er. Im nächsten Augenblick bog das Auto um die Ecke und machte ungefähr fünfzig Meter vor Hjalti eine Vollbremsung. Die hintere Tür schwang auf. Ísakur sprang heraus.

»Lauf, Papa, lauf!« Die Schreie seines Sohnes rissen Löcher in die Stille.

Hjalti versteifte sich. Sein Blick flackerte zwischen Ísakur und Eivør hin und her.

Die Tür auf der Beifahrerseite ging auf. Eine gekrümmte Gestalt stieg aus. Hjaltis Gesicht glühte, sein Nacken war eiskalt. Als könnte sein Körper das Gefühl nicht entschlüsseln, das ihn befiel.

»Hjalti, es ist vorbei«, sagte Lucas Stage heiser. Sein Gesicht war mit Erde verschmiert und voller blutiger Schrammen.

Hjaltis Gehirn observierte und zog seine Schlüsse. Sein Sohn starrte mit gesenkter Stirn zu Boden. Das hatte er schon als kleines Kind gemacht, wenn er glaubte, etwas verkehrt gemacht zu haben. Hjalti zerriss es schier das Herz. Weil der Junge niemals etwas Falsches machte. Er war der Beste von ihnen allen. Er selbst war derjenige, der den Blick senken sollte. Ein Vater, der seinem Sohn und dem eigenen Vater nie das Wasser reichen konnte.

Hjaltis Blick schweifte über den Hang hoch zu den Bergzinnen. Er hoffte, dass Ísakur es irgendwann verstehen würde. Dass der sicherste Weg, seinen Sohn stark zu machen, der war, alle Schwäche um ihn herum zu vernichten.

Hjalti lief los.

62

W arum fahren Sie langsamer!«, rief Lucas dem Mann hinter
dem Lenkrad des roten Fords zu, der ihn und Ísakur am
Straßenrand eingesammelt hatte.

»Hier ist eine Geschwindigkeitsbegrenzung«, jammerte der
Mann, als sie durch die engen Gassen des Dorfes rasten. »Und warum eigentlich diese Eile?«

»Ich muss Hjalti Kjølbro festnehmen.«

Durch den Mann ging ein Ruck. »Was?«

Der Wagen bog um die Kurve. Lucas entdeckte Hjalti. Er stand
vor seinem Haus, als ob er auf etwas wartete. Lucas zog die Brauen
hoch. Oben auf der Veranda stand Sidsel.

Plötzlich ertönte ein lauter Schrei von der Rückbank.

»Achtung!«

Der Mann trat auf die Bremse.

Im nächsten Augenblick war Ísakur auf der Straße.

»Lauf, Papa, lauf!«

Lucas schob seinen Körper auf die Straße.

»Hjalti, es ist vorbei.«

Der Färinger atmete schwer und starrte mit schreckerstarrtem
Blick von einem zum anderen. Er sah seinen Sohn zärtlich an,
dann drehte er sich um und rannte runter zum Hafen.

Lucas hörte Sidsel rufen, als er um den Ford herumhumpelte
und den Fahrer aus dem Wagen zerrte. Er schob sich hinters Lenkrad und fuhr mit durchdrehenden Reifen zu Sidsel, die auf den
Beifahrersitz sprang.

»Ich wette, er ist auf dem Weg zu einem der Kutter«, sagte sie.

Lucas gab Gas. Hjalti war zwischen den Häusern Richtung Hafen verschwunden.

»Ich versteh das nicht!«, sagte Sidsel. »Warum läuft er weg?«

»Er war es! Dein Bruder hat die Pfarrer ermordet.«

»Was? Nein! Ich habe Ísakur mit deiner SMS konfrontiert. Da ist er abgehauen.«

»Ich erzähle dir gerne von meiner Nacht, sobald wir eine ruhige Minute haben«, sagte Lucas und bremste vor der Kaimauer ab. Die Kutter lagen an einem schmalen betonierten Anleger vertäut. Auf der anderen Seite waren kleine Bootsschuppen. Ein paar Rolltore standen offen. Sie stiegen aus und liefen zu Fuß weiter, suchten systematisch alle Kutter und Schuppen ab. Der Wind frischte auf. Die Leinen klapperten an den Masten, und die Wellen schwappten gegen das Bollwerk.

Lucas spürte den pochenden Puls in seinem Fuß. Er hatte das Gefühl, in schweren Skistiefeln zu stecken, aber der Schmerz war noch auf einem verkraftbaren Level. Er schob den Kopf unter dem Tor zum nächsten Bootshaus durch. Körbe, Fischernetze, ein alter Generator. Er hielt nach Sidsel Ausschau, die ein Stück vor ihm war und gerade an Bord eines Kutters sprang. Sie bewegte sich routiniert auf dem schwankenden Fahrzeug und verschwand in einer niedrigen Luke unter Deck. In derselben Sekunde tauchte hinter dem Führerhaus jemand auf. Lucas brüllte laut, als Hjalti die Luke zuknallte und zurück zum Führerhaus lief. Der Schornstein stieß eine Rauchwolke aus, und das Fahrzeug entfernte sich mit röhrendem, mechanischem Wummern vom Kai weg.

Lucas humpelte los. Er hörte Sidsels dumpfe Schreie und ihre Fäuste, die gegen die blockierte Lukenklappe schlugen. Der Abstand zwischen Kutter und Kai war noch nicht allzu groß, aber ehe er sich entschieden hatte, zu springen, war die Chance vertan.

»Warum bist du nicht gesprungen, du gottverdammter Idiot«, schimpfte er mit sich selbst und fuhr zusammen, als hinter ihm eine Stimme sagte:

»Das Wasser kühlt einen in wenigen Minuten aus, und Sie sehen jetzt schon aus wie eine ertrunkene Möwe.«

Lucas drehte sich um und sah in ein runzliges Gesicht. Das weiße Haar des Alten flatterte im Wind. Es vergingen ein paar Sekunden, bis Lucas ihn wiedererkannte. Hallur.

»Der blaue Kutter«, sagte der Alte.

Lucas nahm den Schlüssel entgegen, den er ihm reichte.

»Warum helfen Sie mir?«

»Ich helfe Eivør. Sie ist ein gutes Mädchen. Mit einem echten Färingerherz am rechten Fleck.«

»Kommen Sie mit?«

»Aus Respekt vor dem Vater der Zwillinge soll Gott entscheiden, wie es ausgeht.« Hallur schaute dem Kutter hinterher, der durch die Schaumkronen schaukelte. »Der Sturm hat seine Lunge mit Luft gefüllt. Viel Zeit bleibt nicht mehr. Hjalti muss den Verstand verloren haben.«

»Was wollen Sie damit sagen?«

»In so einem verdammten Papierboot rauszufahren ... der Kutter kentert bei starkem Seegang.«

»Und was ist mit Ihrem Kutter?«

»In dem haben Sie wenigstens eine Chance.«

Lucas hinkte zu dem Fahrzeug und warf den Motor an. Hallur rief ihm etwas zu. Irgendwas mit »Wind« und »Bug gegen die Wellen«.

Er drückte den Hebel neben dem Steuer nach vorn und tuckerte aus dem kleinen Hafen. Auf dem offenen Fjord wurde es auf Deck unruhig. Er versuchte, mit breit aufgestellten Füßen das Gleichgewicht zu halten.

Lucas folgte dem Kutter, der ein Stück Vorsprung hatte. Kalte Tropfen peitschten ihm ins Gesicht.

Er schaute nach oben. Der Himmel war von Wolken bedeckt wie von einem schwarzen Pelz, und die Wellen kamen aus allen Richtungen gleichzeitig. Aber das war nicht das Schlimmste.

Am Rande seines Gesichtsfeldes sah er, wie das Festland entschwand.

Hjalti fuhr mit seinem Papierboot direkt auf den Nordatlantik hinaus.

Die Steinmolen des Jachthafens strecken sich in einem Halbkreis aus wie zwei Arme, die sich fast an den Fingerspitzen berühren. In dem Kessel sind die Boote gut vor dem Wind geschützt, der in jähen Böen heranweht. Ich höre ihn in den Masten pfeifen und schaue zum Horizont. Die Wellenkronen haben weiße Schaumkragen.

»Keine Sorge«, brummt Neuer Vater. »Das sieht von Land immer schlimmer aus.«

Er macht den Kofferraum auf und drückt mir eine Rettungsweste in die Hand.

»So ein Ärger«, murmelt er und zieht mit ungeduldigen Gesten seine eigene Rettungsweste über.

Wir gehen den gepflasterten Kai entlang. Außer uns ist niemand draußen, und Neuer Vater zieht eine regelrechte Show ab, jemandem hinter dem Panoramafenster des Hafenrestaurants zuzuwinken. Er fordert mich auf, auch zu winken.

Das Boot ist groß und weiß, mit einer überdachten Sitzecke mit getönten Scheiben. Die nach Kokos duftenden Ledersofas sind um eine glänzende Tischplatte festgeschraubt. Während der Ausfahrt erzählt Neuer Vater von seinem eigenen Vater, einem kernigen und gestandenen Seemann aus Jütland, aber das ist alles unpersönliches, hohles Geschwafel.

Sobald wir aus der Deckung der Steinmole und aufs offene Meer kommen, fühlt es sich an, als würde uns der Boden unter dem Bug weggezogen. Das Boot legt sich auf die Seite, und meine Pobacken beginnen eine knarrende Rutschfahrt vor und zurück auf dem glatten Lederbezug. Neuer Vater versichert mir, dass es ruhiger wird, wenn wir weiter von der Küste entfernt sind. Ich nicke und kratze mich an der Innenseite meines rechten Gummistiefels.

63

E s war wie Gruppenkloppe auf dem Schulhof. Sidsel wurde in dem stockfinsteren Unterdeck hin und her schleudert. Die unvorhersagbar an den Rumpf schlagenden Wellen raubten ihr jeden Balancepunkt im Körper. Sie wurde erst nach vorn geschubst, wollte sich mit den Händen abfangen, als sie nach oben gerissen wurde und sich die Stirn an der Decke stieß. Sie schlug sich Knie und Ellbogen an unsichtbaren Oberflächen, versuchte, irgendwo Halt zu finden, war aber den Urkräften des Meeres hilflos ausgesetzt. Sie versuchte, Hjalti durch ihr Rufen zur Vernunft zu bringen, dem Wahnsinn ein Ende zu bereiten. Aber der Motor des Kutters dröhnte ohrenbetäubend laut und stieß Dieselwolken aus, von denen sie ganz benommen wurde.

Und plötzlich, ohne Vorwarnung, wurde es still. Der Motor ging aus, und der Kutter dümpelte auf den Wellen. Sidsel sackte auf den Boden. Sie zitterte heftig, und ihre Beine zuckten von ganz allein.

Die Luke über ihr ging auf. Sie sah Hjaltis Silhouette mit einem zerrissenen Himmel im Rücken. Er sagte etwas.

Sidsel rieb sich das Ohr. »Was?«

»Komm hoch, wenn du bereit bist.«

Sidsel erhob sich auf unsicheren Beinen. Aus einer Platzwunde an der Stirn lief Blut über ihren Nasenrücken. Als sie an Deck kam, sah sie sich von offenem Meer umgeben. Die hohen Wellen hatten keine Schaumkronen. Der Kutter hob und senkte sich wie auf einem riesigen Brustkorb.

»Das ist so wunderschön«, sagte Hjalti und lehnte sich vor einem zwischen Meer und Himmel wechselnden Hintergrund an die Reling.

»Komm da weg, das ist riskant«, sagte Sidsel. Sie kannte die unsichtbaren Unterströme, die einen Menschen blitzschnell in die Tiefe saugen konnten.

»Du bist diejenige, die auf den Färöern hätte bleiben sollen, Eivør. Und eine starke Blutlinie fortführen. Dann wäre unser Vater noch gesund. Und niemandem wäre aufgefallen, dass ich nicht mehr da bin.«

Aus der Luft war ein dumpfes Grollen zu hören. Sidsel drehte sich um. Ein blauer Kutter folgte ihnen.

»Du weißt so vieles nicht, Hjalti.«

»Wie beispielsweise, dass Jákup dich vergewaltigt hat?«

Der Kutter legte sich in einer Welle auf die Seite, Salzwasser spritzte über das Deck.

»Der Wind wird stärker!«, rief Sidsel. »Wir müssen zurück. Wir können zu Hause reden. Über alles.«

Hjalti schaute über das Meer. Er war kreidebleich.

»Ich habe nichts mehr zu sagen.«

»Du entkommst nicht. Wir finden dich, egal, wohin du gehst.«

»Denkst du, dass ich fliehen will?«, sagte er erstaunlich ruhig. »Jeder Winkel auf dieser Welt ist durch meine Sünde beschmutzt.« Er schwang die Beine auf die andere Seite der Reling.

»Hjalti, tu das nicht!«

»Das hier ist meine Endstation, kleine Schwester. Ich bin hier rausgefahren, damit meine Familie es nicht sehen muss.«

Ein jäher Ruck hob das Deck an, als Sidsel losrannte, und warf sie in einen Haufen Fischernetze.

»Sei ein Mann, Hjalti! Übernimm die Verantwortung für deine Taten.«

»Gott soll entscheiden, ob ich es verdient habe, weiterzuleben.«

»Tu das nicht!«

Das Meer hob den Bug erneut empor. Die Schräglage drückte Hjaltis Hüfte gegen die Reling, er schwebte hoch unter den Wolken. Sidsel strampelte, sie hatte sich mit einem Fuß im Netz verfangen, schaffte es nicht zu ihm.

Hjalti ließ die Reling los, und ausnahmsweise war sein Körpergewicht solide auf beide Füße verteilt.

Die Welle rollte weiter unter dem Bootsrumpf hindurch, im nächsten Augenblick tauchte der Bug ab. Der Wind riss Hjaltis Haar hoch, und der Himmel hinter ihm verschwand. Seine Augen waren schwarz und schreckgeweitet. Sidsel schrie, als die Füße ihres Bruders von der Deckkante abhoben, es war, als würde ein Teil von ihr abgerissen.

Neuer Vater steht da wie eine Statue mit dem Steuer in der Hand. Wir sind in einer geraden Linie gefahren, seit wir den Hafen verlassen haben. Ich kann in keiner Richtung Land sehen. Die Wellen schlagen gegen den Glasfaserrumpf, der viele Geräusche produziert. Plötzlich ist der Motor still. Neuer Vater hat mir immer noch den Rücken zugewandt, er hat das Steuer losgelassen. Der Wind, der über das Boot fegt, ist voller Regentropfen, die gegen die Scheibe trommeln.

»Ich hab mir nie was aus dem Meer gemacht«, sagt er nach einer Weile. »Aber mein Vater hat es geliebt. Und ein guter Sohn liebt, was sein Vater liebt. Oder er lernt es.«

Ich balle meine Hände in den Jackentaschen.

»Erinnerst du dich wirklich gar nicht an deinen Vater, Lucas?«

Ich schüttele den Kopf.

»Ich finde, du hast es gut bei uns gehabt.« Neuer Vater dreht sich um und mustert mich mit einem merkwürdigen, steifen Ausdruck. »Erinnerst du dich noch an den obdachlosen Jungen am

Bahnhof in Gdansk, von dem du meintest, dass du ihn nicht kennst? Hättest du lieber so ein Leben gehabt? Wenn du die Wahl hättest?«

Ich starre auf seine aufeinandergepressten Lippen. Kann die Mimik in dem grauen Licht auf seinem Gesicht nur schwer lesen. »Du hast mich in eine wirklich schwierige Situation gebracht, Lucas, Peter, oder wie immer ich dich nennen soll. Eleonora hat mir gebeichtet, dass du sie gezwungen hast, dir alles zu erzählen.« Er seufzt tief, massiert seine Knöchel. »Eleonora ist ein … besonderes Kind. Sie denkt sich alle möglichen Geschichten aus und kann zwischendurch nicht mehr zwischen Realität und Fantasie unterscheiden. Aber das ist jetzt unwichtig. Denn jetzt sind wir hier. Und wie ich es dir bereits gesagt habe: Entweder geht man den ganzen Weg, oder man macht den ersten Schritt gar nicht erst.«

Ich blinzele verwirrt. Will Neuer Vater mir damit sagen, dass ich seine Tochter hätte festhalten sollen, bis sie ertrunken war?

»Und manchmal riskiert man alles, weil man sich nicht daran gehalten hat. Das hat mich mein Vater gelehrt. Und am Ende habe ich ihm eine Lehre erteilt.« Neuer Vater kneift die Augen zusammen. »Hör zu, ich bin …« Er kratzt sich im Nacken, in seinem Augenlid zuckt ein Nerv, aber seine Stimme ist trocken und hart, als er weiterspricht. »Du bist ein Pflegekind. Du verstehst nicht, wie Familie funktioniert. Das ist kompliziert.«

»Was meinst du?«

»Meine Frau und ich müssen Lucas hinter uns lassen. Endgültig. Wir haben es mit dir versucht, aber es funktioniert einfach nicht.« Er sieht mir nicht in die Augen, sondern knapp an meinem Gesicht vorbei. »Tragischerweise bist du über Bord gegangen. Die Wellen waren zu hoch. Ich konnte nichts tun, um dich zu retten. Die Küstenwache wird irgendwann einen ertrunkenen blonden Jungen in Lucas' Alter finden. Die Gäste im Hafenrestaurant haben uns zusammen rausfahren sehen. Ich bin natürlich untröstlich und übernehme die volle Verantwortung, dass wir bei diesem Wetter nicht hätten rausfahren dürfen. Aber du hast mich so gedrängt, und ich hatte dir für diesen Tag einen Vater-Sohn-Ausflug versprochen, weil ich wegen der Arbeit viel zu selten zu Hause bin. Mein schlechtes Gewissen hat mich letztlich diese fatale Entscheidung treffen lassen.«

64

Lucas tuckerte langsam auf das gespenstisch auf den Wellen dümpelnde Fahrzeug zu. Das Deck sah leer aus, und er entdeckte auch niemanden hinter den milchig beschlagenen Scheiben des Steuerhauses. Er fuhr eine Runde um das Schiff herum, bis die Kutter mit etwa zehn Metern Abstand parallel nebeneinanderlagen.

»Sidsel!«, rief er aus dem Fenster. »Sidsel! Bist du da!?«

Das Meer rauschte monoton.

Er rief noch einmal. Bekam keine Antwort. Eine Welle kippte den Kutter seitwärts, und da sah er sie. Sie lag an Deck. Ein Bein in ein Netz verknotet. Sie fuchtelte panisch mit den Armen. Eine neue Welle schlug gegen den Kutter, der krängte und kurz vorm Kentern war. Lucas sah Sidsels schreckensbleiches Gesicht.

Er sah sich um. Entdeckte ein auf einer Trommel aufgewickeltes Schlepptau mit einem robusten Eisenhaken an einem Ende, das mit einem Generator mit Seilzugstarter verbunden war.

Er humpelte dorthin und wickelte ein Stück Tau von der Trommel. Ohne zu zögern, schwang er den Eisenhaken über dem Kopf wie eine Lassoschlinge und schleuderte ihn mit voller Kraft von sich. Irgendetwas in seiner verletzten Schulter gab nach. Er krümmte sich vor Schmerz zusammen und sah den Haken in einer Gischtkrone verschwinden, mindestens fünf Meter vor dem angepeilten Ziel.

Lucas holte das Tau wieder ein. Der Haken knallte scheppernd auf das Deck und fühlte sich doppelt so schwer an wie beim ersten Wurf. Eine neue Welle brach über die Reling. Mit einer Kraft, als wollte das Meer ihm mitteilen, dass es jetzt fertig war mit dem Vorspiel. Lucas vollführte ein paar stolpernde Tanzschritte, ein

Auge immer bei dem anderen Kutter, der kurz davor war, sich den Naturkräften zu beugen. Näher ranzufahren, war keine Option, die Wellen kamen zu unberechenbar. Bei einer Kollision würden beide Fahrzeuge kentern.

Seine Beine fühlten sich plötzlich schwerelos an, als der Kutter vor einer hohen Welle absackte. In der flachen Zone vor der nächsten Welle schwang er erneut den Haken über seinem Kopf. Das Gewicht drohte ihm die Schulter auszukugeln. Er biss die Zähne aufeinander. Konzentrierte sich auf sein Vorhaben. Im nächsten Augenblick bewegte sich das Deck nach oben, während sein Körper nach unten gedrückt wurde. Er stemmte sich mit den Füßen ab und richtete den Blick auf Sidsels Kutter, der sich auf dem Kipppunkt einer Wellenkrone befand. Während das andere Boot sich nach unten bewegte und sein eigenes noch im Auftrieb war, warf er den Haken. Ein scharfer Schmerz schoss aus der Schulter bis in den Ellbogen. Ihm wurde schwarz vor Augen. Für den Bruchteil einer Sekunde wusste er nicht, ob er richtig kalkuliert hatte oder nicht.

Das Tau rauschte mit einem pfeifenden Schwirren in einem scharfen Winkel über die Reling. Der Haken hatte sich verfangen!

Lucas griff nach dem Seilzug vom Generator und zog daran. Der Motor röchelte trocken. Er zog noch einmal. Erneutes Röcheln.

»Mach schon, verdammt!«, brüllte er.

Das Schlepptau spannte sich mit einem lauten Knall. Die Trommel ächzte unter dem Gewicht des anderen Kutters. Wenn das Tau nicht riss, würde es wahrscheinlich die rostige Tautrommel sprengen.

Beim nächsten Zug an dem Starterseil sprang der Motor endlich an. Die Drehzahl stieg und fiel mit unregelmäßigen Schnaufern. Als er dem Generator gerade einen Tritt versetzen wollte, wurde das Geräusch stabiler, und der Motor tuckerte gleichmäßig. Er aktivierte die Trommel mit der Steuerungskontrolle, die begann, das Tau wieder aufzurollen.

Er sackte auf die Knie und würgte. Milchiger Schaum lief an seinem Kinn herunter. Als der Anfall verebbte, hob er den Blick und sah Sidsels aufrechte Silhouette auf dem anderen Kutter näher kommen. Ihr Haar flatterte im Wind. Wie eine warnende rote Flagge.

Neuer Vater schubst mich aus dem Steuerhaus. Er spricht mit lauter Stimme, um den lärmenden Sturm auf dem schwankenden Deck zu übertönen.

»Sobald du die Wasseroberfläche durchbrichst, zieht dich die Strömung vom Boot weg. Ich habe den AIS-Sender von deiner Rettungsweste entfernt. Ohne GPS wird es nahezu unmöglich sein, dich zu finden. Falls es ein Trost für dich ist, das Wasser ist fünf, sechs Grad kalt. Unterkühlung ist ein gnädiges Ende.«

Ich starre runter in das schwarze Wasser. Meine Finger krümmen sich um die Stahlreling.

»Und jetzt spring!«, ruft Neuer Vater.

»Ich will nicht!«

»Dann eben anders.« Neuer Vater packt mich am Handgelenk. Ich merke, wie sein Körper versteift, merke, dass er es weiß. Das Kuckucksjunge hat sich in seinem Nest dick gefressen. Seine Augen weiten sich.

Ich winde mich aus seinem Griff und ziehe mein Klappmesser aus dem rechten Gummistiefel. Das Gesicht des Neuen Vaters versteinert, als er die Klinge sieht, er taumelt nach hinten. Ich fixiere seinen Hals, den Punkt, an dem seine Schlagader pulsiert. Ein Schnitt, und alles Leben läuft aus ihm heraus.

Er geht in die Knie. In einer Millisekunde wird er sich auf mich stürzen. Er ist schwerer als ich. Im Nahkampf könnte er mich mit seinem Körpergewicht über die Reling zwingen. Ich muss Abstand halten, um das Messer schwingen zu können.

Er schießt auf mich zu.

Ich mache einen Schritt nach hinten, lande mit einem Schuh in einer Pfütze und rutsche weg. Meine Beine werden zu einem brutalen Spagat auseinandergerissen. Aus dem Augenwinkel sehe ich seinen vorschießenden Schatten. Ich drehe meinen Oberkörper so, dass er sich ihm entgegenbeugt. Neuer Vater hat keine Chance zu bremsen. Seine Schuhspitze rammt in meine Lende. Der aus dem Gleichgewicht geratene Körper bewegt sich auf die Brüstung zu. Mit einem Krachen knallt seine Hüfte gegen das Geländer. Eine Sekunde lang hängt er über der waagerechten Stange wie an einer Wäscheleine. Ich stemme mich hoch und setze ihm nach. Eine Welle klatscht gegen den Rumpf. Die Beine des Neuen Vaters werden hochgeschleudert. Plötzlich steht er kopfüber, die Hände auf der äußeren Seite der Reling. Er starrt mich schockiert an. Ehe ich bei ihm bin, kippen seine Beine vom Boot weg, sein Körper schwebt in der Luft. Verzweifelt schwinge ich das Messer hinter ihm her.

65

Sidsel ignorierte Lucas' ausgestreckte Hand und kletterte allein über den Schlund zwischen den zusammengebundenen Kuttern.

»Wo ist Hjalti?«, fragte Lucas.

Ihre Augen waren schockgeweitet. Sie hatte eine blutende Platzwunde an der Stirn. »Er ist da draußen.«

»Was? Ist er über Bord gegangen?«

»Er ist weg.«

Lucas zögerte. »Okay, damit kann ich leben. Aber wir müssen uns auf eine Geschichte einigen, bevor wir wieder anlegen.«

»Uns auf eine Geschichte einigen?«

»Und wenn wir zurück in Kopenhagen sind, müssen wir ...«

»Warte, stopp.« Ihre Haare waren das Einzige an Sidsels Kopf, das sich bewegte. »Es wird kein ›Wir‹ geben in Kopenhagen. Wir haben in einem Fall zusammengearbeitet. Und dieser Fall ist nun abgeschlossen.«

»Ja, schon, aber wir wollten uns doch treffen.«

»Warum sollten wir das?«

Lucas schüttelte den Kopf.

»Verflucht noch mal, deine Schauspielerei macht echt mürbe.«

Das Meer pumpte die Kutter mit pneumatischem Druck nach oben, die Bordwände stießen gegeneinander.

»Wir müssen zurück in den Hafen«, sagte Sidsel unruhig.

»Warum leugnest du weiter das, was zwischen uns ist?«

»Wovon redest du, Lucas? Es gibt kein Wir oder Uns.«

»Zuerst hältst du mich auf Distanz. Dann kommst du zu mir unter die Decke. Danach gehst du wieder auf Distanz. Hör endlich mit dem perversen Spiel auf.«

»Aber ...«

»Endlich begegne ich mal einem Menschen, der nicht verlogen ist. Du packst die Dinge an. Nicht wie Eleonora. Oder all die anderen.«

»Eleonora? Wer …? Lucas, du machst mir Angst.«

»Warte, warte!«, sagte er und sah an dem Ruck, der durch ihren Körper ging, dass er härter geklungen hatte als beabsichtigt. Er ballte die Hände. Dieser Duft nach Salz, das grauschwarze Chaos des Atlantiks. Sie war so wunderschön. »Ich habe den Infusionsbeutel gefunden, über den Jákup Barbiturate verabreicht worden sind. Du hast ein Loch hineingestochen. Ich weiß, dass Jákup dich als Dreizehnjährige vergewaltigt hat. Du hast dich gerächt. Ihm sein Leben genommen.«

»Ich habe den Infusionsbeutel nicht angerührt.«

»Die Schwester hat gesagt, dass du auf der Intensivstation bei Jákup warst.«

»Trotzdem war ich das nicht!«

»Ich werde es niemandem verraten. Versprochen.« Lucas hielt seine Handflächen vor sich. »Ich habe auch so einiges getan, um in dieser verrotteten Welt zu überleben.«

»Ich habe Jákup nicht umgebracht! Ich wollte nur Fotos von den Verletzungen machen, aber das hat der Arzt nicht zugelassen. Hjalti, er …« Sidsel stöhnte, schlug sich die Hand vor den Mund.

Lucas legte die Stirn in Falten. »War Hjalti auch dort?«

Sie nickte bestürzt. »Er ist mit dem Fuß gegen das Krankenbett gestoßen. Hinterher hat er gesagt, dass er das für mich getan hat, um den Arzt abzulenken. Aber … aber das war eine Lüge. Hjalti hatte Angst, dass Jákup die Wahrheit sagen würde, was in der Kirche passiert ist, wenn er wieder wach wurde.«

Lucas fuhr sich mit der Hand über die dunklen Haarstoppel.

Sidsel sah ihn fragend an.

»Was hast du damit gemeint, was du eben gesagt hast? Dass du auch so einiges getan hast?«

»Nichts.«

»Hast du etwas Kriminelles getan, Lucas? Bist du deshalb im Darknet unterwegs?«

»Wie bitte?«

»Dein Laptop stand offen auf dem Küchentisch, als ich noch mal im Gästehaus vorbeigeschaut habe, um das Geschenk von meinem Vater zu holen. Da habe ich eine Mail mit einem verschlüsselten Link gesehen.«

Lucas schüttelte enttäuscht den Kopf. Das Meer war plötzlich nur noch etwas, das in der Ferne pulsierte. Er starrte auf seine Hände: dreckverschmiert, Brandflecken, getrocknetes Blut unter den Nägeln. Ganz anders als bei seinen Verhören. Das hier war sein wahres Ich.

Er hob den Blick, sah einen violetten Schleier, der sich aus der Wolkendecke ergoss. Raue Natur, wunderschön. Ein Tropfen löste sich von seinen Wimpern und rann bis zum Mundwinkel, weiter auf seine Zunge. Salzwasser. Keine Träne. Aus ihm würden niemals Tränen kommen.

Mit einem lauten Klatschen schlägt Neuer Vater auf dem Wasser auf. Die Rettungsweste schiebt ihn auf die schäumenden Auftriebsblasen. Das Wasser ist kälter als erwartet. Der Kälteschock entlockt seiner Kehle nach Luft schnappende Japser.

»Lucas!«, ruft Neuer Vater kurzatmig und hektisch wassertretend in dem eiskalten Wasser. »Wirf mir den Rettungsring runter.«

Ich betrachte ihn, die Hände ruhig an der Reling.

»Was soll ich Eleonora und deiner Frau heute Abend sagen?«

»Was redest du da?«

»Wenn ich ihnen von dem Unfall erzähle. Das würde ich gerne wissen, bevor du stirbst.«

Neuer Vater reißt die Augen auf. Dann kneift er sie zusammen.

»Ich glaube, du hast die Situation noch nicht ganz erfasst. Du kannst das Boot nicht allein zurückfahren. Das ist lebensgefährlich hier draußen.«

»Ich habe zugesehen, wie du den Funk benutzt hast. Es kommt sicher schnell Hilfe, wenn ein Kind allein auf dem Meer in Seenot gerät.«

Verwirrung im Blick des Neuen Vaters. Dann das nackte Grauen.

»Du verlauster Hurensohn! Warte nur! Ich überlebe locker ein paar Stunden im Wasser.«

»Ohne Rettungsweste? Das kostet Kräfte, sich über Wasser zu halten.«

Er fasst sich mit wachsender Panik an die Weste, die immer schlaffer wird.

Ich halte mein Klappmesser hoch.

»Ich habe sie gerade noch aufschlitzen können, bevor du weg warst.«

Neuer Vater sieht mich flehend an. Die Strömung hat ihn bereits ein gutes Stück vom Boot weggezogen. Bald wird er nur noch ein kleiner Punkt im Meer sein.

»L-lucas, hör mir gut zu.« Kälte und Panik zerhacken seine Stimme. »Ich gebe dir, was immer du willst. Wenn du mir hilfst. Wir finden eine Lösung.«

»Danke, nein. Ohne dich im Haus übernehme ich die Führung.«

»Du weißt nicht, was du da sagst.«

»Eleonora hab ich geknackt. Das hast du mit Mutter schon längst gemacht. Wer soll mich aufhalten?«

»Mein Tod wird untersucht werden.«

»Aber du hast doch selbst unseren Segelausflug für den perfekten Mord inszeniert.«

»Die P-polizei! Die werden dich unter die Lupe nehmen. T-tausend Fragen stellen. Verlass dich nicht auf Mutter. Sie werden rauskriegen, wer du bist!«

»Solange ich meine Rolle in dem Schauspiel spiele, ist alles gut. Sie war bereit, mich heute sterben zu lassen, um ihren eigenen Arsch zu retten. Ihren Arsch. Ich denke, sie kann sich recht gut anpassen.«

Neuer Vater brüllt: »Lass mich nicht ertrinken, Lucas. Ich will nicht sterben!«

Ich schaue auf ihn runter. Die Rettungsweste hängt wie eine leer getrunkene Packung Capri-Sonne auf seiner Schulter. Er sieht klein und armselig aus. Die Unterströmung zieht ihn ein Stück nach unten. Er taucht wieder auf. Schreit, röchelt.

Ich bin nicht sicher, ob er meine letzten Worte hört, ehe er hinter einer Welle verschwindet.

»Ich bin den ersten Schritt gegangen. Jetzt muss ich den Weg bis zu Ende gehen.«

66

Es tut mir leid, Sidsel«, sagte Lucas. »Ich habe den ersten Schritt bereits gemacht. Jetzt muss ich den Weg bis zu Ende gehen.«

»Ich verstehe nicht …«

»Du hättest deinem Bruder nicht ins Wasser hinterherspringen sollen.«

»Was? Was redest du da?«

»Ich habe dich in den Wellen schnell aus den Augen verloren und wusste nicht, was ich tun sollte. Mein verletztes Fußgelenk hat mich ausgebremst, ich konnte dich nicht davon abhalten.«

Sidsel sah ihn verwirrt an. »Lucas, wir fahren jetzt zurück in den Hafen und reden über alles.«

»Ich habe härter um meinen Platz in dieser Welt gekämpft, als du es dir vorstellen kannst. Und ich lasse nicht zu, dass du mir den wegnimmst.«

»Lucas … lass uns zurückfahren. Du stehst unter Schock, lass dir helfen.«

»Zu spät.«

»Okay, okay.« Sidsel hob beschwichtigend die Hände. »Ich sage nichts. Du kannst mir vertrauen.«

»Ich habe Eleonora vertraut. Das hat mich fast das Leben gekostet.«

»Ich habe keine Ahnung, wer Eleonora ist!? Sei jetzt so gut …«

Lucas packte Sidsel am Arm. Sie schlug und trat nach ihm, aber selbst in seiner angeschlagenen Verfassung war er um vieles stärker als sie.

»Lass mich los, Lucas!«

Er trat ihr die Beine unter dem Leib weg. Sie knallte mit dem Hinterkopf auf die Tautrommel und war für wenige Sekunden weg, in denen er sie zum Achterdeck schleppte, wo sich eine Lache Salzwasser gesammelt hatte.

Sidsel wurde ruckartig wach und schnappte nach Luft.

»Lucas, nein, stopp!« Ihre Stimme brach. Sie wehrte sich, während er sie mühsam Zentimeter für Zentimeter weiterschleppte, bis ihr Kopf über der Wasserlache hing. »Tu das nicht, ich will nicht!« Ihre Stimme gurgelte halb erstickt in der dreckigen Pfütze.

Lucas drehte sich eine Strähne ihres dicken roten Haares um die Finger und drückte ihr Gesicht nach unten. Ihre Schuhspitzen trommelten aufs Deck, und er sah ihren Unterwasserschrei als Luftblasen aufsteigen, die neben ihren Ohren zerplatzten. Ein Zucken lief durch ihren Körper. Veränderte mit der Zeit den Rhythmus. Ihr Rücken krümmte sich in heftigen Würgereflexen, die sein Knie in die Höhe hoben.

Dann erschlafften ihre Nackenmuskeln, wurden weich.

Wie der Rest des Körpers.

67

Um 14.56 Uhr setzte der Airbus A320 von den Färöern mit einem rauchenden Gummiabdruck auf der Landebahn des Flughafens Kastrup auf. Eine kalte, januargrelle Sonne reflektierte im Lack des Fliegers auf seiner langsamen Rollfahrt zur angewiesenen Parkposition am Gate 22.

Wenig später trampelten die Passagiere in kleinen Grüppchen über die Gangway. Die Stewardess stand mit einem nicht absolut professionellen Lächeln an der Tür und wartete auf den letzten Passagier, der sich auf Krücken humpelnd durch die Sitzreihen bewegte. Die intensiven, chlorblauen Augen des Passagiers glitten an ihr vorbei zur Gangway, ohne ihren flirtenden Blick zu beachten. Später, beim Aufräumen, bekam sie die kichernde Unterhaltung zweier Kolleginnen mit. »Da, guck mal. Der Appetithappen hat mir eine Halskette dagelassen.«

»Ah, du willst dir doch wohl nicht so einen ekeligen Zahn um den Hals hängen«, sagte die andere. »Schmeiß das weg.«

Lucas Stage warf die Krücken auf die Rückbank und setzte sich in das Taxi, während der Fahrer das Gepäck im Kofferraum verstaute.

Der Wagen scherte vom Bürgersteig aus. Lucas fühlte den Blutschub in dem verstauchten Gelenk, als das Auto auf dem Kastrupvej stadteinwärts beschleunigte.

»Waren Sie privat oder geschäftlich verreist?«, erkundigte sich der Fahrer.

»Geschäftlich.«

Bei dem scharfen Zischen aus Lucas' Mund zuckte der Fahrer zusammen. Lucas hatte keine Lust zu erklären, warum seine Zähne im Oberkiefer in einer mit Stahldraht verstärkten Acrylschiene steckten. Eine notwendige Entlastung, nachdem der Arzt in Tórshavn seinen Unterkiefer wieder eingerenkt hatte. Der Arzt hatte erklärt, dass die Knorpel jetzt erst einmal absolute Ruhe brauchten. Das hieß, das Sprechen vermeiden und nur flüssige Kost. Mindestens für eine Woche. Lucas setzte seine Sonnenbrille auf und signalisierte dem Fahrer das Ende des Small Talks.

Er setzte auf eine aufpolierte schriftliche Stellungnahme zum nächsten Nachgespräch im Polizeipräsidium in einer Woche. Nicht, dass er extra Zeit zum Nachdenken brauchte. Ihm hatte die Fahrt zurück in den Hafen gereicht, sich ein wasserdichtes Alibi auszudenken, und die färöische Polizei hatte sich unkritisch mit der Geschichte abspeisen lassen, wie Hjalti und Eivør Kjølbro bei der dramatischen Verfolgungsjagd auf dem offenen Meer ertrunken waren. Er hatte die Details in seinem Bericht bewusst so präzise und knapp formuliert, dass eine nachträgliche Überprüfung selbst für seinen Chef schwierig werden würde. Und das Meer war ein lebendiger, sich ewig verändernder Tatort. Keine Spuren. Leichen konnten überallhin getrieben sein. Verschwinden. Mit der Zeit würde die Tragödie um das Geschwisterpaar im kollektiven Gedächtnis verblassen, eine Kaffeeanekdote werden, mehr nicht.

Genau so, wie der Lügengeschichtenerzähler Lucas Stage vergessen werden würde.

Der Fahrer fuhr auf die Amagerbrogade, wo die Kopenhagener ihre reflektierenden Sonnenbrillen, langen Daunenjacken und den obligatorischen Kaffeebecher in der Sonne spazieren führten. Lucas rümpfte die Nase. Ein säuerlicher Geruch reizte seine Nasenschleimhäute. War das der Fahrer? Nein. Der roch nach Nachmittagsatem und billigem Aftershave. Lucas öffnete das Fenster und atmete die trockene neutrale Frostluft ein. Er schloss das Fenster wieder. Prompt wurde der Geruch stärker. Er legte die Hand vor die Nase, zog sie sofort wieder weg. Es war seine Hand, die so stank. Bitter und ätzend wie kochender Essig. Er schielte zum Fahrer rüber, der leise ein Lied aus dem Radio mitsummte. Er schien nichts zu riechen.

Lucas' Herz begann zu pumpen. Sein eigener Körper sonderte diesen Gestank ab. Er griff nach dem Handgriff über der Seitenscheibe. Das Gefühl, ins Leere zu fallen, war schockierend, das Tempo und die Tiefe.

»Halten Sie am Straßenrand«, keuchte Lucas verwaschen durch die schiefe Lippenspalte.

»Was?«

»Halten Sie an!«

Der Fahrer fuhr an den Rand. Lucas zwängte sich nach draußen und stützte sich mit der Hand an einer Werbetafel ab, während das Erbrochene auf den Bordstein klatschte.

Er wischte sich mit dem Jackenärmel den Mund ab. Die Leute auf dem Bürgersteig wichen ihm aus, als würde er eine Fackel um sich schwingen. Er stieg wieder in das Taxi ein.

»Fahren Sie!«

Lucas knallte die Wohnungstür hinter sich zu, schleuderte die Krücken in den Flur und lehnte sich mit dem Rücken gegen die Wand. Sein Gesicht war von einem klebrigen Schweißfilm überzogen.

Es schien ein ganzes Leben vergangen zu sein, seit er das letzte Mal hier war. Er blieb an der Wand stehen. Der widerwärtige Gestank war fast verflogen. Er ging steifbeinig ins Badezimmer und spritzte sich kaltes Wasser ins Gesicht. Musterte sein tropfnasses Spiegelbild. Stirn und Wangen wirkten totenbleich unter den kurz getrimmten schwarzen Haaren.

Was war los mit ihm?

Er musste raus aus seinem Kopf. Er stellte den Hahn ganz in das rote Feld und wusch seine Hände. Zwang alle Sinne in den Rhythmus der Hände, den Seifenschaum, den dampfenden Wasserstrahl.

Danach zog er sich aus und stellte sich unter die kalte Dusche. Mit einem Handtuch um die Hüfte ging er ins Wohnzimmer. Durch die Fenster fiel weiches Nachmittagslicht. Es ging ihm wieder besser. Die Attacke im Taxi schrieb er einem Stressreflex seines autonomen Nervensystems zu. Eine Reaktion außerhalb seiner Kontrolle, die jetzt aus dem Körper raus war. Es war schließlich ein intensives Erlebnis gewesen, Sidsel zu ertränken. Aber es war vorbei. Fertig. Weiter.

Back to normal.

Er schaltete den Computer ein. Während der Zeit auf den Färöern hatte er keine Gelegenheit gehabt, mit Volos zu kommunizieren. Vermutlich verloren sie allmählich die Geduld. Er bereitete sich schon mal innerlich auf ihre tragikomischen Drohungen in holperigem Englisch vor.

Er loggte sich mit Unterstützung des Codierungsschlüssels ein. Auf dem Bildschirm erschienen lange Absätze unleserlichen Chiffretextes aus zufällig zusammengesetzten Buchstaben, Sonderzeichen und Zahlen. Er dechiffrierte den Chiffretext mit seinem Zugangscode. Runzelte die Stirn. Dort stand nur eine kurze Nachricht:

There is no one left. You are alone …

EPILOG

Flughafen Kopenhagen, kurz vor Mitternacht. Die Passagiere des Fluges LH3546 aus Temeswar, Rumänien, mit Zwischenstopp in München, warteten müde an einem stillstehenden Gepäckband.

Der Mann mit der schwarzen Schirmmütze hatte sich in eine Ecke verzogen, weg von seinen Mitreisenden. Aus seinem einen Jackenärmel tropfte Blut, und er wollte die Familien mit Kindern nicht erschrecken. Das Blut kam aus dem Schnitt am Ellbogen oder aus einer der unzähligen Bisswunden an seinem Unterarm. Er starrte verzweifelt auf die roten Tropfen, die er hinter sich her über den Boden gezogen hatte. Wenn das Sicherheitspersonal das sah, würden sie ihn beiseitenehmen. Das durfte auf keinen Fall passieren. Sein Name durfte nirgendwo im System erscheinen. Er war als Gespenst in Rumänien ein- und wieder ausgereist. Und das wollte er in Kopenhagen genauso halten.

Das Gepäckband setzte sich ruckelnd in Bewegung und begann aus dem Schacht in der Mitte Koffer auszuspucken.

Der Mann verlagerte rastlos das Gewicht von einem Fuß auf den anderen. Sein anderer Arm war an zwei Stellen gebrochen und lag in einer Schlinge. Mit dem verletzten Arm wickelte er sich das Tuch vom Hals und band es um das Handgelenk, in der Hoffnung, dass es das Blut auffing, bis er durch die Passkontrolle war.

»Was ist denn mit Ihnen passiert?«, fragte die Frau an der Passkontrolle, als sie die Schrammen in seinem Gesicht sah.

»Autounfall.« Er schob seinen Pass über den Tresen.

Sie legte die Stirn in Falten, ohne den Blick zu senken.

»Haben Sie einen Ohrring getragen, als der Airbag aufgegangen ist?«

Sie hatte das Pflaster über seinem abgerissenen Ohrläppchen gesehen.

»Das ist mal einer meiner Freundinnen passiert«, sagte sie zurückgelehnt, träge, wie jemand, der noch eine lange Nachtschicht vor sich hat.

»Ja, einen Ohrring, echt fies.« Er lächelte gequält mit seiner gebrochenen Kieferhöhle.

»Aber Sie leben noch. Das ist doch das Wichtigste.«

Es ging ein Ruck durch den Mann. »Ja, ich habe überlebt.«

Sie sah ihn aufmerksam an. Dann glitt der Pass zurück über den Tresen. »Gute Besserung.«

Mit Mühe zog er seinen Rollkoffer durch das nachtleere Terminal. Aus den Lautsprechern rauschte eine undeutliche Stimme. Er rieb sich das Ohr. Das Geräusch hatte seinen Tinnitus geweckt. Aber vielleicht war er auch schon die ganze Zeit da gewesen. Schwer zu sagen nach den Explosionen der Handgranaten vorgestern. Er hoffte, dass sein Kontakt in Rumänien nicht gelogen und tatsächlich alle Granatsplitter aus seinem Rücken entfernt hatte.

Er ging durch die Schwingtür nach draußen. Der Mond schien klar von einem schwarzen Winterhimmel. Die kalte Luft fand ihren Weg unter seine Jacke und brannte in den Stichwunden und Schlagspuren, die den größten Teil seines Oberkörpers bedeckten.

Er schüttelte ablehnend den Kopf in Richtung der Taxischlange, ging auf den leeren Parkplatz und holte sein Handy heraus. Er zögerte einen Augenblick auf der Suche nach den richtigen Worten. Vertane Zeit. Es gab keine passenden einleitenden Worte für dieses Gespräch. Er wählte die Nummer.

»Hallo?« Ihre Stimme klang spröde.

Der Hals des Mannes schnürte sich zusammen, aber er rang sich eine einigermaßen feste Stimme ab. »Ich bin's.«

»Was willst du? Ist was passiert?«

»Ich brauche deine Hilfe.«

»Ich bin nicht …« Sie verstummte.

396

»Das weiß ich. Du bist nicht mehr bei der Polizei. Und das ist einer der Gründe, weshalb ich dich anrufe.«

»Was ist der andere?«

Er biss die Zähne aufeinander. »Du bist die Einzige außer mir und Theresa, die die Wahrheit über ...«

Ein zittriges Einatmen am anderen Ende brachte ihn aus dem Konzept, als ob sie bis ins Mark fror.

»Sprich seinen Namen ruhig aus«, sagte sie.

»William.«

Dröhnende Stille schlich sich in die Verbindung. Er hörte, dass sie den Hörer vom Ohr nahm. Er wartete. Ließ ihr die Zeit, die sie brauchte.

Als sie sich wieder meldete, klang ihre Stimme neutral.

»Welche Art von Hilfe brauchst du?«

David Flugt sah den glänzenden Bluttropfen hinterher, die aus seinem Jackenärmel auf den Asphalt tropften.

»Du musst mir helfen, Lucas Stage zu töten.«

Düstere Pageturner-Spannung aus Dänemark!

THOMAS BAGGER
NACHT
Die Toten von Jütland

Thriller

Ein grausiger Leichenfund schreckt das beschauliche Jütland im Süden Dänemarks auf. In die Brust des Toten ist »Grandberg« eingeritzt, der Name der mächtigsten Familie im Dorf – und des örtlichen Polizeichefs. Die Leiche wurde aus dem Leichenschauhaus entwendet. Neben ihr steckt eine Schaufel im Boden, die ein mörderisches Geheimnis enthüllt: das Massengrab eines Serienkillers. Aus Kopenhagen rücken die Sonderermittler der Task Force 14 an: David Flugt, der eben erst von einem traumatischen Undercover-Einsatz in Rumänien zurückgekehrt ist, und sein exzentrischer Kollege Lucas Stage. Was die Ermittler herausfinden, ist beklemmender als jeder Albtraum …

Der 1. Fall für die Task Force 14 – rasant, brutal und überraschend bis zum Finale!